# LA CHARTREUSE

## DE

# GLANDIER

### EN LIMOUSIN

PAR

UN RELIGIEUX DE LA MAISON

NEUVILLE-SOUS-MONTREUIL

TYPOGRAPHIE DE N.-D. DES PRÉS

1886

# LA CHARTREUSE

## NOTRE-DAME DE GLANDIER

1347

GLANDIER

Vue prise du Levant. (État actuel).

# LA CHARTREUSE

## DE

# GLANDIER

### EN LIMOUSIN

#### PAR

#### UN RELIGIEUX DE LA MAISON

NEUVILLE-SOUS-MONTREUIL

TYPOGRAPHIE DE N.-D. DES PRÉS

1886

TYPIS MANDETUR.

Fr. Anselmus-Maria,
Prior Cartusiæ.

VI. Id. Maij MDCCCLXXXVI
in Festo B. Nicolai Albergati.

IMPRIMATUR.

Carolus Leleux, Vic. Gen.

Atrebati, die 24 Maii 1886

# AU LECTEUR

En 1860, un magistrat bien connu dans la Corrèze, M. Joseph Brunet, fit paraître sur la Chartreuse de Glandier, une notice dont le seul défaut est d'être beaucoup trop courte. Après en avoir pris connaissance, nous avons éprouvé le désir de la compléter et nous publions aujourd'hui les notes que nous avons pu recueillir : il convient d'indiquer les sources auxquelles nous sommes allé les puiser.

Calendarium Glanderiense. — Ce manuscrit, découvert dans un grenier d'Uzerche par M. Brunet, est un Nécrologe qui, à partir de 1683, enregistre, au jour de leur décès, le nom des religieux ou des bienfaiteurs et amis de la chartreuse. En tête, se trouvait une Histoire abrégée de la Maison avec la liste des Prieurs. Cette partie, la plus intéressante de l'ouvrage, est malheureusement très incomplète depuis qu'une main inconsciente en a déchiré une vingtaine de pages, juste aux endroits les plus importants. Tel qu'il est, ce Nécrologe n'en reste pas moins un document précieux, auquel nous aimerons toujours à recourir. Le Calendarium, manuscrit d'une écriture superbe, a été copié et conséquemment composé par le V. P. D. François Petitjean, Vicaire, qui mourut le 26 décembre 1690.

Annales Sacri Ordinis Cartusiensis. — Les Annales de l'Ordre, par Dom Charles Le Coulteux, sont une source aussi abondante que peu connue : il n'existe que quatre ou cinq copies (dont une seule complète) de ce manuscrit. A l'année 1219, Le Coulteux parle assez longuement de Glandier.

Ephemerides Cartusianæ, par Dom Léon Le Vasseur. — Recueil d'une insigne rareté, qui donne la biographie des chartreux célèbres par leurs vertus : nous y avons trouvé plusieurs profès de notre chartreuse.

Cartes des Chapitres Généraux. — La Carte est comme le procès-verbal des séances du Chapitre de l'Ordre qui se tient toutes les années à la Grande Chartreuse depuis 1150. La Carte contient, outre les Ordonnances, les noms des défunts (religieux ou séculiers amis de l'Ordre) depuis le Chapitre précédent, avec la liste des mutations dans le personnel de

*chaque chartreuse. On comprend tout le prix
de documents officiels, donnant ce qui vient
d'être décidé par l'autorité suprême la veille
ou l'avant-veille : les Cartes sont encore une
source historique de très haute valeur, même
au sujet de questions ou de personnes étrangères à l'Ordre. Le recueil de nos Cartes, qui
malheureusement est loin d'être complet, n'a
jamais été imprimé : nous avons consulté diverses Collections et notamment un précieux
recueil de quatre forts volumes in-4° mis en
ordre depuis quelques années, ainsi que les
manuscrits 10, 887; 88; 89; 90 de la Bibliothèque Nationale, fond latin.*

Obituarium Generale Ordinis Cartusiensis.
— *Ce Nécrologe général va du commencement
du XIV^e siècle à la fin du XVII^e ; sauf une
lacune d'une trentaine d'années dans la seconde
moitié du XV^e siècle, il est complet.*

Propago Sacri Ordinis Cartusiensis, au-
ctore V. P. D. G. Schwengel. — *Manuscrit du
British Museum. C'est une histoire de toutes
les Maisons de l'Ordre composée, au siècle
dernier, par un prieur de la chartreuse de
Dantzig. A l'article Glandier, l'auteur donne
une partie du vieux Nécrologe qui précéda le
Calendarium cité plus haut.*

Cartulare Glanderiense. — *Nous désignons*

sous ce titre un cahier (coté *G. 3*) provenant de nos anciennes Archives; il nous a fourni vingt-trois chartes de diverses époques (*1219-1480*) dont plusieurs très importantes et d'autres très rares.

*Telles sont les sources* cartusiennes, *si nous pouvons nous servir de ce mot, auxquelles nous avons d'abord puisé : nous y avons trouvé nombre de détails curieux et entièrement nouveaux.*

*De plus, nous avons consulté ou fait consulter d'autres ouvrages dont voici les principaux :*

*L*'Inventaire de Pompadour : *ce n'est qu'une analyse des pièces formant, au XVIIᵉ siècle, les archives de la puissante maison des Pompadour, mais cette analyse a maintenant une grande valeur puisque les pièces originales ont été brûlées en 1793. Les liasses concernant Glandier nous ont apporté plus d'un renseignement utile ou curieux. Cet* Inventaire *rédigé avec beaucoup de talent par un sieur Bonnotte qui se nomme simplement « déchiffreur » quoiqu'il soit un paléographe fort habile, mériterait d'être imprimé.*

*Les* manuscrits de Nadaud; *lacérés souvent juste où il est question de notre char-*

treuse : ceux de Legros que nous n'avons pas trouvés assez exacts en ce qui nous concerne.

Extrait des Titres de Glandier. *Bibliothèque Nationale, n° 17,118 fond latin.* —*Ce travail, qui nous a été d'un grand secours, est l'œuvre d'un religieux Feuillant, le R. P. Pradilhon, qui vint à Glandier au mois de décembre 1687 et en 1690. Autant qu'il est permis d'en juger, le P. Pradilhon rassemblait des matériaux pour un Nobiliaire : il a, dans ce but, analysé en cinquante-trois pages in-folio, la presque totalité des pièces contenues au chartrier de notre maison, allant du XIII siècle au commencement du XVI. Ce que le P. Pradilhon cherche avant tout, ce sont les noms de famille, il ne nous fait pas grâce d'un seul des témoins d'un acte quelconque et se contente, malheureusement, de résumer le reste de la charte d'une manière beaucoup trop succincte. Toutefois, après avoir groupé ces nombreuses pièces par ordre chronologique et par catégories diverses, telles que : ventes, donations, achats, fondations, échanges, cessions de droits, revenus en nature ou en espèces..., nous sommes arrivé à un résultat beaucoup plus satisfaisant que nous n'aurions espéré de prime abord : de plus, nous avons dressé une table alphabétique de tous les noms de personne ou de lieu, ce* qui nous a permis de réunir tous les documents qui concernaient une même famille ou de grouper ce qui avait trait à un domaine particulier : ce travail d'ensemble a jeté sur notre Histoire des lumières inattendues. — Nous croyons, pour le dire en.passant, que Nadaud ignorait l'existence des manuscrits du P. Pradilhon, car nous avons trouvé dans les analyses de celui-ci des familles qui ne sont point dans le Nobiliaire de celui-là.

Minutes de notaire. — Grâce à des répertoires fort bien faits, grâce surtout à une aimable invitation, nous avons pu étudier dans l'étude de Troche environ deux cents actes du XVIII<sup>e</sup> siècle, qui nous ont donné des renseignements d'une indiscutable certitude sur quantité de questions se rapportant à l'histoire de Glandier.

Pour la période de le Révolution nous suivons pas à pas des pièces de l'époque, pièces originales ou copies authentiques.

Ajoutons nombre de documents de toute espèce qui nous sont venus un peu de partout.

Nous avons fait reproduire par la phototypie et la zincographie deux vues du Glandier actuel ; les sceaux, ancien et moderne, et les armoiries de la chartreuse ; le portrait, sinon ressemblant du moins vieux de plusieurs siècles, du R. P. Dom Jean Birelle ; les armoiries des Comborn et des Pompadour ; enfin, à l'aide d'un plan (ou mieux de trois plans superposés) découvert dans la maisonnette d'une paysanne d'Auvergne, nous avons pu retrouver le tracé exact de Glandier au Moyen-Age et restaurer, sans fantaisie, notre chartreuse que nous montrons dans l'état où elle se trouvait vers 1650 et en 1791.

Nous plaçons à la fin du volume la suite des Prieurs pour aider à mieux saisir l'ensemble de notre histoire : parler de chaque Supérieur, en particulier, dans le cours de l'ouvrage, eut manqué d'intérêt puisque, pour un certain nombre, nous ne connaissons que leur nom et rien de plus ; n'en parler en aucune manière nous semblait une lacune regrettable. Nous avions d'abord hésité à mettre la liste (incomplète évidemment) des Religieux qui ont vécu à Glandier ; toutefois, ayant réfléchi que beaucoup d'entre eux portaient des noms connus dans la Province, ou appartenaient à des familles qui existent encore, nous avons ajouté cette nomenclature dans la pensée d'être agréable à quelques-uns de nos lecteurs. Enfin nous publions, d'après quatre manuscrits (Cartulare Glanderiense, Estiennot, Le Coulteux et Pradilhon), le texte original de notre Charte *de fondation, resté inédit jusqu'à ce jour.*

*Dernière observation. Un chartreux ne quitte point son cloître pour aller fouiller au loin les archives et les bibliothèques : les documents devaient venir à nous et ils sont venus : nous voudrions citer ici en détail les personnes qui ont bien voulu prendre la peine de nous aider, mais crainte d'oublier un seul nom, nous n'en citerons aucun d'une manière spéciale : nonobstant, ceux qui sont venus à notre secours savent que nous leur sommes profondément reconnaissant.*

F. CYPRIEN-MARIE BOUTRAIS
*Ancien Procureur de Glandier.*

Saint Jour de Pâques. 1886.

# LIVRE PREMIER

## LA
# CHARTREUSE DE GLANDIER

## GLANDIER
### AU TREIZIÈME SIÈCLE.

VANT de commencer l'histoire de notre chartreuse, il convient d'esquisser à grands traits le paysage qui l'entoure : un lecteur sérieux désire voir la scène sur laquelle se passent les faits qu'on lui raconte ; il les comprend mieux et s'y intéresse davantage.

Le voyageur, pour se rendre à Glandier, prend, au sortir de la gare de Pompadour, une route bordée d'arbres et de haies touffues. En avançant, il ne voit autour de lui que forêts et que verdure, ou bien encore, de temps en temps, quelques champs cultivés mais tellement perdus dans le feuillage

qu'on les prendrait facilement pour une clairière la-
bourée. Bientôt la vue s'étend, car le chemin se
trouve sur un plateau relativement élevé pour le
pays : on aperçoit à gauche, du côté de Masseret,
une vaste plaine et une ligne de hautes collines
dans la direction de Limoges ; à droite, c'est un
horizon à perte de vue au milieu duquel, dans un
extrême lointain, se dresse droite et fière la vieille
tour d'Issandon, puis au delà, les collines du Périgord et du Quercy.

Après avoir traversé le village d'Eyparsac, le
voyageur descend à l'étang du Mas, gracieusement
entouré de verdure et dominé par les blanches constructions d'une succursale du haras de Pompadour. S'il continue devant lui, il arrive au bourg de
Troche placé sur une hauteur d'où l'œil embrasse
un vaste pays découvert, à l'aspect riant, que fer-
ment, à l'horizon, les sommets bleuâtres des Mo-
nédières : sans avoir réellement une altitude fort
considérable, ces montagnes semblent ici très hautes
par comparaison, ou mieux, par absence de comparaison. De Troche, une route presque toujours
tracée dans l'épaisseur d'un bois, longe un instant
le délicieux petit lac de la Ressège et mène doucement à la chartreuse.

A l'étang du Mas, sur la droite, une autre route,
et la plus suivie, s'élève par une pente légère jusqu'au château des Monts qui vit naître le Pape Innocent VI. A cet endroit, le regard peut découvrir tout

le pays d'alentour qui se présente comme un amphithéâtre immense envahi par la verdure, car la verdure est la note caractéristique de cette partie de la Corrèze : ici, l'arbre pousse avec une surprenante vigueur, il est chez lui et sait qu'il doit réussir. Ces verdoyants paysages du Bas-Limousin possèdent, en outre, une physionomie qui leur est propre : de certains rochers dans la forêt de Fontainebleau, ou de la lanterne de Chambord, par exemple, on contemple aussi un océan de feuillage ; toutefois de ces deux observatoires, le spectacle, pour grand qu'il soit, devient rapidement monotone : c'est bien un océan de verdure mais, si l'on peut employer cette expression, sans flux de couleur, sans mouvement, sans changement, sans vie. Dans notre Limousin, au contraire (et, si vous voulez un exemple, précisément à l'endroit que nous signalons), la forêt a des aspects à elle et ces aspects sont charmants. De nombreux accidents de terrain créent des accidents de lumière : le vert des bois, selon qu'il est plus ou moins poussé à la surface, caché dans un fond, mis en évidence par le soleil ou comme estompé par l'ombre, prend mille teintes diverses et jette sur le feuillage des barres sombres ou éclatantes qui donnent à nos forêts une physionomie vivante et pleine d'agrément.

Au delà des Monts, la route descend jusqu'à la chartreuse, en serpentant au milieu des prairies et des châtaigneraies.

Rien n'est agréable comme un bois de châtai-

gniers ! Le large espace laissé vide entre les arbres
est tout baigné par une lumière adoucie pour avoir
passé au travers du feuillage, tout rempli par le ga-
zon et la fougère qui poussent vigoureusement sous
la haute protection de leurs voisins. Défendu par
des voûtes de branches, le promeneur marchera des
heures entières en toute liberté, au frais, à l'ombre
et au grand air.

Les arbres, au bord du chemin qui mène à Glandier, viennent parfois se rejoindre et l'on se deman-
derait alors si l'on est bien sur une route ou dans
les allées d'un parc immense et soigneusement entretenu ; çà et là, des prairies entourées de haies,
quelques rares chaumières et, dans la forêt, une
fumée qui indique d'autres maisonnettes : partout
du calme, de la fraîcheur, de la verdure et du silence : on sent que l'on va au désert, qu'on rencon-
trera bientôt une chartreuse.

Tout à coup, la route faisant un coude brusque,
passe à côté des débris vulgaires de l'ancienne
forge que l'on transforme aujourd'hui, avec beaucoup d'intelligence, en bâtiment d'exploitation ; encore quelques pas et, derrière un pli de terrain, sort
un campanile aigu dont le coq de cuivre brille aux
rayons du soleil : c'est Glandier.

## La Fondation.

GLANDIER[1] reconnaît pour fondateur Archambaud VI, vicomte de Comborn, issu d'une puissante famille d'origine franque, peut-être gallo-romaine, alliée aux plus grands noms du pays. Au Xe siècle, Archambaud I[2], vicomte de Comborn-Ventadour, fils de Raymond comte de Quercy, hérita, par son mariage avec Sulpicie de Turenne, de la vicomté de ce nom et réunit ainsi sous sa main une immense étendue de territoire. Ses petits-fils se partagèrent ses États — le mot n'a rien d'exagéré — : Guillaume reçut la vicomté de Turenne ; Archambaud II, celle de Comborn-Ventadour qu'il divisa, plus tard, entre ses deux enfants ; l'aîné, Archambaud III, fut vicomte de Comborn, et son frère cadet, Ébles, devint premier vicomte de Ventadour.

[1] Glandier et non point le Glandier, comme on dit, à tort, seulement depuis le procès Lafarge. — *Domus Beatæ Mariæ de Glanderio* ; nous n'avons point souvenance d'avoir rencontré le pluriel, *de Glanderiis*. Les vieux actes français ont *Glanders* ; à partir du XVe siècle on écrit Glandiers (toujours avec une s), et maintenant Glandier.

[2] Connu dans l'histoire sous le nom d'Archambaud *Jambe Pourrie*. Quelques uns le croient fondateur de Glandier ; c'est une erreur manifeste.

Archambaud VI, notre fondateur, dès qu'il eut
résolu d'appeler les fils de saint Bruno dans ses
terres, chercha en quel lieu il pourrait les établir.
Au nord de ses domaines, non loin de Vigeois,
entre Orgnac et Troche, le Vicomte possédait le
château de Glandier, terre seigneuriale avec droit
de justice [1]. Le vieux castel s'élevait dans un étroit
vallon entouré d'épaisses forêts de chênes et baigné par les eaux d'une petite rivière poissonneuse :
de l'ombre et du silence, voilà ce que l'on trouvait
autour de ce château solitaire perdu dans la profondeur des bois. A six cents ans de distance, malgré les conquêtes — ou les envahissements — de la
civilisation moderne, Glandier est encore silencieux
et calme, qu'était-ce donc au commencement du
XIII° siècle ? Archambaud crut bon de choisir cette
solitude et fut bien inspiré. Il adressa une demande
au supérieur Général des Chartreux, le célèbre Jancelyn, qui accueillit la pieuse requête du vicomte de
Comborn, et, sans tarder, une petite colonie se mit
en route pour commencer la nouvelle *plantation* [2].

[1] *Castrum dictum de Glanderio, authoritate judiciaria
nobilitatum.* Calendarium Glanderiense, in fol. ms.

[2] C'est le nom que l'on donne aux chartreuses nouvellement fondées. — L'Ordre, dit Le Coulteux *Annales
Ordinis Cartusiensis.* Mss. ad ann. 1393.) fut divisé, pour
la première fois en Provinces, au Chapitre de 1301 ; Glandier appartenait alors à la province de Provence qui comprenait toutes les maisons du midi de la France, plus
celles d'Espagne. En 1346, le R. P. Dom J. Birelle, Limousin d'origine et profès de Glandier, créa la province d'A-
quitaine qui, au siècle dernier, comprenait les chartreuses
de Bonnefoy en Velay, Sainte-Croix-en-Jarez, le Port-

La terre du Limousin avait-elle été jusque-là complétement inconnue des Chartreux, ou ne leur rappelait-elle pas, au contraire, un précieux souvenir ? Les vieilles Vies de saint Bruno disent, en termes vagues, qu'au moment de se rendre en Chartreuse, il alla consulter « un ermite célèbre » ; on s'est demandé, sans pouvoir répondre d'une manière certaine, quel devait être ce solitaire de grande réputation à la fin du XIe siècle, et Dom Benoit Tromby, chartreux italien, dans sa grande Histoire de notre Ordre, s'est prononcé pour saint Étienne de Grandmont[1]. Ses preuves, tout aussi bonnes que celles mises en avant pour soutenir des opinions différentes, permettent de conjecturer que saint Bruno, en quittant la Champagne, vint en Limousin à Grandmont et de là, par l'Auvergne, le Forez et le Lyonnais, se rendit en Dauphiné.

Autre question plus facile à élucider. A quelle date précise notre chartreuse a-t-elle été fondée ? L'opinion commune se prononce pour 1219[2], mais

Sainte-Marie en Auvergne, Notre-Dame de Glandier, Vauclaire en Périgord, Bordeaux, Castres, Cahors, Le Puy Toulouse et Villefranche de Rouergue.

[1] Tom. II. pag. 19.

[2] On peut cependant hésiter entre 1219 et 1217. Cette dernière date est donnée par plusieurs documents respectables ; ainsi sur la couverture du Cahier G. 3. des anciennes archives de Glandier nous lisons : *Cartusia Glanderij*, 1217. Dans une vieille Liste chronologique des Maisons de Chartreux, nous trouvons : Glandier, fondé en 1217 par Archambaud de Comborn, est doté par lui en 1226. Il est utile d'observer, à ce sujet, que la Charte

le savant P. Estiennot croit qu'il s'agirait alors, non point de la fondation mais d'une restauration de Glandier, « car — ce sont ses paroles — un passage de la Vie de saint Étienne d'Obasine et les Chroniqueurs Limousins, en racontant la mort du roi d'Angleterre à Martel, nous apprenent que vers 1150, il y avait déjà des chartreux à Glandier[1]. » Estiennot mérite bien qu'on ne rejette pas sans les examiner, les opinions qu'il croit pouvoir admettre. Le biographe contemporain de saint Étienne d'Obasine nous apprend donc, en effet, que le Saint rendit visite à un prieur de chartreux, mais il parle d'un « long et pénible voyage » entrepris dans ce but[2]; Lyon est une des étapes qu'il rencontre sur sa route et, en rapportant

de Fondation n'est point signée. D'après la tradition constante, recueillie par le *Calendarium* de la chartreuse, Glandier fut fondé, *in vigilia Sancti Martini*, la veille de saint Martin qui, en 1219, tombait un dimanche; signait-on un acte public à pareil jour, procédait-on un dimanche à une installation? nous serions tentés d'en douter. D'ailleurs, la différence est peu considérable et, en tout cas, 1219 reste la limite extrême; la *Chronique d'Ythier* est donc de quelques années en retard lorsqu'elle dit: M⁰. CC⁰. XXII⁰.... Hoc anno, Arcambau de Comborn cellam de *Chartosa* instituit).

[1] *Anno MCCXIX, in festo S. Martini fuit incœpta domus ista de Glanderio, Deo gratias. — Hœc, ut puto, de absolutione, seu potius de restauratione Glanderiensis Carthusiœ intelligenda videntur : jam enim, anno MCL, extitisse apud Glanderium cœnobium carthusiense, innuunt vita B. Stephani Obasinœ Abbatis et Scriptores Lemovicenses ubi de obitu Regis Angliœ apud Martellum.* Estiennot, *Fragments de l'Histoire d'Aquitaine*, tom. II. pag. 46.

[2] Obasine n'est qu'à 7 ou 8 lieues au sud de Glandier.

qu'une avalanche venait de détruire le monastère
où se rendait Étienne, l'auteur de sa Vie précise
et la date et le lieu : il s'agit incontestablement de
la Grande Chartreuse, où le supérieur d'Obasine se
rendit en 1135[1], et nullement de Glandier qui,
certes, n'aurait pu disparaître sous une avalanche
descendue d'un sommet de montagnes !

L'autre passage, indiqué d'une manière un peu
vague par Estiennot, est pris dans la Chronique de
Geoffroy de Vigeois. « Henry-le-jeune retourna à
Martel et s'y alita. L'ancien abbé de Dalon étant
venu à Roc-Amadour y trouva Ponce d'Espali,
prieur de Rojas qui dépend du couvent appelé *Chartosa* ; ils convinrent entre eux d'aller voir le Roi[2]. »
Même en accordant, d'après cette phrase, que Ponce d'Espali est un fils de saint Bruno et Rojas une
chartreuse, s'ensuivrait-il que Glandier existât déjà au moment de la mort du fils aîné d'Henry II ?
quel rapport nécessaire y a-t-il entre ce Rojas
et Glandier ? faut-il forcément que Glandier soit
bâti pour expliquer la présence d'un chartreux dans
le Quercy vers 1180 ? Du reste, jamais une char-

---

[1] *Vie de saint Étienne d'Obasine.* Livre I. Chap. v.

[2] « *Pentecostes celeberrimo festo æger peregit absque
ullo ecclesiæ sacramento. Guillermus de Tignera, Abbas
quondam Dalonensis, tunc invisere venit apud Roquamador
Geraldum pontificem Caturcensem, invenitque Pontium d'Espali Priorem Rojas, quod est de cænobio quod vocatur Chartosa. Hi condixerunt sibi ut visitarent Regem feria tertia...* »
Labbe. *Rerum Aquit. Collect. Nov. biblioth.* t. II. p. 336
et 337.

treuse de Rojas n'a existé, comme le prouvent les listes très anciennes et très complètes de nos Maisons [1]. Notez aussi que le chroniqueur Geoffroy, habitant à deux lieues du château de Glandier, n'aurait pas pris tant de circonlocutions pour parler de notre chartreuse qu'il eût tout simplement appelée par son nom ; notez enfin que si Glandier avait été fondé du temps de Geoffroy de Vigeois, incontestablement il eût parlé de ce fait arrivé à la porte de son abbaye, lui qui relate les moindres détails de l'histoire du Limousin, voire même d'ailleurs, puisque, par exemple, il dit un mot de la fondation de notre Ordre et de notre saint Fondateur. Malgré Estiennot, nous placerons donc, d'accord avec notre *Calendarium*, le commencement de Glandier « au 10 Novembre, veille de Saint-Martin, en l'an de Notre-Seigneur 1219, neuvième année du Pontificat de Notre Saint Père le Pape Grégoire IX, sous le règne de Très Chrétien Prince Philippe-Auguste, Roi de France, Bernard de Savène étant Évêque de Limoges. » Et si l'on exige un texte de l'époque, objectant que le *Calendarium* a pu être redigé longtemps après la fondation, voici un passage d'une charte écrite le 23 octobre 1221 par laquelle « Hélie Flamenc, seigneur de Pompadour, donne tous les droits qu'il aurait sur le tènement de Glandier, à la Maison Sainte-Marie de l'Ordre des Chartreux, qui

---

[1] Dans ces listes figurent même les essais de fondations qui n'eurent qu'une existence très courte.

vient d'être fondée récemment, sur les terres de la
Vicomté de Comborn [1]. »

Reste un autre point sur lequel il est malaisé de
répandre une lumière complète, non pas faute de
documents, mais plutôt parce qu'ils sont trop nombreux sans être accompagnés des garanties désirables. Quel motif porta le vicomte de Comborn à
fonder une chartreuse dans ses domaines ? D'après
la charte de fondation, ce serait simplement *pour
le salut de son âme et de celles de ses ancêtres,*
tandis que différentes légendes, très répandues dans
le pays, rattachent toutes la fondation de Glandier
à l'expiation d'un grand crime commis par Archambaud : or, devant ce témoignage unanime, il serait
difficile de ne pas admettre que, au moins pour le
fond, les légendes disent la vérité. Mais, dès que
l'on sort de cette donnée un peu générale, pour
entrer dans les détails, nécessaires cependant, on
se heurte à des divergences si profondes, à de si
grandes invraisemblances, à de telles impossibilités
que l'on ne peut accepter la plupart de ces récits
par trop légendaires. Un seul, à notre sens, résiste
à la critique dans son ensemble et même encore
dans quelques-uns de ses détails les plus importants ;
c'est le récit que nous a conservé le chartreux ano-

[1] *Do, concedo et trado Deo et domui Loci Sanctæ Mariæ
Cartusiensis Ordinis, quæ nuper in terra vicecomitis Com-
borniensis est edificata, quicquid habeo in toto tenemento de
Glanderio.* Cartulare Glanderiense. G. 3. pag. 4. in-4. mss.

nyme rédacteur du *Calendarium* de Glandier : nous allons le reproduire, l'abrégeant et le complétant tout à la fois.

En 1210, à la mort de Bertrand, abbé de Tulle, les moines se disposèrent à procéder à l'élection de son successeur, suivant les anciennes coutumes de l'abbaye ; leur choix se portait sur Bernard de Ventadour, lorsque le vicomte Archambaud VI de Comborn [1], voulut faire nommer un de ses neveux, Galhart de Cardailhac, alors abbé d'Uzerche. Archambaud ne doutait pas du succès qu'il entendait, du reste, obtenir, coûte que coûte, de gré ou de force ; et pour arriver à son but, il n'épargna ni pro-

---

[1] Outre les abbés réguliers, dit Baluze (*Hist. Tutel.* Lib. I. passim) les monastères se donnaient aussi des abbés laïcs ou *Défenseurs* que les religieux choisissaient entre les plus puissants seigneurs du pays pour défendre leurs intérêts temporels. A la mort du célèbre défenseur de l'abbaye de Tulle, Adhémar des Échelles, les moines confièrent à Bernard de Turenne cette importante fonction qui échut ensuite, plus ou moins légitimement, à la famille de Comborn, par Archambaud I, gendre du vicomte Bernard. — Serait-on loin de la vérité, en disant qu'Archambaud VI possédait encore, ou mieux s'arrogeait, les droits d'abbé laïc de Tulle et serait, à ce titre, intervenu dans l'élection d'un abbé régulier ? on s'expliquerait ainsi son ingérence dans cette affaire, ingérence qui, sans cela, est un peu malaisée à comprendre. — Sur l'Abbatiat laïc, voir *Histoire du diocèse de Tulle* par l'abbé Poulbrière, pag. 69. Cet auteur est le premier qui, dans cet ouvrage et antérieurement, dans la *Notice* sur notre chartreuse (2ᵉ édition), ait rapproché de l'élection troublée de Tulle, en (ou vers) 1210, la tradition relative à la fondation de Glandier, telle que l'expose le *Calendarium*. En ruinant toutes les autres légendes, ce rapprochement justifié par des détails précis, donne au récit de notre Maison la valeur générale d'une page d'histoire.

messes, ni menaces, ni bonnes paroles, ni bons pro-
cédés. Au lieu de la facile complaisance qu'il espé-
rait rencontrer, le Vicomte se trouva, à son grand
étonnement, en présence d'une résistance calme,
unanime, inébranlable. Pour couper court à toutes
ces intrigues du dehors, les moines de Tulle se
réunirent secrètement en Chapitre et commencèrent
les préliminaires du vote. Si secrète que fût tenue
la chose, elle arrive néanmoins aux oreilles du Vicomte qui rassemble aussitôt quelques-uns de ses
hommes d'armes, accourt en toute hâte, enfonce à
coups de hache les portes du Chapitre et pénètre
dans la salle où les électeurs étaient rassemblés. Il
essaie encore une fois de leur imposer ses volontés,
mais voyant qu'il n'y peut réussir, il tire son épée
furieux de colère, frappe et tue de sa main sept des
religieux les plus opposés à sa demande. La fureur
sauvage du Vicomte tomba vite et il comprit alors
toute l'étendue du crime sans nom qu'il venait de
commettre : lui, gentilhomme, et lui, chrétien, s'é-
tait jeté, le sabre à la main, sur des hommes sans
armes, inoffensifs, sur des prêtres qui sauvegar-
daient noblement leurs droits les plus sacrés et
étaient morts martyrs de la liberté ! Homme de foi,
Archambaud sentit naître dans son âme des remords
proportionnés à la grandeur de sa faute et, sans
hésiter, se promit de faire une pénitence capable
d'expier son péché. Rien, dès lors, ne l'arrête et
pour rendre ses aveux plus méritoires en les rendant
plus publics, il vient dans la capitale de la chrétien-

té confesser son crime en présence du Souverain Pontife, Innocent III. Il le fit avec une humilité si vraie que le Pape et toute sa Cour ne purent l'entendre sans être émus jusqu'aux larmes ; Innocent accueillit le Vicomte repentant avec la plus tendre charité et lui donna pour pénitence de fonder autant de monastères qu'il avait fait de victimes parmi les moines de Tulle. Archambaud accepta avec reconnaissance et, de retour dans ses terres, bâtit sept couvents au nombre desquels se trouvait la chartreuse de Glandier.

Tel est le récit de notre chroniqueur anonyme que nous ne voudrions pas admettre dans tous ses détails. Il a tort, en premier lieu, d'affirmer que les moines de Tulle choisirent à l'unanimité Bernard de Ventadour ; la communauté divisa ses votes et les porta sur Bernard et sur Galhart de Cardailhac : la Chronique de Saint-Martial parle de deux élus qui, ne voulant céder ni l'un ni l'autre, causèrent à l'abbaye les plus grands malheurs [1]. A ce témoignage joignons celui, plus grave encore, du Pape Innocent III : l'affaire ayant été portée à son tribunal, le Souverain Pontife chargea l'archevêque de Bourges, l'évêque de Limoges et l'abbé de Dalon d'exécuter la sentence portée à Rome ; dans sa lettre à ces Commissaires, Innocent dit qu'il y a eu deux élections dont l'une, celle de Galhart, est cassée et

---

[1] *Electi de Tucla, in discordia perseverantes, destruunt monasterium.* Apud Baluze. *Hist. Tutelensis*, pag. 155.

l'autre, celle de Bernard, déclarée seule valide [1] : et la Chronique de Saint-Martin de Limoges enregistre ce dernier fait [2], consigné également dans la Chronique de Saint-Martial [3]. Notons que l'une et l'autre Chronique place à tort ce fait en 1210: la lettre d'Innocent est des Ides de Juin, quinzième année de son Pontificat, c'est-à-dire du 13 Juin 1212. — En second lieu, notre chroniqueur se trompe en comptant jusqu'à sept monastères fondés et dotés par Archambaud de Comborn : il est hors de doute que le Vicomte n'a point bâti sept maisons religieuses parfaitement inconnues de tous les historiens ; il n'a fondé que le seul Glandier ce qui nous ferait croire, sans peine, qu'il n'aurait frappé à mort qu'un seul religieux de l'abbaye de Tulle. Notons, à ce propos, que les autres récits légendaires du crime d'Archambaud ne parlent que d'*une seule* victime : ici, c'est un ecclésiastique ; là, c'est l'épouse même du Vicomte [4].

---

[1] *Super duabus electionibus in Tutelensi monasterio celebratis, unam cassantes, alteram confirmantes.* Innoc. III. *Opera.* Lib. III. Epist. 127. apud Migne, *Patrolog. Lat.*

[2] *Bernardus de Ventedorn obtinuit per sententiam Domini Papæ.* Apud Baluze. loc. cit.

[3] *Bernardus, abbas Tutelensis fit.* Ibid.

[4] Cette dernière légende est empreinte d'une lugubre poësie : Archambaud commande à un de ses domestiques de tuer la Vicomtesse ; trop obéissant, le serviteur part, au milieu de la nuit, avec la Dame de Comborn. Arrivé près de Vignols, il lui dit de se mettre à genoux pour prier Dieu avant de mourir, mais le courage lui manque pour accomplir son crime : il vient à Orgnac et marche à l'aventure sur les bords de la Loyre, avec la pauvre Vi-

Ces réserves faites, nous pensons trouver la vérité dans la narration du chartreux anonyme ; corrigée et complétée, elle pourrait ainsi se résumer : dans une affaire d'élection où les votes se partagent, Archambaud de Comborn, pour des motifs trop humains faciles à comprendre, soutient de toute son influence le parti qui présente son neveu ; les autres moines maintiennent avec énergie la candidature de Bernard ; le Vicomte voit que cette conduite de ses adversaires expose gravement son protégé et peut faire échouer l'élection, il s'efforce donc d'obtenir une forte majorité pour son candidat, mais en vain ; l'élection a lieu et Bernard de Ventadour l'emporte ; le Vicomte, averti du résultat, entre furieux au monastère, permet à ses gens de piller ce qui leur tombe sous la main, quant à lui, espérant encore faire revenir les partisans de Bernard sur leur vote, il insiste, en plein

comtesse qui le suit en tremblant. Trois fois il fait de nouveau agenouiller la malheureuse femme, mais toujours il hésite et continue tristement sa route : enfin dans les grands bois de Glandier, il frappe sa victime. Aux quatre endroits où la Dame de Comborn s'est agenouillée, Archambaud repentant élève, sur l'ordre de l'évêque de Limoges, une chapelle expiatoire, mais dans l'endroit où elle est morte, le Vicomte fonde une maison religieuse. — On nomme comme étant au nombre de ces chapelles, la Vaysse et Mialet (?). A supposer qu'Archambaud les ait bâties véritablement, nous n'aurions là que de petits prieurés simples, et non point les sept monastères dont parle le *Calendarium Glanderiense*. « Archambaud, dit-il, bâtit et dota en partie sept monastères, Glandier est l'un d'eux.» *Septem ædificatis et ex parte dotatis monasteriis, ex quibus septem ista cartusia Glanderii extitit.*

Chapitre, pour que tous donnent leur voix à son neveu de Cardailhac; il réussit : toutefois un moine intrépide lui résiste en face; le Vicomte fou de colère frappe ce religieux de son épée et le tue : l'affaire de l'élection, ainsi faite et refaite, est portée à Rome qui casse le dernier vote et juge en faveur de Bernard; pour Archambaud, désolé et repentant, il fonde, sur l'ordre du Pape, la chartreuse de Glandier afin d'expier son crime de la façon la plus éclatante.

Voici la Charte de fondation traduite du latin sur une copie authentique de l'original [1] :

« Archambaud, Vicomte de Comborn, à tous ceux qui ces Lettres verront, salut.

« Nous voulons qu'il soit connu de tous, présents et à venir, que quand nous avons appelé et conduit les Frères de l'Ordre de Chartreuse dans nos terres pour le salut de notre âme et de nos ancêtres, nous avons concédé aux dits Frères, à perpétuité, sans réserver aucune redevance pour nous ou nos descendants, les terres, les prairies et la forêt de Glan-

[1] Cette copie nous paraît remonter à la fin du XV° siècle. Sur la dernière page de la liasse où elle se trouve, on lit ces lignes (mais d'une écriture beaucoup plus récente) : « Collation exhact et vidimus a esté faict des présentes en présance de Hugues de Chastanet procureur de Don Gilles Bouchard procureur de Glandiers, assisté de Guilhet Masmalet serjan du dict Glandiers. Faict a Brive le X huictieme apuril. M six cent quinze. » — L'original de la Charte de fondation existait encore en 1683 *(instrumentum fundationis quod adhuc exstat*, dit notre *Calendarium)* et ne disparut qu'en 1793.

dier. Si, au sujet de ces terrains que nous donnons, qui que ce soit venait réclamer quelque chose aux Frères, nous nous engageons à donner satisfaction à celui ou ceux qui feraient des réclamations, à couvrir tous les frais qu'elles occasionneraient et à dégager les Frères de toute responsabilité. Nous leur concédons aussi et librement le droit de pâture pour leurs bestiaux, dans toute l'étendue de nos possessions. S'ils acquièrent dans nos domaines des propriétés ou fiefs sur lesquels nous ne levons aucune redevance en argent ou en nature (comme sont les terres ou rentes des Chevaliers et Servants libres), nous, et nos successeurs, permettons aux Frères de les posséder et retenir en paix. Nous leur donnons encore le manse de Murat sur la paroisse de Votejac [1] sans aucun impôt et corvée [2]. Nous promettons, en outre, aux mêmes Frères de leur donner, dans les champs et la forêt qui se trouvent entre la maison de Glandier et le village *del Pojol* [3], tout ce qui, au jugement d'hommes graves, moines de Chartreuse ou autres, sera nécessaire pour établir la clôture d'après les usages de l'Ordre.

« Nous avons fait ces donations en présence de nos deux fils, Bernard et Guischard, et avec leur consentement ; et, pour que dans la suite des temps, on ne les puisse révoquer en doute, nous avons oc-

---

[1] *Aliàs*, Voltazac, Boutezac. — Voutezac.

[2] *Sine servicio et expleto. — Expletum*, dit Ducange, exploict, corvée spéciale au temps de la moisson.

[3] Le Pouzot d'Orgnat. — Poujol.

troyé aux dits Frères, les présentes Lettres scellées de notre sceau [1]. »

Archambaud de Comborn, comme il est facile de le voir, faisait noblement les choses : outre le domaine de Glandier comprenant une maison-forte, des bois et des prairies, le Vicomte donnait encore les terres et les vignes de Murat, situées près de Voutezac, dans une position riante et fertile : il ajoutait à ces libéralités un droit de pacage très étendu et, ce qui était si important à cette époque, se chargeait de répondre personnellement aux réclamations que, à tort ou à raison, les habitants du pays pourraient élever contre les nouvelles possessions des chartreux : bref, Archambaud entendait que ses solitaires de Glandier fussent absolument tranquilles.

La dernière clause de la charte de fondation nous paraît ajoutée sur la demande expresse des Pères. Après avoir visité le terrain que leur concédait le Vicomte, ils remarquèrent, sans peine, que du côté du levant et du midi, sur la rive gauche de la rivière de Loyre, les limites seraient trop rapprochées des cellules ; ils en firent l'observation à leur généreux bienfaiteur qui ajouta immédiatement tout ce que l'on jugeait nécessaire pour établir la clôture

[1] Ce sceau représentait un cavalier armé de toutes pièces et tenant du bras gauche un bouclier sur lequel étaient représentés deux lions léopardés, avec un contre-scel semblable. De Courcelles, *Histoire généalogique et héraldique des Pairs de France...* etc. Tom. IV, p. 10.

selon les usages et les Statuts de l'Ordre. Archambaud signa la charte de fondation au mois de novembre 1219, la veille de Saint-Martin, et les chartreux, entrant aussitôt en possession de leur nouvelle solitude, se logèrent d'abord dans le château où ils attendirent que les lieux réguliers fussent bâtis. Le peuple habitué au petit manoir féodal, lui conserva longtemps encore le nom de château ; nous trouvons ainsi, dans un acte du 15 décembre 1463, cette expression vraiment singulière : « les moines du prieuré de Glandier capitulairement assemblés au son de la cloche, comme il est d'usage en ce château [1] » ; et nous avons encore retrouvé cette même expression dans la bouche des gens du pays ; tant le souvenir de l'antique castel est vivace dans la contrée.

Le plan de la nouvelle maison s'imposait d'avance puisque toutes les chartreuses sont, à peu de différences près, bâties sur un modèle uniforme. L'église, comme de juste, occupe le point central : sur l'un de ses côtés s'élève le petit cloître (que l'on nommait jadis simplement le cloître, *claustrum*) autour duquel on groupait la salle du Chapitre, le réfectoire et la cuisine ; au-dessus, une sorte de dortoir pour les frères Convers, *dormitorium Conversorum*, avec deux ou trois chambres réservées aux hôtes de distinction, *hospitium claustri*. De

---

[1] *Ut moris est in eodem castro.*

l'autre côté de l'église, ou à son chevet, le grand
cloître, appelé alors la galerie, *galilea*, reliant entre
elles les cellules, au nombre de douze, et servant
de passage pour se rendre au chœur et dans les
autres lieux réguliers. Cet ensemble de constructions formait toute la Maison-Haute, *domus supe-
rior,* ou la chartreuse proprement dite. — A un ou
deux kilomètres de distance, il était aussi d'usage
de bâtir comme une autre chartreuse, la Maison-
Basse, *domus inferior,* où se trouvaient : une petite
église, la cellule de Dom Procureur, les chambres
des Frères, le dortoir des domestiques, l'hôtellerie,
les bâtiments d'exploitation, étables, granges, remises et écuries, les obédiences enfin, c'est-à-dire,
les ateliers des différents métiers nécessaires pour
l'entretien de la communauté. Cette dépendance de
la chartreuse principale servait à isoler complètement la demeure des moines et à la préserver de
tout bruit. D'après l'usage en vigueur dès les premiers jours de l'Ordre, il existait autour de la Maison-Supérieure, une zone réservée plus ou moins
étendue où n'entraient jamais, les chasseurs, les pê-
cheurs, les bergers et les troupeaux [1] ; alors ce silence profond, qui frappe tant le voyageur lorsqu'il
pénètre sous nos cloîtres, on l'obtenait non seulement dans la maison mais même au dehors dans

[1] Cet usage remontait aux premiers jours de l'Ordre ;
un mois après l'arrivée de saint Bruno en Chartreuse,
saint Hugues, évêque de Grenoble, portait une défense
de ce genre que nous retrouvons mentionnée dans plusieurs Bulles Pontificales.

tout le voisinage ; le cri joyeux du chasseur et les aboiements de ses chiens, la chanson monotone et souvent peu agréable du berger gardant ses brebis, la voix sonore du laboureur conduisant son attelage, n'interrompaient point le silence qui enveloppait la chartreuse. Le voyageur, arrivé à une certaine distance de nos déserts, entendait tomber tout à coup jusqu'au moindre bruit et c'est sous cette impression qu'il venait se présenter à la porte, l'âme saisie et vivement émue. Dans la maison, il n'y avait que douze moines, au plus, et un seul convers[1], le cuisinier : on ne rencontrait donc ni frères ni domestiques ni ouvriers dans les cours du couvent, on n'y entendait jamais le bruit de la forge, de la menuiserie ou des autres obédiences ; en un mot, ces petits ermitages de chartreux étaient plongés dans le silence le plus parfait. L'étranger, riche ou pauvre, devait se présenter d'abord à la Maison-Basse où le Procureur l'accueillait[2] mais ne permettait pas indistinctement à tout le monde de monter à la Maison-Haute, et n'accordait jamais la permission d'y passer la nuit. Tantôt le Prieur descendait à la Maison-d'en-bas pour voir les hôtes, tantôt, mais plus rarement, les recevait dans sa cellule. Tel était l'aspect extérieur de nos chartreuses au XIIIe siècle, tel se présentait notre Glandier.

---

[1] On nomme *convers* les frères servants ou frères luis.

[2] *Antiqua Statuta* (rédigés en 1259). III. P. c. I, s.

Généralement, on le comprendra sans peine, la Maison-Supérieure se trouvait placée plus haut que la Maison-Inférieure ; il y eut néanmoins des exceptions, comme à Glandier par exemple, où la demeure des convers fut bâtie au sommet d'une colline à la Grange-Vieille, et portait le nom de *Grange des Frères ;* sa petite église était dédiée à saint Roch[1]. Peu à peu, pour des motifs autorisés par l'expérience, les Maisons-Basses se groupèrent autour du cloître ; à Glandier, lorsque les convers descendirent définitivement à la Maison des Moines, l'église de leur Grange servit encore au culte public : longues années après, l'Évêque de Limoges, au cours d'une visite pastorale en 1744, considérant que cette chapelle, devenue d'ailleurs inutile, menaçait ruine, décida qu'on la démolirait[2]. Une croix de bois en marque l'emplacement à l'entrée de deux chemins, et le peuple garde le souvenir de ce modeste oratoire de Saint-Roch.

[1] Probablement à dater de 1631. — En cette année, la peste sévissant d'une manière affreuse, l'évêque de Tulle, Monseigneur de Genouillac de Vaillac, fit un vœu à saint Roch ; « c'est probablement à cette époque que tant de paroisses du Limousin se mirent sous la protection de ce grand Saint. » Poulbrière. *Hist. du diocèse de Tulle,* pag. 288.

[2] Nadaud. *Pouillé de Limoges.* Ms.

## Les premiers Bienfaiteurs.

.

**T**RACER un plan sur le papier sera toujours chose facile ; l'exécuter, le conduire à bonne fin, chose beaucoup moins aisée. Pour les premiers chartreux de Glandier, laissés à leurs seules ressources, c'eût été entièrement impossible. Sans doute, le vicomte Archambaud leur avait donné de vastes domaines mais qui rapportaient très peu, et pour élever des constructions considérables, les revenus de la propriété n'eussent jamais pu suffire. Nos Pères, dans leur petit castel et au milieu de leurs grands bois, vivaient dans l'indigence [1] et ne pouvaient se mettre à l'œuvre qu'aidés par les aumônes de généreux bienfaiteurs : ils en avaient besoin, ils les attendaient ; leur espérance ne fut pas déçue.

Le P. Bonaventure de Saint-Amable — un des très rares auteurs anciens qui aient parlé de notre chartreuse et encore le fait-il avec une brièveté désagréable — après avoir donné une liste exacte mais fort courte des bienfaiteurs de Glandier, ajoute :

---

[1] Ce sont les expressions mêmes du Calendarium : *sub multa paupertate et indigentia viventibus.*

« ceci suffira pour n'ennuyer pas le lecteur [1] ».
Ne partageant pas cet avis, nous avons tâché, au
contraire, de dresser une liste, sinon complète (ce
qui peut-être alors produirait le résultat redouté
par le P. Bonaventure), du moins suffisamment détaillée des bienfaiteurs de notre chartreuse au XIIIe
siècle, et des principales aumônes qu'elle reçut
dans les premiers temps de la fondation. Ces détails intéressent l'histoire du pays et nous désirons,
en outre, par un sentiment facile à comprendre,
nommer ceux qui nous ont fait du bien ; car après
six siècles et plus, nous nous sentons pleins de reconnaissance pour les fondateurs de Glandier, pour
tous ceux qui lui rendirent quelques services. C'est,
du reste, l'esprit de notre Ordre ainsi que la volonté
formelle de nos Statuts :

« A toutes les heures de l'office canonial, disent-
ils, et dans presque toutes les Agendes [2] ou Messes
de *Requiem*, nous faisons mémoire de nos bienfaiteurs ; toutes les semaines, une messe est dite ou
chantée à leur intention dans chaque Maison de
l'Ordre ; toutes les fêtes, au Chapitre après Prime,
il y a des prières spéciales pour eux ; chaque année,
dans les premiers jours de Janvier, le Prieur, en
présence de la Communauté, chante une messe solennelle pour tous les bienfaiteurs ; chaque religieux
prêtre dit ce jour-là une messe à leur intention ; les

[1] *Histoire de Saint Martial.* Tom. III. p. 545.
[2] Office des Morts.

religieux qui ne sont pas encore ordonnés et les religieuses de notre Ordre récitent un psautier ; les frères disent 300 Pater et autant d'Ave Maria ; enfin, un des Tricénaires [1] Généraux de la Carte du Chapitre est encore spécialement pour les bienfaiteurs [2]. »

Au Moyen-Age, quand une famille, comme les Comborn par exemple, appelait les Chartreux dans ses terres, on voyait les grands et les petits seigneurs du pays, les bourgeois et même de simples paysans concourir à la bonne œuvre, chacun offrant d'après son cœur ou ses moyens, pour bâtir telle ou telle partie de la chartreuse, pour faire ou augmenter une fondation : c'est ce qui eut lieu pour notre Glandier [3].

Durand d'Orlhac, évêque de Limoges, donna six mille sous pour la construction de l'église [4] qui fut bâtie solidement en bonnes pierres de taille et resta debout pendant près de six siècles ; c'est seulement vers 1830 qu'on commença à la démolir à plaisir pour élever une forge qui ne porta pas bonheur à son propriétaire. Cette église, comme on

---

[1] Trente Messes.

[2] *Ordinarium Cartusiense.* cap. xxxviii. et cap. xlii.

[3] Tous les détails qui vont suivre sont extraits du *Cartulaire* de Glandier et du *Livre des Bienfaiteurs,* d'après les analyses du P. Pradilhon.

[4] L'église fut consacrée le 31 juillet ; on ignore en quelle année. Legros. *Vie des Saints du Limousin.* Ms. — Nadaud. *Table des Mémoires.*

pouvait en juger, il y a une quinzaine d'années, par un pan de mur dont les fenêtres et les naissances de nervures accusaient le XIII° siècle, était construite dans le style ogival si pur de cette époque ; nous savons qu'on y exécuta des peintures, trop belles ou trop voyantes, dont le Chapitre Général de l'Ordre s'était même occupé, car il ordonnait, en 1280, de les faire disparaître au cas que cela fût jugé nécessaire par les Pères Visiteurs de la Province. Guy de Gain de Montagnac offrit un calice d'argent, le nommé Durand Pécols une croix du même métal, une dame Julienne de Loches [1] se montra particulièrement zélée pour fournir la sacristie de notre chartreuse ; elle donna, dit le *Livre des Bienfaiteurs*, 60 sous pour une verrière, deux calices d'argent, deux nappes d'autel, trois chasubles dont une en *bocaran* [2] et bien d'autres choses encore avec 50 sous et 12 livres [3] tournois pour constituer le capital d'une rente de 20 sous. Marguerite de Turenne, femme de Bernard de Comborn, fils aîné de notre fondateur, prend sur sa dot une rente de 20 sous « pour entretenir perpétuellement allumée une lampe qui brûlera en l'honneur de Dieu et des

---

[1] Glandier était lié avec la chartreuse du Liget près Loches, par une association de prières ; c'est selon nous, ce qui expliquerait comment une dame de cette ville, connut notre chartreuse et lui fit plusieurs présents considérables.

[2] Bocaran, étoffe de lin très fine. Nos Pères pendant des siècles portèrent des chasubles de toile.

[3] La livre valait au moins vingt-cinq francs.

Saintes Reliques conservées dans l'église de la chartreuse [1] ». L'abbé de Tulle, Bernard de Ventadour, désirant que l'on allume toujours deux cierges à chaque messe, donne le capital nécessaire pour une rente de 30 sous, établie sur les manses de la Rue et de la Geneste [2], qui servait à acheter chaque année quinze livres de cire.

De même que l'église, les lieux réguliers et les autres bâtiments de la chartreuse s'élevèrent, comme on dirait de nos jours, à l'aide de souscriptions. Le quartier de l'hôtellerie, situé au dessus du petit cloître, est construit aux frais de Maître Aymeric [3] ; mais la fondation d'une cellule est la bonne œuvre goûtée entre toutes au Moyen-Age. « Tout comme, avons-nous dit dans un autre ouvrage [4], on fonde un lit dans un hôpital, une chaire dans une Université, un prix à distribuer en telle circonstance, ainsi, autrefois, *on fondait un chartreux*, c'est-à-dire, que l'on faisait bâtir une cellule ou que l'on fournissait à l'entretien du religieux qui l'habitait. » Nous savons, fort heureusement, par le *Livre des Bienfaiteurs*, à qui l'on doit presque toutes les cellules de notre naissante chartreuse : « Le Seigneur Dauphin, comte de Clermont, dit-il, nous

[1] Acte du mois d'avril 1250.

[2] Paroisse de Troche.

[3] Très probablement, Aymeric de Serre de Malemort qui mourut évêque de Limoges, en 1274.

[4] *La Grande Chartreuse* par un Chartreux. 3ᵉ édition, page 273.

donna vingt livres pour bâtir une cellule ; Gaubert Flamenc, seigneur de Pompadour [1], 1500 sous et bâtit une cellule ; à son exemple, noble Gérald de Malemort, Assaillit de Ségur, la dame Delphine [2] de Lastours, Jean Botis et Pierre de Corso, chevaliers (ce dernier de Treignac), Ébles, archiprêtre de Vigeois nous donnèrent chacun une cellule ; l'abbé de Tulle, Bernard de Ventadour, fut plus généreux encore, puisqu'il voulut fonder deux cellules et nous remit pour cela la somme de 40 livres [3]. » Bernard de Ventadour est précisément, comme nous l'avons dit plus haut, le compétiteur de ce Galhart de Cardailhac, cause de si grands malheurs, et l'on voit avec plaisir l'abbé de Tulle s'intéresser généreusement à une fondation dont il ne connaissait que trop l'origine ; il montrait toute la noblesse de son âme en concourant à l'œuvre réparatrice d'Archambaud de Comborn qui, peu d'années auparavant, avait été son ennemi juré.

Les cellules, une fois construites, sont rentées : Le comte de Clermont nous achète, pour fournir

[1] Il est bien d'avertir que la nommée Antoinette Poisson, qu'on affubla du titre de marquise de Pompadour au temps de Louis XV, n'appartient en aucune manière ni à cette maison (qui n'était pas la principale), ni à la très noble et très respectable famille des Hélie, vicomtes et marquis de Pompadour, dont nous aurons si souvent à parler, et toujours avec éloges, dans cet ouvrage.

[2] Bonnaventure de Saint-Amable la nomme, à tort, la Dame Fince.

[3] Apud *Pradilhon*, p. 283 et suivantes.

à l'entretien de son chartreux, les manses [1] de la
Chalva et de la Rivière [2]; l'abbé de Tulle, toujours
généreux, donne à la même intention, une rente
de sept livres [3] fournie par des revenus du manse
d'Agier et des borderies [4] d'Espalion et des Chèzes [5].
Hugues comte de La Marche, donne, pour le salut
de son âme, six sous de rentes à prendre sur les
fours de Peyrac pour l'entretien d'un moine [6];
même fondation par Ébles vicomte de Ventadour
qui, en 1221, au moment de prendre l'habit religieux à Grandmont avec la permission de son
épouse, offre à Glandier, pour nourrir un religieux,
une rente de sept livres que l'on prendra sur les
foires *deus Glotos* [7]. L'acte de fondation, daté
du mois de mai 1221, est passé à *Ventedorn*, et la

[1] Manse. Habitation rurale à laquelle est attachée, à perpétuité, une quantité de terre déterminée et, en principe,
inaliénable. (*Lexicon mediæ et infimæ Latinitatis*. édit.
Migne.)

[2] Paroisse de Beyssac.

[3] Bonaventure de Saint-Amable écrit que « Bernard de
Tulle acheta septante-six livres de rente annuelle pour
sustenter un moine »; cet auteur se trompe évidemment;
peut-être a-t-il voulu dire que le capital versé pour l'achat
de la rente (et d'autres encore), montait à 76 livres, ce
qui est possible. Dom Le Coulteux, dans les *Annales Ordinis Cartusiensis*, ad ann. 1219, dit formellement : *Septem libras annui reditûs pro sustentatione unius monachi*,
ce qui était déjà plus que suffisant.

[4] La borderie était moins considérable que le manse.

[5] Paroisse d'Orgnac. Espalion, comme Agier paroisse de
Troche.

[6] Acte de 1228.

[7] Égletons (Corrèze).

vicomtesse Marie, femme du seigneur Ébles, ainsi
que ses deux fils, y donnent leur consentement, en
présence de Bernard de Ventadour, abbé de Tulle,
frère du Vicomte ; les autres témoins sont l'abbé
de Meymac, Bernard Juge et B. Rossinhol. Peu de
temps après, le mardi avant la fête de sainte
Madeleine, la Vicomtesse et ses fils, en présence
des deux abbés sus-mentionnés, confirme et renouvelle la donation faite aux Frères de la maison de Glandier. Parmi les témoins se trouvent
Guillaume de Maumont chanoine de Limoges,
Jean Guiberti chevalier, P. Robert et R. de Corso moines de l'abbaye de Tulle, Hugues La Cha-
sanha et Guillaume Gaultier chevaliers [1]. — Ces
rentes destinées à l'entretien des religieux avaient
parfois un but spécial [2], déterminé par le donateur. Aussi, au mois d'août 1264, Roger de
Laront, « considérant que son feu père, Guy, chevalier, en son vivant seigneur de Laront, a légué
aux Frères de Glandier, pour le réfrigère de son
âme, une somme de dix sous de rente annuelle
destinée à acheter des harens ; lui, Roger, établit
la dite rente sur les tailles et issues qui lui appar-

---

[1] Cette pièce est, après la charte de fondation, la première en date dans notre Cartulaire.

[2] En 1333 (Le Coulteux, *Annal.* ad hunc annum), un
vertueux ecclésiastique, ami de Glandier, constitue une
rente destinée à fournir, tous les deux ans, à chaque religieux, une petite cuculle, *ad parvas cucullas conficiendas*.
— Les chartreux portent la petite cuculle (ou scapulaire
en étoffe plus légère) pendant le sommeil ; ils peuvent aussi
la mettre en travaillant.

tiennent au village *deu Montet.* » Communément, les donateurs remettent une somme d'argent, mais quelquefois le capital de la rente est formé de dons en argent et en nature : un bourgeois de Rocamadour, Gérald La Valada offre quarante livres et treize bœufs à l'intention, dit-il, de fournir la rente pour l'entretien d'un moine qui priera Dieu pour lui. On vendit les treize bœufs, et joignant leur prix aux quarante livres, on construisit le moulin de Glandier et l'étang qui l'alimentait. Il arrivait enfin que le fondateur entendait que son aumône fût employée à l'entretien de tel religieux qu'il nommait en particulier. Marguerite de Turenne, veuve du vicomte Bernard de Comborn, donne du consentement de son fils Archambaud VII, pour le salut de son âme, à Dieu et aux Frères de Glandier, sept livres de rentes affectées à l'entretien du religieux qui remplira l'office de sacristain, lequel devra prier pour l'âme de la Vicomtesse. L'origine et les vicissitudes de cette rente méritent d'être connues. Marguerite de Turenne avait reçu en dot de son oncle Dauphin, comte de Clermont, une rente de cinq cents sous servie par les revenus de la ville de Montferrand. La Vicomtesse, longtemps après, en détacha une rente de sept livres payée par les fours de Montferrand, et l'appliqua à l'œuvre dont nous venons de parler. Il n'était pas très commode de faire rentrer cet argent placé si loin, c'est pourquoi, cinq ans plus tard, le fils de la donatrice proposa un échange aux Pères de Glandier, et leur donna

le manse du Rouvet, situé non loin de la chartreuse [1].

Ces dernières fondations portent la condition,
ainsi que le lecteur n'aura point manqué de l'observer, que le religieux priera pour l'âme du donateur.
Nos ancêtres, aux âges de foi, savaient apprécier
les choses spirituelles à leur juste valeur : de
même que l'on prend et l'on paie un intendant qui
a soin des affaires temporelles, de même les chrétiens de jadis aimaient à avoir un régisseur de leurs
intérêts éternels ; ils connaissaient la puissance de
la prière et se constituaient des avocats d'office qui
plaidaient leur cause au tribunal de Dieu, non par
des paroles, mais par le langage plus puissant de la
pénitence et de la prière : tel est le motif réel de ces
fondations que nous venons de faire connaître.

Le chartreux priait pour les vivants, surtout
pour les fidèles trépassés ; de là ces nombreux anniversaires fondés à Glandier ; c'était, en même
temps, et un moyen d'avoir toujours des prières
et un moyen fort digne de remettre son aumône
aux religieux, car en général ces anniversaires
étaient surabondamment rétribués. En consultant
notre *Livre des Bienfaiteurs*, nous trouvons que,
d'ordinaire, on donnait environ cinquante sous

---

[1] Acte du v des Kalendes de Février 1255. — Avec le
manse *del Rovex*, Archambaud VII donna les borderies
du Verdier *(de Viridario)* et de l'Arnaudie. *Cartular. Glander*. c. 3., pag. 10.

ou bien de douze à quinze livres pour un anniversaire. Cette somme est parfois dépassée de beaucoup; c'est ainsi que noble et puissant seigneur Ébles de Ventadour, fils du seigneur Vicomte, donne trois cents sous et que l'abbé de Figeac, Galhart de Cardailhac, va jusqu'à offrir trois cents livres à la même intention [1]. Évidemment, nous avons ici une généreuse aumône dissimulée poliment sous une petite charge que l'on nous impose. Cet abbé de Figeac, il est bon de ne pas l'oublier, est ce même Galhart de Cardailhac dont nous avons parlé plus haut, malheureux concurrent de Bernard de Ventadour et neveu de notre fondateur qui voulait l'imposer, de gré ou de force, aux moines de Tulle. Le Pape cassa l'élection douteuse et même frauduleuse de Galhart, mais dans la suite, ce religieux fut nommé à l'abbaye de Figeac [2] et nous aimons à le voir donner grandement à notre chartreuse dont la fondation lui rappelait de bien tristes souvenirs. Glandier est comme le gage de la réconciliation des Comborn et des Ventadour ; unies par les liens du sang, profondément divisées lors des troubles de Tulle, ces deux grandes familles viennent se réconcilier dans notre solitude et les Ventadour, les Comborn et les Cardailhac contribuent, à l'envi, à notre fondation.

---

[1] Apud *Pradilhon*, p. 284.
[2] *B. de Ventedorn obtinuit per sententiam Domini Papœ. Galhart postea fuit Abbas Figiacensis.* Chronic. sanct. Martin. Lemov. apud Baluze. *Hist. Tutel.* p. 155.

L'excellente réputation de Glandier dès les premiers jours de son existence, nous oserions même
dire, l'odeur de sainteté qu'exhalait notre chartreuse, lui attirait ces nombreuses fondations sous
forme d'anniversaires : l'évêque de Limoges, Guy
de Cluseau, en donnant dix livres pour le sien, le
fait, dit-il, « attendu la dévotion du Prieur et des
frères de Glandier (dont la maison est une nouvelle
plantation) que le Seigneur a placés par sa grâce
dans notre diocèse, comme des prémices qui lui sont
agréables [1]. » C'est ce qui explique encore pourquoi
dans tous les rangs de la société, nous voyons, au
XIII<sup>e</sup> siècle, les familles du pays se fonder un anniversaire chez nous : on trouve effectivement sur
la liste que donne notre *Livre des Bienfaiteurs*,
des évêques, des grands seigneurs comtes ou vicomtes, des bourgeois, des dames et des bour-
geoises, des abbés, des archidiacres, des chapelains ou curés et de simples prêtres ; preuve manifeste de la bonne opinion que tous avaient de nos
premiers Pères.

On faisait encore, mais rarement, une offrande
en nature pour fonder un anniversaire ; ainsi, Pierre
Gérard d'Allassac et sa femme donnent à cette
intention, la quatrième partie d'une de leurs vignes
et « religieuse personne, frère Dom Guy de Char-

[1] *Nos attendentes devotionem Prioris et Fratrum Domus
Glanderii, quorum domus est novella plantatio, quos etiam
Dominus, nostris temporibus, quasi primitias in nostram
diœcesim sua gratia collocavit.* Apud Le Coulteux, ad ann
1219.

reiras, chevalier, de Comborn, novice à la chartreuse de Glandier, reconnaît avoir donné, quand
il vivait dans le monde, pour fonder son anniversaire, une métairie qui lui appartient sur la paroisse
de Vigeois[1]. » D'habitude, cependant, celui qui
désirait un anniversaire, offrait, une fois pour
toutes, une somme d'argent que les chartreux pla-
çaient selon leur convenance[2] : c'est ce qui explique
le nombre assez considérable d'achats faits au XIIIe
siècle (le seul dont nous voulions nous occuper ici).
De prime abord, on est effectivement surpris de
trouver dans notre cartulaire, pour cette époque,
une vingtaine d'achats de rentes et dix-huit de propriétés diverses, telles que : manses, borderies,
terres labourables, moulins ou étangs, situés sur
Beyssac, Troche, Orgnac et Vigeois, paroisses qui
alors, comme aujourd'hui, entouraient le territoire,
fort restreint en lui-même, de notre chartreuse ;
mais, dès que l'on réfléchit, on comprend aussitôt
la cause très sage de cette conduite. Actuellement,
on place ses capitaux en rentes sur l'État ou sur
des entreprises commerciales, quel qu'en soit le nom ;
jadis, on plaçait en terres ou en rentes de blé, d'a-
voine et de seigle ; en redevances payées soit en argent soit en nature : autres temps, autres mœurs.

[1] Acte de 1278.

[2] En 1265, Jean Marcialis, chanoine de Limoges, donne
pour son anniversaire et celui de ses père et mère, vingt-
quatre livres avec lesquelles Glandier achète quarante
sous de rente sur les manses de *Pradina* et du Puy-aux-
Juges.

Les différentes sortes d'offrandes que nous venons d'énumérer, imposaient certaines charges à remplir ; en voici d'autres absolument gratuites, véritables aumônes ; et c'est, d'ailleurs, l'expression même employée le plus souvent dans les chartes écrites à ce sujet [1]. Ici notre *Livre des Bienfaiteurs* abonde en détails ; rien, pour minime qu'il soit, ne lui échappe ; il notera qu'un archevêque de Vienne nous a fait cadeau d'une Bible et qu'une dame de Loches nous a envoyé cinq douzaines de parchemins, don précieux il est vrai, puisque la·grande occupation de nos Pères, à cette époque, consistait à transcrire des manuscrits.

A côté de ces donations de peu d'importance nous en trouvons de considérables, et en grand nombre : ainsi dans l'espace de moins de quatre-vingts ans, nous comptons — et notre liste, encore une fois, n'est certainement pas complète — une vingtaine de chartes qui donnent à Glandier des manses entiers, des métairies, des prés, des terres, des vignes, etc.

Plus nombreuses encore sont les cessions de droits sur différentes propriétés de la chartreuse, ce qui pourrait surprendre si l'on n'en comprenait l'utilité, l'importance et même la nécessité. La propriété au

---

[1] Ainsi, dans une charte du IV des Calendes de Mai 1259 : *Helyas, filius Guischardi de Combornio dedit in perpetuam heleemosynam fratribus Glanderii vineam in parochia de Voutaʒac.*

Moyen-Age — tout comme aujourd'hui, du reste,
mais d'une autre manière [1] — était grevée d'une
multitude de petits impôts. Un acte du 10 juin 1280,
nous apprend, par exemple, que le seigneur de
Comborn levait sur les deux manses *del Pojol* [2],
situés aux portes de Glandier et sur la ferme de
l'*Orti de la Fauria* [3] : « une rente annuelle de sept
setiers seigle, mesure de Comborn, secouée deux fois
(pour la mieux remplir, *cum duobus ictibus*) et
quatre setiers eymine de prépositures [4]; un setier
de chênage [5] et trois setiers froment, mesure de

[1] Il ne faudrait pas trop rire des redevances du Moyen-
Age ; elles existent encore. Aujourd'hui, on paye pour entrer chez soi (impositions sur les portes), on paye pour
que le soleil et la lumière pénètrent dans nos chambres
(impositions sur les fenêtres); etc. etc. N'est-ce pas équi-
valent ?

[2] Pojol (Pozols, Pouzaud, et actuellement Poujol ou le
Poujol, synonymes de Puy et Puech), vient du latin bar-
bare *Poiolis*, diminutif de *Podium*, qui signifie une émi-
nence, et une métairie placée sur une hauteur. *Lexicon
mediæ et infimæ Latinitatis*, édit. Migne.

[3] Située, dit l'acte de 1280, près de la chapelle d'Hau-
tefage.

[4] Légumes assortis.

[5] Nous traduisons de notre propre autorité, par *chênage*,
le mot latin *chenagium* que nous avons vainement cherché dans Du Cange, et sur lequel des hommes spéciaux
et compétents que nous avons consultés n'ont pu nous
donner des renseignements positifs. Autant donc que nous
pouvons le comprendre par le contexte, le *chenagium* doit
être, tantôt un droit seigneurial en nature, tantôt une redevance (en nature ou en espèces) pour jouir d'un certain
droit. Dans ce dernier sens, le *chênage* nous paraît être
une somme d'argent, *tres solidos chenatgii*, payée pour
avoir la permission de ramasser des glands ou de faire
paître les pourceaux dans des chênaies réservées: c'est

Comborn, avec trois eymines seigle pour droit de
baillie [1], mesure française : trois setiers seigle, mesure de Comborn foulée, plus une rente annuelle de
trente setiers avoine pour le chênage, un setier
avoine pour droit sur les chevaux et un setier
eymine pour le chénage de la borderie de la Fauria :
item, 5 sous tournois de chênage payables à la Noël
et 17 deniers pour droits sur les chevaux ainsi que
3 sous de chênage à payer en mai ; 2 sous de
porcaing [2] et 14 deniers pour droits sur les béliers [3];
plus, une rente de trois gelines et deux charretées
de bois ; en outre 2 sous et 6 deniers pour le chênage à payer à Noël ; une torte de pain pour la
métairie de la Fauria. Item, en sus, deux tailles [4]

ce que l'on nommait en d'autres provinces, le droit de
glandée. Le *chenagium* est aussi un cens en nature, *unum
sestarium chenagii*, qu'on soldait au seigneur, par des
boisseaux de glands en nombre déterminé, *quatuor ses-
tarios pro chenatgio.* — Peut-être faudrait-il voir tout
autre chose dans le *chenatgium*, c'est-à-dire, une redevance
de pain connue, en Limousin, sous le nom vulgaire de
*chasnage*, comme on voit par un « rolle des tourtes qui
sont dues ès châtellenies de Masseré et Salon et appartenances d'icelles appelé le chasnage (Archiv. Basses-Pyré-
nées. E. 608) » ? Nous devrions alors traduire *unum sestarium chenatgii*, par un setier de chasnage, ou un setier de
tourtes de pain ; expression étrange et d'une exactitude
contestable, car le setier n'est pas un poids mais une mesure ; ajoutons que le droit de torte est mentionné dans
l'Acte que nous citons, à côté et, conséquemment, comme
distinct du chasnage. — *Sapientioribus remitto.*

[1] Redevance à cause de la protection accordée par le
bailli.

[2] Droits sur les troupeaux de porcs.

[3] Et en général sur les troupeaux de moutons.

[4] Prestations.

auxquelles le seigneur a droit pour son utilité ;
l'une à la fête de saint André Apôtre, et l'autre, au
mois de Mai. » Voilà qui est déjà suffisamment com-
pliqué, mais qui le sera bien plus encore si, au lieu
d'un seul seigneur, nous en trouvons deux, trois,
quatre et plus, se partageant tous les droits d'un
seul et même village : à celui-ci la torte de pain,
à celui-là les deux charretées de bois ; à l'un la
rente des trois gelines, à l'autre les 2 sous de porcaing, ou un setier d'avoine, ou les 14 deniers sur
les béliers, ou les setiers de prépositures, etc, etc....
C'était bien souvent le cas de nos Pères, les chartes
en font foi en nous parlant de rentes de 5 sous [1] ou
de 6 deniers [2]; de redevances en nature s'élevant
à un setier de blé [3] ou à une quarte de seigle [4]. On
voit d'ici les difficultés qui se présentaient pour faire
rentrer ces diminutifs d'impôts ; les difficultés plus
grandes encore soulevées entre les divers seigneurs
d'un seul manse qui devaient souvent se payer des
droits réciproquement ; les difficultés surtout avec
les gens des seigneurs, qui tiraient, pour un motif
ou pour un autre, chacun de leur côté.

Le seul moyen d'avoir la paix et la tranquillité
était d'être maître et unique maître chez soi ; de
là, l'importance non-seulement des cessions totales,

[1] Guy de Lastours donne à Glandier 5 sous de rente
annuelle sur Lavau (de Troche) en 1233.

[2] Acte de 1254.

[3] Donné par Guillaume, seigneur de Corbier, en 1299 ;
à prendre sur la borderie de la Franchie.

[4] Donné par la Comtors, fille de Pierre de la Rivière.

mais de la plus petite concession de droits qui pouvait, d'aventure, procurer la puissance entière d'une propriété ; le moindre droit n'était jamais une quantité négligeable et l'on recourait à tous moyens pour en protéger l'existence. En voici une preuve. La Dame Almodie Béchade, donne aux frères de Glandier les dîmes qu'elle prélève sur la grange des Farges : c'est peu et néanmoins son parent, Guy de Lastours, par acte du mois d'octobre 1229, s'oblige à donner, à la prochaine fête de Noël, son propre cheval ou un autre gage de la valeur d'au moins 10 livres, au Prieur et aux frères de Glandier, si, pour cette époque, sa parente Almodie de Lastours-Béchade, n'a point remis aux chartreux les lettres du Seigneur Évêque de Limoges, qui renferment l'acte de donation des dîmes de *las Fargeas*.

Les premiers bienfaiteurs de Glandier comprenaient à merveille toutes ces questions si pratiques alors et s'efforçaient, en multipliant les donations sur une seule propriété, de mettre les solitaires de la chartreuse hors de tout embarras. Prenons, pour exemple, ce qui se passa pour le manse d'Agier, aux bords de la rivière de Loyre, en face d'Orgnac, sur la paroisse de Troche.

Au mois d'Août 1222, Pierre de la Rivière, chevalier, sur le conseil et avec le consentement d'Ithier son frère, donne à la chartreuse le manse d'Agier qu'il tenait par héritage de son père ; l'acte est passé en présence de Guillaume abbé d'Uzerche, de Raymond abbé de Vigeois et de Gaultier Malbernart, chevalier : pour plus de sûreté, Archambaud vicomte de Comborn, avec ses deux fils, Bernard et Guischard, se porte caution. Quatre années après, le seigneur de la Ribieyra confirme de nouveau sa donation, à Limoges, dans la maison de Guillaume de Maumont, vicaire de l'Évêque, en présence de l'archidiacre du diocèse et des deux chevaliers, Guy Bernardi et Pierre de Corso. Déjà l'année précédente, 1225, Hugues Vigers et Bernard son frère avaient donné à la maison de Glandier, pour le bien de leurs âmes, un droit de huit setiers blé, plus une rente de 6 sous qu'ils possédaient sur le manse d'Agier : ils en investissent solennellement le prieur de la chartreuse, Dom Guillaume de Sayshac, dans l'abbatial de Vigeois en présence du seigneur abbé et de deux de ses moines, Ébles et Aymeric ; témoins : Pierre de la Rivière, chevalier, G. de Vigeois et Pierre de Corso. En outre, nous ne savons pour quel motif, Hugues renouvelle sa promesse avec serment dans la chapelle de Gimel, devant son frère, sa femme Lucie, Ramnulphe et Guy de Gimel, Adhémar de Plas et Pierre de Bré, chevaliers : enfin le 19 janvier 1237, Guillaume, abbé de Vigeois, fait connaître à tous que le fils de feu Hugues Vigers, Hugues damoiseau et son fils Guillaume, donnent tous leurs droits sur Agier.

Mais les Vigers, et les La Rivière ne sont pas seuls à avoir des droits sur ce hameau de quelques

maisons : le 12 avril, Guy de Comborn, vicomte de
Limoges « sur le conseil d'hommes prudents » cède
à Glandier, pour le salut de son âme et de ses parents, tous les droits qu'il peut avoir sur Agier.
Pierre, commandeur de la Maison des Hospitaliers
de Jérusalem près Comborn, fait de même en novembre 1252. Malgré ces multiples donations, ayant
toutes pour objet un manse de bien peu d'importance, les chartreux pour plus de tranquillité, se dé-
cident à acheter, en cette année 1252, une borderie
sur Agier à Guillaume Fouschier, sergent du seigneur de Pompadour ; le dit seigneur abandonne
gracieusement les droits qu'il pouvait avoir sur ce
petit domaine en qualité de suzerain. Les Hélye de
Ségur jouissaient, au même lieu « de droits et coutumes à titre de bailie », qu'ils vendent aux chartreux et, finalement, en 1254, Adhémar de Valriac,
sa femme et son fils ainé *quittent* tous leurs droits
sur le manse en question. Il faut bien espérer que
nos Pères furent suffisamment tranquilles après
toutes ces donations diverses, auxquelles il convient
d'ajouter une charte de Geoffroy Hélye, seigneur
de Pompadour, qui consent en général à toute vente
et tous dons faits au couvent de Glandier, dans l'é-
tendue de ses fiefs[1] : actes semblables d'Hélie Jaubert, seigneur du Bas-Château de Pompadour[2] et
d'Audoin de Pierrebuffière, chanoine de Limoges,

[1] Charte du 8 sept. 1259.
[2] Charte du 8 août 1260.

seigneur en partie de Pompadour, « à cause, dit cet ecclésiastique, de sa dévotion envers la maison de Glandier [1] ».

Nous aurions des détails semblables sur bien d'autres propriétés de la chartreuse, mais ils manqueraient complètement d'intérêt, ce que nous avons dit suffira à montrer la nécessité, au Moyen-Age, de ces nombreuses cessions sur un même territoire pour jouir de la paix : ces cessions, on l'a vu, ces confirmations générales et particulières de droits achetés ou reçus, ces *quittements*, avaient en réalité, une très grande valeur, ce qui explique tout le prix d'une charte par laquelle, bien peu après notre fondation, le vicomte de Limoges place sous sa haute protection la chartreuse de Glandier. Nous citons in-extenso cette pièce inconnue jusqu'à ce jour, et fort courte du reste :

« Sachent tous ceux qui, à l'avenir, les présentes verront, que nous, Guy, vicomte de Limoges, considérant comme nôtre la Maison de Glandier, Ordre des Chartreux, avec ses biens et propriétés généralement quelconques, la prenons sous notre garde, défense et protection : nous demandons et voulons que tous, à cause de Dieu et vû notre désir, défendent et protègent, autant qu'il sera en leur pouvoir, la dite maison : quant à nos prévôts et bailes établis dans les limites de notre Vicomté, nous leur commandons expressément et spécialement, lorsque les

---

[1] Charte du 20 octobre 1274. Fait à Glandier.

Frères de la chartreuse passeront sur les terres de leur ressort, de les protéger comme personnes qui nous appartiennent en propre, de les garder sains et saufs, de leur rendre avec soin l'honneur et les services qui se doivent. Fait à Rosers (?) le vingt-et-un du mois de Juillet, l'an du Seigneur, M.CC.XXI[1]. »

Les chartreux de Glandier, afin de témoigner aux Vicomtes de Limoges leur reconnaissance, choisirent pour armes de leur maison, celles mêmes des Comborn-Limoges ; il en fut ainsi jusqu'en 1791. L'Armorial de l'Ordre donne effectivement à Glandier : d'argent au lion de gueules, couronné d'azur, lampassé et armé de sable, qui est bien de Comborn-Limoges.

Avant de terminer, il faut, après avoir parlé des donations, dire au moins quelques mots des principaux bienfaiteurs de notre chartreuse au XIIIe siècle.

La famille d'Archambaud de Comborn porta la même affection que lui à sa chartreuse de Glandier et nous voyons fréquemment apparaître dans les chartes de l'époque : Guischarde de Beaujeu, femme d'Archambaud VI ; ses fils Bernard et Guischard ; sa belle-fille, Marguerite de Turenne ; son petit-fils Archambaud VII avec plusieurs de ses enfants, et son arrière-petit-fils, Guy ou Guyon de Comborn.

Puis viennent tous les grands noms de la pro-

---

[1] *Cartular. Glander.*, pag. 3.

vince : les Comborn vicomtes de la Vicomté de Limoges, Dauphin d'Auvergne comte de Clermont, Hugues de Lusignan comte de la Marche ; ensuite plus rapprochés de nous, les Turenne, les Ventadour surtout, les Malemort, les Pompadour, les de Bré, les Lastours, les Pierrebuffière, les Peyrusse, les Ségur et les Aubusson.

Dans toutes les paroisses qui entourent Glandier, s'élèvent nombre de petits castels ou maisons-fortes dont les propriétaires portent le plus vif intérêt à la chartreuse. Sur le territoire de Comborn : les de Chatras et les Malbernart ; à Orgnac, les d'Ornhac, les de la Chalva et les Valensa ; les Vigers, les de Charreiras tout particulièrement, et les La Valada de Vigeois. Troche a pour seigneur, en partie, le Chapitre de Limoges, mais beaucoup de familles nobles qui y ont des droits favorisent Glandier ; tels sont les Lastours-Béchade, les de Chaumont, de la Brosse, de Bonpar, les Faydits d'Hautefort-en-Périgord, les de Meyras de Pierrebuffière. Plus loin : les Corbier, seigneurs de Corbier et Saint-Martin-Sept-Pers ; les d'Adhémar de Salon ; Robert de Saint-Jal ; de Valriac, de Pompadour ; Roffinhac, d'Alassac ; les Cotheti et les Morcelli, de Ségur ; les seigneurs de Benayes. Enfin à Beyssac paroisse de Glandier, les Vassinhac, les Aubert des Monts et surtout les *de la Ribieyra* ou de la Rivière [1].

---

[1] Tous ces noms de familles, et bien d'autres encore que nous croyons devoir laisser de côté, nous sont donnés par les pièces de notre Cartulaire.

Il faut joindre à ces familles nobles plusieurs familles de la bourgeoisie, les Boyol (ou Bozols) de Limoges ; un La Valada, bourgeois de Rocamadour ; Guillaume Fouschier, sergent du seigneur de Pompadour ; Gérard, bourgeois d'Alassac et sa femme, et ne pas oublier une famille de bons paysans : Guillaume, Bertrand, Étiennette et Almodie La Manhena qui, en 1280, font un petit présent aux chartreux : c'est le denier de la veuve toujours reçu avec plaisir parce qu'il est toujours offert de bien grand cœur.

Ce n'est point sans motif que nous avons voulu dresser cette liste de noms ; elle renferme un enseignement utile puisqu'elle nous montre comment furent accueillis, par tous les rangs de la société, les Pères chartreux lorsqu'ils arrivèrent en Limousin ; et pour un motif semblable, voyons aussi dans quels sentiments le clergé et les Communautés religieuses reçurent les nouveaux venus.

Glandier, jusqu'à la Révolution fit partie du diocèse de Limoges, et les évêques de cette ville soutinrent généreusement notre chartreuse : Bernard de Savène signe sa charte de fondation en 1219, « il nous donna beaucoup, dit notre *Calendarium*, et nous obtint de grandes aumônes. » Nous avons nommé précédemment Guy de Cluseau ; Durand d'Orlhac donna 6,000 sous pour bâtir notre église [1];

---

[1] 6,000 sous qui reviennent à 20,000 livres, monnaie actuelle, dit Legros, dans ses *Mémoires*, pag. 282.

Aymeric de la Serre construisit le quartier des hôtes : Gilbert de Malemort et Raynaud de la Porte figurent sur la liste de nos premiers bienfaiteurs.

Sur la même liste : Le Chapitre de Limoges ; Bernard de Ventadour, Arnaud et Guillaume de Malemort archidiacres de Limoges et Guillaume archidiacre de la Marche ; Ébles, archiprêtre de Vigeois qui bâtit une cellule, et plusieurs chapelains ou curés des environs : Guy de Malemort, curé de Noailles ; le curé de Voutezac ; Gaultier curé d'Orgnac qui donne une rente de 25 sous ; Guillaume Audoin, curé d'Objat qui, outre un don généreux de 20 livres pour son anniversaire, constitue une rente de 5 sous au capital de 60 sous « qu'on lui établit sur une redevance de six sestiers froment *da Posols*[1]. » — Pierre, prêtre sacristain de Brive, offre 50 sous à la suite de beaucoup d'autres aumônes et deux simples prêtres, J. Sames et Pierre Gérald donnent, l'un, 12 deniers de rente et l'autre une somme de 50 sous.

Les Communautés religieuses du pays, loin de se laisser arrêter par un sentiment un peu étroit de jalousie, favorisent de tout leur pouvoir la nouvelle fondation de Glandier. Nos plus proches voisins, les abbés de Vigeois donnent l'exemple : Raymond, Constantin et Guy Roger de la Porte se distinguent surtout par leur affection pour nous et sont inscrits dans notre *Livre des Bienfaiteurs* ;

[1] Poujol.

déjà nous avons parlé des Abbés de Tulle et de
Figeac ; voici encore l'abbesse de Bonnesaigne [1] ;
Pierre Guillaume abbé d'Uzerche, Guillaume abbé du
Palais et Audoin de Pierrebuffière abbé du Dorat,
auxquels il faut joindre de simples moines, tels que
Pierre Bernardy et Roger de Saint-Jal, religieux de
Vigeois. Nommons enfin pour terminer : Pierre,
commandeur de la maison des Hospitaliers de Comborn, Pierre de Beaumont supérieur d'une com-
manderie de l'ordre de Saint-Antoine, Pierre de
Maumont commandeur des Templiers de Limoges
et frère Antoine de Léolio, humble commandeur
des maisons de la Milice du Temple en Limousin.

Tout ce qui précède montre clairement jusqu'à
quel point Glandier, dès l'origine, fut vite populaire
dans le pays ; la popularité, comme on le croit trop
souvent et à tort, n'est point l'estime d'une classe
particulière de la société, mais l'estime de tous, ce
qui est le cas pour notre chartreuse. La voix du
peuple ne se trompe pas d'ordinaire, et ce que
nous aurons à raconter dans la suite de cette histoire, expliquera — du moins nous en nourrissons
l'espérance — pourquoi l'opinion publique eut le
droit de se montrer si favorable.

[1] Ce doit être Galharda de Ventadour, de cette famille
qui a tant donné à notre chartreuse dans ses premières
années.

## Les premiers Prieurs.

E premier Prieur de Glandier se nommait, non point Pierre Geoffroy, croyons-nous, mais Geoffroy comme nous le voyons dans un acte du 23 octobre 1221, rédigé en présence de Geoffroy, Prieur de la Maison du Lieu-Notre-Dame de Glandier, *presente et teste Gaufrido Priore Loci Beatæ Mariæ de Glanderio*. Chaque chartreuse, à sa naissance, comme du reste toutes les maisons religieuses au Moyen-Age, recevait un nom pris souvent de la nature même du site où s'élevait le nouveau monastère : de là les dénominations les plus gracieuses et les plus poétiques. Geoffroy appela notre chartreuse *Locus Beatæ Mariæ*, endroit appartenant à la Très-Sainte Vierge, propriété de Marie, Lieu-Notre-Dame de Glandier ; déjà à la fin du XIIIe siècle on disait simplement Notre-Dame de Glandier et nous retrouverons ce même titre dans tous les actes du XVIIIe siècle.

Nous regrettons de n'avoir aucun détail précis sur notre premier Prieur, nous dirons seulement que l'on doit prendre un homme de mérite pour mettre à la tête d'une maison qui commence.

Geoffroy resta peu à Glandier ; déjà en 1222, il a pour successeur Guillaume de Saishac [1] « digne, ce sont les paroles d'un vieil obituaire, digne de vivre toujours dans la mémoire des moines de Glandier ; c'est par ses soins, ses fatigues et sa rare sagesse que le Seigneur fit grandir et se développer notre chartreuse encore dans son berceau : Dieu la bâtit avec des pierres vivantes en y créant un peuple, une famille de parfaits qui devaient le servir en toute justice et sainteté : Guillaume marchait à la tête de ses frères et les éclairait par l'éclat de ses vertus ; il attira à Glandier de bonnes vocations, procura à ses religieux ce qui leur était nécessaire et surtout fit exhaler à notre désert un parfum de sainteté qui embauma la province et mérita à Glandier l'estime universelle [2]. » L'évêque de Limoges, Guy de Cluseau, en fondant son anniversaire à Glandier vers 1226 dit, comme nous l'avons rapporté plus haut, qu'il le fait « attendu la dévotion du prieur Guillaume de Saishac et des religieux du Lieu-Notre-Dame ».

Pour ce qui est des novices reçus dès les premiers temps à Glandier, les chartes du XIIIe siècle nous donnent quelques noms : frère Guillaume de Juillac et frère Guillaume de Limoges sont présents à un acte passé en juillet 1233 ; peu après, Pierre, de la noble maison des Châteauneuf, prend l'habit de

---

[1] D. Le Coulteux. *Annales*, ad ann. 1228.

[2] Dom Léon Le Vasseur. *Ephemerides Cartusianæ*, ms., ad diem 13 maj.

novice et devient prieur de Glandier vers 1255 [1] ;
également, deux Montinhac, proches parents des
Comborn ; Guy de Charreiras chevalier, de Vigeois ; Gérald Aubert des Monts, oncle ou cousin du Pape Innocent VI ; Gérard de la Ribieyra de
Beyssac ; Pierre de Beaumont de Treignac ; Pierre
Robert de Saint-Jal ; Pierre de la Porte d'Allassac,
et d'autres encore.

En 1228, Dom G. de Saishac, avide de richesses
spirituelles pour sa Communauté, passait le contrat suivant avec Dom Prieur du Port-Sainte-Marie
en Auvergne [2] :

« Au Nom du Seigneur. Qu'il soit connu de tous
présents et à venir, que Pierre, prieur du Port-
Sainte-Marie, maison de l'Ordre de Chartreuse, et
Guillaume, prieur du Lieu-Sainte-Marie de Glandier du même Ordre, après en avoir reçu permission de Jancelyn, Prieur de la Grande Chartreuse,
alors que tous les Prieurs étaient réunis en Chapitre Général [3], ont passé entre eux et leurs Maisons respectives, du consentement et sur la de-

---

[1] Au mois d'octobre 1255, Guischard de Comborn fait
son testament et choisit comme exécuteurs de ses dernières volontés : Arnard de Ventadour archidiacre de Limoges, Girard de Malemort, le Seigneur Gaucelin de
Châteauneuf et son frère, Dom Pierre, prieur de Glandier.

[2] Le Port-Sainte-Marie, bâti entre Riom et Pontgibaud,
dans la vallée de la Sioule.

[3] Le Chapitre Général, en 1228, se tint du 24 au 27
avril.

mande des religieux formant le couvent de chacune d'elles, un contrat dont voici les clauses :

« Tout moine profès, convers ou novice du
Port-Sainte-Marie dont la conduite aura été sans
reproches, jouira d'un bénéfice spirituel au Lieu-
Sainte-Marie de Glandier et, de même, tout moine
ou convers ou novice du Lieu-Sainte-Marie de
Glandier, dont la conduite aura été irréprochable,
jouira d'un bénéfice spirituel complet au Port-Sainte-
Marie.

« Semblablement, les Prieurs de l'une et l'autre
Maison y auront un plein Bénéfice spirituel, soit
qu'ils y meurent étant en charge, soit même qu'ils
viennent à décéder en d'autres Maisons et n'étant
plus Prieurs [1].

« Ainsi, lorsque mourra un moine, un convers,
un novice dont la conduite n'aura mérité aucun
reproche, ou un Prieur, quand même il ne serait
plus en charge ou mourrait dans une autre Maison,
— chaque moine dira pour lui deux psautiers et les
convers trois cents *Pater ;* il aura un Tricénaire [2]
et on inscrira le jour de sa mort dans les Martyrologes [3] des deux Maisons précitées ; bref, on fera

---

[1] Cette clause facultative devint dans la suite un point
de règle. *Ordinarium Cartusiense,* cap. xliii. n. 4.

[2] Le Tricénaire comprend : une Agende (office des Morts)
récitée au chœur, trente Messes et, pendant tout le temps
que dure le tricénaire, une oraison spéciale à toutes les
agendes et messes *de Defunctis* prescrites par le Statut.

[3] C'est-à-dire le Nécrologe ou Obituaire dans lequel on
marquait les anniversaires.

pour lui, dans chacune des Maisons susdites, tout ce que l'on ferait pour un profès d'icelles.

« Cette association de prières a été consentie et approuvée par les moines et convers, tous et chacun, du Port-Sainte-Marie et du Lieu-Sainte-Marie ; ils ont décidé s'engager pour toujours, eux et leurs successeurs, à tout ce qui vient d'être convenu et ont ordonné que l'on en écrirait deux chartes divisées au milieu par un alphabet [1], scellées des sceaux de l'une et l'autre Maison et qu'elles seraient conservées à perpétuité, l'une, au Port-Sainte-Marie, l'autre au Lieu-Sainte-Marie de Glandier. Fait en l'an du Seigneur MCCXXVIII [2]. »

Dom Guillaume de Sayshac est encore à Glandier en 1229 et figure le 19 octobre, comme témoin, à l'élection de Pierre Hugonis, abbé de Vigeois ; mais l'année suivante ou, au plus tard en 1231, il est remplacé par Dom Guillaume de l'Isle. Longtemps bénédictin et abbé de Saint-Pons de Tomières en Provence, Guillaume de l'Isle, préféra au poste honorable qu'il occupait, le silence et la solitude et se retira chez les chartreux en 1228 ; ses talents, son expérience des hommes et des choses, ses vertus engagèrent ses Supérieurs à le mettre à la tête de notre maison naissante : il resta peu à Glandier ; après avoir déposé volontairement

---

[1] D'où l'on voit que les souches ne datent pas d'hier.

[2] Le Coulteux. *Annales*, ad ann. 1228.

la crosse abbatiale, Dom Guillaume n'aspirait plus qu'à obéir et à vivre dans l'oubli, c'est pourquoi il demanda presque aussitôt *miséricorde* [1] et, l'ayant obtenue, rentra avec bonheur en cellule pour se préparer à la mort.

Vers cette époque mourut Archambaud VI, notre fondateur : il appose encore son sceau à une charte de 1235 [2] ; mais il dut mourir peu après, dans un âge avancé, puisque, déjà en 1178, nous le voyons consentir aux immunités que son père accorde aux moines de Dalon. Archambaud, nous l'avons dit précédemment, expia de la manière la plus éclatante la faute qu'il avait eu le malheur de commettre dans un moment de colère insensée ; car ce qu'il faut le plus admirer dans la fondation de Glandier, n'est pas tant la large aumône du Vicomte que l'acte d'humilité qu'il accomplit en cette occasion : Archambaud fonde un monastère qui

[1] *Demander miséricorde*, en style cartusien, est demander à être déchargé d'un emploi ; *avoir miséricorde*, c'est l'obtenir.

[2] Acte par lequel Ithier de la Rivière donne, en échange, aux moines de Glandier, le manse du Puy (de Troche ?). Garant, Archambaud vicomte de Comborn ; témoins, Guillaume Cotheti et Jauffret de Pérusse, chevaliers. Apud *Pradilhon*. pag. 293. — Cette pièce est fort importante parce qu'elle nous donne, d'une manière moins vague, l'époque de la mort du vicomte Archambaud. Notre *Calendarium* dit seulement « qu'il mourut peu d'années après la fondation » ; l'*obiit* d'Archambaud est inscrit dans notre vieux Nécrologe, à la veille des Ides de Janvier : on ne peut donc guère placer sa mort avant le commencement de 1236. — Marvaud (*Hist. du Bas-Limousin*, Tom. II. pag. 111), sans donner de preuves, fait mourir notre Vicomte en 1242 ; il aurait eu alors près de quatre-vingt-cinq ans.

durera des siècles, — peut-être jusqu'à la fin des siècles, — monastère qui sera le témoin perpétuel de sa faute ; c'est par cette humiliation publique, continuelle, voulue, qu'il entend expier son crime ; tel est le sens de la fondation de Glandier et, comprise dans ce sens, elle devient un acte héroïque de vertu. Aussi Dieu accorda-t-il de grandes grâces à cette âme pénitente et fit-il un parfait chrétien de ce seigneur naguère si violent. « A compter du jour de notre fondation, dit le *Calendarium* de Glandier, le Vicomte s'adonna entièrement aux bonnes œuvres ; il allait fréquemment visiter nos Pères, assistait souvent aux offices, le jour et la nuit, chantant avec nous les louanges de Dieu et s'efforçant d'imiter, autant qu'il le pouvait les vertus des solitaires de Glandier ; il trouvait de si douces joies dans leur conversation aimable et toujours édifiante qu'il cessait d'être avec eux un noble et puissant seigneur pour devenir un ami familier. » Quant aux vassaux du Vicomte, heureux de vivre désormais sous un maitre si édifiant, ils devaient trouver, ce nous semble, que les maisons religieuses ne manquaient point d'utilité.

Archambaud jusqu'à sa mort, se montra plein de sollicitude pour la chartreuse et, comme dernière marque de son affection, lui laissa par testament, une rente de dix sous [1]. « Enfin, dit toujours notre *Calendarium*, plein de bonnes œuvres, de gloire et

---

[1] Le 19 février 1260. Archambaud VII établit cette rente sur son manse de Rolfignac, situé sur la paroisse d'Orgnac.

de richesses, laissant pour lui succéder deux fils, Bernard et Guischard, héritiers de son amour pour nous autant que de ses biens, Archambaud de Comborn mourut entre les bras de nos Pères qui se tenaient en prière autour de lui : il fut enseveli, au milieu d'un immense concours d'hommes nobles et de peuple, sous le grand autel de notre église comme il l'avait désiré [1] ; » et y resta pendant plus de six siècles, jusqu'en 1793 où sa tombe fut profanée, pour le motif le plus absurde, par une bande de forcenés.

Afin de conserver à jamais la mémoire du fondateur, les moines de Glandier ont placé dans leur sceau officiel les armes des vicomtes de Comborn. Ce cachet est ainsi composé : à la Vierge d'argent sur champ d'azur semé de 14 glands d'or, chargé en pointe d'un écu d'or à deux lions léopardés de gueules, l'un sur l'autre, qui est de Comborn : l'image de Marie puisque la chartreuse porte le nom de Lieu-Notre-Dame ; les glands, armes parlantes de Glandier et les armoiries des Comborn en souvenir d'Archambaud VI [2].

---

[1] Or, ajoute notre *Calendarium*, il n'est pas supposable que nos Pères l'aient permis sans l'autorisation des supérieurs.

[2] Au Moyen-Age, toute corporation avait ses armes, nos chartreuses en eurent donc, auxquelles elles attachaient peu d'importance : c'était, dans le fond, un usage plus séculier qu'ecclésiastique. Le cachet officiel, *sigillum Domus*, a, dans notre Ordre une toute autre valeur ; c'est le signe de l'autorité et de l'investiture en charge. Au Chapitre Général, on le remet au Prieur nommé ; un Prieur ab-

Dom Guillaume de l'Isle eut pour successeur Dom Pierre Allemand, dauphinois [1]: Ce prieur reçut de la Cour romaine, en 1239, une très honorable commission qui nous montre combien la nouvelle chartreuse de Glandier était déjà connue et estimée dans le pays. Voici le fait. L'Ordre de Grandmont traversait, à cette époque, une crise intérieure assez grave à la suite de dissensions entre les religieux clercs et les frères laïcs. Plusieurs fois, les Souverains Pontifes intervinrent, lorsqu'enfin, désireux de terminer ces différends regrettables, le Pape Grégoire IX prit, en 1238, une mesure énergique: deux religieux des Ordres de Chartreuse et de Citeaux devaient présider, pendant trois années consécutives, le Chapitre Général des Grandmontins et faire telles réformes qu'ils jugeraient convenables, sans que l'on pût en appeller de leurs ordonnances à aucun tribunal. L'année suivante, 1239, le Chapitre se tint à Vincennes près de Paris, et parmi les Commissaires apostoliques figurent, avec les abbés cisterciens de Ma-

---

sous dépose entre les mains du Supérieur de l'Ordre, le sceau de la Maison qu'il ne dirigera plus. — Ces remarques sont utiles à faire ici : les chartreux de Glandier, en prenant les armoiries des vicomtes de Limoges, faisaient un acte de déférence ; en plaçant les armes des Comborn dans leur propre sceau conventuel, ils donnaient à cette famille, d'une façon éclatante et exceptionnelle, une marque d'estime très significative.

[1] Petrus de Elemene, oriundus de Romanis. (Romans en Dauphiné). *Liste des premiers Prieurs de Glandier.* Manuscrit du XIII° siècle.

zères et de Savigny, le prieur du Liget et Pierre de Glandier [1].

Notre chartreuse voit un de ses prieurs honoré du titre de Commissaire du Pape ; quarante ans plus tard, elle verra un de ses profès, Dom Pierre de Montinhac [2], placé à la tête de l'Ordre.

⚸

Par un oubli assez difficile à expliquer, Dom Pierre resta complètement inconnu aux chroniqueurs de l'Ordre jusqu'à la fin du XVII<sup>e</sup> siècle : ni la plus ancienne liste de nos Généraux placée de siècles en siècles, à la tête de chaque nouvelle compilation de nos Coutumes [3], ni Dom Molin le père de l'Histoire cartusienne, ni Dom Clément Bohic, meilleur critique et plus complet qne Dom Molin, ni le tableau commandé par le R. P. Dom Jean Pégon, où sont représentés tous les Généraux de l'Ordre, ni la gravure traitant le même sujet exécutée en 1649, ne font pas même soupçonner l'existence de Pierre de Montinhac. Il était réservé à Dom Charles Le Coulteux dans ses savantes Annales — encore manuscrites — de ressusciter la

---

[1] Lévesque. *Annales Grandimont.*, pag. 225.

[2] Un autre Pierre de Montinhac, simple frère convers à Glandier, achète au nom de la chartreuse, le 18 Mai 1280, le manse de Poujol et ses dépendances, du vicomte de Comborn, Guy fils d'Archambaud VII et de Marguerite de Montinhac. *Cartular. Glander.*, p. 65 ; Nadaud. *Nobiliaire*, V<sup>e</sup> Comborn.

[3] Imprimées toutes ensemble pour la première fois, à Bâle, en 1509.

mémoire de cet illustre fils et prieur de Glandier.
Nous reproduisons simplement en le traduisant le
texte — ou, si l'on veut, la thèse — de Le Coulteux, convaincus d'avance qu'après en avoir pris
connaissance, la critique la plus exigeante se dé-
clarera satisfaite.

« Au commencement de 1276, le R. P. Dom
Guillaume Fabri, Prieur de Chartreuse [1], remit son
âme à Dieu après avoir, pendant quatre ans, gou-
verné cette maison et l'Ordre entier « étendant
sur eux l'ombre de ses ailes, à savoir, ses vertus
et sa doctrine, » pour prendre les expressions
d'une vieille chronique manuscrite de la Grande
Chartreuse. Presque tous nos historiens rejettent
sa mort en 1278, parce que n'ayant pas eu connais-
saince de son successeur immédiat, ils ont cru que
Boson remplaça, sans intermédiaire, Dom Guillaume Fabri ; mais il est indubitable que ce dernier
eut pour successeur, Dom Pierre de Montinhac qui
avait été prieur de Glandier [2].

« Jusqu'à ce jour, tous ceux qui ont écrit sur
notre Ordre, ont complètement ignoré jusqu'à l'existence même de ce Dom Pierre ; il nous sera facile cependant de prouver, par des textes qui ne
laissent subsister aucun doute que, incontestablement, il était Prieur de Chartreuse en 1276. Voici
nos preuves :

[1] La Grande Chartreuse.
[2] D. Pierre avait été Prieur de Glandier vers 1245, et,
certainement, avant 1255.

« A la dernière page d'un vieil évangéliaire, que nous avons actuellement sous les yeux et qui nous vient de Glandier, nous lisons la phrase suivante : « Sur l'ordre de Pierre de Montinhac, Prieur de Chartreuse, nous lui envoyons de Glandier, par frère Géraud de la Châtaigneraye, Prieur du Port-Sainte-Marie, une Bible portative, les Décrétales, l'*Apparatus*, la Somme de Geoffroy, les Grandes Concordances, l'ouvrage de frère Bonaventure *De Exemplis*, et deux Sommes qui se trouvaient au Port. Item, nous remettons au même frère Géraud, les Sommes *de Vitiis et de Virtutibus*, une Somme Dominicale de Guillaume de Peyrat avec une autre qui est une compilation de différents auteurs. Cet envoi est fait en 127..... » Le dernier chiffre étant effacé, nous n'avons pu le lire.

« Au Chapitre de 1276, les Définiteurs accordent au Révérend Père Général Dom Pierre, Prieur de Chartreuse, un plein monachat qui sera dit après sa mort pour le repos de son âme. Voici le texte de la Carte du Chapitre : Nous accordons à Dom Pierre, Prieur de Chartreuse, un plein monachat dans tout l'Ordre, même dans les maisons de Moniales ; il sera inscrit dans les Martyrologes de chaque Maison.

« En 1277, la forme du Chapitre Général est confirmée *in statu antiquo*, par lettres Apostoliques du Pape Jean XXI, sur la demande de chartreux envoyés par Pierre, Prieur de Chartreuse. Pendant que les deux Députés traitaient l'affaire en Cour de

Rome, Pierre tomba gravement malade et mourut
le 28 février. A cette date, le Nécrologe de la Grande
Chartreuse dit simplement : Pierre, Prieur de Chartreuse ; mais le *Calendarium* de Glandier a mis
son nom de famille : Pierre de Montinhac, prieur
de Glandier et ensuite Prieur de la Grande Chartreuse. Dans un autre endroit du même *Calendarium :* Dom Pierre de Montinhac Prieur de Chartreuse et d'abord le nôtre. — Au même jour, dans
le Martyrologe de Lugny [1], nous trouvons : Pierre,
Prieur de Chartreuse.

« Après tous ces témoignages, il n'est plus possible de révoquer en doute que Dom Pierre de
Montinhac ait été Général ; seulement, comme il
fut en charge tout au plus pendant une année, on
s'explique pourquoi jusqu'ici, il a pu rester inconnu
à tous nos historiens [2]. »

Pour avoir été fort court, le généralat de Dom
Pierre n'en est pas moins marqué par un acte très
important dans l'histoire de notre Ordre et dont
nous ressentons encore aujourd'hui les heureux effets : nous parlons de la confirmation définitive de
la forme ancienne du Chapitre Général, *in statu
antiquo,* qui est aussi la forme actuelle. Le Coulteux y fait seulement allusion dans le passage cité
plus haut, mais la chose mérite bien que l'on s'y
arrête un peu. « Le Chapitre Général est né pour

---

[1] Chartreuse aujourd'hui détruite, située dans le département de la Côte-d'Or.

[2] Le Coulteux, *Annales Ordin. Cartus.,* ad ann. 1276.

ainsi dire avec l'Ordre, écrit le R. P. Dom Le Masson, et c'est Dieu même qui semble avoir inspiré la pensée de l'instituer pour conserver nos saintes Règles dans toute leur intégrité : voilà pourquoi nos Pères, à la vue des heureux résultats qui en provenaient, jugèrent à propos, non point de rassembler le Chapitre de temps à autre ni même tous les deux ou trois ans, mais chaque année, sans s'inquiéter des dépenses ou des fatigues qu'entraîne un voyage souvent fort long, puisque les Prieurs viennent en Chartreuse de tous les points de l'Europe. Le Chapitre nous procure trop d'avantages, comme l'expérience l'a démontré, pour que nous n'y tenions pas à tout prix ; nous citerons les trois principaux :

« Le Chapitre annuel ne permet pas aux fautes, aux innovations, aux négligences, au relâchement de prendre racine parmi nous, car il applique toujours un prompt remède à des plaies encore fraiches et dont la guérison n'est, pour ce motif, que plus facile, plus rapide et plus complète.

« De cette réunion des Prieurs, il résulte que rien n'est oublié, rien passé sous silence ; on éclaircit et on tranche toutes les difficultés, tout vient au conseil commun de l'Ordre.

« Chaque Prieur, en allant à la Grande Chartreuse, Mère et Source de l'Ordre, voit de ses yeux les vieilles coutumes cartusiennes mises en pratique et peut les introduire, en connaissance de cause, dans la Maison qu'il gouverne.

« Enfin, pour tout dire en un mot, nos prédécesseurs, considérant la convocation annuelle du Chapitre Général comme nécessaire à la conservation
de l'Ordre, ont été persuadés que ses intérêts seraient ruinés si l'on interrompait ou seulement res-
treignait un peu la tenue régulière de ces grandes
Assises cartusiennes. C'est pourquoi le Chapitre
n'a jamais été omis ou remis, même quand la
Grande Chartreuse était réduite en cendres : en
pareille occurrence, on tint le Chapitre, à la même
époque, de la même manière, soit à Chambéry, à
Currière ou ailleurs. Si, ajoute Le Masson, notre
témoignage peut être ici de quelque poids ( et notre
témoignage est d'autant plus sérieux qu'il est plus
impartial, car chacun sait que présider le Chapitre
est la fonction la plus difficile de notre charge ),
nous dirons, ou mieux nous constaterons, qu'on
n'aurait jamais pu imaginer un moyen plus parfait pour diriger, protéger et favoriser les intérêts
de la république cartusienne [1]. »

En 1141, Saint Antelme, septième Général, sur
les instances de Bernard prieur de Portes, et de
plusieurs autres, rassembla une sorte de Chapitre
à la Grande Chartreuse ; c'était simplement un essai
qu'il renouvela plusieurs fois, mais pas à des époques fixes. Essayer d'abord, établir ensuite, tel a
été, dès saint Bruno, notre esprit et le véritable
secret de notre force. « Les premières Maisons de

---

[1] D. Le Masson. *Annales*, p. 99.

chartreux, lisons-nous dans un ouvrage peu connu, eurent des sujets avant d'avoir des lois écrites, mais quoique sans lois, elles n'étaient pas sans exactitude ; l'amour de l'Ordre y était entretenu par de simples coutumes religieusement observées, ou plutôt les lois de ces solitaires, comme la Loi de grâce, étaient gravées sur les tables de leurs cœurs et non sur des feuilles manuscrites et fragiles : l'esprit, plutôt que la lettre, servait de direction ; toute l'attention, tout le zèle se bornaient à pratiquer toutes les vertus, plutôt qu'à en écrire ou critiquer les règles. Les premières chartreuses, soumises à l'évêque diocésain, indépendantes entre elles conséquemment, n'avaient presque point de relations les unes avec les autres ; aucun intérêt général ne pouvait les inspirer et, bien qu'unies par le même but, leurs observances ne pouvaient avoir une exacte uniformité. Pour établir un commencement d'unité et de fraternité, saint Hugues évêque de Grenoble et Supérieur, à ce titre, de l'ermitage de Chartreuse, conjointement avec les chefs des autres solitudes, engagea Dom Guigues, un des successeurs de saint Bruno dans le gouvernement de cette première Maison, d'écrire les usages qui, jusqu'alors, y avaient été observés et Guigues le fit en 1128 : tel fut le premier acte de l'union politique des différents membres de l'Ordre. Quelques années après, en 1141, avec l'agrément de leurs évêques et l'approbation du Pape Innocent II, les chefs des Maisons s'assemblèrent assez régulièrement pour concerter les nouveaux secours nécessaires au soutien et à la perfection de chacune de ces Solitudes. On sentait déjà l'utilité des communications et des réflexions que procure la réunion de plusieurs personnes éclairées par l'expérience des choses qui doivent y être traitées. On y faisait des observations, on y concertait des moyens pour réparer ou pour améliorer, on y prenait même des résolutions équivalentes à de véritables lois : ainsi les Chartreux commençaient à préluder, quoiqu'imparfaitement, le Règlement universel que l'Église devait faire, en 1215, au Concile de Latran pour tous les Ordres monastiques [1]. »

Sous Dom Basile de Bourgogne, successeur immédiat de saint Antelme, le Chapitre Général, en 1152, commence à fonctionner régulièrement chaque année et reçoit, en partie du moins, la forme qu'il conservera à travers les siècles. Tous ceux dont le concours est nécessaire pour établir cette précieuse institution sur des bases solides, s'y prêtent avec zèle en vue du grand bien qui doit en résulter pour l'Ordre des Chartreux. Ce sont d'abord les évêques « lesquels, à la demande du Prieur de la Maison-chartreuse fondée en leur diocèse, ainsi que des autres frères qui y servent le Seigneur, donnent la dite Maison au Chapitre commun ou Conseil général de l'Ordre, pour la maintenir perpétuellement dans la pratique des observances

[1] *Mémoire pour le Prieur de la Chartreuse de Bordeaux.* 1768. p. 23.

cartusiennes et réprimer les abus qui pourraient
s'y introduire. » C'est ensuite, le Prieur et les
frères de Chartreuse [1] « qui, de grand cœur et
unanimement, soumettent leur Maison au Chapitre Général » ; ce sont encore tous les Prieurs
qui, « au nom de leurs religieux, livrent à perpétuité leurs Maisons au Chapitre qui les conservera
dans la ferveur et corrigera les abus s'il s'en introduit » ; ce sont enfin les Papes Clément III, Céles-
tin III, Innocent III, Innocent IV, Alexandre IV
qui procurent à la nouvelle institution le sceau
de leur approbation.

« Ainsi l'Ordre, par la soumission que lui voua
chacune de ses Maisons, devenait en état de s'ins-
pecter, de se conduire, de se réformer, de se conserver lui-même. Le motif de cet établissement
fondamental est des plus clairs et des plus dignes
d'un respect inaltérable. C'est pour la solidité de
l'Institut, c'est pour la conservation et correction
de chaque Maison. Les volontés des Supérieurs et
des inférieurs de chaque chartreuse se sont livrées
à Lui : ce n'est pas ici un dévouement partiel et
conditionnel, il est universel et absolu, chaque Maison s'est livrée en tout. Ce n'est pas un dévouement
momentané et révocable, chaque Maison s'est livrée pour toujours. Quant au motif de ce dévouement, nous l'avons fait connaître, c'est pour la stabilité de l'Ordre, la conservation et la correction

---

[1] Lorsque l'on dit simplement « Chartreuse », on parle
toujours de la Grande Chartreuse.

de chacune de ses Maisons. Enfin ces volontés ont
été légalisées par l'approbation des évêques et des
Vicaires de Jésus-Christ source de tout être religieux [1]. »

Il fut décidé, en 1152, que toute l'autorité donnée
au Chapitre, serait exercée par le Définitoire, au
moment même des réunions capitulaires, *tempore
Capituli*, et pendant le reste de l'année, *super annum*, par le Révérend Père Général, au nom du
Chapitre. Le Définitoire, représentation vivante de
l'autorité suprême se composait, sous la présidence
du Révérend Père, de huit Définiteurs dont quatre
religieux de la Grande Chartreuse et quatre Prieurs,
deux des Maisons au delà du Rhône et deux des
Maisons en deçà du Rhône.

Un siècle plus tard, l'expérience conseilla et demanda plusieurs changements dans la composition
du Définitoire. Voici le principal : en 1152, il n'y
avait que dix-sept Maisons, cinquante-huit en 1247;
or tout faisait prévoir facilement, que le nombre
augmenterait encore dans des proportions considérables. La part donnée aux représentants de tous
les Prieurs dans le Définitoire devenait donc par
trop petite, puisque la Grande Chartreuse y comptait toujours cinq de ses moines et ces cinquante-
sept Prieurs, seulement quatre d'entre eux. Ainsi,

[1] *Mémoire*, pag. 26. — *In omnibus, in perpetuum, ad te-
norem et confirmationem nostri Ordinis Capitulo domum
nostram concedimus et tradimus corrigendam et conser-
vandam.* Le Masson. *Annales*, p. 131. — *Antiq. Stat.*; II.
Pars. cap. II.

par la force des choses, on attaquait, sans l'avoir voulu, le pacte primordial et la substance même du Chapitre : effectivement, nous voyons, en 1153, les différentes Maisons se soumettre, non à la Grande Chartreuse mais au Chapitre commun, les Évêques abandonner leur juridiction mais au Conseil de l'Ordre, enfin la Grande Chartreuse elle-même, tout comme les autres Maisons et dans des termes identiques, se placer sous l'autorité souveraine du Chapitre Général [1]. Il fallait donc, puisque le nombre des Prieurs allait toujours augmentant, augmenter leur nombre au Définitoire pour maintenir l'équilibre. Tout évidente que fût la chose, elle n'en était pas moins fort délicate à traiter et réclamait une grande circonspection, car on devait toucher à l'autorité même de l'Ordre dans sa plus haute représentation. Nos Pères agirent avec une admirable prudence : on choisit d'abord quatre arbitres agréés de tous, et comme il ne fallait léser les droits ni des Prieurs ni des religieux de la Maison-mère, on nomma Dom Vicaire de Chartreuse Henry Del Groyn, avec un de ses confrères, puis D. Henry de Bottis prieur de Portes [2] et Dom Riffier prieur du Val-Sainte-Marie [3].

Ce n'était pas encore assez : on leur adjoignit

---

[1] *Domum nostram* (Cartusiæ) dit le R. P. Dom Basile, *Communi Capitulo corrigendam tradimus.* — Le Masson. *Annales*, pag. 131.

[2] En Bugey (Ain).

[3] Près de Romans (Drôme).

cinq conseillers revêtus des mêmes pouvoirs et
pris en dehors de l'Ordre ; à savoir : les Arche-
vêques de Lyon et de Vienne, et trois dominicains,
Humbert de Romans Maître Général, Pierre Roce-
lyn et Raoul de Varey. Pour être à l'abri de toute
influence trop humaine, les arbitres ne tinrent
point leurs séances dans une de nos chartreuses,
mais à Lyon chez les Frères-Prêcheurs. L'Esprit de
Dieu ne pouvait manquer d'inspirer des hommes
qui cherchaient la vraie solution avec un si grand
soin, aussi leur sentence parut-elle d'une complète
sagesse. A l'avenir, décidèrent-ils, on pourra nommer Définiteurs autant de moines de Chartreuse
que l'on voudra, mais rien n'oblige d'en élire un
certain nombre. Cette décision, si brève mais si
nette, tranchait toutes les difficultés. Les éligibles
se trouvaient de la sorte placés dans des conditions
semblables, le choix des électeurs devenait parfaitement libre et la prépondérance accordée jadis,
dans des conditions qui n'existaient plus, à ce que
nous appellerions un corps privilégié, sans disparaître complètement, était ramenée à de justes limites.

Nos Pères accueillirent avec respect cette solution et les religieux de la Grande Chartreuse, en
particulier, montrèrent combien ils approuvaient la
conduite des arbitres, lorsque peu après, ils nommèrent Général précisément Dom Rifffier, un de
ceux qui venaient de prendre une décision, en apparence contre eux, mais en réalité très équitable

et très utile à l'Ordre, comme ils le comprenaient parfaitement tout les premiers.

Au Chapitre de 1276, le seul qu'il présida, le R. P. Dom Pierre de Montinhac, pour mettre fin à certaines difficultés que plusieurs cherchaient encore à soulever, résolut de faire approuver une fois de plus et une fois pour toutes, la décision portée vingt ans auparavant par les arbitres. Dans ce but, l'Ordre envoya deux Commissaires au Souverain Pontife, Dom Jacques de Suze, moine de Chartreuse et Guillaume, prieur du Parc au diocèse du Mans. Le Pape Jean XXI, saisi de l'affaire, la confia au Cardinal de Saint-Marc dont la sentence est rapportée dans une bulle qui commence en ces termes :

« Au nom du Seigneur. Ainsi soit-il. Guillaume, par la miséricorde divine, Cardinal-prêtre, du titre de Saint-Marc, à nos bien chers dans le Christ, les Prieur et Moines du couvent de Chartreuse et les membres du Chapitre Général, hommes religieux, sages et discrets, salut en Notre-Seigneur, Sauveur du monde. Votre Ordre, qui a sù se maintenir sans tache, n'est point comme une lampe éteinte et cachée sous le boisseau, mais ressemble à une lumière placée sur le chandelier et posée sur le sommet d'une montagne d'où elle répand, au loin, des rayons d'une éblouissante clarté : c'est ce qui incline la majesté du Siège Apostolique à accueillir favorablement vos justes demandes, afin que la Chartreuse, comme une vigne mystique, donne en temps opportun, au Céleste Vigneron, le fruit qu'Il en espère, et que la lampe qui brûle et éclaire, ne vienne pas à manquer de l'huile de la charité, mais répande, au contraire, une clarté de plus en plus grande et surabondante afin que ceux qui entrent contemplent cette lumière, et à la vue de vos bonnes œuvres glorifient le Seigneur qui est béni dans tous les siècles..... ». Le Cardinal résume ensuite brièvement la question; rappelle que l'Archevêque de Vienne et les autres arbitres n'ont voulu changer en rien l'ancienne manière de tenir le Chapitre, à la réserve toutefois de quelques modifications jugées nécessaires; parle de la requête présentée au Souverain Pontife par son cher fils, Pierre, Prieur de Chartreuse, et continue en ces termes : « Le Seigneur Pape ressentant pour vous un amour de père, nous a chargé de traiter cette question et Nous, après avoir étudié les pièces et fait de toute l'affaire un exposé fidèle au Souverain-Pontife, nous maintenons et consacrons l'usage ancien avec les modifications introduites par les arbitres, et ce, pour conserver à votre Ordre cette sainte et salutaire quiétude, indispensable à des contemplatifs...... Donné à Viterbe, le 26 février 1277, première année du Pontificat du Seigneur Pape, Jean vingt et unième du nom. »

Pierre de Montinhac ne connut point l'heureuse issue de cette grave négociation; il mourait deux jours après la signature de la Bulle, le 28 fé-

vrier 1277 ; l'honneur toutefois lui en revient, et il
restera célèbre dans les annales de l'Ordre, pour
avoir donné définitivement à nos réunions capitulaires une forme qui n'a plus jamais changé, car,
depuis six siècles, nous tenons le Chapitre selon
les règles que Dom Pierre de Montinhac fit sanctionner par le Vicaire de Jésus-Christ.

A l'ancien prieur de Glandier, devenu Général,
on peut appliquer la sentence de l'Esprit-Saint :
*Consummatus in brevi, explevit tempora multa,*
il a fait beaucoup en peu de temps. Nous ne connaissons qu'un seul acte de son administration,
mais qui, à lui seul, suffit pour sa gloire.

Au moment où le R. P. de Montinhac fut placé
à la tête de l'Ordre, Glandier avait pour prieur
D. Matthieu, de Crabanac. « A sa mort, dit Bernard Guidonis, les chartreux de Glandier élurent
pour le remplacer, le 11 juin 1277, le V. P. Dom
Jean de Noblac lequel resta trente années en charge
et gouverna d'une manière digne de louanges[1]. »
La Chronique de Saint-Junien[2] nous donne aussi
un détail qui concerne D. J. de Noblac. « En 1306,
dit-elle, le jour de saint Georges, qui tombait un
samedi, le Seigneur Pape, Clément, cinquième du
nom, vint à Limoges et logea aux Jacobins : le lendemain, il se rendit à Solignac où le Chapitre de Saint-

---

[1] Apud Echard. *Script. O. PP.* i, 416.
[2] *Historiens des Gaules.* xxi. 819.

Junien, les abbés de Lesterp et de Solignac, les prieurs de l'Artige, d'Aurel et de Glandier voulurent prendre à leur charge toutes les dépenses que l'on fit pour défrayer, ce jour-là, le Souverain Pontife et sa suite. »

Nous négligeons à dessein d'autres détails moins importants de notre histoire à cette époque, pour arriver de suite à raconter la vie du plus illustre des fils de Glandier.

Comborn : *d'or à deux léopards de gueules.*

# LIVRE DEUXIÈME.

# GLANDIER

## AUX QUATORZIÈME ET QUINZIÈME SIÈCLES.

## *Le R. P. Dom Jean Birelle.*

E N 1318, l'Ordre choisit pour commencer la nouvelle chartreuse de la Louvetière [1], le vénérable Jean de Montmartre, homme bon et de grande science, prieur de Glandier. En ces temps-là notre Maison se trouvait dans l'état le plus prospère, ainsi que nous le montre un acte signé par quinze moines formant la communauté en 1339 ; or, quinze religieux donnaient le chiffre maximum permis à cette époque, et encore comme exception, par nos Anciens Statuts [2] ; en outre, la qualité venait se joindre au nombre, puis-

---

[1] *Lupatoria*, au diocèse de Carcassonne.
[2] II P. *Antiq. Statut.*, V. 33.

que Glandier possédait alors le plus illustre de ses
fils, dont nous allons raconter l'histoire avec tout
le soin possible.

Jean Birelle[1] appartient certainement au Limousin par sa naissance ; de là, l'épithète de *Lemovix*,
qui lui est donnée dans les anciennes pièces rela-
tives à notre Ordre. D'après Dorlandus[2] et le vieux
*Calendarium* des Chartreux de Valbonne[3], il aurait
vu le jour à Limoges même, ce qui n'est point admis aujourd'hui de tous : s'il fallait donc chercher
ailleurs l'endroit natal de Birelle, nous le placerions
au village de Chamboulive, dans le département actuel de la Corrèze. Nous donnerons plus loin les
motifs de ce choix que nous ne faisons point à l'a-
venture.

Birelle acquit une grande renommée dans le
monde par son savoir ; les Annales de l'Ordre le
disent Maître célèbre[4] : nous le croyons docteur
en Droit, ou comme on disait alors, en Décrets,
car nous verrons les plus illustres jurisconsultes de

[1] *Birellus* et non point *Birelus*, c'est pourquoi nous écri-
vons Birelle et non pas Birel ; on trouve encore : *Birelli,
Virelli, Biorelli, Birellius.*

[2] Dorlandus. *Chronicon Cartusiense.* Lib. IV, cap. xxii.
p. 240. *Misit civitas Lemovicensis, unde hic sanctus* (Birellus)
*oriundus fuit...*

[3] *Civitati Lemovicensi unde erat ortus.* p. 843. — Cho-
rier, dans son *Estat politique de Dauphiné*, donne, d'après
des pièces rares et très authentiques, une chronique abrégée des Prieurs Généraux de la Grande Chartreuse ; il dit,
(Tome II. pag. 245) : Birel, de Limoges.

[4] *Abrégé français* de Le Coulteux, à l'année 1346.

l'époque recourir encore à ses lumières quand il devint chartreux. Nous admettrions sans peine qu'il enseigna à Limoges, ce qui expliquerait, peut-être, comment on l'a cru natif de cette ville.

Birelle était déjà d'un certain âge lorsqu'il vint à Glandier : il prit l'habit, tout au commencement de 1338. Son entrée dans l'Ordre fut loin de passer inaperçue, car il jouissait d'une trop légitime réputation de science et de vertu pour disparaître de la scène du monde sans que l'on constatât le vide qu'il laissait après lui. A peine eut-il commencé l'apprentissage de la vie religieuse qu'il se montra là, comme dans sa chaire de Docteur, Maître consommé, au point que son prieur, ne trouvant plus rien à apprendre à un novice si parfait, osa demander au Chapitre Général de cette année 1338, la faveur de devancer sa profession. Les Définiteurs, éclairés sur le mérite du sujet, donnèrent cette dispense et le firent en des termes tels, qu'ils ajoutèrent beaucoup, par un éloge si éclatant et si public, à la faveur déjà assez significative qu'ils accordaient. « Le Prieur de Glandier, ainsi parle la Carte du Chapitre, demande d'admettre à la profession, Jean Birelle novice de cette chartreuse, avant la fin de l'année de probation : nous octroyons cette permission à cause de l'éminente vertu du sujet et des preuves surabondantes que nous avons de sa vocation [1]. »

[1] *Propter sufficientiam, et vitæ seu conversationis eminentiam.* — C'est là, on le comprend, une faveur tout excep-

Que devint Jean Birelle après avoir prononcé ses vœux ? nous croyons qu'il resta à Glandier et y remplit d'abord l'office de Vicaire (Sous-Prieur). A la suite d'un acte passé le samedi après l'octave de Saint Michel 1339, se trouvent les signatures de tous les religieux présents : Jean Birelle n'y figure point, à la vérité, mais le père Vicaire signe Jean de Chamboulive, cachant son nom de famille plus connu, pour ne prendre que celui, beaucoup plus vague, de son pays natal : or, pour nous, Jean de Chamboulive, Vicaire, est précisément D. Jean Birelle.

Peu après, il est nommé Prieur de Glandier ; en 1344, le Chapitre l'envoie, au même titre à la chartreuse de Bonnefoy située dans les montagnes qui séparent le Velay du Vivarais. Dom Jean croyait y vivre tranquille, oublié et comme perdu dans cette sauvage solitude, mais l'Ordre ne l'oubliait point ; personne ne perdait de vue un homme de ce mérite et quand, l'année suivante, le R. P. Henri Pollet donna sa démission, Birelle fut élu Général, bien qu'il eût à peine sept ans de profession [1].

Le R. P. Dom Jean gagna l'estime de tous par ses talents et ses vertus. Amédée VI, comte de Sa-

tionnelle que nos Pères n'accordaient point sans de graves motifs. A ce Chapitre de 1338, nous voyons précisément refuser la même permission au prieur de Gand qui la sollicitait pour un de ses novices.

[1] Le Coulteux. *Annal.*, ad ann. 1345.

voie, dès qu'il le vit, lui donna aussitôt toute sa confiance ; il le nommait son père, se confessait fréquemment à lui et l'écoutait comme un oracle. Ce n'est point par une misérable complaisance que Birelle gagnait l'amitié du prince ; c'est, au contraire, par sa noble indépendance qu'il exerçait un empire souverain sur l'âme d'Amédée. Une fois, Birelle imposa à son pénitent un pèlerinage fort éloigné et assez fatigant pour un personnage de la condition du Comte. Comme il allait partir, la Comtesse écrivit à Dom Jean et le pria instamment de permettre qu'au moins Amédée pût monter à cheval, mais le zélé confesseur ne voulut point l'accorder trouvant le comte assez robuste pour accomplir cette pénitence. La Comtesse, piquée de ce refus, répondit sèchement : Vous n'auriez garde d'y aller avec lui [1] ; ce qui d'ailleurs n'empêcha point la princesse de continuer, comme par le passé, à vénérer le Prieur de la Grande Chartreuse et elle n'eut pas lieu de s'en repentir. Un jour, le comte de Savoie confia à Birelle un grand chagrin qui lui pesait sur le cœur ; n'ayant point d'enfants, il se désolait à la pensée de voir ses domaines passer à des mains étrangères. Dom Jean lui dit aussitôt : Pour moi, prince, j'ai confiance que sans beaucoup tarder, le bon Dieu vous consolera, et votre héritier ne sera pas un étranger comme vous en avez la crainte : il appela ensuite sa communauté, lui ex-

---

[1] *Ancienne Chronique manuscrite de la Grande Chartreuse,* citée par Le Coulteux ad ann. 1358.

posa l'inquiétude du Comte et imposa à tous une prière qu'il fut le premier à réciter avec une grande ferveur. Dieu l'exauça et l'enfant, qui reçut au baptême le nom d'Amédée, succéda à son père, comme Dom Jean l'avait prédit.

Birelle fut intimement lié avec Humbert II, dernier dauphin de Viennois. Ce prince, après la mort de son fils unique, eut l'idée de se retirer en religion et Dom Jean l'engagea beaucoup à exécuter ce pieux dessein : Humbert songeait aux chartreux, mais son sage directeur lui conseilla un Ordre moins austère, et lui parla des dominicains. Le Dauphin suivit ce conseil si désintéressé. Avant de quitter le monde, il céda, comme chacun sait, ses États à Jean-le-Bon (16 juillet 1349), mettant pour condition que le fils aîné du Roi porterait toujours le titre de Dauphin : c'est ainsi que le Dauphiné a été réuni à la France et le Prieur de la Grande Chartreuse eut sa part, au moins indirecte, dans cette heureuse affaire.

Plus d'un lecteur apprendra peut-être avec étonnement que Dom Jean Birelle comptait au nombre de ses amis l'illustre Pétrarque. Gérard, frère du poëte, s'étant fait Chartreux, le chantre de Vaucluse vint lui rendre visite en 1350. Quelque temps après, il écrivait au R. P. Dom Jean Birelle : « Vous m'avez reçu avec une bonté tout exceptionnelle et accueilli comme un enfant de la maison ; je venais voir Dom Gérard et croyais n'avoir que ce seul frère à la Chartreuse, mais j'ai remarqué

bientôt que je possédais un frère dans chaque religieux du couvent [1]. » Pétrarque lui dédia un traité philosophique de sa façon sur les avantages de
la solitude. Dans une de ses lettres, il avait parlé
en termes fort élogieux du R. P. Général qui le lui
reprocha sévèrement, et Pétrarque de répondre aussitôt : Vous m'avez, comme on dit vulgairement,
bien lavé la tête, et j'avoue que votre savon mor-
dait la peau. L'austère chartreux, qui désirait voir
Pétrarque employer son incontestable talent à des
sujets sérieux, lui demanda un traité sur la Dignité
de l'Homme. Le poëte aurait eu dans son saint ami
un modèle parfait et bien capable de l'inspirer.

A cette même époque vivait à la Cour Romaine,
où il occupait une des premières charges, un
homme de très grands talents et d'une vertu consommée, le célèbre docteur Pontius. Chaque année,
pour donner à son esprit quelques moments de
repos et à son âme quelques heures de solitude,
Pontius allait faire une sorte de retraite à la Grande
Chartreuse sous la direction de Jean Birelle qu'il
prenait pour son confesseur et en qui il avait la
confiance la plus absolue. Une décision du Général
des Chartreux lui semblait un argument sans ré-
plique : aussi en traitant une affaire, même en présence du Souverain Pontife, ne craignait-il pas,
pour donner plus de poids à son raisonnement, d'exposer l'opinion de Jean Birelle sur le point en litige

---

[1] Lettre du 25 avril 1351, écrite de la chartreuse de Milan, apud *Le Coultcux*, ann. 1351.

et la docte assemblée demeurait saisie d'étonnement, à la vue d'une sagesse et d'une science si remarquables. La renommée dont le Prieur de Chartreuse jouissait à la Cour pontificale faillit même le conduire au comble des honneurs, car, à la mort de Clément VI, en décembre 1352, la plus grande partie des Cardinaux songea à nommer Pape le R. P. Jean Birelle : comment alors ne fut-il pas élu, c'est ce qui mérite d'être étudié et discuté en détail.

⚯

D'après Dorlandus, auteur d'une Chronique de l'Ordre des Chartreux, écrite vers 1470, le cardinal Talleyrand de Périgord aurait, au moment de l'élection, adressé à ses collègues, les paroles suivantes : « Veuillez, mes seigneurs, bien peser ce que vous allez faire en vous hâtant de nommer Pape le Prieur de la Grande Chartreuse. Il est, je l'avoue, tout à fait digne d'un si grand honneur, mais nous, nous sommes des ambitieux et nous aimons le luxe et le faste ; lui, au contraire, exècre du fond du cœur tout ce qui sent la gloire mondaine. Élu Pape, comme il est éminemment juste et énergique, il nous ramènera, n'en doutez point, à la simplicité des premiers âges ; alors nos magnifiques et robustes chevaux de carrosse, nos fringantes montures seront, dans quelques jours, attelés aux charrettes et aux charrues ; car le Prieur de Chartreuse n'épargnera personne, fût-il revêtu des plus hautes dignités. Dom Jean brûle de zèle pour la gloire de l'Église ; comme le lion il ignore la peur [1]. »

Il serait difficile de tenir un langage plus maladroit ! disons le mot, plus impertinent ! aussi, nous contentons-nous de traduire, mot à mot, cette petite harangue pour prouver qu'elle n'a jamais pu être prononcée, surtout par Talleyrand l'un des esprits les plus fins, un des plus parfaits diplomates de son siècle.

Talleyrand s'adresse à des cardinaux qui, *pour la plupart*, ont résolu de nommer Jean Birelle ; leur choix n'a été fait qu'après mûre réflexion, et Talleyrand, pour les décider à changer d'avis, de quels arguments insinuants et irrésistibles va-t-il se servir ? Le sujet que vous préférez à tous, leur dira l'habile orateur, est excellent, digne vraiment de la tiare ; un tel choix doit plaire à Dieu ; mais, en même temps, vous êtes des ambitieux, des amis du faste ; prenez-y garde, on va vous enlever vos beaux chevaux ! cette seule considération ne suffit-elle pas

---

[1] Il nous paraît bon de donner le texte même de ce discours : *Animadvertite, o Domini mei, quod Cartusiæ Patrem in Pontificem festinatis eligere. Et quidem est vir ille tanto honore dignissimus ; sed quia nos ambitiosi sumus et mundi hujus fastum diligimus, ille vero hæc omnia quæ mundi gloriam redolent, totis animi medullis execratur, si electus fuerit, cum summus in eo æquitatis et justitiæ rigor vigeat, pro certo ad statum nos revocabit antiquum : et pulchri obesique caballi ac sonipedes nostri, post paucos dies, ad plaustra redigentur et aratra. Non enim personam revereretur quantumlibet sublimis hominis, sed pro Dei Ecclesia fremens, ut leo, absque terrore confidit.* — Chronicon Cartus. Lib. IV. cap. XXII. p. 231.

pour écarter le candidat si méritant que vous aviez d'abord choisi ? — Certes, ce n'est pas ce discours extravagant qui aurait pu faire revenir le Sacré-Collège sur sa détermination ; tout au contraire, l'honneur, en pareil cas, lui imposait de répondre à Talleyrand par l'élection de Birelle.

Le récit de Dorlandus est-il alors complètement faux ? nous ne le croyons pas ; seulement, à un fond de vérité se mêlent des invraisemblances inadmissibles. Au lieu, donc, de rejeter la narration du vieux chroniqueur, mieux vaut la discuter et y prendre tout ce qui paraît exact ; car, après tout, Birelle n'a pas été élu et on admet communément que le cardinal de Périgord en fut la cause : comment donc les choses se sont-elles passées ?

Un chartreux, Simon Salvani, auteur relativement moderne, sans doute, puisqu'il écrivait il y a seulement deux cents ans, nous semble néanmoins avoir dit la vérité sur la question. Dans sa *Vie de Louis de Lauzeray*, prieur de la chartreuse de Villeneuve [1], Simon Salvani raconte que « les cardinaux, à la mort de Clément VI, avaient d'abord voulu donner leurs suffrages au R. P. Jean Birelle, Général des Chartreux, l'un des plus grands hommes de son siècle, mais *à sa prière*, le cardinal

---

[1] Page 123. La chartreuse de Villeneuve-lès-Avignon a été fondée précisément par Étienne Aubert que les cardinaux élurent à la place de Birelle. N'y avait-il point à Villeneuve, au sujet de cette élection, des documents, des traditions qui inspirèrent Dom S. Salvani ?

de Périgord les fit changer d'avis, alléguant sa trop grande austérité. » Ce seul mot, *à la prière,* place la question sur un tout autre terrain, et croyons-nous, sous son véritable jour. Lorsque Clément VI tomba mortellement malade, les cardinaux pensèrent à son successeur ; le nom de Birelle fut mis en avant et accepté par le plus grand nombre des électeurs. Le Sacré-Collège, composé à cette époque, surtout de prélats appartenant à la *nation Limousine,* résolut une fois encore de placer la tiare sur la tête d'un compatriote ; Birelle était Limousin, ancien prieur de Glandier, connu personnellement et depuis longtemps de la plupart des cardinaux, connu de la manière la plus avantageuse ; que plusieurs aient posé sa canditature, qu'elle ait été acceptée, rien de plus explicable. Birelle l'apprend, en est consterné et conjure Antoine de Périgord, tout dévoué à l'Ordre et son intime ami, de le préserver d'un si grand malheur : le Cardinal habitué, dès longtemps, à combler les chartreux de bienfaits, n'osant refuser le service que Birelle lui demandait avec tant d'instances, chercha un prétexte plus ou moins plausible qu'il exposa avec une grande habileté à ses collègues. Tout en reconnaissant les mérites de leur candidat, il les invite à considérer que Birelle, tiré soudain d'une cellule de chartreux ne saurait se plier aux habitudes d'une Cour et le Pape, cependant, en qualité de Souverain, doit tenir son rang de Prince et de Roi. Talleyrand parla de la *trop grande aus-*

*térité* de Jean Birelle, expression qui doit s'entendre d'une trop grande ignorance des légitimes exigences d'une cour princière. Il pouvait y avoir du vrai dans les observations présentées par le cardinal; les électeurs, en tout cas, se laissèrent persuader [1], mais la preuve évidente qu'ils n'agissaient guère dans la crainte de perdre « leurs beaux che- « vaux » c'est qu'ils élurent à la place du Général des Chartreux un vieillard, bien connu par l'austérité de sa vie et la rigidité de ses principes, Étienne Aubert, grand Pénitencier de l'Église Romaine.

Telle est, d'après nous, la vérité sur cette question : le R. P. Jean Birelle n'a pas été Pape parce qu'il a demandé à ne pas le devenir et c'est Talleyrand qui a plaidé sa cause [2]. Plus tard, dit-on, le Cardinal en eut des remords ; considérant qu'un saint est toujours puissant en œuvres et en paroles, il regretta d'avoir cédé aux instances de Birelle : Malheur à moi, se serait-il écrié, j'ai privé l'Église d'un tel Pasteur, c'est ma faute, malheur à moi.

---

[1] « Les cardinaux firent, en effet, réflexion : ils voulaient la réforme mais ils n'en voulaient qu'avec mesure: l'austérité de Benoît XIII, peut-être l'inexpérience de Pierre de Mauron, se dressèrent devant eux ; ils élurent Étienne Aubert. » Poulbrière, *Histoire du diocèse de Tulle,* pag. 171. Cette observation est fort sage.

[2]      *Clementis sexti successor dictus, honorem*
           *Exuo, dum* PRO ME *Tallairandus agit,*
ce qui, observe Bonaventure de Saint-Amable, dit ainsi en nostre langue :

       Clément Six étant mort, on m'appelle à la chaire,
       Talleyran, *agissant pour moy,* rompt cette affaire.

*Ego prohibui et ideo væ mihi,* j'ai trop écouté la voix de l'amitié.

Cette amitié de Talleyrand pour les chartreux, est, à notre avis, la cause unique de sa manière d'agir dans la circonstance présente; il est donc indispensable pour éclairer complètement le lecteur, de montrer, par des faits, les rapports du Cardinal avec notre Ordre. Son affection pour nous datait de loin, puisqu'elle était comme un héritage de famille. Au commencement du XIVᵉ siècle, Elie comte de Périgord eut le dessein de fonder une chartreuse à Vauclaire, dans ses domaines, mais surpris par la mort, il laissa à ses fils, Archambaud, Antoine (le futur cardinal) et Roger, le soin de mener à bonne fin l'entreprise. A la même époque, Antoine, comme évêque d'Auxerre, contribue à la fondation de la chartreuse de Basseville [1] et la sœur des Talleyrand, Agnès comtesse de Duras, dame d'honneur de la Reine de Naples, appelle les chartreux dans les dépendances de son château de Guillonèse, au diocèse de Termoli [2].

Le Cardinal, non content d'avoir contribué, avec ses deux frères, à l'établissement de Vauclaire, voulut encore bâtir une chartreuse à Lui seul; dans ce but, suivant un usage qui commençait à s'introduire, il *doubla* [3] vers 1335, *le cloître* de Vauclaire.

---

[1] Le Coulteux. *Abrégé français*, ann. 1328.

[2] *Ibid. ad ann. 1338.*

[3] Pour comprendre cette expression, il faut savoir qu'à cette époque, une chartreuse se composait seulement de

A ces faveurs considérables mais particulières à
une seule maison, le Cardinal, vers 1330, en obtint
une fort précieuse, de Jean XXII, pour l'Ordre tout
entier, à savoir « le privilège de se choisir, à l'article de la mort, un confesseur qui aurait pouvoir
d'appliquer l'Indulgence plénière[1] ».

Ces bienfaits multipliés créèrent entre l'Ordre
et le Cardinal une de ces amitiés qui amènent un
étranger à devenir, peu à peu, comme un membre
de la famille. A la Grande Chartreuse, où il montait
fréquemment, Antoine de Périgord se trouvait chez
lui et nous le voyons agir avec un abandon tout familier. Citons, à ce propos, un bien petit détail qui
cependant ne manque point d'intérêt. Talleyrand
remarque un jour, pendant la grande messe, que
la cuculle ecclésiastique[2] est de gros drap; il s'en
étonne et dit au R. Père Général, en sortant de l'é-
glise, qu'il conviendrait de prendre une étoffe plus légère. Cette réflexion, un peu banale, ne tombe pas
cependant dans l'oubli, et quelques mois après, au
Chapitre de 1335, le définitoire minute gravement
l'ordonnance suivante: « Nous voulons et commandons qu'à l'avenir le diacre porte pendant la messe

douze cellules : Talleyrand en ajoute douze nouvelles bâties et rentées à ses frais ; c'est donc comme un autre Vauclaire élevé à côté de l'ancien. *Domus Vallisclaræ in qua
Dominus Cardinalis Petragoricensis duplicat conventum.*
Carte du Chap. Gén. 1335, apud *Le Coulteux.*

[1] Le Coulteux, *ad ann.* 1345.

[2] Sorte de grand surplis de laine que le diacre porte en
officiant à la messe conventuelle : le prêtre hebdomadaire
le prend aussi en certaines circonstances.

conventuelle une cuculle plus belle, en futaine par exemple, ou même en serge fine et extrêmement blanche : c'est le seigneur cardinal de Périgord qui nous
a donné cette idée et conseillé de la suivre [1] ». Détail
infime, répèterons-nous, mais qui néanmoins montre l'estime que l'on avait pour Talleyrand, le cas
que l'on faisait de ses moindres désirs, et combien
il était notre ami pour en agir aussi familièrement
avec nous.

En 1345, Birelle est placé à la tête de l'Ordre.
Au premier Chapitre Général qu'il préside, nous le
voyons se servir de l'autorité remise entre ses
mains, pour témoigner, mieux encore que ses prédécesseurs, au cardinal de Périgord dont il était
l'ami, toute sa reconnaissance et celle de ses frères,
en lui faisant accorder la faveur royale d'un tricénaire du Saint-Esprit [2] dans chaque maison de
l'Ordre. Nous disons, à dessein « faveur royale »,
car nous la voyons donner surtout à des têtes cou-
ronnées [3]. Ce tricénaire procurait des avantages

[1] *De consilio et hortatu Domini Cardinalis Petragoricensis volumus et ordinamus.*

[2] Trente messes.

[3] Et encore, même avec des Princes et des Rois, le Chapitre Général se montre peu prodigue de pareilles concessions. En 1340, il prescrit pour Jeanne, Reine de France,
une *seule* messe du Saint-Esprit et, en 1342, un tricénaire
dans tout l'Ordre, mais seulement, ajoute-t-il, pour cette
fois, *semel.* En 1343, Albert, duc d'Autriche, donne 50
florins au Chapitre qui l'en remercie et l'assure qu'on
priera pour lui, rien de plus. Dans la Carte de 1348 : *une*
messe pour la Reine de France, *trente* pour Talleyrand et
encore avec oraison spéciale désignée par lui.

assez considérables : ainsi le nombre de messes acquittées à l'intention du Cardinal s'élevait à 1500
environ et il en fut de même, sans interruption, pendant dix-huit années. A chaque Chapitre Général,
Birelle et les définiteurs se plaisent à affirmer de
nouveau, avec toute la publicité dont ils disposent,
leur reconnaissance sans cesse plus grande pour
Antoine de Périgord : parfois ils ajoutent même
quelque particularité extraordinaire pour mieux ac-
centuer le sens du présent spirituel qu'ils offrent :
ainsi, en 1348, Birelle prescrit pour le tricénaire,
une oraison toute spéciale : *Ineffabilem misericor-
diam*.

C'est en novembre 1352 que Talleyrand — par
amour pour ses chevaux — aurait intrigué afin d'é-
loigner Birelle du Souverain Pontificat, et six mois
après, au Chapitre Général, continue toujours
dans les mêmes termes la concession du tricénaire
*de Spiritu Sancto*. La Carte de 1356 appelle Talleyrand l'homme d'affaire tout spécial des Chartreux [1]
à la cour Romaine, titre bien mérité par le zèle que,
malgré ses immenses occupations, il apportait à
gérer nos intérêts : il faisait plus encore, et vraiment, on aurait pu dire que la générosité princière
de cet ami si dévoué augmentait sans cesse. De
fait, en 1359, non content de tout ce qu'il avait
donné à Vauclaire depuis une vingtaine d'années,
le Cardinal compte à l'Ordre 12,000 florins pour

---

[1] *Specialis promotor negotiorum Ordinis.*

certaines constructions à terminer dans cette chartreuse. Birelle touché de cette amitié si persévé-
rante, si généreuse, crut qu'il devait enfin montrer
d'une manière éclatante la gratitude des Chartreux,
par quelque faveur de tout point extraordinaire ;
c'est pourquoi il fit alors remplacer le tricénaire du
Saint-Esprit[1] par un trentain de messes de *Requiem*
dans toutes les maisons de l'Ordre, *à perpétuité :*
c'était là, vraiment une concession exceptionnelle[2],
mais tellement exceptionnelle que depuis huit cents
ans, elle n'a été accordée qu'à trois personnes : Am-
blard d'Entremonts évêque de Maurienne, Jeanne
Reine de France, Antoine cardinal de Périgord.

Un acte de cette importance ne pouvait pas être
porté à la connaissance de l'Ordre, dans les diverses régions de l'Europe, par la voie ordinaire de
la Carte du Chapitre : Birelle rédigea donc lui-même
une sorte de lettre encyclique dans laquelle, après
une énumération longue et détaillée de tous les
bienfaits reçus du Cardinal, il annonçait la résolution prise en plein Chapitre pour remercier aussi

[1] Dans une histoire manuscrite de la chartreuse du
Val Saint-Pierre, par un Chartreux anonyme, nous lisons
qu'un des motifs qni auraient porté le R. P. D. Jean Birelle à faire accorder le tricénaire à perpétuité, serait précisément le désir de remercier le Cardinal qui l'avait
délivré du lourd fardeau du Souverain Pontificat, « ce que
sachant le bon Père Général lui accorda un tricénaire perpétuel par toutes les maisons de l'Ordre. »

[2] Le Chapitre de 1343 venait de défendre, sous des
peines très graves, d'accorder un tricénaire à perpétuité :
il y eut donc pour Talleyrand une vraie exception et même
une sorte de dispense spéciale.

dignement que possible le très fidèle ami des chartreux [1]: la concession du tricénaire perpétuel fut
inscrite, par ordre du Définitoire, dans le texte
même de nos Règles, notée dans les calendriers des
maisons, imprimée plus tard dans les diverses édi-
tions de l'*Ordinarium* [2] et de nos anciens Graduels [3] où nous lisons encore ces mots: *Circa festum
sancti Antonii, fit Tricenarium Cardin. Petragoricensis* [4].

Telles furent, pièces en main, pendant plus de
trente années, les relations de Talleyrand avec les
chartreux : on s'expliquerait alors, malaisément,
l'opposition systématique et méprisable qu'il aurait
faite au R. P. D. Jean Birelle ; mais si nous disons,
qu'en cette circonstance, le Cardinal se rendait
aux désirs d'un ami intime, ne disons-nous point

[1] « Birellus, après que le Chapitre Général a accordé le
tricénaire au cardinal de Périgord, en fait lui-même un
acte public et authentique où il spécifie la raison de cette
grâce et tous les biens que l'Ordre a reçus de ce fameux
protecteur qui l'avait comblé de biens et de protection
*pendant trente ans* »: Abrégé français des Annales de Le
Coulteux, ad ann. 1359.

[2] I *Pars statutorum*, cap. xxxvi. 15.

[3] Nous lisons dans une note manuscrite ancienne: Taley-
rand fut inscrit dans tout l'Ordre au Livre des Anniversaires, au calendrier des Graduels pour un service annuel,
au Statut pour un tricénaire.

[4] Antoine de Périgord mourut, précisément, le jour de
la Saint Antoine, 17 janvier 1364. Le tricénaire qui lui était
accordé fut acquitté religieusement jusqu'en 1791. A cette
époque, l'État, en supprimant les maisons de chartreux,
prit à sa charge et sur sa conscience toutes les anciennes
fondations. On trouvera plus loin une pièce officielle relative à ce point d'histoire assez curieux.

# LE R. P. DOM JEAN BIRELLE

(Pris dans un vieux tableau sur cuivre).

(Page 97)

D. BIRELLVS

.

une chose qui ressort tout naturellement de l'ensemble des faits, une chose trop simple, trop explicable pour n'être point la vérité ?

Je le sais, plusieurs ont avancé que Talleyrand, saisi de remords pour s'être opposé à l'élection de Birelle, devint — mais seulement après 1352 — un grand bienfaiteur et, par suite, un ami des chartreux ; que l'Ordre oubliant sa conduite, tint à honneur de ne lui point garder rancune ; que Birelle enfin, se vengeant à la manière des Saints, combla exprès de faveurs spirituelles celui-là même qui l'avait desservi d'une façon si indigne près du Sacré-Collège : ces suppositions ne tiennent point devant la vérité présentée tout entière. Plusieurs encore, voulant préciser davantage, ont dit que le Cardinal pour expier son opposition systématique et pour faire amende honorable à notre Ordre, aurait fondé la chartreuse de Vauclaire en Périgord : cette assertion tombe d'elle-même à l'aide du seul rapprochement des dates. L'idée première de fonder une chartreuse en Périgord revient au comte Élie Talleyrand qui déjà avait pris des mesures pour réaliser son pieux dessein lorsqu'il mourut vers 1311. Son fils aîné, Archambaud et ses frères, Roger et Antoine (le cardinal) veulent remplir les intentions de leur père ; au mois de janvier 1328, Philippe VI approuve une donation de cent livrées de terre [1]

---

[1] *Centum libratas terræ*, c'est-à-dire, des domaines rapportant un revenu annuel jusqu'à concurrence de cent livres d'argent.

faite par les seigneurs de Périgord en vue d'établir
les chartreux dans leur comté ; « en 1330 commence la fondation de Vauclaire [1] » ; Archambaud
étant venu à mourir en 1334, c'est surtout le Cardinal qui s'occupe de mener à bonne fin l'œuvre dé-
sirée par son père, commencée par ses frères et par
lui. En 1335, la nouvelle chartreuse presqu'entièrement terminée, déjà suffisamment rentée, est in-
corporée à l'Ordre et le Chapitre Général en nomme
le premier prieur. Il est donc impossible de soutenir que cette chartreuse ait été fondée après 1352
par le cardinal Antoine dans l'intention de réparer
ses torts envers Dom Birelle : longtemps avant le
prétendu discours prononcé au conclave, Talleyrand
était l'ami, le bienfaiteur, le protecteur des chartreux ; toujours, après l'élection d'Innocent VI,
Talleyrand continua à se montrer leur bienfaiteur
et leur ami [2].

« Les cardinaux, dit Pierre Dorlandus en sa Chronique, laissèrent donc Birelle de côté pour mettre
sur le siège de Pierre, le Seigneur Innocent, sixième
du nom. Celui-ci, dès qu'il eut ceint la tiare, voulut
faire entrer son humble et involontaire concurrent
dans le Collège des Cardinaux, mais Birelle, élevé

[1] Dom Nicolas Molin, *Historia Cartusiana*, ms.

[2] Par testament du 25 octobre 1360, Talleyrand lègue à
la chartreuse de Vauclaire 10,000 écus d'or, et ajoute
que si cette somme ne suffit point pour doter la maison,
ses exécuteurs testamentaires donneront jusqu'à 3,000 florins. Le Coulteux, *ad ann.* 1330.

si haut au-dessus des choses de la terre par sa profonde humilité, et désirant plutòt monter en vertus
qu'en dignités, refusa de toutes ses forces et reje-
ta les honneurs qu'on voulait lui offrir. Ce saint
homme, puissant en œuvres et en paroles, habitait,
disait-on, la demeure même de toutes les vertus et
était considéré comme une brillante étoile au fir-
mament de l'Église de Dieu. Il écrivait au Pape,
aux Cardinaux, aux Rois, aux Princes, aux Grands
du monde, des lettres sérieuses, énergiques, terribles, travaillant ainsi, dans la mesure de son
pouvoir, à la réforme de l'Église et stigmatisant la
conduite impie et mauvaise des princes séculiers :
chacun accueillait ses lettres comme si elles fussent
descendues du Ciel, et les puissants de la terre eux-
mêmes, après avoir lu les exhortations de ce saint
religieux travaillaient à modifier leur conduite
coupable [1]. »

Cette sollicitude universelle du Supérieur de la
Grande Chartreuse ne lui faisait point négliger le
soin de sa communauté et du moindre de ses frères ;
le Ciel, du reste, se plaisait à lui venir en aide
dans l'exercice de sa charge de prieur. Une nuit,
il entendit ces paroles pendant son sommeil : Levez-
vous et allez secourir votre frère qui est bien mal.
Jean s'éveille, se lève aussitôt, mais ne sait où aller car il ne connaît aucun malade dans la maison
et ne s'explique point ce qu'il vient d'entendre :

---

[1] Dorlandus, *Chronicon.* Lib. IV, cap. 22.

soudain, il pense à un novice nouvellement arrivé et à qui la règle parait bien austère : le bon pasteur, tout inquiet, court à la cellule de cette petite brebis si exposée et trouve effectivement le novice qui déjà a quitté l'habit religieux et repris celui du monde pour y rentrer ; mais l'homme de Dieu adresse des paroles persuasives à ce pauvre égaré, lui ouvre les yeux sur sa folie et le ramène sur le chemin de la persévérance [1].

« Le grand miracle que Birelle opéra fut d'être aussi parfait dans la vie contemplative que dans la vie active : ce séraphin de la terre était fréquemment ravi en de si sublimes extases qu'on croyait voir en lui plutôt un ange qu'un homme, mais il savait descendre du faite de ces mystérieuses hauteurs pour se livrer, dans la plaine, aux plus ordinaires fonctions de la vie active. Il veillait aux moindres choses et eut surtout une attention particulière de remarquer les religieux qui disaient souvent ou rarement la messe ; il animait ceux qui célébraient souvent, reprenait ceux qui ne le faisaient point, dissimulait si quelqu'un avait passé un jour sans monter à l'autel, mais si cela continuait deux ou trois jours, il en demandait et en voulait savoir la raison [2]. »

Birelle avait une grande dévotion au Très-Saint Sacrement ; c'est lui qui fit établir par le Chapitre

---

[1] Ce fait eut lieu en 1346. Le Coulteux, *ad hunc annum.*

[2] *Dictionnaire historique des Grands Hommes du Limousin, par un patriote.* pag. 430.

Général [1] le jeûne et l'abstinence pour la vigile de la Fête-Dieu : il aimait aussi d'un amour de fils la Très-Sainte Vierge Marie. Nous citerons à ce propos un détail charmant que nous fait connaître la Carte de 1356 : « Pour honorer la bienheureuse Marie, dit-elle, et pour faire plaisir à notre Révérend Père Général, chaque prêtre chartreux dira une messe *de Beata*. » Birelle entretenait sa piété par de grandes mortifications ; « il portait jour et nuit sur sa chair un cilice bien plus piquant que celui des autres chartreux, fait de poils très rudes et très âpres, plein de nœuds, serré de tous côtés, descendant jusqu'aux jarrets et dont les manches allaient presque jusqu'aux mains [2]. » L'humilité la plus profonde servait de base à sa dévotion. Mais enfin, mon Révérend Père, lui disaient parfois ses amis, vous avez cependant été sur le point d'être Pape ! et Jean répondait avec un doux sourire : Moi Pape ? je ne suis qu'un pauvre moine, je vivrai et mourrai dans mon cloître et pas ailleurs. Effectivement, il y mourut et de la mort des saints.

Lorsque Jean Birelle sentit sa fin approcher, il demanda l'Extrême-Onction et le Viatique, mais le couvent ne put assister en corps à la cérémonie parce que l'on chantait matines à l'église. Ensuite le Révérend Père pria tous les assistants de se retirer, de fermer sa porte à qui que ce fût et de le laisser seul : rassemblant alors le peu de

[1] En 1347.
[2] Dorland., *loc. citat.*

forces qui lui restaient, il se traîna, mourant, à son oratoire et se prosterna la face contre terre ; il se proclamait un grand pécheur devant Dieu, se frappait la poitrine et versait une telle abondance de larmes qne le plancher de sa cellule en était mouillé. Un religieux, au sortir de matines, passant dans le cloître devant la cellule du Révérend Père, entendit ces soupirs et comme il ignorait que Birelle eût reçu les derniers Sacrements, en fut tout effrayé ; il entra donc et trouva l'homme de Dieu étendu à terre, oppressé par ses sanglots au point de ne pouvoir prononcer une seule parole ; ce religieux le releva et le porta sur son lit, car le vénérable moribon était à l'agonie. La communauté se rassembla aussitôt ; alors, d'après l'usage, un moine lut à haute voix la Passion de notre Sauveur, que le vénérable moribond écouta avec le plus grand respect, ayant assez de présence d'esprit pour reprendre le lecteur par un signe quand il lui arriva, par deux fois, de faire une faute de prononciation ; en effet, Birelle ne supportait point que l'on se trompât en lisant le Saint Évangile, ce Livre de la Vérité même : enfin, orsque l'on commença les Litanies des Saints, il rendit doucement son âme à Dieu, en la fête de l'Épiphanie, 6 janvier 1361.

« Après sa mort, rapporte le chartreux Dorlandus[1],

---

[1] Dorlandus. pag. 239. — Dom Pierre Sutor attribue aussi des miracles à Jean Birelle. *De Vita Cartusiana*, pag. 52. — Le martyrologe d'Usuard (édition des Chartreux de Cologne, 1521) le dit célèbre par sa sainte vie et ses miracles ; du Saussay le dit également.

les miracles opérés par ses mérites, prouvèrent le grand crédit dont il jouissait devant Dieu : c'est surtout en Limousin, en particulier à Limoges où ce saint homme reçut le jour, que le peuple commença à l'invoquer dès que l'on eut connaissance de sa bienheureuse mort, et plusieurs infirmes ou malades furent guéris par son intercession. Les habitants de Limoges envoyèrent même demander quelque objet ayant servi à leur vénéré compatriote ; ils, reçurent un de ses cilices, ce qu'ils considérèrent comme une insigne faveur. A la Grande Chartreuse on garda longtemps par respect, les vêtements qu'il avait portés. »

Dom Birelle, comme on vient de le voir, mourut en odeur de sainteté ; des tableaux, des gravures, le représentent la tête surmontée d'une auréole et le vieux *Calendarium* de Glandier lui donne le titre de Bienheureux, *Beatus Birellus* : titre purement honorifique, sans doute, et qu'il ne faudrait pas prendre au pied de la lettre, puisque l'Église n'a rendu aucun jugement à ce sujet, mais qui montre bien ce que le peuple pensait de ce saint homme[1]. Une bouche autorisée entre toutes a fait l'éloge funèbre de Jean Birelle dans les termes les plus flatteurs et les plus forts : en apprenant la mort du Général des Chartreux, Innocent VI s'écria avec une profonde douleur et les larmes aux yeux : Nous venons de perdre le plus saint religieux et le prêtre le plus

---

[1] Apud D. Schwengel, *Propago Ordinis Cartus.* — Semblablement le *Gallia Christiana Vetus.*

parfait qui soit aujourd'hui dans l'Église[1]. Plus tard, au moment de paraître lui-même devant Dieu, le Souverain Pontife pensa encore à Birelle et dit à ceux qui l'assistaient : Ah ! puisse mon âme se présenter au tribunal de la Justice Divine aussi tranquille que s'y présenta l'âme de l'excellent Père Dom Jean de la Chartreuse[2] !

Le pape Innocent VI, dont le nom est revenu plusieurs fois en parlant de J. Birelle, appartient bien un peu à Glandier puisqu'il est né aux Monts sur la paroisse de Beyssac et que sa famille compte parmi nos bienfaiteurs : il y a plus; un de ses oncles, Gérard del Mon, prit, vers 1260, l'habit dans notre chartreuse, nous sommes donc suffisamment autorisés à consacrer ici quelques pages à la mémoire d'un voisin et d'un ami qui, sur le siège de saint Pierre, fut si dévoué à notre Ordre.

« Il y a une trentaine d'années, écrivait jadis le premier historien de Glandier[3], à une demi-lieue tout au plus du monastère, on pouvait voir encore quelques restes des murs de l'ancien château des Monts, berceau d'Innocent VI. Dans leur enceinte, des châtaigniers séculaires, les plus gros peut-être du Limousin, avaient grandi. Aujourd'hui, débris de

---

[1] *Sanctior Religiosus et totius mundi præstantior clericus modo defunctus est.*

[2] *Brevis Historia,* apud Martène. *Amplissima Collectio.* tom. VI.

[3] *Notice historique sur Glandier,* pag. 32. Cette Notice parut en 1860.

murs et grands arbres ont disparu pour faire place aux élégantes constructions d'une succursale du haras de Pompadour. Les travaux de construction, entrepris en 1849, donnèrent lieu à la découverte de quelques monnaies d'Innocent VI lui-même. Sur la face, le pape est assis sur un trône, la main droite bénissant, et la gauche tenant une croix. La légende est : *Innocen. PP. Sextus.* Le revers est divisé, par une croix, en quatre petits compartiments dans chacun desquels deux clés sont disposées en croix. Il porte la légende : *Sanctus Petrus.* N'est-il pas intéressant d'avoir trouvé, après cinq cents ans, un tel souvenir de ce pape sur le lieu même où il naquit ? »

Innocent VI, Étienne Aubert[1], est né probablement vers 1280. Nous connaissons deux de ses frères[2] : l'un, Pierre, mort abbé de Grandmont

---

[1] Aubert, *Alberti* (en latin).

[2] La famille Aubert des Monts étant peu connue, nous donnons ici quelques noms (presque tous inconnus à Nadaud) trouvés dans notre Cartulaire :

1256. La Comtors des Monts, Alpadie sa sœur, Gaufrède des Monts, damoiseau, son frère, donnent à Glandier...

1260. Avril. Jaubert del Mon, damoiseau, Frère-Donné à Glandier.

1265. Étienne Alberti, clerc de Pompadour, achète des rentes établies sur le moulin de la Ribieyra.

1266. 15 mars. Le même achète l'étang et le moulin de la Ribieyra.

1274. Étienne Alberti, clerc, vend l'étang et le moulin de la Ribieyra aux Pères de Glandier.

1276. Séguine, sœur de feu Pierre Del Mon damoiseau, vend à Glandier ce qu'elle a hérité de son frère, à la Geneste de Troche.

qui fut enterré à Arnac; l'autre, le père d'Audouin Aubert, évêque de Maguelonne et cardinal. Étienne avait une sœur qui épousa un bourgeois de Donzenac : elle en eut un fils, Pierre Salva, connu sous le nom de cardinal de Monteruc, dont nous parlerons plus bas[1]. — Étienne Aubert étudia le droit à Toulouse, prit le bonnet de Docteur, plaida avec grand succès à Limoges, puis à Toulouse où il enseigna le droit et fut nommé Juge-Mage. A ce moment où la fortune lui souriait, Étienne quitta le monde pour entrer dans l'état ecclésiastique, mais ses grandes vertus, ses talents peu communs lui ouvrirent aussi dans l'Église la plus brillante carrière : successivement évêque de Noyon, de Clermont, cardinal, évêque d'Ostie et grand Pénitencier, il fut enfin nommé Pape, étant alors très avancé en âge, le mardi 18 décembre 1352, à l'heure de Tierce. Nous n'avons point à retracer ici le glorieux Pontificat de ce grand Pape, nous dirons seulement que

1286. Arnard des Monts, fils de feu Jaubert, damoiseau, confirme les donations de son frère.

1288. Almodie, fille de feu Jaubert des Monts, épouse de Pierre de Las Steyras (Lasteyries); ses deux frères Bernard et Arnard ; Jean son neveu.

1349. Mardi après l'octave de Pâques ; accord, au sujet d'un étang, entre les chartreux et noble et puissant seigneur, le seigneur Guy Alberti des Monts, en son propre nom et au nom de sa famille.

[1] La Carte du Chapitre Général de 1386 annonce la mort du Cardinal en ces termes : *Obiit Petrus Salva, Cardinalis de Montecerneo.* Ce dernier mot est à peu près indéchiffrable dans le manuscrit que nous avons sous les yeux.

si les cardinaux l'avaient élu dans la pensée de trouver en lui un homme sans caractère, ils se seraient grossièrement trompés. Un vieux manuscrit cité par les Bollandistes, dit qu'Innocent, dès le jour de son couronnement, se montra d'une inflexible équité dans la collation des bénéfices[1], exigea la résidence et diminua considérablement les dépenses ainsi que le personnel du palais apostolique. Le Pape fit donc, précisément, ce que le cardinal de Talleyrand aurait si fort redouté et voulu empêcher, à tout prix, en écartant de la tiare le R. P. Jean Birelle; mais ce même cardinal fut très considéré du nouveau Pape qui, certes, n'honorait pas de son estime les gens peu dignes de la mériter. De la sorte, tombe encore la singulière histoire débitée au sujet de l'élection de Jean Birelle ; celui qui le remplaça fut sévère autant qu'aurait pu l'être le Général des Chartreux : conséquemment si le cardinal de Périgord avait prononcé le ridicule et misérable discours que nous connaissons, jamais un Pape du caractère d'Innocent VI ne l'aurait honoré de sa confiance.

Quatre années après son exaltation au Souverain Pontificat, le Pape eut le désir de fonder une chartreuse ; né aux portes de Glandier il connaissait dès l'enfance l'Ordre de Saint-Bruno, auquel il portait le plus grand intérêt. Innocent VI résolut de transformer en chartreuse le palais où il habitait lorsqu'il

---

[1] *Justus et durus in concedendis beneficiis subito post coronationem.* Act. Sanct., tom. XIII. 89.

n'était encore que cardinal Grand-Pénitencier. En conséquence, par une charte du 2 juin 1256, le Pape « déclare fonder à perpétuité une maison de l'Ordre des chartreux, composée d'un prieur, de douze moines, deux clercs-rendus, quatorze convers et neuf domestiques, lesquels occuperont les cellules et bâtiments qu'il a fait construire auprès de son palais, à Villeneuve, avec une église, un clocher, etc... et leur donne des biens suffisants à leur entretien[1]. »

La Vallée de Bénédiction (ainsi fut nommée la nouvelle fondation) devint le séjour favori du Pape Innocent VI qui y passait tout le temps dont il pouvait disposer. Vieillard et placé à la tête de la Sainte Église, il se plaisait à écouter dans le chœur de Villeneuve les chants qui étaient restés dans ses souvenirs depuis le jour où, petit enfant, il avait visité Glandier pour la première fois ; il aimait, au déclin de sa vie, à revoir ces fils de saint Bruno dont la blanche robe le frappait si vivement lorsqu'il les apercevait dans les bois qui entouraient son château des Monts ; et quand le vieux Pape causait avec les Pères de la chartreuse de Villeneuve située sur les bords du Rhône, il lui semblait continuer les pieuses conversations entendues jadis dans le solitaire vallon de Glandier.

Non content de toutes les marques d'insigne bienveillance qu'il donnait à sa chartreuse, Innocent VI voulut en outre, par testament, lui léguer

____

[1] *Origines de la Chartreuse de Villeneuve-lez-Avignon*, page 13.

sa tiare, sa croix et tous ses ornements pontificaux
dont une partie existait encore au siècle dernier : il
fit plus et choisit l'église des chartreux de Villeneuve
pour y reposer après sa mort ; il avait même indiqué
l'endroit précis, dans le sanctuaire, sous la piscine,
assez près de l'autel du côté de l'épître. En 1371,
son corps fut placé dans le merveilleux mausolée
qu'on lui fit élever ; ce chef-d'œuvre achevé, un des
plus beaux exemples de l'ornementation gothique
au XIVe siècle, se trouvait dans la chapelle dédiée
à la Très-Sainte Trinité [1].

« Au XVIe siècle, on retira le corps d'Innocent VI
du mausolée, pour le placer dans l'épaisseur d'un
mur, afin de le soustraire à la rage des huguenots
qui exerçaient leurs fureurs même contre les cadavres [2]. »

Voici l'épitaphe placée sur le tombeau du Pape [3].

Hic iacet Innocentius Papa VI primus
fundator huius domus qui obiit anno Domini
millesimo trecentesimo sexagesimo secundo,
mense Sept. die duodecima, cuius anima requiescat in pace !

[1] Ce tombeau est aujourd'hui à l'hôpital de Villeneuve.

[2] *Origines*, pag. 59.

[3] Ci-gît Innocent, Pape, sixième du nom, premier fondateur de cette chartreuse, lequel mourut l'an du Seigneur mil trois cent soixante-deux, le douzième jour de
septembre : son âme repose dans la paix !

La fondation du Pape Innocent VI fut non-seulement entretenue après sa mort, mais singulièrement augmentée : à l'imitation de ce qui s'était passé à la Grande Chartreuse en 1324, un neveu du Pape, Étienne Aubert de Beyssac, cardinal du titre de Saint-Laurent-*in-Lucina*, fonda un *second cloître*, c'est-à-dire, bâtit à ses frais, avec l'autorisation du Chapitre de l'Ordre et du R. P. Général[1], douze nouvelles cellules reliées par un cloître placé un peu au-dessus de l'ancien, ce qui, par une exception très rare à cette époque, porta le nombre des religieux à vingt-quatre. Le cardinal Aubert avait déjà dépensé pour cette entreprise princière, treize cent soixante-quatorze florins, lorsqu'il dut accompagner en Italie le bienheureux Pape Urbain V ; il mourut pendant le voyage et fut enterré à Viterbe le 28 septembre 1369.

La famille Aubert aimait trop les Chartreux pour laisser inachevée l'entreprise, toute considérable qu'elle fût, commencée par l'un d'entre eux en faveur de leur Ordre de prédilection. On peut, sans exagération, leur appliquer cette fière parole qu'ils auraient bien eu le droit de prononcer, *uno avulso non deficit alter*. Un cousin du Cardinal s'offrit de lui-même à continuer son œuvre et à terminer, avec une munificence royale, la fondation de leur oncle. Ce second fondateur, car ce titre lui a été

---

[1] Dom Élisaire de Grimoard de Grisac, successeur de D. Jean Birelle.

donné et il le méritait mille fois, est encore un Limousin, Pierre de Monteruc, cardinal de Pampelune et vice-chancelier de l'Église Romaine.

Pierre naquit à Donzenac, dans cette partie du bourg que l'on nomme le Château ; sa mère, nous l'avons dit, était la propre sœur du Pape Innocent VI. Pour mener à bonne fin l'œuvre qu'il continuait à Villeneuve d'Avignon, Pierre ne recula devant aucunes dépenses et eut la gloire et la joie de voir enfin terminé ce second cloître ajouté au premier. « Il fit plus : il donna aux chartreux des maisons qu'il possédait à Avignon et à Roquemaure et 3,300 florins d'or pour acquérir une grande ferme sise à Valergues avec ses dépendances, sans compter d'autres revenus en vin, en blé et autres denrées. Il leur remit aussi de son vivant 6,000 florins pour acheter de nouvelles terres, les fit héritiers pour le tiers de sa fortune et leur laissa, en mourant, son calice, deux grands chandeliers et toutes sortes d'ornements d'église. Faut-il s'étonner que les Chartreux l'aient toujours proclamé leur second Fondateur [1] ». — Le cardinal de Monteruc mourut en odeur de sainteté le 31 mai 1385 et fut enterré à la chartreuse dans la chapelle de Saint-Bruno [2].

---

[1] *Origines*, pag. 14.

[2] Un tableau attaché au mur de la Chapelle renfermait l'épitaphe du Cardinal, écrite sur un parchemin et rédigée en ces termes : *Hic jacet Reverendus in Christo Pater, Dominus Petrus Cardinalis Pampilonensis, secundus Fundator hujus Domus Vallis Benedictionis, nepos Papæ Innocentii VI, qui fuit amator ac defensor pauperum, or-*

Nommons encore Audouin Aubert, autre neveu du Pape Innocent VI, ancien évêque de Paris « qui légua aux Pères de Villeneuve 1.000 florins d'or pour être convertis en redevances de blé, dont moitié pour le monastère et l'autre moitié à être distribuée chaque année aux pauvres par le Prieur, pour le repos de l'âme de son oncle et de la sienne[1] ». Le cardinal Audouin fut enterré dans la chapelle de Saint-Michel, mais, comme on le voit par son testament du 3 mai 1363[1], il avait d'abord voulu être enterré à Glandier, dans une chapelle qu'il aurait fait bâtir exprès.

Ainsi, au milieu des ruines de la chartreuse d'Avignon reposent les corps du Pape Innocent VI et du cardinal Audouin originaires de Beyssac, et le

phanorum et viduarum necnon religiosorum Ordinum præcipue Carthusianorum. Obiit anno Domini MCCCLXXXV, ultima maij : Cujus anima requiescat in pace. — Voici la traduction du P. Bonaventure de Saint-Amable : Icy gist, le R. P. en Dieu, Monsieur Pierre, Cardinal de Pampelune, second fondateur de cette maison, dit Val de Bénédiction, neveu du Pape Innocent sixième. Il mourut le 31 mai 1385. Il fut amateur et deffenseur des pauvres, des orphelins et des veuves et des religieux, notamment des Chartreux.

[1] Fr. Duchesne. *Hist. des Cardinaux Français*, p. 551.

[2] Ce testament fort curieux montre combien le Cardinal Audoin était charitable : il lègue 500 florins à l'église d'Arnac, autant à celle de Beyssac où il a été baptisé ; il donne 12 bœufs pour fournir une somme de 60 florins à distribuer à 100 pauvres des paroisses de Beyssac, Arnac, Saint-Sernin, Troche, Vignols et Concèze ; à 1,000 femmes pauvres, un manteau en laine blanche comme en portent les bergères en gardant leurs troupeaux. *Mss. Gaignières.* vol., 22, 421.

corps de Pierre Salva né près d'ici, à Donzenac : pouvions-nous donc, en écrivant l'histoire de Glandier, oublier ces illustres Limousins, amis tout particuliers de l'Ordre ? *amicissimus Ordinis*, a-t-on dit du Pape ; *amator præcipuè Carthusianorum*, a-t-on écrit sur la tombe de Pierre de Monteruc. Ces cœurs qui s'affectionnèrent tant à une de nos maisons. située sur les bords du Rhône, loin de leur pays natal, durent aussi avoir quelque affection pour la chartreuse bâtie à côté du berceau de leur famille ; c'est pourquoi nous n'avons pas cru nous arrêter trop en parlant un peu de ces illustres et généreux bienfaiteurs. Le souvenir d'Innocent VI et de ses neveux [1] ne périra pas, mais s'il devait en être ainsi il vivrait toujours dans le cœur des chartreux.

---

[1] Des historiens (pas l'histoire, ce qui est tout différent) jugent avec une grande sévérité les neveux, *les indignes neveux*, d'Innocent VI. Que, de leur temps, on ait pu murmurer de voir le Pape favoriser ses parents, cela n'est que trop naturel ; mais, à la distance où nous sommes, les questions étroites de personnalité s'effacent et nous demandons seulement si ces neveux furent à la hauteur de leurs dignités ? nous répondons, oui, sans hésiter. — Comment a-t-on pu traiter d'indignes des hommes aussi vertueux que les cardinaux Aubert et de Monteruc ? Comment a-t-on pu aller jusqu'à dire qu'ils haïssaient Birelle, Général des Chartreux, quand nous les voyons combler notre Ordre de bienfaits ! Et dans les quelques lignes que nous consacrons à leur mémoire vénérée, nous n'avons parlé que d'une seule de leurs œuvres ; il aurait, au moins, fallu mentionner ces collèges qu'ils fondèrent à Toulouse et à Paris, aussi généreux protecteurs des savants que des ministres de l'autel, aussi amis de l'étude que de la vertu : mais nous serions sortis du cadre dans lequel il convient de renfermer notre modeste travail.

Sans doute notre maison de Villeneuve ne se relèvera pas de ses ruines ; raison de plus alors pour que les chartreux de Glandier conservent le souvenir des Aubert nos voisins ; puisque nos frères d'Avignon ne peuvent plus les louer, c'était à nous de le faire ; à nous revenait tout naturellement ce devoir de reconnaissance. C'est pour payer cette dette que nous avons voulu rappeler ici la mémoire de ces anciens amis de l'Ordre et de Glandier.

Innocent VI, en effet, est inscrit au Livre de nos bienfaiteurs : le rédacteur de notre vieux *Calendarium* n'entre pas, il est vrai, dans des détails circonstanciés, mais la phrase dont il se sert nous apprend assez que le fondateur d'Avignon n'oublia point les chartreux de sa paroisse natale. *Nobis multa bona dedit*, dit-il[1], il nous a fait beaucoup de bien : c'est, en peu de mots, indiquer de grandes choses.

[1] Estiennot, *Fragments*, Tom. II.

# La Guerre de cent ans.

Oм Birelle quitta Glandier en 1345 ; à cette époque commence pour notre maison une longue suite d'épreuves et de malheurs.

Le combat gigantesque engagé entre la France et l'Angleterre, connu sous le nom de Guerre de Cent ans, s'ouvrit, au moins en Limousin, dès 1334. Les hostilités cessèrent forcément, en 1349, par l'épouvantable *Peste noire* qui étendit ses ravages sur toute l'Europe. En Bas-Limousin le sixième de la population disparut, « ailleurs, dit Froissart, la tierce part du monde mourut » ; on connaît ce vieux et effrayant dicton :

*En l'an mil trois cent quarante-neuf,*
*De cent n'en demeura que neuf.*

Et pour certains pays ce fut malheureusement trop vrai. Des détails précis nous manquent sur Glandier[1], nous savons seulement que, en général, notre Ordre fut cruellement éprouvé ; il perdit neuf cents Religieux, et, à cette époque, on ne comptait

[1] Sur la peste noire et, en particulier, sur le *vœu de la Lunade* à Tulle, voir Poulbrière, *Hist. du dioc. de Tulle.* pag. 189.

guère qne quatre mille Chartreux tout au plus [1]. A
Montrieux (près de Toulon), sur vingt religieux
moines ou convers et quinze domestiques, il ne resta
que le seul Dom Gérard Pétrarque frère du poëte.
Animé d'un courage surhumain, il prenait soin des
malades, et après leur dernier soupir, les portait
entre ses bras au lieu de leur sépulture [2].

La peste disparue, la guerre se ralluma avec rage
en Limousin.

Le Limousin devait être une des provinces les
plus maltraitées, puisqu'elle avait donné naissance
à ce lamentable conflit: prendre ou reprendre cette
province était, pour les Anglais comme pour les
Français, un point d'honneur et le point capital.
Limoges rentra vite sous la domination du Roi de
France ; Brive, une des villes importantes de la
contrée, resta française autant qu'elle le put ; le territoire compris entre ces deux villes fut donc con-
voité d'une façon toute particulière par chacun des
deux partis, et les Anglais surtout tentèrent l'impossible pour s'y établir d'une manière définitive
dans des positions inexpugnables ; aussi les voyons-
nous, pendant toute la durée de la guerre, occuper
Saint-Yrieix, Uzerche, Allassac, Donzenac et Brive
quand ils le pouvaient. Non contents d'être retran-
chés dans les villes, ils voulaient encore s'emparer

---

[1] Pour la seule année 1349, la Carte du Chapitre (rédigée au mois de mai et partant de mai 1348) enregistre
465 décès ; la mortalité continua en 1350.

[2] Papon, *Hist. de Provence*. Tom. III. p. 177.

des principales forteresses de la contrée, Ségur,
Juillac et autres. En vain le Pape Innocent VI,
désolé de voir son pays natal réduit à de telles
extrémités, faisait-il signer une trêve en 1353 ; les
Anglais n'en tinrent bientôt aucun compte, recom-
mencèrent leurs courses et rançonnèrent les habitants de la façon la plus odieuse. En 1355, ils sont
aux portes de Glandier ; terrible voisinage évidemment. « Campés [1] dans le château de Comborn,
cette vieille forteresse féodale perdue au milieu des
collines et des forêts, ils en sortaient tous les jours
pour attaquer les villages. Rien, dit Froissart, ne demeurait de bon devant ces pillards, ils emportaient
tout, et spécialement les gascons qui sont moult
convoiteux. Les habitants des campagnes effrayés
vinrent surtout chercher un asile dans la ville de
Brive qui voyait, tous les jours, les compagnies
anglaises rôder autour de ses murailles, jusqu'à ce
qu'elle eût obtenu d'Aimery de Rochechouart qu'il
fît le siège du château de Comborn : elle lui fournit,
outre les subsides ordinaires, un autre impôt levé
sur tous les habitants. La garnison anglaise, après
une défense inutile derrière les machicoulis du château dont l'entrée principale était défendue par deux
grosses tours, fut forcée d'évacuer la place en se
glissant de l'autre côté des remparts le long de la
rivière. Les assiégeants continuaient l'attaque quand
ils virent les Anglais qui, traversant la Vézère et

---

[1] Marvaud. *Bas-Limousin*, II. 190.

gagnant les hauteurs voisines, disparurent bientôt au milieu des bois. »

On comprend sans peine quelles devaient être les alarmes et les souffrances des paisibles habitants de Glandier, pendant que des bandes indisciplinées, avides de pillage et ne reculant devant aucune violence, se trouvaient au château de Comborn : mais après leur défaite et leur fuite, après la victoire des Français, nos Pères en furent-ils plus tranquilles ? Hélas ! à ces tristes époques, on redoutait autant ses amis que ses ennemis ; vainqueurs et vaincus devaient vivre et vivaient aux dépens des habitants de la contrée : on était pillé ; était-ce une consolation ou une tristesse de plus de l'être par les siens ?

Un instant, la guerre parut presque cesser, mais elle recommença plus cruelle que jamais. Le pauvre Charles VI venait de tomber en démence (août 1392); aussitôt, profitant du trouble causé par un si triste événement et des dissensions intestines qui déchiraient la France, les Anglais reprirent les armes et poursuivirent leurs conquêtes avec plus de succès et de violences que jamais.

Vers 1408, les Anglais et les Gascons dont le quartier général, ou le repaire, se trouvait au château de Malemort « venaient chaque jour ravager les environs d'Uzerche, de Donzenac et d'Allassac; ils brûlaient tout ce qu'ils rencontraient, emprisonnaient ceux dont ils attendaient une rançon, tuaient les autres et violaient les femmes. Les habitants du pays fuyaient de leurs demeures, et, quand ils

croyaient les brigands éloignés, revenaient tristement pleurer la dévastation de leurs champs, l'incendie de leurs églises et la ruine de leurs maisons[1]. »

Une phrase de notre *Calendarium* nous apprend
en deux mots ce que devint Glandier à cette époque ;
*domum præcipitatam*, la maison fut détruite de
fond en comble, au commencement du XVᵉ siècle,
vers 1408. Il ne serait pas exact de traduire la
phrase du *Calendarium* par ces mots : le monastère qui s'écroulait ; *præcipitatam domum* signifie
bien maison saccagée, pillée, ruinée. Une charte
de l'époque ne permet aucun doute à ce sujet. Le
15 septembre 1410, Guischard, vicomte de Comborn,
déclare que « hormis le droit de haute justice, il n'a
rien à prétendre sur deux domaines de Glandier,
Poujol et Mendigours ; il fait cette déclaration, vû
et considéré que la chartreuse a été ruinée par les
gens de guerre et se trouve dans le dernier dénue-
ment[2].

L'auteur de notre *Calendarium* ne donne aucun
détail sur le fait qu'il enregistre, ce qui est regrettable, mais, dans le fond, qu'aurait-il pu ajouter
encore? La maison en ruines n'existe plus ; à quoi
bon alors les détails, cette phrase laconique en dit
assez et même beaucoup trop. Ainsi, après deux
cents ans d'existence, la fondation d'Archambaud

[1] Marvaud, II, 245, 251.

[2] *Attentis et visis paupertatibus et ruynam* (sic) *in qua dictus locus* (de Glanderio) *est positus propter guerram.* Cartular. Glander., G. 3. p. 86.

de Comborn, et le résultat lent, pénible de deux
siècles de vie claustrale à Glandier disparaissaient
en quelques heures ; car il n'en fallait pas plus à ces
compagnies d'Anglais et de Gascons pour détruire
les monastères les plus solidement établis : une bande
de soudards s'abattait brusquement sur une abbaye,
un prieuré, une chartreuse, entrait sans résistance,
pillait, volait, saccageait, détruisait tout à plaisir,
mettait le feu et s'en allait en riant et en chantant :
très heureux les moines lorsqu'ils ne sont point bat-
tus, emmenés ou tués. Les conséquences de pareils
malheurs étaient désastreuses, plus qu'on ne saurait dire : au point de vue temporel, il fallait vingt-
cinq ans, cinquante ans, cent ans pour réparer les
ruines amoncelées en un seul jour ; mais au point
de vue spirituel, cet état de choses causait des désastres bien autrement graves, car le relâchement
suivit trop souvent la misère complète dans laquelle
on se trouvait. Sans doute, le relâchement dans
l'observance régulière est toujours inexcusable,
mais il est parfois explicable et les explications
deviennent, en ce cas, presque des excuses, parce
qu'elles diminuent la culpabilité en montrant des
circonstances atténuantes aux yeux de quiconque
aime à réfléchir. A la suite de la *Peste noire*, pendant et après les guerres des XIVᵉ et XVᵉ siècles,
on remarqua en France une diminution réelle dans
la ferveur et l'exactitude des moines, bien des miti-
gations prirent alors naissance et l'on ne saurait trop
le déplorer ; mais examinons un instant la position

faite à ces malheureux religieux, victimes des
guerres : l'église est brûlée, plus d'offices publics
conséquemment ; les lieux. réguliers ont disparu,
plus de réunions conventuelles ; les dortoirs sont
brûlés, chacun se loge où il peut, la communauté se
disperse ; les uns habitent les ruines, les autres les
fermes du monastère ; dans de pareilles conditions,
est-il possible de pratiquer la règle comme jadis au
milieu du calme et de la paix ? calme et paix après
tout nécessaires, s'il faut mener une vie dont la première condition est, pour qu'elle soit régulière, d'être
*régulière*, c'est-à-dire, nullement troublée. Que devenait l'étude, cet aliment sacré de l'âme d'un
moine, quand les bibliothèques étaient réduites en
cendres [1] ? et puis à ces époques de famine, il fallait avant tout se procurer le morceau de pain, la
nourriture grossière qui entretenait la vie ; et les
moines, comme le dernier des mendiants, devaient
courir de tous côtés, dans les villes voisines, dans
les champs, dans les bois, pour y recevoir ou y découvrir ce qui pouvait les empêcher de mourir de
faim: la maladie décimait les communautés et ré-
duisait à rien les monastères jadis les plus nombreux ; les vocations étaient excessivement rares,
peu solides souvent, presque toujours pas assez

[1] Nous lisons dans la Carte du Chapitre Général de 1435 :
« Tous ceux qui auraient des livres appartenant à Glandier doivent les rendre, car cette maison en a besoin.» Même
recommandation, en 1464, aux chartreuses de Cahors et
de Villefranche qui avaient des livres appartenant à Glandier.

éprouvées ! Et l'on voudrait dans des circonstances pareilles que les moines ne fussent en aucune manière déchus de leur ferveur primitive ! ne serait-ce pas trop demander? En tout cas, blâmons le relâchement, mais plaignons les religieux qui vécurent à pareille époque, et si nous trouvons des monastères restés fervents malgré tout, admirons-les.

Est-ce le cas de Glandier?

Parlant de notre chartreuse dans le courant du XV⁰ siècle, Marvaud a écrit : « Glandier avait oublié ses pratiques austères ; les moines, livrés aux plaisirs du monde, possesseurs heureux de la grande fortune que leur avait léguée la maison de Comborn, oubliaient qu'ils ne l'avaient reçue que pour expier, par la pénitence, les crimes des fondateurs de leur cloître [1]. » Marvaud parle en général, nous voudrions des faits ; Marvaud, un peu d'après son habitude, n'indique point la source où il a été puiser cette grave accusation, or nous voulons des preuves ; une assertion gratuite ne suffit pas, et nous aurions le droit de nier sans preuve ce qu'on nous affirme sans le prouver. *Quod gratis asseritur, gratis negatur.* Cependant il est bon de ne point passer devant cette accusation de Marvaud sans s'arrêter pour l'examiner.

Des moines possesseurs heureux d'une grande fortune, en Limousin, au XIV⁰, au XV⁰ siècle, du-

[1] *Bas-Limousin*, II, 289.

rant ou immédiatement après la guerre des Anglais, dans un pays ravagé cent ans de suite par le soldat, décimé par les pestes et les famines ! ces heureux, c'est-à-dire, ces tranquilles possesseurs d'une grande fortune n'ont jamais pu exister que dans l'imagination de l'auteur cité plus haut. Néanmoins, nous avons voulu étudier de tout près l'état intime de notre chartreuse, sur des documents authentiques, des pièces de l'époque, et les actes des Chapitres Généraux ou les notices du *Calendarium* ; or, voici le résultat de nos recherches.

Glandier au XV<sup>e</sup> siècle continue à recevoir des sujets, cette chartreuse jouissait donc d'une bonne réputation ; et parmi les novices qui y prononcent leurs vœux, sept en deviennent Prieurs[1], entre lesquels nous citerons :

Michel Duranthon « célèbre par ses saintes actions, possédant à un haut degré le don de crainte de Dieu[2] » ; Pierre Féréol, « homme d'une prudence consommée[3] » ; Mathieu Blanchard, religieux d'une grande énergie et d'une éminente sagesse ; son gouvernement fut à tous égards profitable à Glandier, au point de vue temporel comme au point de vue spirituel : il vit autour de lui, des disciples rompus à la parfaite observance de la

---

[1] Michel Duranthon, Pierre Féréol, Antoine de Suchière, Jean d'Auberive, Jean Alvetir, Guillaume Léobonet, Mathieu Blanchard.

[2] *Calendarium Glanderiense.*

[3] *Ibid.*

Règle et des pratiques de la vie monastique. Dom Blanchard se distingua par un zèle accompagné d'une souveraine discrétion, mais entre toutes les vertus qui faisaient l'ornement de son âme, on vantait particulièrement sa charité pour les pauvres[1].

Deux de nos Prieurs furent nommés, l'un, Guillaume Léobonet, Covisiteur : l'autre, D. Mathieu Blanchard, Visiteur : charges qui sont les premières et les plus importantes d'une province cartusienne.

En dehors de nos profès et parmi nos Prieurs, nous citerons un autre Michel Duranthon que « sa vie irréprochable fit nommer successivement Vicaire des religieuses chartreuses de Prémol, prieur de Sainte-Croix-en-Jarez, du Port-Sainte-Marie, de Cahors et de Glandier ; mais aimant mieux obéir que commander, il obtint enfin *miséricorde* à force d'instances et put rentrer dans l'humilité et la solitude de sa cellule où, après avoir vécu plus de soixante annés dans l'Ordre, il termina dans le Seigneur, une vie riche de mérites et pleine de bonnes œuvres[2]. »

Un chroniqueur de l'époque, relatant ce qu'il avait sous les yeux, nous trace en deux lignes le portrait de quelques Prieurs de Glandier au XV° siècle : « c'est d'abord, dom Guillaume Léobonet qui s'efforce, dit-il, de relever la maison de ses ruines et

---

[1] *Calendarium.* — Dom Léon Le Vasseur, *Ephemerides Cartusianæ*, ms., ad diem XVII septembris.

[2] *Ephemerid.* XIV septemb.

qui, par ses paroles, ses actions, surtout par son grand cœur, attire à la chartreuse des aumônes ainsi que des vocations et travaille à y faire fleurir la plus parfaite régularité : que Jésus-Christ l'aide et le bénisse. Après lui, est venu Dom Pierre de la Croix, homme pieux et bon ; ensuite Pierre Malon sous le gouvernement duquel la chartreuse a joui d'une entière prospérité à tous égards; c'est enfin D. Jean Yvernauld, profès de Vauclaire, d'un aspect imposant, bon poëte et qui travaille beaucoup pour le plus grand bien de Glandier[1]. »

L'ambition, dirons-nous encore, ne semble point avoir été le défaut de nos prieurs, car nous en voyons cinq[2], à cette époque, demander avec instances et obtenir enfin d'être relevés de leur charge.

Tous ces détails indiquent peu une communauté relâchée où la règle n'est plus en vigueur. Si maintenant nous passons des supérieurs aux simples moines, nous trouverons parmi eux de dignes fils de saint Bruno. « Entre tous, dit notre *Calendarium*, se distinguait le V. P. D. Antoine de Bussières : longtemps Vicaire de la maison, il ne cessait, bien qu'épuisé par de grandes douleurs d'estomac, d'imprimer des livres en caractères volants[3] ; il supportait toutes ses souffrances avec une inaltérable

---

[1] Liste des Prieurs de Glandier (vers 1470), pour faire suite à un manuscrit du XIII° siècle (sur parchemin) donnant les noms des premiers prieurs de la chartreuse.

[2] Antoine de Suchière, Jean d'Auberive, Mathieu Blanchard, Jean Molin et Guillaume Boatheri.

[3] *Libros in littera formata scribere.*

douceur et restait parfois jusqu'à dix ou douze jours sans pouvoir prendre autre chose que de l'eau froide ; il s'éteignit doucement à l'âge de quatre-vingts ans.

« Dom Jean Geneste, profès de Glandier, originaire d'Auvergne, écrivit un grand nombre de livres, surtout des Vies de Saints dont il retraça les vertus dans sa conduite ; il avait un zèle admirable pour l'observance régulière, aimait le silence et la solitude, ne mangeait presque rien, faisait tous les jeûnes et les abstinences que prescrit le Statut : bien plus, pendant de longues années, avec la permission de ses supérieurs, il ne but pas une seule goutte de vin : Dom Geneste mourut saintement en 1488.

« Dom Jean de Cruzeilles, également profès de Glandier, partit de ce monde à l'âge de quatre-vingts ans ; il s'entretint pieusement jusqu'au dernier soupir avec ses frères agenouillés près de sa couche, car on ne le vit point entrer en agonie. Il avait été sacristain et procureur pendant fort longtemps ; il est compté parmi les moines de Glandier qui se sont le plus distingués par leurs vertus.

« Dom Bernard de Lescure, religieux d'une grande sainteté, remplit, vingt-cinq ans de suite, l'office de Procureur, y faisant preuve d'un grand esprit de recueillement, d'une énergie indomptable dans les difficultés, d'une habileté parfaite dans le maniement des affaires dont il s'occupait sans repos bien que brisé par de continuelles maladies : il annonça souvent plusieurs particularités de sa mort et l'événement confirma la vérité de ses paroles [1] ».

A l'aide de ces textes et de ces faits nous avons pu pénétrer dans l'intérieur du Glandier du XVe siècle ; l'impression qui nous en reste est loin d'être défavorable, loin surtout de corroborer le récit de Marvaud.

Nous oserons même ajouter que le Ciel intervient pour montrer ce qu'il faut penser de notre chartreuse à la fin du XIVe ou tout au commencement du XVe siècle : pour cela, nous traduirons mot à mot une page de notre *Calendarium*. Le commencement de la narration de ce vieux recueil se trouvait sur une feuille qui a été déchirée, mais nous possédons la partie la plus intéressante du récit. Il est question d'un novice qui, trouvant l'observance à Glandier, non point trop relâchée, mais au contraire trop rigide, se décide à rentrer dans le monde ; n'osant, toutefois avouer sa lâcheté au P. Prieur, Dom Jean Montalneuf [2], il prend la résolution de s'enfuir au milieu de la nuit. «..... pour exécuter son projet, il choisit l'heure où les Frères reposent, sort de sa cellule et se met en chemin. Alors voilà que son esprit se trouble, il erre de tous côtés comme un aveugle ou comme un insensé,

---

[1] *Calend. Gland., — Ephemerid. Cartusianæ.*

[2] *Johannes de Montalneuf, quo sedente, novitius ab instituto desinens per Beatam Virginem revocatur.* Liste des prieurs de Glandier, dans un manuscrit provenant de l'ancien couvent des Filles-Nobles de Blessac (Creuse).

sans pouvoir trouver une issue qui lui semblait auparavant si facile à découvrir. Tandis qu'il est ainsi
dans le trouble et l'hésitation, Dieu permet, en sa
bonté, que la très pieuse avocate des misérables lui
apparaisse avec son Fils béni, remplissant tout ce
lieu d'une grande lumière. Marie adresse au déser-
teur des reproches sévères de ce qu'il veut fuir une
maison si chère à son Fils, une maison qui devait être pour lui comme un paradis de délices et un
port de salut, et de ce que, avant la lutte, il jette
les armes, se déclare vaincu et se retire du combat.
Elle lui dit que son séjour dans cette maison est
particulièrement agréable à son Fils qui l'y a appelé et qu'il sera pour lui-même non moins honorable que salutaire, parce que ceux qui habitent ce
désert de Glandier chantent, comme les Anges
dans le Ciel, les louanges de Dieu le jour et la nuit,
et s'efforcent, par la pureté de leur vie, de se
rendre semblables aux Esprits bienheureux, autant
que le permet la fragilité humaine ; que, pour elle,
il lui est doux de contempler du haut des cieux leurs
dévots exercices et qu'elle ne se lasse jamais de les
offrir en leur nom à la Très-Sainte Trinité. C'est
pourquoi elle l'engage, s'il veut sagement écouter
ses conseils, à se repentir de son inconstance et à
mettre, au contraire, toute sa gloire à persévérer
jusqu'à sa mort dans cette chartreuse qui lui est
particulièrement consacrée, au milieu d'une si
sainte communauté : que, donc, pour aucun motif,
il ne consente à quitter de si bons religieux qui, par

leurs conseils et leurs exemples, peuvent le conduire à la vie parfaite.

« Le jeune novice, encouragé par les salutaires avis de la Bienheureuse Vierge, repousse la tentation qui l'attaque et, lorsque le jour commence à paraître, poussant de profonds soupirs et versant des larmes, il va raconter, en détail, à Dom Prieur et à tous les religieux, ce qui vient de lui arriver; puis demande qu'on lui inflige une pénitence proportionnée à la grandeur de sa faute. Il vécut encore plusieurs années à Glandier, se conduisant d'une manière irréprochable et termina tranquillement sa carrière, l'âme chargée de bonnes œuvres, et vainqueur des séductions de l'antique ennemi.

« En témoignage de cette admirable vision, on a peint sur un des vitraux [1] de notre réfectoire, la Sainte Vierge avec son très doux Fils entre ses bras et, à ses pieds, le novice agenouillé, les mains jointes, portant la chape [2], dans une attitude humble et suppliante [3] ».

Après cette glorieuse apparition, notre chartreuse devint plus célèbre que jamais dans le pays et l'on

---

[1] « Je signale, dit fort judicieusement M. Brunet, le fait de ce vitrail à ceux qu'intéresse l'histoire de la peinture sur verre en Limousin ». — Ce vitrail a dû être exécuté dans les premières années, ou au moins, dans la première moitié du XVe siècle.

[2] Les novices chartreux, en assistant aux offices conventuels, portent par dessus leurs vêtements blancs, un grand manteau noir appelé chape.

[3] *Calend. Glanderiense.*

peut dire que la Très-Sainte Vierge en fortifiant ce seul novice découragé, sut attirer pour cela même à Glandier de nombreuses et solides vocations : déjà nous avons fait connaître quelques-uns des profès de la maison du XVe siècle, Jean de Bussière, Bernard de Lescure et d'autres avec eux ; nous nommerons encore un évêque élu de Sarlat qui, voulant se retirer dans la solitude, choisit Glandier entre les différentes chartreuses de la Province d'Aquitaine : cet évêque est Raymond de Commers dont voici l'histoire en quelques mots.

Ponce de Salignac, évêque de Sarlat, étant venu à mourir, le 14 octobre 1492, le Chapitre de la cathédrale assemblé pour lui donner un successeur porta ses vues sur trois candidats : Bernard de Sédières eut neuf voix ; Gilles de la Tour, cinq ; Guillaume de la Douze, une seule. Bernard fut élu. Le Roi nomma de son côté, Armand de Gontaut. Bernard de Sédières se rendit à Paris pour essayer de faire sanctionner l'élection du Chapitre en sa faveur, mais ce fut inutilement et il mourut à la tâche en septembre 1495. Les chanoines de Sarlat, jaloux de leurs droits et de leur liberté, nommèrent alors Raymond de Commers, recteur de Sérézac, de la famille des de Langlade, chancelier du vicomte de Turenne. Raymond tâcha de faire triompher les droits du Chapitre, mais Armand de Gontaut avait de trop fortes protections pour ne pas l'emporter. Une sentence du Parlement, rendue dans les premiers jours de 1498 lui donna gain de

cause ; après quoi, Gontaut se fit sacrer à Limoges
le 1er février : c'est alors, et en cette même année
1498, que Raymond de Commers vint prendre l'habit à Glandier où il vécut neuf ans dans l'heureuse
et profitable obscurité du cloitre : il mourut en 1507.
Le Chapitre Général, en considération de la sainte
vie de cet humble religieux, lui accorda la faveur de
la messe *de Beata* dans toute la Province d'Aquitaine [1].

[1] *Obiit R. P. D. Raymundus, quondam electus in Episco-
pum Sarlatensem, professus domus Glanderii, habens missam
de B. Maria in Provincia Aquitaniæ.* Morotius. *Theatr.
Chronol. Ordin. Cartus.*, p. 73. — D. G. Schwengel, *Propago Ordin. Cartus.*, mss. du *British Museum.*

# Les derniers Comborn.

Nous avons vu plus haut que des bandes de soldats anglais détruisirent Glandier au commencement du XVe siècle ; il fallait donc relever la chartreuse de ses ruines et ce fut, surtout, l'œuvre des derniers Comborn.

Archambaud VI notre fondateur, eut, comme on le sait, deux fils : l'aîné, Bernard se montra tout dévoué à la chartreuse. Nous avons parlé au chapitre précédent, des legs généreux que nous fit son épouse, Marguerite de Turenne. Ses enfants, Archambaud VII et Élie ; son petit-fils, Guyon de Comborn figurent souvent, à titre de bienfaiteurs, dans le Cartulaire de Glandier.

Le second fils du Vicomte, Guischard, devint la tige de la maison de Treignac : par son testament rédigé en octobre 1255, il lègue à Glandier la somme de 100 sols, plus 10 sols de rentes. Son petit-fils, Guischard, troisième du nom, passa, le samedi après l'octave de Saint-Michel 1339, ce fameux contrat [1] par lequel il confirmait tous les droits que

---

[1] *Celebrem fecit transactionem.* Le Coulteux. *Annal.*, ad ann. 1219.

nos Pères tenaient des Comborn de la branche aînée.

Au siècle suivant, dans des circonstances extrêmement difficiles, les Comborn continuent à se montrer pleins de zèle et de générosité. Guischard V [1] fut le protecteur intrépide de Glandier aux plus mauvais jours de la guerre de Cent ans, aussi mérita-t-il le titre de *Défenseur de Glandier* que lui décerna le Chapitre Général de l'Ordre. Guischard mourut pour la défense de son pays à la malheureuse journée d'Azincourt.

Son fils aîné, Jean, premier du nom, est resté célèbre dans nos modestes annales, ainsi que sa sœur, Catherine, abbesse de la Règle à Limoges, et son frère, Jacques, évêque de Clermont. Le 16 mars 1459, Jean voulut confirmer, par un acte que nous possédons encore, « toutes les donations de ses prédécesseurs, lesquels ont fondé la maison et religion de Glandier et lui ont octroyé des manses, borderies, vignes, rentes, cens, droits divers avec la justice moyenne et basse, comme il est contenu en certaines lettres anciennes appartenant à la dite maison et chartreuse, concédées par les seigneurs Archambaud, Guy, Bernard et Guischard de Comborn, et confirmées par le seigneur Guischard, chevalier, père du vicomte moderne, Jean de Comborn, vi-

---

[1] Le dernier des Comborn de la branche aînée, Archambaud IX, ayant perdu son fils unique, vendit, vers 1374, sa vicomté à Guischard V, baron de Treignac, son cousin ; c'est par lui que commencèrent les Comborn-Treignac si puissants au XVe siècle.

comte de la Vicomté de Comborn, seigneur de la baronnerie de Treignac et des châteaux de Chambolive, Beaumont et Rochefort [1] ».

Un bienfait plus considérable, dont nous sommes redevables à Jean de Comborn et à sa famille, est la reconstruction de Glandier au XV⁰ siècle. Notre chartreuse, comme on l'a vu plus haut, fut détruite de fond en comble par les Anglais, vers 1408 : livrée à elle seule, il lui eût été impossible de réparer un pareil désastre, mais la noble maison de Comborn n'abandonna point *sa* chartreuse dans cette extrémité. « L'illustre Dame Catherine, abbesse de la Règle, dit notre *Liber Benefactorum*, fit élever, vers 1436, une cellule en la Maison de la bienheureuse Marie de Glandier, qu'elle fournit bien de tout le mobilier nécessaire à un chartreux et nous donna encore beaucoup d'autres choses. » Louis de Comborn [2], abbé de Déols [3], vint généreusement en aide à nos Pères ; son oncle, Jacques [4] évêque de Clermont, se distingua entre tous ses parents par sa générosité. Dans une visite qu'il rendit à Glandier, il donna 40 écus pour bâtir la première cellule à la

---

[1] *Cartular. Glander.*, p. 44.

[2] Louis de Comborn, homme d'une rare vertu, avait été élu abbé de Beaulieu, vers 1466, mais fut supplanté par le premier Abbé commendataire, Guyot Adhémar de Grignan. *Abrégé de l'histoire de Beaulieu* par Dom A. Vaslet pag. 102, publié par l'abbé Poulbrière.

[3] Déols ou le Bourg-Dieu, aux portes de Châteauroux.

[4] Fils de Guischard V de Comborn, frère de Jean, de l'abbesse Catherine et aussi de Marguerite, mère du célèbre Grand-Maître de Rhodes, Pierre d'Aubusson.

*cime*[1] du grand cloître, du côté de l'Orient, et la meubla entièrement ; de plus, il donna 30 écus et 20 francs pour le vestiaire des religieux, offrit, en outre, un calice d'argent et vint souvent au secours de la Maison à laquelle il portait le plus vif intérêt ; il la nommait *sa chartreuse*, et les Pères de Glandier l'appelaient leur fondateur et insigne bienfaiteur. Touchés du zèle de Jacques de Comborn pour tout ce qui les concernait, ils voulurent enfin l'en remercier d'une manière éclatante et dressèrent, dans ce but, l'acte suivant :

« Au Révérendissime Père et Seigneur dans le Christ, le Seigneur Jacques, par la Miséricorde divine, évêque de Clermont, ses humbles fils chargés d'offrir à Dieu leurs oraisons pour lui, les Prieur et Couvent de *sa* Maison Notre-Dame de Glandier, Ordre de Chartreuse, au diocèse de Limoges, présentent leur humble et entier dévouement dans le Christ Jésus.

« Les pieux désirs de votre cœur que vous nous exposez avec insistance, nous engagent à vous accorder, autant que faire nous pouvons, l'objet de vos demandes : c'est pourquoi, déterminés par la prière que vous nous adressez, voyant et considérant le bien que vous nous avez fait jusqu'ici et le bien plus grand encore que, sous l'inspiration de Dieu, vous vous proposez de nous faire dans l'avenir, nous vous accordons, en vertu des présentes, à

---

[1] C'est-à-dire, à l'extrémité du cloître.

Vous notre Fondateur et insigne bienfaiteur, pendant le cours de votre vie terrestre, douze messes célébrées tous les ans au commencement de chaque mois, le plus tôt que faire se pourra ; en outre, vers la fête de Saint Jacques Apôtre, un Anniversaire avec Agende récitée au chœur, comme il est d'usage dans notre Ordre.

« De plus, nous ferons tout ce qui dépendra de nous pour obtenir que, après votre mort [1] (Dieu, en sa miséricorde, vous la donne sainte et bienheureuse), notre Chapitre Général vous accorde, à perpétuité, douze messes d'anniversaire dans des conditions semblables à celles ci-dessus énoncées, pour le salut de votre âme et de tous ceux à qui vous désirez charitablement qu'on les applique.

« Daigne le Dieu tout-puissant, vous conserver comme nous le lui demandons, et vous accorder

---

[1] Jacques de Comborn mourut le 19 février 1474. On trouve, concernant ses funérailles, une pièce fort curieuse dans l'*Inventaire de Pompadour*. Cette pièce doit être peu connue, nous la reproduisons. « Dépense faite à l'enterrement du Seigneur Jacques de Comborn, évêque de Clermont ; sont compris dans cet état, différens habillemens de deuil pour plus de deux cents personnes, les seigneurs mêmes sont habillés aux dépens du défunt ; les domestiques, les ouvriers. Y est compris la dépense faite pour la Bouche, celle des cierges ou luminaire, tant à la chapelle ardente où a été exposé le seigneur qu'à la grande Église. Ce détail de dépense aurait été copié tant il est curieux, mais la crainte de n'employer le tems que simplement pour satisfaire la curiosité, en a empêché. On observera seulement que le total de la dépense pour le dîner de plus de deux cents cinquante personnes, ne monte qu'à la somme de 50 liv. 2. s. 4. d. » *Invent.* Liasse 68.

toutes sortes de prospérités qui vous aideront à conduire le troupeau confié à vos soins.

« Donné et fait dans le cloître de notre maison de Glandier, scellé du sceau conventuel, ce premier jour d'octobre de l'an du Seigneur mil quatre cent soixante deux [1]. »

Jean I, vicomte de Comborn imita la générosité de son frère ; si le détail de ses aumônes n'est point parvenu jusqu'à nous, nous savons cependant que le Chapitre Général, en faisant connaître sa mort à l'Ordre tout entier, lui décerna solennellement le titre de fondateur de Glandier [2], titre qui, à lui seul, nous apprend tout ce qu'il dut faire pour notre chartreuse.

Jean choisit pour le lieu de sa sépulture, l'église même de Glandier où reposait Archambaud VI premier fondateur de la chartreuse, comme lui-même en était le second. Auparavant déjà, plusieurs Dames de la maison de Comborn avaient demandé à être enterrées chez nous : Blanche de Ventadour-Donzenac femme du vicomte Bernard, Richarde et Eustachie [3].

Un témoin oculaire a décrit la tombe de Jean I, telle qu'elle existait encore en 1792, après le départ

---

[1] Archives départementales du Puy-de-Dôme. Fond de l'évêché. Liasse 15. cotte 8.

[2] Ap. Le Coulteux. *Annal.*, ad ann. 1219.

[3] La vicomtesse Blanche mourut le vendredi après la sainte Luce ; la vicomtesse Richarde, le samedi après la même fête 1348 ; Eustachie, la veille de la Toussaint 1348. Apud *Pradilhon*, pag. 262.

des chartreux, dans l'église de Glandier. Au milieu
du sanctuaire, dit-il [1], on voit une table de pierre
blanche, longue de cinq pieds et demi, large de
deux pieds et demi, couvrant le tombeau de Jean I
de Comborn. Sur cette pierre est la représentation
d'un guerrier étendu, tête nue, mains jointes, la
face tournée vers l'autel, ayant ses armures ; à la
droite, sont sculptés un livre, un écu portant deux
lions passants ; au-dessus de l'écu est la figure d'un
chien. Du côté gauche est un morion et une épée.
L'inscription est :

Hic iacet egregius et potens vir Dnus
Johannes miles et Baro Vicecomes de Cobornio
et Dnus de Treinhiaco qui obiit anno Dni
Millᵒ CCCC
LXXVI

Le décès de Jean I est annoncé en ces termes
dans un vieil obituaire de Glandier : « En l'an du
Seigneur 1476, mourut puissant et magnifique seigneur, le seigneur Jean, *Senior*, vicomte de Comborn, seigneur de Treinhiac, Chambaret, Chambolive, Beaumont, Rochefort et Saint-Salvadour, lequel fut sépulturé le second jour après la fête du

---

[1] *État concernant les arts, comme monuments, tableaux.....
etc., des maisons religieuses du district d'Uzerche.* Ms. (au
commencement de 1792).

bienheureux Valentin, martyr[1], devant le degré du maître-autel de Glandier[2]. »

Jean I, par son testament, fit un legs de dix livres de rente perpétuelle à la chartreuse « pour être célébré, dit-il, un service chaque semaine, pour le repos de son âme » ; le fils du testateur, Jean deuxième du nom, afin d'exécuter les dernières volontés de son père, passa avec les religieux de Glandier, un contrat que nous avons retrouvé et dont nous donnons une analyse rapide.

« Le 16 Décembre 1481, les moines de Glandier étant réunis dans la salle du Chapitre, au son de la cloche, en présence du Garde-scel royal au baillage de Limoges, de ses deux assesseurs et de deux témoins ; le vicomte Jean de Comborn, après avoir rappelé que son défunt père avait, par testament, laissé une rente de dix livres, monnaie royale courante, aux religieux de Glandier, pour des services et des offrandes qu'on devait faire chaque an à des jours et heures fixes, à la louange de Dieu, de la glorieuse Vierge Marie, des Saints et Saintes du Paradis, le Vicomte actuel, pour exécuter les volontés dernières de feu Jean, vicomte de Comborn,

---

[1] Le 16 février. — Selon Le Coulteux, Jean serait mort le 13 janvier ; l'enterrement solennel n'aurait donc eu lieu qu'au bout d'un mois. Estiennot donne aussi la date du 13 janvier d'après le vieux Nécrologe de Glandier.

[2] Ap. *Pradilhon*, page 262. — Dans une église de chartreux, le degré de l'autel, doit s'entendre, non du marchepied de l'autel, mais de la marche du sanctuaire ; *ad gradum altaris.*

son père, a déclaré qu'il réglait, comme il suit, le service de cette rente : deux tiers de la somme seront donnés en espèces, le reste, en nature ; à savoir, pour cette dernière partie, trente-trois setiers de seigle et un demi-setier blé-seigle, mesure de Comborn, à lever sur les dîmes de Saint-Germain-Lavergnas : quant à la rente en espèces sonnantes, elle sera fournie comme suit : quatre livres dix sous sur Ornhac, quinze sous sur le village Del Montet, dix sous sur Bourzac, paroisse de Votezac ; deux sous sur Mialet, seize sous sur le manse de la Roilha, quatre deniers sur un pré à Ornhac.

« De son côté, le vénérable et religieux Père, frère Matthieu Blanchard, prieur du prieuré de Glandier, au nom et avec le consentement des religieux de la maison, en son nom et au nom de ses successeurs, a promis les services et offices que voici : tous les mercredis de l'année, au soir, les vigiles des Morts ; tous les jeudis, une messe chantée *de Spiritu Sancto*, à l'issue de laquelle le célébrant viendra, avec l'eau bénite et la croix, sur la tombe du défunt et y fera l'absoute générale [1].

« Le bailli de Limoges a scellé du sceau royal l'acte rédigé dans le Chapitre de Glandier, en pré-

[1] Une pièce du 1 mars 1791, parle ainsi de cette fondation : « Tous les jeudis de l'année une grand'messe du Saint-Esprit précédée d'un office des morts en entier, pour Jean de Comborn et suivie du *De Profundis* avec quelques oraisons et une aspersion d'eau bénite sur sa tombe. » *Adresse des chartreux de Glandier aux Administrateurs du Département de la Corrèze.*

sence de ses deux assesseurs-jurés, Jean du Mas
et Pierre de Vars ; témoins : Jean Disnematin, licencié en droit, de Limoges, et Pierre Oncolhac,
prêtre, chapelain de l'église paroissiale d'Ornhac[1]. »

Jean II de Comborn, dont le nom revient ici plusieurs fois, déclare, dans son testament rédigé le
24 août 1480, qu'il veut être enterré à Glandier, à
côté de son redouté Seigneur et Père, sous une
grande pierre, devant le degré de l'autel. Notre
vieil Obituaire annonce sa mort en ces termes :
« La veille des Nones de Février mourut égrège et
spectable seigneur, le Seigneur Jean, vicomte de
Comborn : il nous a légué par testament dix livres
auxquelles nous renonçons ; on peut bien dire de
lui qu'il a sincèrement aimé cette chartreuse et l'a
défendue envers et contre tous, comme avait fait
son illustre père. Que leurs âmes jouissent de la
vie éternelle[2]. »

Le fils aîné de Jean II, Guilet de Comborn, jeune
homme de grandes espérances, mourut à 15 ans
peu de jours après son père ; il était déjà pourvu
d'une prébende d'Archidiacre de Carcassonne, car
il se destinait à l'Église[3]. Son frère, Amanion, le
dernier des Comborn, mourut sans postérité en
1513. La Carte du Chapitre Général lui décerne le
titre de protecteur de Glandier, *fautor domus
Glanderii :* ainsi donc, jusqu'au dernier, tous les

---

[1] *Cartular. Glander.*, p. 72.
[2] Apud *Pradilhon*, pag. 262.
[3] Apud *Pradilhon*, loco citato.

descendants d'Archambaud VI se montrèrent les fidèles amis des chartreux que leur illustre ancêtre avait appelés dans ses domaines.

Amanion laissa héritier de ses biens Antoine, des vicomtes de Pompadour. Nous devions déjà beaucoup à cette illustre famille, mais dès lors, plus que jamais, elle tint à honneur de montrer qu'elle entendait bien continuer les traditions de générosité nourries chez les Comborn à l'endroit des Pères de Glandier. Nous avons lu, dans *l'Inventaire de Pompadour*, un résumé de l'acte par lequel Amanion donne ses domaines à son cousin Antoine de Pompadour : nous reproduisons cette pièce peu connue et qui intéresse notre histoire; Glandier recevant en réalité, par cet acte, de nouveaux défenseurs au moment où les Comborn disparaissent.

« 22 Mars 1508. Haut et puissant Seigneur, noble Emanion [1] de Combor [2], vicomte de Combor, baron de Treignac et de Rochefort, seigneur des châtellenies, terres et seigneuries de Beaumont, Chambolive et Chambaret, co-seigneur d'Alassac — à haut et puissant seigneur Antoine de Pompadour, chevalier, seigneur dudit lieu et baron des baronnies de Laurière, Bré et Fromental, seigneur

---

[1] On trouve tantôt Amanion et Emanion, tantôt Amanjeu et Amanjon.

[2] Si l'on écrit communément Comborn, on prononce toujours Combor.

de Ris, Cromières, Saint-Cir-la-Roche, Seilhac, Che-
nac, de la terre d'Issandonois et co-seigneur d'A-
lassac.

« Le dit seigneur de Combor, en considération de
l'amitié qu'il porte au seigneur de Pompadour, des
grandes vertus qu'il a reconnues en lui et des généreux
services qu'il lui a rendus ; eu égard aussi à la proxi-
mité de parenté immémoriale qu'il y a entre eux ;
recognoissant aussi le dit seigneur de Combor, de
la générosité du seigneur Geoffroy de Pompadour
évêque du Puy, oncle du dit Seigneur Antoine de
Pompadour, qui remit au seigneur de Combor et
lui fit grâce de la somme de cinq cents livres sur le
principal de celle à laquelle montait le rachat, que fit
le seigneur de Combor au dit seigneur du Puy, de
la terre de Combor qu'il lui avait vendue ;

« Donne, cède et transporte par donation faite
entre vifs au dit seigneur de Pompadour, sa vicomté de Combor et sa co-seigneurie d'Alassac, ses baronnies et seigneuries de Treignac et de Rochefort,
ses châtellenies de Chambaret, Beaumont, Chambolive et Saint-Salvadour avec toutes leurs dépendances et droits seigneuriaux, sans aucune autre
réserve, sinon que le dit seigneur de Combor en
jouira pendant sa vie.

« Plus, donne pouvoir au dit seigneur de Pompadour de racheter quarante muids de vin de rente
assignée sur le cellier des seigneur et dame de
Donzenne, que le dit seigneur de Combor avait vendue au seigneur du Monteil.

« La dite donation faite à condition que le seigneur de Pompadour payera les dettes du seigneur donateur jusqu'à concurrence de cinquante mille livres [1]. »

Le donateur — pour nous servir de l'expression employée jadis en Limousin — « laissa à son héritier ses honneurs funèbres » c'est-à-dire, le soin de pourvoir, comme il le jugerait convenable à son enterrement.

Le vicomte de Comborn étant venu à mourir le mercredi avant le 4 mars 1513, dans son château de Treignac, son corps fut porté en grande pompe à la chartreuse de Glandier. On vit à cette occasion, un spectacle vraiment imposant ; une escorte immense entourait les restes du dernier des Comborn et s'avançait lentement au milieu des bois et de ces campagnes si tranquilles du Bas-Limousin ; avec la noblesse du pays en armes et à cheval, Antoine de Pompadour avait invité Foucaud de Bonneval évêque nommé de Limoges, et l'abbé fiduciaire de Châtre-en-Sarladais, Bertrand Lilhaud ; à la suite des deux prélats marchaient plusieurs ecclésiastiques du premier ordre, et mille prêtres suivaient gravement en chantant des psaumes. Comme à cette époque les chrétiens comprenaient la puissance de l'aumône ajoutée à la prière, le vicomte de Pompadour avait réuni mille pauvres qui tous portaient à la main un cierge allumé, et sur l'épaule une pièce

---

[1] *Inventaire de Pompadour.* Liasse 16.

de drap qu'ils venaient de recevoir. Cette armée funèbre se présenta aux portes de la chartreuse, qui lui furent ouvertes par le P. Prieur, Dom Dominique de la Forest, à la tête de sa communauté. Les obsèques commencèrent et la dépouille mortelle d'Amanion vicomte de Comborn, baron de Treignac, descendit dans la tombe[1].

Il faut avouer qu'Antoine de Pompadour faisait noblement les choses et les chartreux augurèrent bien d'un cœur si généreux. Sa mère, du reste, Marguerite de Chauveron, vicomtesse de Pompadour, comptait parmi nos plus grands bienfaiteurs à cette époque, et à juste titre, puisqu'elle nous légua, par son testament fait à Ségur le 4 janvier 1487, une rente de 500 livres[2]. La Vicomtesse fut enterrée dans l'église de la chartreuse et au siècle dernier, Nadaud put lire encore sur sa tombe, placée près de la porte d'entrée, ce reste d'inscription :

**Ici repose la noble Margarite Chauverone Dame de Pompadou qui ala a Di.....**

[1] Ces détails sont pris dans l'acte mortuaire d'Amanion, dressé par Leymarie et de la Font, tabellions et « attesté par plusieurs notables, sçavoir : Antoine de Montgibaud, écuyer ; Lachaud, de Treignac, licencié en droit ; François du Theil, bourgeois d'Arnac ; Antoine du Burguet, écuyer, de Lubersac ; Pierre Bourdier, d'Afficu ; Jean Matern (Materre) bourgeois de Treignac ; Jean du Vignau, licencié en droit et Pierre Chabassier, prêtre, aussi habitant de Treignac. » *Invent. de Pompadour.* Liasse 68. 5, et Lettre du docteur R. Pontier, d'Uzerche.

[2] *Necrolog. Glander.*, apud Estiennot. — Le Coulteux, ad ann. 1219.

Notre Cartulaire nous donne encore, pour le XV<sup>e</sup>
siècle, le nom de plusieurs autres bienfaiteurs qui
contribuèrent — au moins la plupart — à la reconstruction de la chartreuse. C'est d'abord Hugues de
Roffignac, évêque de Rieux, tout dévoué à l'Ordre,
*Ordini devotus*, qui bâtit une cellule et, par son testament, fit plusieurs legs importants à Glandier [1];
il mourut en 1472. A la même époque, une jeune
fille appartenant à une famille noble d'Auvergne,
Catherine Agne du Boschet de la Vertolaye, au
moment de prendre l'habit chez les Urbanistes de
Clermont, le 2 juillet 1473 [2], donne soixante livres
tournois « pour construire la chapelle du bienheureux Antoine [3] devant la grand porte du couvent. »

[1] *Necrol. Gland.*, ap. Estiennot.

[2] *Ingrès des Dames de Sainte-Claire de Clermont.* Archiv. dép. du Puy-de-Dôme. La sœur Catherine fut nommée abbesse le 6 novembre 1501.

[3] Saint Antoine ermite ou Saint Antoine de Padoue, fran-
ciscain ? Nous penchons pour ce dernier, en voyant que
la chapelle est bâtie aux frais d'une religieuse franciscaine.
Mais pourquoi choisir ce titulaire ? serait-ce à cause d'un
séjour que Saint Antoine de Padoue aurait fait à Glandier ?
La chose est très possible. Le saint habita Limoges et Brive,
parcourut en missionnaire le pays situé entre les deux
villes dans les années 1225 et 1226 ; vint même, en particulier, au château de Pompadour, si nous en croyons
Marvaud qui, du reste, l'affirme sans preuves. Ou bien, faut-
il voir simplement dans ce fait une nouvelle preuve, entre
mille autres, de la dévotion des populations limousines à
l'admirable thaumaturge si connu encore aujourd'hui dans
le pays ? — Un Bienheureux de l'Ordre des Frères-Prêcheurs, Roméc de Livia, paraît, mais d'une manière certaine, avoir eu quelques relations avec Glandier, puisque
l'*obiit* de ce saint personnage figure dans notre vieil obituaire à la date du 28 octobre (1262).

En 1461, « Messire Jean Comte chapelain, insigne bienfaiteur de la chartreuse, y fonde une messe basse *de Requiem*, tous les mercredis de l'année devant l'autel de la Madeleine ; et aussi une lampe devant ledit autel, qui doit brûler pendant les offices de jour et de nuit[1] ». A peu près à la même date, un chevalier de Rhodes, noble Arnald du Repeyre (*de Repario*), commandeur de Condat, fils et héritier d'Hélis de Crosent, donne tous ses biens meubles et immeubles au couvent de Glandier, en demandant que le corps d'Ythier, son frère, qui repose en l'église de Condat, soit exhumé et enterré à la chartreuse, au milieu du chœur des Moines, devant la tombe du seigneur de Treignac[2].

Le Recueil de nos chartes contient plusieurs actes semblables, en vertu desquels des amis de la chartreuse y choisissent leur sépulture. En 1293, Jean Bozols, citoyen de Limoges, demande d'être enterré au cimetière de Glandier ; en 1350, un Valensa d'Orgnac fait de même, ainsi que Goulfier de Conghac, seigneur de Saint-Jean-Ligoure, dont les descendants, les Cognac, seigneurs de Château-Chervix apparaissent plusieurs fois dans nos chartes du XVe et du XVIe siècle[3].

Mettons encore au nombre de nos bienfaiteurs, le célèbre cardinal de Cramaud qui joua un si grand rôle dans les dernières années du schisme d'Occi-

---

[1] *Calendarium Glander.*,
[2] Apud *Pradilhon*, page 310.
[3] Apud *Pradilhon*, passim.

dent ; plusieurs membres de la famille de Roffignac[1] ;
Marguerite de Chauvigny, femme de Jean II de
Bretagne comte de Penthièvre et Périgord, vicom-
te de Limoges ; Catherine de Comborn, épouse de
Pierre de Pierrebuffière, seigneur de Châteauneuf ;
Jean de Royère, seigneur de Perpezac...... et nous
aurons la liste des principaux amis de notre char-
treuse au temps de la seconde fondation du Lieu-
Notre-Dame de Glandier [2].

Au XV⁰ siècle, époque si troublée, les murailles n'étaient point pour les communautés religieuses, les seules choses qui eussent besoin de réparations : les droits des faibles, voire les droits
sacrés des monastères avaient été usurpés sans
crainte par les vainqueurs, ou même par de puissants amis. Durant la guerre, l'idée de réclamer ne
pouvait venir à personne ; qui donc aurait songé à
citer devant un tribunal quelconque un seigneur
anglais qui vous enlevait effrontément tous vos
droits ? Le faire eût été s'exposer à perdre plus encore : si l'usurpateur était de votre parti, inutile
encore de se plaindre, sous peine d'encourir son indignation ; or, à cette époque, il fallait bien tenir
compte de la colère d'un homme puissant. Lorsque

---

[1] Le 23 Juillet 1491 Jean de Roffignac fait son testament
et donne 30 livres à Glandier ; exécuteurs testamentaires :
J. de Selhac, Bertrand de Roffignac abbé de Terrasson,
J. de Saint-Aulaire. Apud *Pradilhon.*

[2] *Necrolog. Glanderiense.*

la paix fut rendue à la France, on dut encore patienter, agir prudemment : somme toute, ces seigneurs qui vous confisquaient vos droits, vous avaient bien aussi rendu quelques services, services signalés en plus d'une circonstance ; la sagesse conseillait donc d'attendre, tout en disant qu'il serait nécessaire de réclamer un jour.

En ce qui concerne Glandier, le Prieur qui s'occupa particulièrement de lui faire rendre ses droits, est le V. P. Dom Dominique de la Forest que nous avons vu, en 1513, recevoir la dépouille mortelle d'Amanion de Comborn dans l'église de la chartreuse.

Pour comprendre à quelles difficultés Dom Dominique venait se heurter, nous allons reproduire un passage de la *Notice sur Glandier* par M. Brunet, passage dans lequel le savant auteur expose, de main de maître, l'état de la question : « Ces difficultés, dit-il, avaient principalement trait aux droits de haute, moyenne et basse justice. On sait que, depuis que la possession du fief n'emportait plus avec elle le droit de justice, c'est-à-dire, depuis le XIIIᵉ siècle environ, époque à laquelle prit naissance la maxime : *Fief et justice n'ont rien de commun*, fief et justice sont deux choses distinctes, les seigneurs, lorsqu'ils cédaient le fief ou l'arrière-fief, réservaient souvent la justice qui s'en trouvait ainsi démembrée. Ce démembrement pouvait lui-même n'être que partiel, et la réserve ne s'appliquer qu'à la haute justice, ou encore à la moyenne et à la haute réunies ; la basse justice seule, dans ce dernier cas, devant suivre le sort du fief. On pouvait enfin céder la justice sans le fief, de même que parfois celui-ci était cédé sans la justice.

« C'était là une source féconde de difficultés qui naissaient chaque jour. Tantôt, profitant d'une certaine obscurité de texte, celui qui avait été investi du droit de basse justice se prétendait en possession de la moyenne et parfois de la haute ; ou bien venait une prétention inverse, soulevée par le seigneur qui disait ne s'être dessaisi que d'un droit moindre à celui réellement concédé. D'autres sujets de querelle naissaient encore à propos des limites de territoire ; tel qui possédait la pleine justice sur un village et ses dépendances n'ayant que des droits nuls ou moins étendus sur le village voisin. Enfin la plus grande difficulté peut-être consistait dans l'attribution exacte de chaque cause à la juridiction qui devait en connaître. Qu'un délit fût commis : soudain le possesseur du droit de basse justice dans le lieu où il s'était produit revendiquait le droit de poursuite ; souvent il était en conflit avec le possesseur du droit de moyenne justice ; et, si le seigneur concessionnaire de ces droits s'était, comme de coutume, réservé la haute justice, il pouvait arriver que lui-même soutînt que le cas rentrait dans ses attributions. Vinrent plus tard, pour augmenter la confusion, les prétentions soulevées au nom du roi à la suite des diverses ordonnances qui attribuèrent aux agents de la royauté, d'abord une partie et, progressivement, la presque totalité des cas relevant à l'origine des diverses juridictions seigneuriales. Aussi arrivait-il qu'un procès criminel à juger se voyait, trop souvent, précédé de nombreuses et longues contestations entre ceux qui voulaient s'en attribuer la connaissance : grande joie pour le criminel et grand dommage pour la société [1] ! »

Le passage qu'on vient de lire, résume à merveille l'histoire de nos anciens droits de justice, il en fait connaître les *origines* et montre la *source des différends* qu'ils devaient soulever tôt ou tard.

Nos Pères jouissaient des droits de justice moyenne et basse « dans leurs manses, granges, borderies, métairies, territoires, terres, lieux et dépendances sur les paroisses d'Ornhac, Vigeois, Troche et Beychac (*sic*), ainsi que dans leur Repaire-noble de Glandier » comme le constate un titre de 1339 [2]. En vertu de ces droits, ils pouvaient « citer, faire des arrestations et saisies, donner des tuteurs, porter des sentences et les suspendre, mettre à l'échelle et faire ce qui est de droit et coutume, par le ministère de leurs baillis, juges, prévôts, lieutenants, servants et officiers [3] ».

---

[1] *Notice*, pag. 49, 50.

[2] *Cartular. Glander.*, pag. 23. Ratification, par Guischard de Comborn, des droits de Glandier sur Poujol, La Fauria... etc..... Acte du samedi après la fête de saint Michel.

[3] *Ibid.*

Quant à la justice haute, nos Pères soutenaient encore, au XVIIᵉ siècle, l'avoir sur le territoire proprement dit de Glandier, « étant, dit un acte du 21 août 1662, en bonne possession de la justice haulte, moyenne et basse, tant de la présente maison, en clos d'icelle, que pour forges, moulins et autres choses en dépendant et qu'il n'y a que les juges et autres officiers de la chartreuse qui puissent faire et exercer les actes de justice au dit présent lieu [1] ».

Jusqu'en 1789, nos Pères nommèrent les officiers qui rendaient la justice en leur nom : avec nos idées actuelles, ce système ne laisse point que de sembler étrange ; au fond, il l'est moins qu'il ne le paraît. Ces gens de justices seigneuriales répondent à nos juges de paix, agents divers de la police, gardes... etc. Était-ce un si grand mal, qu'au lieu d'être nommés par un membre du gouvernement résidant au loin, ils fussent choisis sur place par ceux qui passaient leur vie dans le pays même [2] ?

---

[1] *Notice*, pag. 73.

[2] Nous citons, comme curiosité, les lettres de provisions d'un juge de Glandier, en date du 22 mars 1747. « Nous, Jean-Baptiste Feytaud, Prieur de la Chartreuse de Glandier, étant bien informé des bonnes vie et mœurs de M. François Maleix, qu'il professe la religion catholique, apostolique et romaine, de son expérience au fait de la pratique, lui avons donné l'office de juge de juridiction de Glandier dans les paroisses de Beyssac, Orniac, Voutezat et Vigeois, pour, par ledit Sʳ Maleix, jouir des honneurs, profits, émoluments attribués au dit office, sans que ledit Sʳ Maleix puisse prétendre de nous aucun gage, lui ayant gratuitement conféré le dit office. Mandons à tous les jus-

La justice seigneuriale de Glandier provenait d'une double source : concessions gracieuses ou achats à divers propriétaires.

Lorsqu'Archambaud VI donna aux chartreux le fief de Glandier, il leur accorda, en même temps, tous les droits de justice attachés à cette terre [1] ; quant aux droits du même genre sur Orgnac, la chartreuse les acheta, en plusieurs fois, aux vicomtes de Comborn ; non point, il est vrai, d'une manière directe, mais plutôt par concomitance, afin de jouir, en paix et sans réserve, des droits seigneuriaux unis aux domaines qu'elle se procurait. La veille des Ides d'octobre 1276 les chartreux, moyennant 6,000 sous tournois, entrent en possession d'une rente de cinq cents sous tournois fournie par les revenus de toutes sortes des trois manses de Masmalet, Roffignac et Mendigour, c'est-à-dire,

ticiables de ladite juridiction de lui obéir en ladite qualité de juge. En foi de quoi..... » — Nous possédons aussi l'acte d'institution du Sr Jean Pontier, conseiller du Roi, lieutenant particulier, assesseur criminel au Sénéchal d'Uzerche, à l'office de juge des fiefs du Puy-aux-Juges, de la Chauvetie, du Châtenet et autres fiefs sur Vigeois (21 nov. 1785) : celui également du sieur Chadebech de la Valade (de Saint-Germain-les-Vergnes) comme juge de la Chapelle-Geneste, en date du 16 novembre 1787.

[1] *Castrum de Glanderio authoritate judiciaria, sicut et nunc, nobilitatum.* Calend. Glander., — Nous avons retrouvé le nom du dernier juge séculier du territoire de Glandier, un Archambaud d'Orgnac, qui ne garda point rancune à ses successeurs et dont les enfants figurent plus d'une fois dans notre Cartulaire ; ainsi, le 28 juillet 1226, Guillaume de Chalva et sa femme, Jourdaine, fille d'Archambaud d'Orgnac, donnent tous leurs droits sur le tènement de Glandier.

fournie par cette foule de droits minuscules que le
Seigneur percevait sur mille et mille choses. Or, au
nombre de ces droits, comme le contrat en fait
mention explicite, se trouvaient ceux de moyenne
et basse justice [1]. Semblablement, par acte du
10 juin 1280, la chartreuse moyennant « douze fois
vingt livres tournois » achète à Guy de Comborn
tous les droits, y compris ceux des juridictions
moyenne et basse, sur les deux Poujol, et la ferme
de l'*Orti de la Fauria* [2]. Les Comborn, dans les actes
précités ne manquent point de se réserver, par clause
très nette, la haute justice quand le cas écherra ;
« cependant, disent-ils, si les habitants des villages
cédés, venaient à commettre (ce qu'à Dieu ne plaise)
tels méfaits à cause desquels leurs biens devraient
être saisis, les seigneurs vicomtes n'auront aucun
droit sur les biens des coupables sis au territoire
des trois manses nommés précédemment : sont exceptés toutefois, les biens meubles si les seigneurs
de Comborn sont, aussitôt après le délit, les premiers à les confisquer. »

Ces clauses et ces restrictions devaient naturellement amener, tôt ou tard, des conflits pénibles
dans cette espèce de course où la victoire restait à
qui arrivait le premier : c'est ce qui explique les différends des chartreux de Glandier avec les vicomtes
de Pompadour et de Comborn. On pourra être sur-

---

[1] *Cartul. Gland.*, pag. 17.
[2] *Ibid.* pag. 19.

pris de ces discussions avec des seigneurs si manifestement amis de la chartreuse, mais dès que l'on examine la chose de près, elle s'explique sans peine et n'est point de nature à faire mettre en doute l'entier dévouement des généreux bienfaiteurs de Glandier. Il y a une différence du tout au tout, entre le gentilhomme à la tête d'une grande fortune et ses intendants ; entre le maître d'une vaste exploitation et ses premiers subordonnés : le propriétaire peut être généreux et ami de la paix, tandis que ses gens seront rapaces et processifs, souvent même à son insu ; ainsi en fut-il dans tous les temps. Le samedi après l'octave de la Saint-Michel 1339, nous voyons les chartreux se plaindre à Guischard de Comborn et, le 16 mars 1459, à Jean de Comborn « de ce que leurs juges, baillis, officiers, usurpent les droits de la chartreuse, confirmés cependant par les ancêtres des seigneurs de Comborn ; en conséquence, ils supplient le Vicomte de maintenir ce que ses pères ont octroyé ; car, eux, moines, ne peuvent et ne veulent plaider contre lui et ses officiers ; d'autant plus qu'ils sont de pauvres gens, simples, et dont la vocation n'est point de plaider, mais de prier ». A ces humbles réclamations, Guischard au XIVᵉ siècle, Jean au XVᵉ, répondent : « Ce n'est en aucune manière notre intention que l'on moleste les religieux de Glandier ; nous n'entendons point que nos officiers se le permettent ; loin de songer à diminuer les droits acquis par les chartreux, nous les voulons maintenir, voire augmenter »:

et nous croyons qu'en tenant ce langage, les seigneurs de Comborn disaient la vérité et désapprou-
vaient la conduite peu équitable de leurs gens qui
voulaient faire du zèle quand ils ne voulaient point
faire du tort.

Néanmoins, en confirmant pleinement le droit
de justice moyenne et basse de Glandier, les Comborn affirmaient toujours leur droit de haute justice.
Or, où commençaient, où finissaient les limites de
chacune de ces trois juridictions? là gisait la
difficulté et de là naissaient d'interminables procès, chacun prétendant que le cas à juger était de
son ressort. En 1566 « une querelle s'étant engagée
dans l'enceinte même des murailles de la chartreuse entre deux valets, l'un coupa, avec les
dents, l'oreille à l'autre. Jeanne de Chabot, Dame
de Comborn, comme mère et *administraresse* de
Charles de Pierrebuffière - Châteauneuf, voulut,
le 16 décembre, se saisir de l'affaire ; les religieux
élevèrent un conflit de juridiction. Suivant eux, le
cas devait être attribué à la basse ou tout au plus à
la moyenne justice. Suivant les Comborn, au contraire, il était du ressort exclusif de la haute justice. Le Sénéchal de Brive, saisi de la contestation,
fit gagner le procès aux chartreux, mais le Parlement de Bordeaux, rangea le cas parmi ceux relevant de la haute justice. L'arrêt fut donc rendu
au profit de la Dame de Comborn [1]. »

[1] *Inventaire de Pompadour*, pag. 417.— Brunet. *Notice
sur Glandier*, pag. 61.

Au siècle suivant, nous trouvons encore un de ces conflits de juridiction, mais les choses s'arrangèrent à l'amiable et la protestation de nos Pères fut un peu pour la forme. Voici le fait en abrégé, extrait du procès-verbal dressé le 21 août 1662. La rumeur publique accusait « Barthélemy Besse, vallet domestique des religieux de Glandier, de vols faits avecque violence sur la personne de Pierre Soulhier de Voultezac, qui conduisait une charge de vin et de fruits à monsieur de Fourssac. Sur le bruit de ces violences, le juge de Pompadour autorise son procureur d'office, vû que le couvent de Glandier est dans le détroit de sa justice, à s'y transporter, faire informations et procès-verbailh, assigner et ouïr les témoins..... En conséquence, maltre Jacob Duguérard, advocat au parlement et juge ordinaire du marquisat de Pompadour, maltre Jean Donnet procureur d'office, Guillaume Donnet advocat en la cour et lieutenant de la présente juridiction, plus un greffier, se transportent en la forêt de Glandier et, dillec, en la maison et monastère de Glandier où étant, et après avoir hurté à la porte, se trouvent en présence de vénérable Père D. Louis Mazuyer, prieur ; V. Dom Paul Labadie, procureur ; V. D. Bruno Loblay coadjetteur (*sic*) dudit monastère, les quels ont dit être en bonne possecion de la justice haulte, moyenne et basse; et les sus-dits Prieur, Procureur et Cogiteur (*sic*) s'opposent formellement à ce que monsieur le juge de Pompadour passe oultre. A quoi le

Procureur d'office répond que pour la basse justice, il ne la veut contester, mais qu'au regard de la haulte et moyenne, elle a été espressément réservée par le don qui leur a été fait de la basse..., partant, ne s'arrète pas à l'opposition faite ; à quoi les vénérables Pères ont protesté de se pourvoir et ont signé[1].

Les Chartreux n'allèrent pas plus avant, ils ouvrirent leur porte et la justice continua immédiatement ses opérations. « Illec mesmes, dit le procès-verbal que nous analysons, étant entrés dans la basse-cour du monastère, le Procureur d'office a fait assigner par Trisavautz, sergeant, Hellies Saige, Léonard Rocque tailleur et Pierichou Haubertie, tous trois du village de la Grange-Vieille et Léonard Coqd, fils à Marquichou, de la Grange de Poujol[2]..... »

Quant à la question de droit, elle se termina par une transaction sur laquelle nous reviendrons plus loin.

Une dernière source de difficultés venait de l'incertitude, non pas seulement des limites légales des justices respectives, mais encore du vague des limites géographiques de chaque juridiction. D'où l'utilité — pour citer un exemple — de la concession faite, en 1515, par Antoine de Pompadour, en vertu

---

[1] Brunet. *Notice*, pag. 71.
[2] *Ibid*.

de laquelle il donne aux chartreux le droit de basse
justice sur un territoire assez restreint autour de
leur couvent, mais très soigneusement limité par
les confrontations indiquées au contrat. C'est le premier acte gracieux du nouveau protecteur de Glandier, au moment même où il succède aux vicomtes
de Comborn ; c'est de plus un acte fort curieux en
lui-même : pour ces deux raisons, il mérite de paraître ici presque dans son entier.

Le vicomte Antoine, à cause de sa seigneurie
des Monts, dès lors unie à celle de Pompadour,
cède la basse justice « dans les maison, couvent,
réduits, jardins, prés, bois, forêts et domaines que
les Religieux ont à leur main autour de la chartreuse, jusqu'au pont qui est près de la grand'porte
du dit couvent en allant à Combor, jusqu'à l'eau de
la Loyre et, suivant ladite eau, jusqu'au pré de
Penot Sany de la Grange-Vieille et de ses parson-
niers ( cohéritiers) sans comprendre le dit pré ; y
compris, toutes fois, les moulins à blé et à *drap*
que les Prieur et Religieux ont près du dit pré : et
de ce pré, tirant jusqu'au territoire nommé *Las
Lajas*, en suivant la clôture faite de grandes barrières entre les dits Religieux et ceux de la Grange-
Vieille, et les Bolas de pierre qui divisent les Religieux des tenanciers de la Grange-Vieille : et delà
tirant à un bois châtaignier et une terre labourable,
et montant au pied d'une roche nommée la *Pierre
Blanche* : et de là, près l'Étang-neuf des dits Religieux, nommé de la Ressège, jusqu'au ruisseau qui

descend de la grande bonde de l'étang, et passe entre la forêt et les pâturaux des chartreux et les dépendances du village d'Espalion ; y compris aussi le moulin de la Ressège que les Religieux ont au dessous la chaussée de l'étang ; et tout le long du ruisseau jusqu'à l'eau de la Loyre ; et, toujours suivant l'eau, jusqu'au pont qui est près la grande et principale porte du couvent. Voilà toutes les limites de la basse justice cédée aux Religieux de Glandier [1] ».

Cette concession, très utile parce qu'en traçant avec netteté les limites de la juridiction autour de la chartreuse, elle assurait une grande tranquillité aux Religieux, fut octroyée au V. P. Prieur Dom Dominique de la Forest.

Dom Dominique, profès de Glandier, demeura vingt-huit années consécutives à la tête de cette maison ; « enfin, dit notre *Calendarium*, après bien des soucis, des travaux et des peines, il obtint miséricorde, mais demeura néanmoins parmi nous avec la charge de Vicaire, se reposant des fatigues endurées pendant un si long priorat. Il travailla beaucoup à augmenter les ressources de sa maison et à sanctifier ses religieux ; il eut aussi bien à souffrir en résistant sans crainte aux exi-

[1] *Inventaire de Pompadour*, Liasse 68. — Le présent acte, ajoute l'*Inventaire*, est en parchemin, reçu et signé par Plumbi et Leymarie ; témoins : noble Jean des Pousses, prieur commendataire de Puymangou-en-Périgord et Jean Quitard, juge de Bré et Pompadour.

gences de quelques seigneurs du voisinage qui, au mépris de toute justice, voulaient amoindrir nos priviléges ».

Dom la Forest, au Chapitre de 1528, permuta avec son vicaire, Dom Jean Chabessier, vénérable vieillard qui comptait alors cinquante-sept années de profession et soixante-dix-sept ans d'âge : le Chapitre de 1529 eut pitié de lui et le remit dans le calme de la cellule où il mourut à l'âge de quatre-vingt-huit ans, honoré de tous comme un saint [1]. Son successeur, Pierre Chaudon, ne fit que passer car dès l'année suivante 1530, il eut pour remplaçant Pierre Sarde, profès et courrier de la chartreuse de Cahors.

Déjà deux prieurs de Glandier, l'un et l'autre natifs du Limousin, Pierre de Montignac et Jean Birelle, avaient été placés à la tête de l'Ordre. Une fois encore, notre chartreuse devait, dans la personne de D. Pierre Sarde, avoir un prieur destiné dans la suite à devenir Général. Nous ignorons le lieu précis de sa naissance, sachant seulement qu'il vit le jour au pays de Limoges, prit l'habit et prononça ses vœux aux chartreux de Cahors. Il gouverna plusieurs de nos maisons et, en 1554, fut élu pour succéder au R. P. Général, Dom Damien Longoni. Un de ses successeurs [2] a tracé son éloge en ces quelques lignes : « Pierre Sarde vécut tout

---

[1] *Necrolog. univers. Ordin. Cartusiens.*, ms. ad ann. 1539.

[2] Le R. P. D. Jean Pégon.

pour le Christ et la Vierge sa mère : l'Ordre trouva en lui un parfait modèle de piété et d'amour de la solitude ».

Comme tant d'autres à cette époque, il fut l'innocente victime des protestants et eut la douleur de voir la Grande Chartreuse saccagée et brûlée sous ses yeux par les soldats du baron des Adrets : son ancienne maison de Glandier allait aussi passer par de rudes épreuves que nous raconterons dans le Livre suivant.

ARMOIRIES DE GLANDIER.

*D'argent, au lion de gueules couronné d'azur,*
*armé et lampassé de sable.*

# LIVRE TROISIÈME

# GLANDIER

## AU SEIZIÈME SIÈCLE.

# *Le V. P. Dom Jean de Libra.*

N des successeurs de Dom Pierre Sarde, D. Jean Rolin de la Valenie, profès de Glandier, « renouvela le terrier des revenus de notre chartreuse, prouvant alors, comme en bien d'autres circonstances, sa grande habileté au maniement des affaires et de quelle utilité il pouvait être pour sa maison[1]. » D. Rolin fut remplacé par le célèbre Jean de Libra, profès de Cahors ; peut-être devrions-nous parler seulement ici de son séjour à Glandier, mais la vie de ce grand homme est tellement extraordinaire pour un chartreux que nous croyons être agréable à nos lecteurs en la racon-

---

[1] *Calendarium Glanderiense.*

tant brièvement. Les diverses maisons où D. Jean habita n'existent plus, leur histoire n'est pas écrite ou n'est point connue, nous trouvons une occasion toute naturelle de parler de lui et nous en profitons [1].

Le Vénérable Père Dom Jean de Libra, né à Montauban dans les premières années du XVI° siècle, vint étudier à l'Université de Cahors et y fit de tels progrès que, jeune encore, il y obtint une chaire. Le nouveau professeur pouvait être fier d'un pareil succès, mais son âme aspirant à mieux, il entra aux chartreux de Cahors en 1533. Sa conduite fut si parfaite dans le cloître, qu'immédiatement après sa profession, il fut nommé Vicaire [2] et ensuite Procureur ; il remplissait cette charge à la satisfaction de tous, lorsque le Chapitre Général l'envoya, en 1542, Prieur à Glandier. De la part de l'Ordre c'était un essai, essai qui réussit merveilleusement, car pendant quarante années consécutives, Jean de Libra exerça la charge de prieur en différentes Maisons, souvent dans les circonstances les plus difficiles, toujours avec le plus grand succès. Glandier donc était un début, mais qui faisait pressentir déjà l'homme admirable appelé à devenir la gloire de son Ordre. Notre *Calendarium* trace ainsi son portrait : « Dom de Libra ; religieux

---

[1] Nous avons constamment pour guide la Vie, manuscrite, de Dom Jean de Libra, composée au XVII° siècle par D. Bruno Malvezin, chartreux de Cahors.

[2] C'est-à-dire sous-prieur.

d'une infatigable activité, d'une vigilance parfaite, qu'il s'agisse des intérêts spirituels de ses frères ou des intérêts matériels de sa communauté. » Le Chapitre Général l'avait de suite estimé à sa juste valeur, car en envoyant ce débutant à Glandier, il le nommait en même temps Covisiteur de la province d'Aquitaine ; on n'aurait guères pu lui donner alors une plus grande marque de confiance.

Dom de Libra resta peu à Glandier ; en 1545 sa présence est jugée nécessaire à Castres ; il permute donc avec le prieur de cette chartreuse, Dom Pierre Coalhac ; mais comme il continua pendant dix-huit années à remplir la charge de Covisiteur, Glandier, tous les deux ans, eut l'avantage de jouir de sa présence.

En 1557, D. J. de Libra est de nouveau nommé prieur de notre maison : il permutait avec Pierre de l'Estang, dont la destinée devait être bientôt si intimement unie à la sienne. Nous ferons connaître plus loin cet autre fils de Glandier.

Le Chapitre Général de 1563 eut à s'occuper d'une affaire très importante. Le Protestantisme, déjà maître en plusieurs royaumes, tâchait de s'introduire dans le nord et le centre de l'Italie, il fallait donc que l'Église et l'État veillassent avec une égale sollicitude, afin de résister à ses envahissements ; les Ordres religieux, aussi, en vue de leur honneur et du bien public, devaient par tous les moyens possibles, fermer le bercail aux loups qui auraient voulu y pénétrer. On connaît assez la valeur morale des apostats qui se hâtèrent de passer à la prétendue Réforme, pour savoir que la parfaite observance des règles et des vœux servait de préservatif infaillible contre l'hérésie ; il suffisait donc aux Communautés italiennes désireuses de garder la vraie foi et la pratique des conseils du Saint Évangile, de s'entretenir et d'avancer dans la parfaite observance de la Règle. Est-ce à dire qu'il n'y avait rien à remettre dans sa forme primitive (telle est la signification propre du mot Réforme) ? aucun abus à retrancher ? Non, évidemment ! mais restaurer n'est pas détruire, et pour ramener à la Règle primitive, il ne faut pas déchirer toute Règle quelle qu'elle soit. Démolir les couvents, jeter les religieux à la porte, ne leur offrir en compensation des mortifications tant recommandées par l'Ancien et le Nouveau Testament, que des jouissances grossières, était-ce là une Réforme et une Réforme Évangélique ? Ni l'Église ni les Communautés religieuses ne redoutaient un retour aux observances primitives, et elles en donnèrent une preuve éclatante, lorsque la paix étant rendue après les guerres de religion, on vit fleurir partout, et spécialement en France, ces admirables réformes qui font tant d'honneur à l'Église au XVIIᵉ siècle : Saint-Maur, les Feuillants, la Trappe et cent autres Communautés d'hommes et de femmes. Du reste, si l'on veut toucher au doigt, par un seul fait, la différence qui existe entre la vraie réforme catholique et celle des Luther et des Calvin, que l'on compare ce qui se passa à l'abbaye de Saint-Augustin de Limoges, rappelée en 1609 à la ferveur des premiers jours, puis devenue le berceau de cette illustre Congrégation de Saint-Maur, et toute autre abbaye quelconque dont les membres auraient embrassé le Protestantisme : on verra les deux réformes à l'œuvre, et les faits auront ici une telle éloquence, qu'il faudra se laisser convaincre ou tomber dans la mauvaise foi.

Perfectionner pour préserver ! les chartreux comprirent à merveille que cet adage résumait toute la conduite à tenir ; ils résolurent en conséquence de donner à leurs Provinces italiennes des Visiteurs hors ligne ; et comme dans les temps difficiles, il faut surtout des chefs énergiques et aguerris, le Chapitre Général voulut mettre à la tête des chartreuses des deux villes principales de Toscane et de Lombardie des hommes irréprochables, de parfaits chartreux. Le R. P. Général de l'Ordre, D. Pierre Sarde, bien renseigné sur tous les religieux de l'Ordre, arrêta ses vues sur le prieur de Glandier, et sur un profès de cette même maison, D. Pierre de Lestang ; il les désigna et ils furent nommés. Rien de plus flatteur pour notre chartreuse ; il est vrai que le Révérend Père [1] n'agissait pas au hasard : il connaissait parfaitement D. de Libra, deux fois Supérieur de cette maison de Glandier qui lui était restée particulièrement

---

[1] C'est le titre que les chartreux donnent à leur Supérieur général.

chère, en ayant été lui-même prieur ; quant à D. de Lestang, il dut le voir à Glandier, au début de sa vie religieuse en 1530. Mais ne vaut-il pas mieux dire que le choix de Dom Sarde est surtout flatteur pour nos deux Prieurs, précisément parce que le P. Général les connaissait plus à fond et était pénétré davantage de leurs rares mérites ?

Dom Pierre de Lestang fut nommé prieur de Florence, Dom Jean de Libra, prieur de Milan : l'un et l'autre, en outre, avec le titre de Visiteurs-Commissaires (ce qui est plus que Visiteur) des trois Provinces Italiennes.

Les deux Pères se mirent immédiatement en chemin pour leurs nouvelles maisons ; Dom de Libra eut pour successeur Dom Jean Arcymolis, Vicaire de Glandier et profès de Vauclaire ; en le nommant le Chapitre Général lui traça la ligne de conduite qu'il devait suivre pour être un excellent Supérieur : imitez, se contenta-t-il de lui dire, imitez dans le gouvernement de la communauté que nous vous confions, tout ce que vous avez vu faire par votre prédécesseur.

Jusqu'à ce moment tout avait réussi à souhait au V. P. Dom de Libra, aussi fut-il nécessaire, comme pour le saint homme Tobie, que la tentation vînt l'éprouver. Certes, nos deux Français n'auraient jamais pu soupçonner de quel côté l'épreuve allait leur venir. A cette date de 1563, les calvinistes triomphaient en France : or, de même que plus tard, tout prêtre français passait nécessairement à l'étranger pour Janséniste, ainsi à cette époque, Français pour bien des gens devait être synonyme de huguenot ; c'est ce qui arriva pour nos deux Prieurs que l'on dénonça comme Protestants. Rien de plus absurde que cette calomnie : c'est au moment où tant de chartreux avaient été égorgés par les calvinistes, et tant de nos maisons détruites par eux de fond en comble ; au moment où la Grande Chartreuse, par le fait des huguenots, n'était plus qu'un amas de cendres, à ce point que ce Chapitre de 1563 qui envoyait en Italie les deux Commissaires français, dut se tenir hors de France, chez les PP. Dominicains à Chambéry ; c'est à ce moment où l'Ordre souffrait tant de violences des calvinistes que l'on aurait été travailler pour eux et choisir deux hérétiques pour propager leurs doctrines perverses ! La calomnie dépassait les limites de l'absurde, mais depuis quand une calomnie n'a-t-elle pas fait son chemin, par cela seul qu'elle est stupide ?

Bientôt l'affaire fut portée aux supérieurs ecclésiastiques, elle vint même à la connaissance du Pape. Il ne put jamais, ne fût-ce qu'un instant, entrer dans la pensée du Souverain Pontife, que l'Ordre des Chartreux, victime sanglante de l'hérésie de Calvin, envoyait solennellement deux de ses religieux, choisis évidemment parmi les plus en vue entre leurs confrères, précisément pour servir d'apôtres à l'hérésie. C'est pourquoi Pie IV voulut les voir et les interroger. L'ancien Prieur de Glandier et son

collègue se présentèrent deux fois à l'audience du
Souverain Pontife qui fut ravi de les entendre, et
trouva en eux, non seulement des catholiques irréprochables, mais des hommes de haut mérite, de
grande science et de vertu; il les confirma donc de
lui-même dans leur charge de Visiteurs-Commissaires, et en outre, par une exception inouïe, leur
commanda, lorsqu'ils rentreraient en France, de prêcher publiquement dans tous les endroits où ils jugeraient à propos de le faire pour le bien des âmes.
Mes Pères, leur dit-il, on a prétendu que vous ve-
niez répandre l'erreur, et moi, Pape de l'Église
Universelle, Vicaire de Jésus-Christ sur la terre, je
vous envoie prêcher la vérité dans toute l'étendue
de votre patrie. J'ai reconnu votre innocence, j'approuve votre doctrine, allez, parlez en mon nom,
je vous en donne le pouvoir. Le pape effectivement,
en leur confiant cette mission, les dispensait, en
vertu de la plénitude de sa puissance, d'un article
formel du Statut qui défend à tout chartreux de
prêcher en public [1].

La justification des deux Prieurs limousins était
parfaite; cette sentence prononcée par le Souverain
Pontife en personne pouvait-elle être plus solennelle
et plus irréfragable? Comme il arrive si souvent,
la calomnie obtenait juste l'inverse de ce qu'elle
cherchait : pour perdre deux innocents elle mit en
doute leur foi; leur foi fut examinée et leur mérita

---

[1] II. P. *Statut.* cap. III. 29.

cette faveur exceptionnelle qu'un Pape voulut leur accorder de son propre mouvement.

Pour mettre plus en lumière encore la parfaite innocence de nos deux Prieurs, on tint à instruire leur procès en règle, afin de mieux confondre leurs accusateurs ; puis, par un sentiment dont la délicatesse n'échappera à personne, le Cardinal protecteur de l'Ordre, Louis Simonetta, remit toutes les pièces de la procédure entre les mains du R. P. Général, avec pouvoir de prononcer lui-même la sentence en plein Chapitre.

En conséquence, le 24 mai de l'année 1565, D. Pierre Sarde devant tous les représentants de l'Ordre réunis à Currière[1], reconnut solennellement la complète et parfaite innocence des VV. DD. Jean de Libra et Pierre de Lestang ; le premier fut nommé Prieur de Castres et Visiteur d'Aquitaine, le second Prieur de Rodez et Covisiteur de cette province.

Évidemment ce dut être une douce joie pour le Père Général de proclamer ainsi les mérites de deux religieux qui appartenaient, quoique à des titres différents, à cette chartreuse de Glandier toujours si chère à son cœur.

Dom Jean de Libra quittait un Calvaire pour monter sur un autre ; en Italie, il était seul à souf-

---

[1] C'était alors l'infirmerie de la Grande Chartreuse : le Chapitre Général y tenait ses séances, en 1565, parce que le monastère avait été réduit en cendres par les huguenots.

frir, en Aquitaine il dut voir les douleurs de ses religieux. A peine installé à Castres, Dom Jean, toujours de plus en plus estimé de ses supérieurs, reçut une Commission spéciale pour la Province de France : pendant qu'il s'en acquitait avec son talent ordinaire, les huguenots, le 5 octobre, veille de la fête de notre Père saint Bruno, envahirent la chartreuse de Castres, tuèrent un Père, blessèrent plusieurs religieux, jetèrent les autres dans un cachot, saccagèrent toute la maison, profanèrent les choses saintes de la façon la plus infâme, démolirent les lieux réguliers, abattirent l'église et mirent le feu aux autres bâtiments : ce fut la destruction absolue, à ce point que la chartreuse resta déserte pendant près d'un demi-siècle, et ne sortit complétement de ses ruines qu'en 1674.

Lorsque Dom Jean de Libra revint, il ne trouva ni maison ni communauté, car les religieux s'étaient établis, tant bien que mal, dans une de leurs fermes à Escoussens. Le courage de Dom Jean s'éleva à la hauteur d'une telle situation. Aussitôt, il se mit à l'œuvre pour trouver un lieu de refuge à ses frères, et se présenta d'abord à Carcassonne où il reçut un accueil des moins bienveillants, ce qui l'engagea à se rendre à Toulouse. C'est dans cette ville que, pour la première fois, il se résigna à prêcher en public ; encore, comme il nous l'apprend lui-même, ne s'y décida-t-il que sur les instances réitérées des Capitouls, sur l'ordre formel de son Général, le R. P. Dom Bernard Carasse, et avec beaucoup de répugnance de sa part, *jussu mei Generalis, non sine animi mei perturbatione.* L'impression que sa seule vue et ses conversations produisaient à Toulouse avait été considérable, et dès que l'on sut qu'il serait possible de l'entendre en chaire, on n'eut de repos qu'après l'avoir vu condescendre, un peu malgré lui, à ce désir. Il prêcha à la cathédrale l'Avent de 1568 et le Carême de 1569 : une foule énorme se pressait à ses sermons. Jean de Libra ne manquait ni de science ni d'éloquence, on savait par quelles épreuves il venait de passer, quelles souffrances il endurait encore; puis, voir en chaire, entendre un chartreux ! il y avait bien là une petite tentation de curiosité pour certaines personnes qui y succombaient, et sans grand remords évidemment.

Dom Jean de Libra, acceptant de prêcher, songeait surtout à sa fondation qu'il avait tant à cœur; voyant donc à quel point son auditoire s'affectionnait à lui, il se décida à exposer ses plans : d'après l'usage de l'époque, il y eut une grande réunion à la Maison-de-ville, où Dom de Libra prit la parole, raconta les souffrances inouïes de ses religieux chassés de Castres, dit combien il serait heureux de se fixer près de ce bon peuple de Toulouse si sympathique à sa personne, et termina en demandant la permission de fonder une chartreuse à Toulouse. L'assemblée, électrisée par ses paroles, vota d'enthousiasme la proposition de leur bien-aimé prédicateur; les Capitouls, séance tenante, votèrent deux mille livres ; les chanoines de la cathédrale, offrirent, en attendant, un pied-à-terre dans leur cloître aux fils de Dom de Libra ; les dames Toulousaines surtout, se distinguèrent par une générosité sans exemple : ainsi prit naissance la nouvelle fondation.

Dom Jean de Libra resta à Toulouse jusqu'en 1571, occupé à prêcher avec le plus grand zèle et à pousser activement la fondation de sa chartreuse. « Il jouissait dans la ville d'une si extraordinaire réputation que les Capitouls firent tirer son portrait qu'on conserve dans l'hôtel de ville, comme d'un illustre personnage. Les chartreux voulurent les imiter et commandèrent un tableau où on voit Jean de Libra avec ses deux frères au pied d'un crucifix [1]. »

En 1571, après le Chapitre, les profès de Cahors, d'après la permission spéciale qu'ils avaient reçue, procédèrent à une élection pour donner un successeur à Dom Raymond Rudelle nommé à Rodez, et choisirent, d'un consentement unanime, leur co-profès Dom de Libra. Le R. P. Général daigna confirmer cette élection.

Au mois de janvier 1572, Dom Jean eut la douleur de perdre son vieil ami et inséparable compagnon,

---

[1] Dom B. Malvezin, pag. 24. — J. de Libra eut deux frères chartreux, Raymond et Jean qui fit profession à Glandier. Ce dernier est pris quelquefois pour son frère aîné ; ainsi plusieurs se trompent en disant que notre Jean de Libra fut Prieur de Vauclaire, c'est D. Jean, le jeune, qui remplit cette charge.

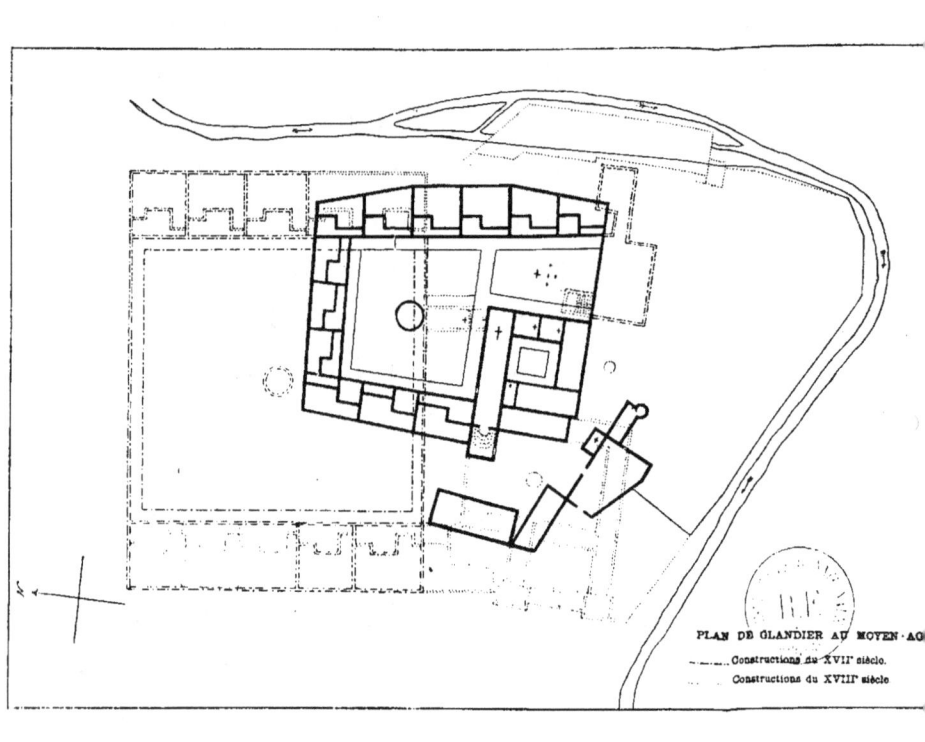

PLAN DE GLANDIER AU MOYEN·AG

......... Constructions du XVII' siècle.

......... Constructions du XVIII' siècle

le V. P. Dom Pierre de Lestang : profès de Glandier, comme nous l'avons déjà dit, Prieur de sa maison de profession, puis de Villefranche, de Castres et de Cahors, Dom de Lestang nommé Prieur de Florence et Visiteur-Commissaire en Italie conjointement avec Dom de Libra, avait partagé ses peines et ses humiliations ; de retour en France, il fut nommé Prieur de Rodez, Covisiteur avec Dom Jean de Libra, et finalement Prieur de Sainte-Croix-en-Jarez près de Rive-de-Gier, non loin de Lyon. « Notre Révérend Père Dom Carasse l'avait appelé dans cette dernière maison afin qu'estant plus proche de sa personne, il put s'en servir plus commodément pour lui ayder à porter le pesant fardeau du Généralat. Notre Général le vouloit avoir proche de soy pour l'instruire pleinement de toutes les affaires importantes de l'Ordre, comme le jugeant capable d'être un jour son successeur[1]. » Ces dernières paroles nous apprennent que peut-être Glandier aurait eu l'honneur de voir un quatrième de ses Prieurs nommé à la plus haute dignité de l'Ordre. Dom Pierre de Lestang laissait vacante par sa mort la charge de Covisiteur qui fut confiée à Dom Raymond Rudelle, ancien Prieur de Glandier.

En cette année 1572, Jean de Libra, après avoir perdu son fidèle compagnon, devait faire une nou-

---

[1] Malvezin, pag. 43. *Domnum Petrum præficimus in priorem Domus Sanctæ Crucis ut obsequio Reverendi Patris sit commodior*, dit la Carte du Chapitre de 1571.

velle perte non moins sensible; il devint aveugle, mais ce coup terrible ne l'abattit point : si l'œil du corps ne vit plus les choses de la terre, l'œil de l'âme contempla plus facilement les choses du ciel ; intrépide, infatigable malgré son grand âge et sa cécité, Dom de Libra continua à annoncer la parole de Dieu, et l'Ordre, plein de confiance en ses lumières tout surnaturelles, n'hésita point à conserver à cet aveugle la charge de Visiteur qu'il remplit jusqu'en 1578. Nos Pères de Glandier eurent donc la consolation de revoir plusieurs fois ce vénérable religieux toujours si édifiant et si clairvoyant dans les matières de spiritualité. D. Jean de Libra continua aussi de prêcher, soit à Cahors, soit dans la campagne, fortifiant les catholiques dont la foi chancelait et tirant de l'erreur ceux qui s'étaient laissé séduire. « Ce fut une chose si surprenante et si extraordinaire de voir en chaire un homme privé de la vüe, et un religieux solitaire de profession, que le peuple de Cahors crut et croit encore que les chartreux ne prêchent jamais publiquement qu'ils ne soient aveugles[1] » !

Jean de Libra jouissait d'une telle réputation que le Prince de Béarn, qui commandait en ces temps l'armée des Huguenots, voulut, pendant son séjour à Cahors, entendre un sermon du célèbre Chartreux ; il se déclara très satisfait, mais pour le moment ne fit rien davantage : les paroles qui ne

[1] Malvezin, p. 35.

frappèrent alors que son oreille vinrent peut-être plus tard frapper à la porte de son cœur, et Dieu, pour avancer la conversion de cet aimable prince, ne s'est-il point servi de l'humble chartreux aveugle?

Dom Jean prêcha à la cathédrale de Cahors l'Avent de 1572 et le Carême de 1573. Comme il ne nous reste rien de lui, il est impossible de se faire une idée exacte de son éloquence, et ses sermons ne nous paraitraient-ils pas fort singuliers? une chose est certaine cependant, c'est que, au moins ils ne manquaient point de doctrine; la forme (celle de l'époque après tout), nous semblerait à nous, lecteurs d'un autre âge, tout à fait défectueuse, mais le fond était solide et irréprochable. Il fallait à cette époque que le prédicateur de la Cathédrale, à Cahors, remplît certaines conditions imposées par un vieil usage qui, si elles existaient encore pourraient embarrasser plus d'un orateur : le prédicateur de l'Avent et du Carême faisait un sermon en latin à la Cathédrale, la veille de Noël et le Samedi-Saint, puis se rendait à l'Université pour soutenir en public une thèse de théologie scolastique, exposant, prouvant sa proposition et répondant à toutes les objections. La veille de Noël, Dom Jean de Libra partant de ce texte, *Sion in judicio redimetur et reducent eam in justitia*[1], montra comment le salut du genre humain fut opéré par l'Incarnation du Verbe, en jugement et en justice. Le Samedi-Saint,

[1] Sion sera rachetée par un juste jugement et rétablie par la justice. *Isai.* 1. 27.

quoique brisé de fatigue pour avoir prêché tous les jours du Carême, et particulièrement la veille une très longue Passion, il donna d'abord le sermon latin à la cathédrale, et descendant ensuite de chaire, monta, sans prendre un instant de repos, dans celle de l'Université où il expliqua les matières de la justification et de la grâce, ayant pris pour texte ces paroles de saint Paul : *traditus est propter delicta nostra et resurrexit propter justificationem nostram* [1].

Témoin de la foi catholique, du haut de la chaire de vérité, il ne manquait plus à Dom Jean que d'en être le témoin et comme le martyr au fond d'un cachot ; le Seigneur ne lui refusa point cette glorieuse récompense de ses longs travaux.

Dans la nuit du 28 mai 1580, les Huguenots s'emparèrent par surprise de Cahors et commirent les derniers excès dans cette malheureuse ville : arrivés à la Chartreuse, ils en enfoncent les portes, tuent deux Frères convers qui se présentent, et cherchent de tous côtés les autres religieux. Le Père Prieur, Dom de Libra, avait assemblé ses frères dans l'église, aux pieds des autels et priait ; à la vue de ce vénérable vieillard, les soldats, saisis de respect, n'osèrent le frapper, mais se contentèrent de le conduire prisonnier avec toute sa communauté dans une maison appartenant à

---

[1] Il a été livré à cause de nos offenses et Il est ressuscité pour notre justification. *Rom.* IV. 25.

M. de Regourd, second archidiacre de la cathédrale, où ils restèrent neuf mois dans la plus complète misère, exposés souvent à mourir de faim. Dom Jean, ce vieillard octogénaire, brisé par l'âge, les fatigues apostoliques, les austérités de sa Règle, se montra alors plus admirable que jamais ; il sut entretenir dans cette chartreuse improvisée la paix la joie, la ferveur ; l'office divin y était chanté, jour et nuit, aussi tranquillement et avec la même récollection que si l'on eût été dans les stalles de l'église conventuelle. Aux souffrances de la captivité, se mêlèrent d'autres peines non moins dures ; Dom Jean apprit toutes les horreurs commises à la chartreuse par les hérétiques : l'église pillée, les autels renversés, les statues brisées, les tombes violées, les reliques profanées, aucune mauvaise nouvelle ne lui fut inconnue ; Dieu cependant lui accorda une bien grande consolation : un jeune novice emprisonné avec lui ne se laissa point décourager par tant d'épreuves, et lorsque le jour de sa profession solennelle arriva, quoique l'avenir fût bien sombre, il n'hésita point à prononcer ses vœux. Dom Jean de Libra, ce vieil athlète du Christ, dut serrer avec bonheur les mains de cet intrépide jeune homme.

Lorsque les Chartreux rentrèrent dans leur cloître, ils ne trouvèrent plus que des ruines ; c'était une grande œuvre que de relever cette maison ; Dom Jean, âgé de plus de quatre-vingts ans, ne se sentit plus la force de l'entreprendre ; il supplia donc ses supérieurs de lui faire miséricorde, ce qui lui fut accordé avec regret par le Chapitre Général de 1581. En lui donnant un successeur, la Carte s'exprime ainsi : « Nous recommandons au nouveau Prieur et aux Conventuels de Cahors le vénéré Prieur absous ; qu'ils le consolent dans sa vieillesse en le traitant avec tous les égards dùs à un religieux d'un si grand mérite. » Cette recommandation très flatteuse pour Dom Jean de Libra était certainement inutile.

Dom Jean se prépara doucement à paraître devant Dieu, goûtant avec délices cette tranquillité de la cellule dont il avait si peu joui ; il mourut de la mort des justes, le 26 mai 1582, après avoir vécu cinquante ans dans l'Ordre, et pendant quarante années, rempli, outre les fonctions de Covisiteur, de Visiteur et de Commissaire, la charge de Prieur à Castres, Villefranche, Milan, Toulouse, Cahors, et deux fois à Notre-Dame de Glandier.

## Les guerres de religion.

E lecteur, dans le paragraphe précédent, a pu entrevoir ce qu'eurent à souffrir plusieurs de nos chartreuses d'Aquitaine pendant les guerres de religion; la marche du récit nous amenait à en dire quelques mots, mais pour Glandier nous devons entrer dans plus de détails.

Le protestantisme s'établit avec une scandaleuse facilité en Allemagne, en Angleterre et dans les royaumes du Nord, triste spectacle que cette apostasie en masse de nations entières; pour l'honneur de la France, les choses ne se passèrent point de même dans notre pays. Le protestantisme rencontra une énergique résistance, et puisqu'il voulait s'imposer par la force, les catholiques recoururent aux armes : d'ailleurs, et on ne saurait plus en douter de nos jours, les calvinistes français du xvi° siècle étaient tout autant des révolutionnaires que des sectaires, s'adressant à l'étranger, aux Anglais, aux Allemands hérétiques et ennemis politiques de la France, pour trouver du secours contre leurs princes légitimes; la vraie France leur répondit en prenant les armes; c'était son devoir et son droit.

Ce n'est que vers le milieu du xvi° siècle que le

protestantisme commença à se répandre en Limousin, seule province dont nous ayons à tenir compte
ici ; mais déjà auparavant, les idées nouvelles faisaient peu à peu leur chemin : elles étaient fort
commodes ces idées nouvelles ; le cœur faisant mal
à la tête (comme on l'a dit avec beaucoup d'esprit),
avec la soi-disant liberté de penser [1], on voulait
aussi la permission de tout faire et surtout de mal
faire : sous prétexte de zèle religieux, les convoitises
les plus mauvaises se firent bientôt jour : on criait
au papisme en venant dévaliser une abbaye, et l'on
se retirait, les mains pleines, le front haut, comme
après une action vertueuse ; le procédé était commode, lucratif, mais peu honorable.

Glandier fut victime d'une agression de ce genre
sous le gouvernement du V. P. D. Pierre Coalhac.
En 1545, nous l'avons dit ailleurs, Dom Jean de

---

[1] *Soi-disant liberté de penser.* — Ce n'est pas au hasard que nous nous servons de cette expression. La pensée, puisqu'elle reste dans l'intelligence, est, ici-bas, in-
saisissable de sa nature et libre, conséquemment ; mais
elle doit être jugée au tribunal de Dieu. Lorsque la pensée sort et se manifeste par des paroles et des actes, elle
devient saisissable et, aussi, responsable devant l'Église
ou l'État, selon qu'elle enseigne des principes subversifs
de l'ordre ou religieux ou civil. Demander la liberté de
penser pure et simple est une ineptie, la pensée étant libre
d'elle-même ; demander l'irresponsabilité de la pensée,
c'est une impiété, car cette irresponsabilité attaque la justice, la sainteté, voire même l'existence de Dieu ; demander
que les paroles et les actes, quels qu'ils soient, échappent
au contrôle de l'Église et de l'État, dès qu'ils s'écartent de
la loi divine ou humaine, c'est la négation de toute autorité et de toute morale, la ruine de toute société religieuse
ou civile.

Libra, quittant Glandier pour la première fois, fut nommé à Castres et remplacé par le Prieur de cette maison, Dom Coalhac : or voici ce qui lui arriva deux ans après : nous traduisons notre *Calendarium* :

« Le onze février 1547, — ce que nous racontons avec une profonde douleur, non certes à cause des pertes, bien que très considérables faites par notre chartreuse, mais à cause des outrages que reçut la divine Majesté, — des hommes, des chevaliers, des nobles, oui, mais qui se comportaient comme des scélérats et des voleurs de grand chemin, couvrant de boue leur blason par de honteux excès et vouant au mépris le nom de leurs respectables familles, vinrent saccager notre monastère. Leur ignoble entreprise avait été préméditée de longue main : ils se présentent à l'improviste, enfoncent les portes, envahissent la maison, menacent et effraient les religieux qui prennent peur en les voyant l'épée à la main, insultent et rouent de coups les domestiques ; puis, n'étant plus arrêtés par personne, fouillent le monastère de la cave au grenier ; tout ce qu'ils virent de précieux dans la cellule de Dom Prieur, à l'église ou ailleurs, devint leur proie : ces misérables ne reculant pas même devant des vols sacrilèges, s'emparèrent des calices, des vases sacrés, des encensoirs, des croix, et les brisèrent en morceaux pour les emporter avec plus de facilité. Pendant plusieurs jours, ils firent bombance à Glandier, gaspillant les provisions, qu'ils nommaient en ricanant les dons du Seigneur, et se retirèrent enfin, mais chargés de butin. Lorsque plusieurs nobles gentilshommes de nos voisins apprirent ces excès monstrueux, ils en eurent horreur, se mirent à la poursuite de ces misérables sacrilèges, les suivirent fort loin et étant parvenus à en saisir quelques-uns, les livrèrent à la justice du Roi, sans se préoccuper des liens de parenté qui les unissaient à eux.

« Ce pillage attrista beaucoup nos Pères qui, par suite de cette invasion, vécurent de longues années dans la plus grande pauvreté, presque dans la misère. Un novice natif de Limoges, Dom Jean Bénédicti, touché de compassion, voulut remédier au moins au plus pressant, et donna, avant de prononcer ses vœux, cent quarante livres pour acheter trois calices. »

Il faut bien avouer que de tels commencements ne présageaient rien de bon pour l'avenir. Bientôt, du reste, l'hérésie se montra en plein jour. La première apostasie, dont l'histoire ait gardé le souvenir dans nos pays, eut lieu à Saint-Yrieix ; peu après, et ce qui était bien autrement grave, Jeanne d'Albret, reine de Navarre et vicomtesse de Limoges, jeta le masque et se déclara ouvertement pour le protestantisme que jusque-là elle avait cru habile de ne protéger qu'en secret. Cette femme, à qui on ne peut refuser d'immenses talents, mais chez qui on doit reconnaître de bien mauvaises passions, aurait pu causer un mal affreux aux âmes

dans toute l'étendue de sa vicomté, surtout lorsqu'elle en devint maîtresse absolue, après la mort
du Vicomte-Roi, son mari (17 novembre 1562), mais
Jeanne rencontra dans les consuls de Limoges une
résistance insurmontable, et toute puissante qu'elle
fût, la vicomtesse ne put jamais remporter la victoire; si le pays de Limoges ne devint pas protestant, il le doit aux consuls de la ville.

L'hérésie cependant gagnait du terrain et s'affi-
chait de plus en plus. En 1563, nous voyons l'introduction légale[1] ( ce qui ne veut pas dire légitime ) du
protestantisme dans une petite ville à peine éloignée
de quelques lieues de Glandier, à Uzerches où tous
les Réformés du Haut et Bas-Limousin eurent la
permission de célébrer leur culte : c'était un premier
avantage ; ils comptaient bien que ce ne serait pas
le dernier. Profitant de la faiblesse de Charles IX et
de son inexpérience dans les affaires au début de son
règne, un parti, plus politique encore que religieux,
s'était formé sous le nom de parti des Princes ; la
guerre civile éclata, puis il y eut des moments, sinon de paix du moins de calme apparent ; enfin dans
les derniers mois de 1568, des deux côtés, on se prépara à la guerre. L'année qui allait s'ouvrir devait
être mauvaise pour Glandier, nous entrerons donc
ici dans tous les détails capables de faire comprendre, au juste, les souffrances et la position de
nos Pères à cette époque désolée.

---

[1] Édit d'Amboise, 19 mars 1563.

Les hommes du métier dans les deux camps s'accordaient à reconnaître que le lieu des opérations militaires serait la Saintonge. Aussi dans les conseils de guerre des deux partis, avait-il été résolu que dès les premiers jours de 1569, on se mettrait en marche vers cette province. Donnons, pour plus de clarté, le nom des chefs huguenots et catholiques : l'armée protestante ou l'armée dite des Princes obéissait à Louis de Bourbon, Prince de Condé et à l'amiral de Coligny ; Monsieur, frère de Charles IX, que l'on nommait aussi le duc d'Anjou, commandait l'armée catholique ou l'armée du Roi ; à cette époque ces deux expressions étaient synonymes. Quant au plan de campagne des deux généraux, il était fort simple : Condé, après avoir réuni à l'armée qu'il commandait en Angoumois, les corps de troupes répandus dans le Languedoc, marchait au devant du Duc de Deux-Ponts qui s'avançait à travers la France par le Nivernais et le Berry, et, à la tête de tout son monde, écrasait alors l'armée catholique : le duc d'Anjou coûte que coûte devait empêcher la réunion de ces forces imposantes.

Dans les premiers jours de janvier 1569, les soldats se mirent de tous côtés en marche. « Il fut décidé, dit Montluc, qui si les huguenots alloient en Sainctonge, l'armée Catholique passeroit par le Limosin pour aller au Camp du Roy. » Sur toutes les routes on rencontrait des bandes de soldats plus ou moins disciplinés, qui souvent n'ayant pas de solde et jamais de nourriture assurée, vivaient comme ils pouvaient et comme ils voulaient, aux dépens des habitants du pays qu'ils traversaient. On se trouvait à la merci des troupes catholiques ou huguenotes ; les catholiques prenaient pour vivre ; les protestants en outre, par esprit évangélique, pillaient les églises, pourchassaient les prêtres et les moines, brûlaient les monastères. En de pareilles circonstances la position n'était plus tenable à Glandier, maison complètement isolée, éloignée de tout secours un peu sérieux et incapable de se défendre elle-même en cas d'attaque : il y avait bien, près de la porte principale un bâtiment flanqué d'une petite tour, portant le nom martial de Corps-de-garde qu'il conserva jusqu'à la Grande Révolution ; mais ces fortifications primitives, capables encore d'arrêter quelques larrons vulgaires, ne servaient de rien contre une compagnie de soldats : pour nous servir du mot de l'époque, ils appliquaient le pétard au grand portail, faisaient voler la porte en éclats et entraient fort tranquillement. Glandier était donc sans défense. Le P. Prieur Dom Bertrand de Beaurieu, comprenant à merveille la position, songea, au moins provisoirement et en attendant des jours meilleurs, à mettre sa Communauté à l'abri : il s'en ouvrit au vicomte Jean de Pompadour[1], qui lui permit de la meilleure grâce du monde de chercher

[1] Jean, qui portait à peine depuis quelques jours le titre de vicomte de Pompadour, par suite de la mort de son père, devait mourir lui-même, peu après. Il se couvrit de gloire à la bataille de Jarnac et fut tué à l'assaut de Mucidan, au mois de mai de cette année 1569.

une retraite derrière les épaisses murailles de son
château.

Le deux février[1], fête de la Chandeleur, les religieux montèrent à cheval après les offices et sortirent de la chartreuse. En gravissant la côte qui
mène à la Grange-Vieille (où passait jadis la route
de Pompadour) nos Pères durent se retourner et
saluer, pour la dernière fois peut-être se deman-
daient-ils, cette maison qu'ils abandonnaient : était-
ce un dernier adieu ? nul n'aurait pu répondre devant
un avenir aussi sombre ; ils s'éloignaient donc tristes
et le cœur serré. Un ami, non point des plus puissants, mais des plus dévoués, s'offrit généreusement
à héberger les Pères ; cet ami se nommait maître
Pierre Tillet[2], dont, à cette époque, l'habitation se
trouvait dans l'enceinte même du château des Seigneurs de Pompadour.

Et maintenant qu'allait-il arriver ? qui serait vic-
torieux ? Tous se posaient avec anxiété cette redoutable question.

Les protestants ne doutaient point du succès : ils
avaient reçu d'Élisabeth d'Angleterre cent mille an-

---

[1] « par crainte des Huguenots qui mettaient tout à feu
et à sang dans les pays circonvoisins », ajoute le *Calendarium Glanderiense*.

[2] Cette famille, dit M. Brunet, existe encore à Pompadour. Les Tilhet ou Teilhet ( plus tard du Theillet de la
Monthézie ) étaient des serviteurs de la maison de Pompadour, près de laquelle ils ont surtout rempli les fonctions de scribes, greffiers, chanceliers et notaires ( *Notice,*
pag. 59 ). — Nous avons trouvé un Tilhet, secrétaire d'Antoine de Pompadour en 1511.

gelots d'or, des canons et des munitions de guerre
« c'étoit les choses dont ils avoient le plus besoin ;
car pour les troupes ils en avoient assez : ce qu'il
leur manquoit estoit de quoi les soudoyer et de l'artillerie [1]. » Une partie des renforts attendus du
Languedoc se trouvait déjà rendue en Saintonge et
l'on savait que le duc de Deux-Ponts arrivait certainement. Bien qu'il manquât d'argent et d'artillerie, le duc d'Anjou, chef des catholiques, se mit en
marche et fit preuve d'un grand talent militaire et
d'une incontestable bravoure. Au mois de mars il
rencontrait l'armée protestante à Châteauneuf, et
quelques jours après, le dimanche 13, remportait la
célèbre bataille de Jarnac, dans laquelle le prince
de Condé trouva la mort. C'était une victoire de la
dernière importance, aussi tous les fidèles sujets du
Roi se réjouirent-ils de ce grand succès qui faisait
espérer cette paix dont on avait tant besoin. L'heureuse nouvelle de la victoire de Jarnac fut vite portée au château de Pompadour : les chartreux déli-
vrés alors de toute crainte, remercièrent leurs
hôtes, et rentrèrent avec joie dans leur chère solitude de Glandier. Cette joie ne fut point de longue
durée.

L'armée catholique dépourvue d'artillerie, fut,
malgré sa victoire, presque réduite à l'impuissance,
car les huguenots s'étant retirés dans les principales places fortes qui leur appartenaient ; il eût

---

[1] Daniel, *Hist. de France*, tom. X, p. 389.

fallu du canon pour forcer les villes, et le Duc n'en avait point : il se contenta donc de poursuivre les bandes qui tenaient la campagne et remporta quelques légers succès. On aurait pu croire qu'après la mort du Prince de Condé, le parti protestant perdrait courage, il se montra au contraire plus décidé que jamais. L'amiral de Coligny, peu fâché d'être seul au premier rang, déploya une activité sans pareille, énergiquement soutenu par son frère le haineux Dandelot, et plus encore par la vicomtesse de Limoges, Jeanne d'Albret, reine de Navarre, qui fit preuve d'une intrépidité, d'une intelligence, d'une vigueur vraiment surprenantes dans une femme. Elle harangua les principaux officiers de l'armée auxquels elle présenta leurs deux nouveaux chefs, son jeune fils, Henri prince de Béarn, et Henri de Bourbon, fils du prince de Condé, et prouva que rien n'était perdu. Les affaires des Protestants paraissaient, en effet, prendre une excellente tournure, aussi la joie, la confiance qu'avait fait naître dans l'âme des catholiques la victoire de Jarnac fit bientôt place à une vague terreur entretenue par les plus fâcheuses nouvelles qui arrivaient coup sur coup.

Le 20 mai, Wolfang de Bavière duc de Deux-Ponts, protestant forcené, s'empare de La Charité sur Loire, s'avance au cœur de la France, et se dirige vers le Limousin malgré une armée catholique fort maladroitement conduite par les ducs d'Aumale et de Nemours. Le duc d'Anjou, craignant d'être pris entre les deux armées de Coligny et du duc Wolfang, se replie sur Limoges avec des troupes dans le plus triste état. « Beaucoup de capitaines de son armée, dit un témoin oculaire, demandoient congé de se retirer en leurs maisons ; la plus part aussi des soldats se desbandoient tous les jours, tant à faute de payement que pour ce qu'ils avoient grandement paty en l'armée, en partie à cause de l'hyver qui avoit esté fort grand ceste année, et de beaucoup de maladies qu'ils avoient reçues, dont grand nombre étoient morts ; en sorte que l'infanterie estoit réduite à une moitié, la cavalerie au tiers, à qui il estoit dû près de trois mois de leur service, ce qui donnoit beaucoup de mescontentement au Duc qui recevoit les plaintes d'un chacun [1]. »

Toutes ces nouvelles n'étaient point rassurantes, et beaucoup moins encore la présence dans les campagnes de ces soldats fuyards et pillards. Vers le 5 juin, dit notre *Calendarium*, une armée de protestants allemands vint se joindre à l'armée huguenote en Limousin, et les uns et les autres se mirent à piller de toute part. Les chartreux de Glandier furent de nouveau dans la nécessité de s'enfuir, ce qu'ils exécutèrent le lendemain de la Pentecôte. Le 6 juin, ils se réfugièrent à Pompadour où le vicomte Louis voulut les recevoir lui-même dans son château et les logea dans la partie appelée *La Cour*

---

[1] Mémoires de Castelnau, liv. III, chap. vi.

*des Prêtres*[1] : nos Pères avaient eu raison d'accepter cet asile ; quelques jours plus tard, c'eût été trop tard.

Le 9 juin, l'amiral de Coligny, généralissime des huguenots est à Châlus ; le 11, Wolfang de Bavière avec ses reitres entre à Nexon où il meurt peu de jours après « pour avoir trop bu »[2] dirent quelques uns, et sa mort fut une grande perte pour les siens ; le 12, Saint-Yrieix tombe au pouvoir des Protestants ; la ville est saccagée, deux églises détruites et nombre d'habitants mis à mort. L'ennemi approchait de plus en plus ; quelques jours après, il s'emparait du château de Lubersac, et venait enfin mettre le siège devant Pompadour ; nos pauvres Pères virent ainsi la mort de tout près et passèrent par de cruelles angoisses, mais le Vicomte était homme de courage et les murailles du château très épaisses ; les huguenots, après avoir essayé en vain de s'emparer de la place, furent bientôt contraints de s'éloigner. Pour se consoler, ils se donnèrent la joie sauvage de mettre le feu aux villages

[1] Geoffroy de Pompadour, évêque du Puy, par testament du 2 octobre 1505, fonde, entre le château et la chapelle de Saint-Blaise une église à Pompadour, desservie par 6 chanoines pour y célébrer tous les jours l'office divin, leur laissant des revenus pour vivre et s'entretenir honnêtement. » *Inventaire de Pompadour*. Liasse II° Cotte 1ère 24 artic : 1er Cahier. page 20. — On comprend maintnant d'où vient ce nom : Cour des Prêtres. *Aula Presbyterorum.*

[2]   *Pons superavit aquas, superavere pocula Pontem,*
a-t-on dit en jouant sur le mot Deux-Ponts, titre princier que portait Wolfang de Bavière.

des environs et du haut des tours du château nos Pères virent les lueurs sinistres de ces incendies [2].

Ce n'était là que des combats isolés sans grande importance pour le résultat de la campagne, mais un engagement sérieux, général, devait avoir lieu entre le duc d'Anjou et Coligny, et de cette bataille allait dépendre le sort du Limousin ; aussi l'attendait-on avec anxiété, tout en la redoutant plus encore qu'on ne la désirait. Enfin le duc d'Anjou qui venait de recevoir des troupes fraîches et aguerries commandées par Ascagne Sforza, comte de Santafiore, comprit qu'il fallait tout risquer, sous peine de n'avoir bientôt plus d'armée ; quittant donc Limoges à la tête de toutes ses troupes, il vint trouver les ennemis « encore qu'il n'y eust aucuns vivres principalement parce que nous estions contraincts, dit-un témoin oculaire, de marcher sur les pas des huguenots et aux piteuses traces du feu qu'ils mettoient partout où ils passoient [2]. » Le duc s'arrêta à une lieue de Saint-Yrieix, à la Roche-l'Abeille, où quelques jours après se livrait la bataille connue sous ce nom dans l'histoire.

Ce combat livré à 30 kilomètres d'ici et dont l'issue préoccupait si vivement nos Pères réfugiés à

<hr>

[1] En 1569, dit Nadaud, les protestants brûlèrent en Limousin 25 châteaux, 50 bourgs, 200 villages et massacrèrent beaucoup de paysans. *Nobiliaire*, tom. II, pag. 418. — A dater de cette époque nous ne trouvons plus mention de plusieurs fermes des chartreux sur Lubersac, telles que la Beilia, la Cepeira, la Maurin.

[2] G. de Saulx de Tavannes. *Mémoires*. Liv. I.

Pompadour, ne fut en réalité, du moins pour les catholiques, qu'un très sérieux engagement d'avant-garde. Le 25 juin, au point du jour, Coligny parut brusquement en face de leur camp avec ses troupes divisées en deux corps : le premier, qu'il commandait en personne, se composait de six régiments de cavalerie, quatre d'infanterie, huit canons, des reitres et des lansquenets. Le comte de Larochefoucauld conduisait le second corps dont faisait partie le futur Henri IV, qui voyait le feu pour la première fois. L'Amiral envoya un de ses officiers, le capitaine de Pilles, attaquer brusquement l'avant-garde royale placée sous les ordres du colonel Strozzi. Pilles est non-seulement repoussé, mais poursuivi fort loin par les compagnies qu'il était venu attaquer ; de nouvelles troupes sortant aussitôt des palissades sous les ordres de Strozzi en personne, soutiennent leurs compagnons, dispersent tout ce qui se présente pour leur résister et pénétraient déjà fort avant, sans pouvoir être entamées, dans l'armée ennemie, lorsqu'un escadron de cavaliers huguenots lancés par l'Amiral, qu'une telle intrépidité et de si heureux commencements déconcertaient, vint mettre une partie de ces braves gens en désordre; de plus, Strozzi dut à ce moment faire sonner la retraite, parce qu'il vit qu'il allait être coupé par un corps d'infanterie marchant droit aux palissades françaises, alors sans défense ; pour comble de malheur, la pluie, qui tombait par torrents, éteignait les mèches des arquebuses et forçait les soldats de

Strozzi de ne se servir que de leurs épées, mais
chargés à ce moment par la cavalerie de l'Amiral,
il leur devint impossible avec un sabre en main de
soutenir le choc, et ils furent mis en pleine déroute.
Coligny toutefois n'osa poursuivre longtemps les
fuyards parce que l'artillerie du duc d'Anjou placée
sur les hauteurs lui abattait grand nombre de ses
gens. Il se dédommagea en faisant mettre à mort
la plupart de ses prisonniers. « Ils se montrèrent,
dit un auteur protestant, trop rigoureux à l'exécution qu'ils firent où ils ne prindrent à mercy que très
peu de prisonniers. Les catholiques en furent beaucoup irrités et s'en revanchèrent en temps et lieu.
C'est chose louable de bien combattre, mais on mérite aussy louange d'estre humain et courtois envers
ceux à qui la première fureur des armes a pardon-
né, et es mains desquels on peut quelquefois tomber, lorsqu'il n'y a point de cause de faire au contraire [1]. »

La triste nouvelle de la défaite des catholiques se
répandit aussitôt dans le pays ; mais en réalité,
était-ce une défaite ? « Monsieur de Strosse, dit
l'auteur protestant que nous venons de citer, fit ce
jour-là un bon service à Monseigneur (le duc d'Anjou), car, sans sa résistance, les huguenots fussent
parvenus à l'artillerie sans empeschement. Mais
comme toute la journée, il plut, et que l'armée catholique s'estoit placée avantageusement, ils ne

---

[1] François de la Noue. *Mémoires*, chap. xxiv.

peurent plus faire grand effet et se retirèrent. »
Strozzi rendit encore un autre service ; sa bravoure
donna à réfléchir à l'Amiral qui put se demander ce
qui serait advenu, si non pas quelques bataillons,
mais toute l'armée royale avait donné. Le lendemain il y eut quelques escarmouches sans importance, et le surlendemain, à la grande joie et stu-
péfaction de tout le pays, les protestants s'éloignèrent d'eux-mêmes et firent une longue traite de six
lieues du côté de Périgueux. Cette conduite du
vainqueur paraît inexplicable, et cependant, elle est
fort naturelle. A cette époque où l'intendance mili-
litaire n'existait point, le soldat vivait sur place de
ce qu'il trouvait, supposé cependant, ce qui n'arrivait pas toujours, qu'il trouvât quelque chose. Malgré une victoire, s'il n'avait rien à manger, il s'é-
loignait et au plus vite : la gloire est une nourriture
peu substantielle. Tel fut le cas de l'Amiral au lendemain de l'avantage qu'il remporta à la Roche-
l'Abeille. « L'armée, dit l'auteur protestant que nous
citons de préférence, n'avoit pas moins besoin que
d'envie de se rafraischir en un bon païs plus gras
que le Limosin, à laquelle disposition universelle
les chefs furent contraints d'optempérer ; car aux
guerres civiles, quelquefois la charrue meine les
bœufs, ce qui causa que l'armée se recula, tirans
vers les quartiers moins mangés [1]. »

Le duc d'Anjou se trouvait pour le moins dans

---

[1] Fr. de la Noue. *Mémoires*, chap. xxv.

la même position : aussi en voyant s'éloigner son vainqueur, n'eut-il pas l'idée, assez originale du reste et peu commune dans les fastes de la guerre, de poursuivre, lui vaincu, son ennemi vainqueur. « Son armée, disent les Mémoires du temps, estoit fort harrassée, tant à cause des grandes traites et continuelles courvées qu'elle avoit fait que pour la disette et nécessité de vivres qu'il y avoit en Limosin ; en sorte que la plus grande part des soldats y mouroient de faim et n'y trouvoient non plus de foin n'y d'avoine pour leurs chevaux [1]. »

En conséquence, puisque les Huguenots avaient pris sur la droite dans la direction du Périgord, l'armée royale, inclinant un peu sur la gauche, descendit vers Brive pour camper à Lessac [2].

Si nos Pères, toujours retirés au château de Pompadour, apprirent avec joie le départ des Huguenots et se figurèrent n'avoir plus rien à craindre, il faut reconnaître qu'ils se trompaient grandement, car on devait alors redouter les troupes amies presque à l'égal des troupes ennemies. L'armée royale descendait donc vers Allassac ; or, en passant à Glandier, voici ce qui eut lieu, raconte notre *Calendarium :* « le 29 juin, dit-il, l'armée du Roi, commandée par le duc d'Anjou, frère puîné de notre sire Charles IX, arriva devant notre chartreuse et lui fit subir des pertes énormes : les foins et les blés qui étaient encore sur pied dans la campagne,

---

[1] Castelnau. *Liv*. VII. chap. 7.
[2] *Tavannes*. Liv. I. — Lessac ; est-ce : Allassac ou Lissac ?

furent dévorés par les chevaux ou foulés par l'infanterie ; quant au bétail et aux chevaux qui tombèrent entre les mains du soldat, tout fut emmené ou égorgé et mangé.

« De Glandier, l'armée prenant la direction d'Orgnac, passa à Ceyrac, pilla notre grange de fond en comble et dévasta nos vignobles. Presqu'en même temps l'illustrissime duc d'Aumale, qui suivait à peu près le même itinéraire, détacha quelques troupes qui vinrent encore fourrager sur nos domaines. [1] »

[1] Par Lettres patentes de 1560, Charles IX avait pris Glandier sous sa protection spéciale et permis « de placer ses panonceaux royaux ès maisons, granges, possessions et autres biens de la chartreuse. » En 1569, nos Pères oublièrent-ils d'exposer ces panonceaux qui les auraient mis à l'abri du pillage de l'armée royale ? s'en abstinrent-ils, peut-être, par prudence afin de ne pas irriter encore davantage les troupes ennemies qui tenaient la campagne ? n'eurent-ils point le loisir de le faire au moment de leur fuite à Pompadour ? en tout cas, cette sauvegarde devait être peu efficace dans des temps si troublés. Voici les premières lignes de ces Lettres patentes : « Charles, par la grâce de Dieu, roy de France, à tous, présents et advenir, salut ! Sçavoir faisons que nous aimons de tout nostre cœur, les personnes de religion qui sont ordonnées à faire le service divin en nostre royaulme, spéciallement ceux de la Chartreuze auquel Ordre nous avons spécialle dévotion pour les maintenir et garder, avecque tous leurs biens, personnes et familiers, en paix et tranquillité afin qu'ils puissent mieux et plus dévotement vaquer au service de Dieu auquel ils sont rangés. A la supplique de nos bien-amés les Prieur et relligieux du couvent de Nostre-Dame de Glandiers, Ordre des chartreux, assis en nostre bas-pays de Limosin, qui sont de tous temps à la sauvegarde royalle, comme appert par les Vidimus et Lettres cy-dessous attachées, Nous...... etc. »

A peu de jours de là, le duc d'Anjou apprenant que l'amiral Coligny trouvait le Périgord trop bien défendu et se dirigeait en Touraine, quitta aussitôt Allassac, et non plus, grâce au Ciel, par la même route, mais par la rive gauche de la Vezère, Uzerche et Masseret, se rendit rapidement à Limoges où il licencia ses troupes ; lorsqu'elles furent reposées, il les mena de nouveau à l'ennemi, et le 3 octobre suivant, remporta sur l'Amiral la grande victoire de Moncontour.

Le 26 juillet, lorsque toutes les troupes eurent évacué le Bas-Limousin, nos Pères revinrent à Glandier qu'ils trouvèrent dans un triste état : les provisions ainsi que les récoltes ayant disparu, on n'avait en perspective, pour cette année 1569 et les suivantes, que la plus entière misère ; cependant, comparée au sort fait à plusieurs chartreuses de la région, telles que Castres, Cahors et Vauclaire, notre situation paraissait moins lamentable, aussi le P. Prieur, Dom Bertrand de Beaurieu, n'ayant à déplorer la mort d'aucun de ses confrères, dut-il trouver que Notre-Dame de Glandier avait veillé sur sa maison.

La victoire de Moncontour donna pour quelques temps, une certaine tranquillité aux provinces les plus ravagées par la guerre ; mais outre la paix, il aurait fallu du pain et le pain manqua. Les blés avaient été fauchés tout verts pour servir de fourrages aux chevaux, la conséquence forcée ne pouvait être que la famine, une épouvantable famine, puisque le blé se vendit à Limoges jusqu'à 50 francs l'hectolitre, pour prendre notre mesure et notre monnaie actuelles : ce seul détail fait entrevoir l'étendue de la misère que l'on endurait alors, et dans quel état se trouvaient le cultivateur et l'agriculture. « Les villages, dit un témoin oculaire, les villages, en quantité inestimable estans saccagés, pillés et brûlés, s'en alloient en déserts [1] » et l'auteur ajoute ces profondes réflexions, malheureusement si vraies à toutes les époques où pour une cause quelconque l'agriculture est en souffrance : « l'agriculture, dit-il, qui est la chose la plus nécessaire pour maintenir tout le corps d'une république, et laquelle estoit auparavant mieux exercée en France qu'en aucun autre royaume, comme le jardin du monde le plus fertile, y estoit toutefois délaissée ; les pauvres laboureurs chassés de leurs maisons, spoliés de leurs meubles et bestail, pris à rançon et volés, aujourd'hui des uns, demain des autres, de quelque religion ou faction qu'ils fussent, s'enfuyoient comme bestes sauvages, abandonnant tout pour ne pas demeurer à la miséricorde de ceux qui estoient sans miséricorde. »

Lorsque l'on tâche de se rendre parfaitement compte de la position, on voit ce que devait souffrir une communauté religieuse, Glandier par exemple :

---

[1] Castelnau, *Mémoires*. Liv. V. chap. I,

la presque totalité de ses revenus était en nature, conséquemment si la terre ne rapportait rien, on n'avait rien, et c'est en peu de mots raconter de dures souffrances : en 1569 on ne récolte pas ; en 1570, n'ayant à peu près rien pu semer on ne recueille à peu près rien, et cette pénurie se fait encore sentir l'année suivante, si bien que trois années de misère sont la suite forcée de deux ou trois jours de déprédations, ou mieux de gaspillage, en grande partie fort inutiles.

On aurait eu besoin de longues années de paix, d'une paix assurée, mais les protestants reprirent presqu'aussitôt les armes. Charles IX meurt le 30 mai 1574 et est remplacé par son frère Henri III : soldat plein de bravoure, général habile, lui, le vainqueur de Jarnac et de Moncontour, aurait-on jamais soupçonné qu'à peine sur le trône de France, il deviendrait un lâche, pousserait la mollesse jusqu'à la folie, manquerait complètement de sens politique et céderait sans cesse aux exigences des protestants ? Homme étrange, bien peint dans le vers que tout le monde connaît[1] : oui, Henri de Valois, plus il monta, plus il baissa.

Les huguenots, hardis, actifs, intelligents, comprennent vite la valeur ou la nullité du nouveau Roi, et recommencent à l'instant même les hostilités. En 1575, les protestants de nouveau en armes dans les environs de Glandier, attaquent le château

---

[1] Tel brille au second rang, qui s'éclipse au premier.

de Ségur; le comte de Sédières saccage l'abbaye d'U-
zerche « destruisant en un jour ce qui avait esté
basty en quatre cens ans » ; peu après le vicomte
de Turenne revient s'établir à Uzerche, c'est-à-dire
rançonner la ville et les environs. Quelques années plus tard, voici ce qui se passait à quelques
lieues d'ici, à Voutezac : « les protestants, maîtres du
château, faisaient trembler tous les lieux d'alentour,
montrant souvent à leurs ennemis les cadavres des
prisonniers pendus aux créneaux des tours. Leurs
soldats parcouraient sans cesse le pays, enlevaient
les troupeaux, poursuivaient les femmes qui devenaient le jouet de leurs brutalités. Exaspérées, les
populations catholiques poussèrent de tels cris de
détresse que le seigneur d'Aubeterre, sénéchal de
Périgord, vint à Brive avec cinq cents cavaliers et
quelques fantassins ; il en partit avec des volontai-
res qui marchèrent sous le commandement du con-
sul Maillard. Le château de Voutezac pressé par les
assiégeants ne tarda pas à se rendre à discrétion ;
trente-quatre des prisonniers furent fusillés et la
forteresse détruite [1]. » Nous citons ce fait entre mille,
mais nous le citons parce qu'il montre mieux ce qui
se passait à notre porte.

Les Supérieurs de communautés devaient être à
de pareilles époques des hommes hors ligne. Lorsque nos Pères revinrent de Pompadour dans leur
maison, que n'y avait-il pas à faire pour le Prieur :

[1] Marvaud, *Bas-Limousin*. II. 355.

les métairies détruites, les champs en friche et les
fermiers en fuite ; les bâtiments de la chartreuse à
demi ruinés ; les droits du monastère usurpés, niés
ou amoindris : on devait bien aussi entretenir le
courage et la ferveur dans l'âme des religieux, se
montrer plein de bonté pour eux, afin qu'ils ac-
ceptassent avec joie les innombrables privations de
chaque jour ; entretenir la paix dans les cœurs, prévenir le découragement qui n'était que trop à craindre, veiller, en un mot, aux intérêts spirituels, sans
négliger les intérêts temporels, mais ne pas s'occuper de ceux-ci, au détriment de ceux-là : il fallait
du courage et de la prudence, de la fermeté et de la
bonté, de la science et du savoir-faire.

Notre *Calendarium*, trop souvent d'un laconisme
que j'appellerai décourageant, dit néanmoins parfois beaucoup de choses en peu de mots, et en l'étudiant avec soin, il nous renseigne suffisamment sur
les Prieurs qui, à cette époque désolée, eurent la
charge délicate et le périlleux honneur de conduire
la chartreuse de Glandier.

Nous connaissons déjà Dom Bertrand de Beaurieu que nous avons vu, avec ses frères, réfugié au
château de Pompadour : Dom Bertrand, profès de
Castres, avant de venir à Glandier, avait appris,
sous la direction de son Prieur Dom Jean de Libra
et par sa propre expérience, la conduite à tenir dans
les plus surprenantes adversités, car il eut sa part,
on s'en souvient, des souffrances endurées par les

chartreux de Castres, en 1565. Lorsqu'il revint de
Pompadour, en 1569, il eut tout à faire ; nourrir
sa communauté, première difficulté ; restaurer son
couvent, deuxième difficulté plus grande encore. En
1571, les pères Visiteurs viennent à Glandier ; c'est
D. Jean de Libra et D. Pierre de Lestang, l'un et
l'autre, pleins d'affection pour cette maison qu'ils con-
naissent à fond ; ayant remarqué que le cloitre menace ruine, ils ordonnent de le rebâtir, et comme les
cellules sont trop humides, parce que suivant l'ancien usage elles sont au rez-de-chaussée, ils ordonnent, pour la santé des religieux, de les élever d'un
étage. Ce travail évidemment ne peut être terminé,
ni même commencé, à l'heure même, faute de ressources, mais puisqu'il était nécessaire d'y songer,
la sagesse conseillait de prendre à l'avance des mesures pour que, tôt ou tard, l'ouvrage fût convenablement fait. En 1578, Dom de Beaurieu retourne
comme Prieur de sa maison de profession, non pas
à Castres, puisque la chartreuse n'existait plus,
mais à Toulouse qui porta longtemps dans les actes
officiels le nom de chartreuse de Castres dont elle
n'était en réalité que la continuation, si l'on peut
ainsi parler. Lorsque Dom Jean de Libra, fondateur
de cette maison de Toulouse, la quitta, en 1571, pour
aller à Cahors, « les Toulousains furent dans la dé-
solation en perdant leur apôtre qui les avoit confir-
mez dans la Foy ; alors ce saint homme pour les
consoler en quelque manière leur laissa pour son
successeur, son propre frère, Dom Raymond de

Libra qui ne manqua point de travailler fortement
l'espace de cinq ou six ans pour l'entier établissement de nos Pères à Toulouse. Il est vray que ce
ne fut pas avec le même succès que son frère, ayant
eu beaucoup de traverses comme il arrive d'ordinaire dans toutes les affaires pieuses : le démon
suscitant toujours des obstacles à tout ce qui concerne la gloire de Dieu. Le patriarche Joseph étant
mort, le roy d'Égypte ne fit plus de cas des Israé-
lites; de même le grand de Libra ayant quitté la
Ville de Toulouse, les chartreux n'y furent plus si
considérez qu'ils étoient auparavant[1]. »

Dom Raymond de Libra, mort en 1578, fut remplacé par notre Dom Bertrand de Beaurieu qui lui-
même eut ici pour successeur Dom Jean Morgue,
profès de Glandier. Il remplissait la charge de Procureur depuis une douzaine d'années et se trouvait
donc parfaitement initié aux détails de l'administration de notre chartreuse, plus à même que bien
d'autres d'être à cause de cela très utile en des
temps si troublés. Il mit, dit le *Calendarium,* la plus
grande sollicitude à augmenter les ressources de la
maison, et ne s'épargna dans ce but aucune fatigue.
Le Chapitre Général de 1580 nomma Prieur de
Glandier, Dom Jean Soudais, profès de Paris « âme
ornée des plus exquises vertus, surtout de prudence
et de sagesse, » douce et sympathique figure, homme
aimable s'il en fut, qui sut procurer à ses frères ce

---

[1] D. Malvezin, p. 26.

calme si envié par un chartreux, cette paix intérieure qui vaut la joie et contrebalança de la sorte
tout ce bruit, toutes ces alarmes qui venaient du
dehors. Son gouvernement se résume en ces deux
mots « il se montra plein de bonté et d'attentions
pour ses religieux[1]. » Ce bon Prieur exerçait sa
charge depuis quatre ans, lorsqu'il fut atteint d'une
maladie de langueur qui abattit complètement ses
forces, mais nullement son courage ; tout édifiant
qu'il pût être par sa grande patience, pouvait-on
cependant, dans des temps pareils, laisser à la tête
d'une maison un supérieur presque toujours cloué
sur son lit par la souffrance ? Mais Dom Jean Soudais gouvernait avec une prudence, une sagesse si
admirables, il édifiait tellement ses frères, était si
aimé de tous et exerçait un tel ascendant sur sa
communauté qu'on le continua dans sa charge. Au
Chapitre Général de 1585, il obtint miséricorde à
force d'instances, et ses Supérieurs le laissèrent
libre de retourner à Paris sa maison de profession,
ou de rester ici. Dom Soudais préféra au séjour et
aux avantages d'une grande ville le pauvre petit
désert de Glandier. Il y vécut encore quatorze ans,
simple religieux en cellule, toujours de plus en plus
malade et de plus en plus aimé. Il mourut le 4 septembre 1599, de la mort des Bienheureux, « laissant
après lui la bonne odeur de ses vertus[2]. »

---

[1] *Calendar. Glanderiense.*
[2] *Ephemerid. Cartusian.*, ad hunc diem.

Son successeur, Dom Crépin Nolin, profès de la chartreuse de Beaune, paraît avoir eu des aptitudes remarquables pour l'administration, surtout en ce qui concerne le temporel, aptitudes qui auraient pu devenir même des défauts ; aussi en le désignant pour Glandier, la Carte du Chapitre Général ajoute : et avant de vous envoyer dans cette maison, nous vous avertissons qu'il faudra vous occuper plus du spirituel que du temporel [1]. L'Ordre semble-t-il, ne fut point mécontent de sa conduite et lui témoigna sa satisfaction par une marque spéciale de confiance qu'il se plut à lui donner. En 1585, la chartreuse de Valbonne [2] fut non-seulement pillée et saccagée par les protestants, mais encore livrée aux flammes, l'incendie calcina les murs jusqu'aux fondements, et dans le cloître, à travers les dalles soulevées, croissaient la bruyère, les ronces et les orties [3] ; il fallait cependant au milieu de ces ruines un gardien et un défenseur, homme habile, énergique, mais surtout parfaitement sûr, car un tel isolement n'est point sans danger. Le Chapitre Général de 1588 appela à ce poste d'élite le prieur de Glandier, et nomma pour lui succéder un profès de cette Maison resté célèbre dans nos Annales.

[1] *Ut plus spiritualibus quam temporalibus intendat.*
[2] Près de Pont-Saint-Esprit (Gard) : elle existe encore.
[3] Bruguier-Roure, *Valbonne*, pag. 69.

# Dom Christophe de Chave.

HRISTOPHE de Chave, né au Puy d'une famille noble [1], en 1552, prononça ses vœux à Glandier à l'âge de vingt-trois ans. Dès son début, le nouveau venu montra des qualités d'administrateur remarquables, unies à une vertu consommée ; le bruit s'en répandit vite au loin, et l'Ordre, sans hésiter, tirant de sa cellule ce jeune homme à peine ordonné prêtre, le nomma, quatre années au plus, après sa profession, Prieur de la célèbre chartreuse de Portes en Bugey [2]. Le Chapitre Général, en choisissant si tôt un si jeune Religieux, montrait assez l'estime qu'il en faisait et les espérances que sa conduite irréprochable don-

---

[1] De Chave (ou Chaves) porte : *de gueules à cinq pals d'argent et une croix ancrée d'or posée au franc canton.* Nous avons trouvé un Dom Simon de Chave, chartreux prieur de Bonnefoy en Velay (1541-1554), de la Sylve-Bénite (1566) : autre Simon de Chaves, gentilhomme du Puy-en-Velay, sieur de Chaves-en-Dombes (les Basses-Chaves, commune de Savigneux-en-Dombes, Ain ?), mort vers 1594 et dont un poëte de l'époque, Jean Godard, parisien, fit l'épitaphe qui commence par ces mots :

De Chaves a vescu tout le temps de sa vie,
Observant la vertu, l'honneur et le devoir....

[2] C'est la première chartreuse fondée après la mort de saint Bruno ; elle existe encore.

naient à tout le monde. Christophe de Chave se rendit à son poste en 1578 : dès lors, pendant trente-six années consécutives nous le verrons exercer la charge de Prieur en différentes chartreuses. De Portes, après six ans de priorat, il passa à Rodez, puis vint, en 1588, gouverner sa maison de profession.

En quelques mots, mais qui partent du cœur, l'auteur anonyme de notre *Calendarium* nous trace le portrait du Vénérable Dom Christophe : « On trouvait en lui, dit-il, une grande piété et une tendre dévotion à la T. S. Vierge, piété mâle qui se traduisait par d'héroïques vertus ; entre toutes brillaient une prudence consommée, une sagesse rare jointe à une indomptable énergie. Dom Christophe était pour ses religieux, l'homme de la Règle, et pour les séculiers qui recouraient à ses lumières et demandaient ses conseils, l'homme de la justice et du droit. Ce solitaire, ce chartreux si ami du silence, devint, sans l'avoir cherché, l'arbitre du pays ; on recourait à lui avec une confiance illimitée, et chacun sachant qu'il jugeait avec une parfaite rectitude, admettait, sans conteste, ses décisions. De tous côtés, on venait à lui pour s'en remettre à ce qu'il dirait être le meilleur ; aussi, non-seulement les paysans de la contrée, mais les seigneurs du pays aimaient-ils notre chartreuse. » Or, si l'on examine un peu de près la position, on verra combien difficile il était alors de pouvoir rester l'ami de tout le monde, lorsqu'on ne voulait pas tourner à tout vent de fortune et conquérir une popularité peu noble, par le sacrifice de ses principes. Un mot suffit pour faire connaître et comprendre les difficultés de la position : nous sommes au temps de la Ligue en Limousin.

On sait comment naquit cette association qui porta le nom de *Sainte-Ligue*. Lorsqu'Henri III monta sur le trône, les catholiques espérèrent bien que l'ancien général de leurs armées, qui avait combattu si longtemps et si énergiquement les huguenots, saurait, maintenant qu'il était Roi, défendre la Sainte Église, et réprimer l'hérésie ; il n'en fut rien. Henri III, dès le début de son règne, ne connut plus qu'une ligne de conduite, céder devant les menaces des protestants, leur faire concessions sur concessions. Enhardis par ce succès sur lequel ils ne comptaient guère, ils devinrent de plus en plus exigeants et audacieux ; ils ne demandaient plus, ils menaçaient. « Pour les apaiser, il fallut leur donner huit villes de sûreté, des gouvernements de Province et des places dans les parlements. Cette fois, les catholiques trouvèrent que la mesure était comble. Depuis dix ans ils prodiguaient leur sang pour la défense du trône et de l'unité nationale, et c'était toujours à leurs dépens que la paix s'était faite, tandis que par un seul effort ils auraient pu écraser cet ingrat et misérable pouvoir. Partout, nobles, bourgeois, manants, se soulèvent indignés, s'unissent par des serments solennels et forment contre l'hérésie une Ligue dont le grand Guise lui-

même conçut le plan avant de mourir. Leur but
est, non de renverser le trône, mais de soutenir le
roi en le forçant une bonne fois à être franchement
catholique. Ils se mettront sous ses ordres, du jour où
il le voudra. En attendant, le jeune duc de Guise
est leur chef indiqué par la force des choses [1]. »
Peser sur le roi indécis, pour l'obliger d'agir en catholique ; être à lui corps et biens, quand il se dé-
cidera à agir en catholique, voilà, de la façon la
plus concise et la plus exacte, l'idée vraie de la
Sainte Ligue.

De Picardie où elle commença, cette association se
répandit aussitôt dans toutes les Provinces, tant
elle répondait aux désirs des vrais amis du trône
et de l'autel. Le Limousin si cruellement ravagé
par les hérétiques ne pouvait manquer de faire
bon accueil à la Ligue, mais il est nécessaire de
faire observer que cette province se trouvait sur ce
point dans une position toute particulière. Le chef
naturel des Huguenots était Henri de Béarn, Roi de
Navarre, mais aussi vicomte de Limoges : sa mère
avait laissé peu de sympathies dans le pays et pour
cause, il n'en était point de même de son père, et
nombre de gentilshommes, très catholiques incontestablement, reportaient sur son jeune fils l'affection qu'ils avaient portée au père. Lorsque la Ligue
fut connue en ce pays, elle rencontra au commencement des froideurs et des répulsions sur lesquelles

---

[1] Émile Keller, *Hist. de France*, t. II, l. V, p. 101.

elle n'avait pas dû compter. La politique se mêla à la religion, puisqu'il y eut même le parti des *Politiques*, composé tout aussi bien de protestants que de catholiques, et l'on eut cet étrange mélange d'hommes entièrement dévoués à l'Église, unis à ses ennemis les plus acharnés ! Une telle aberration ne pouvait durer longtemps, car à cette époque les convictions étaient profondes parce qu'elles étaient réfléchies ; on savait céder pour un intérêt, jamais sur un principe, et bientôt à la suite du Vicomte de Pompadour, la plupart des seigneurs catholiques de nos environs devinrent d'intrépides ligueurs. Lorsqu'Henri III mourut sans laisser d'héritiers, le trône revenait à son plus proche parent, le Roi de Navarre, vicomte de Limoges, Henri de Béarn, prince protestant qui, par cela même, inspirait aux catholiques une répulsion facilement expliquée par trente ans de guerres civiles, allumées, somme toute, par l'apparition du protestantisme en France. La nouvelle de la mort d'Henri III ne laissa personne indifférent, et fit naître dans l'âme des Français des sentiments bien divers : douleur profonde ou joie mal dissimulée ; indécision chez les uns, poursuite plus active que jamais du but fixé jadis chez les autres ; brusques changements, divisions irrémédiables parfois dans une même famille ; chez plusieurs, besoin peu honorable de saluer le soleil levant, ou bien encore, espérances de fraîche ou de vieille date qui se manifestaient bruyamment, voilà l'état général des esprits un peu partout, particulièrement dans le pays de Limoges, dont le chef allait devenir Roi de France. Or maintenant, lorsqu'au milieu de pareilles circonstances, la chronique de Glandier nous dit que le P. Prieur, Dom Christophe de Chave, était universellement aimé et estimé de tout le monde, qu'il exerçait un grand empire dans le pays, que chacun le choisissait pour arbitre dans ses difficultés, que la noblesse des alentours était, à cause de lui, entièrement dévouée à la chartreuse ; la chronique de Glandier, à notre avis, fait un grand éloge de Dom Christophe, surtout si l'on ajoute que ce vénérable religieux, loin d'être tant soit peu complaisant, au détriment de sa conscience ou de la vérité, résista, publiquement même, aux personnages les plus élevés de la Province.

En voici une preuve convaincante :

Le baron Charles de Pierrebuffière de Châteauneuf, lieutenant de Sa Majesté au gouvernement de Limousin, vint un jour avec son fils aîné à la chartreuse. C'était un puissant personnage, très estimé du Roi, et dont l'amitié devait être fort à rechercher. Le P. Prieur accueillit le baron comme son rang le méritait et eut même pour lui certaines attentions particulières. Les Châteauneuf descendaient, par alliance, d'Archambault de Comborn, fondateur de Glandier ; malheureusement, ils n'étaient plus alors catholiques : la mère du Lieutenant-Général, Jeanne Chabot, d'une famille alors si dévouée à l'erreur, restée veuve assez jeune, avait élevé ses enfants dans le protestantisme.

Un office étant venu à sonner, Dom Christophe
pensa faire plaisir au baron de Châteauneuf en le
conduisant à l'église où se trouvaient les tombes de
plusieurs de ses ancêtres, et en l'introduisant avec
sa suite dans le chœur des religieux. Le jeune
Charles de Châteauneuf, parce qu'il était fils du
Lieutenant Général et protestant[1], crut qu'il pouvait
se comporter dans une église comme sur une place
publique, et poussa l'insolence jusqu'à entrer dans
le lieu saint, le chapeau sur la tête, en prenant des
airs moqueurs et dédaigneux. Dom Chave le remarque ; aussitôt il élève la voix, apostrophe le
téméraire d'un ton d'autorité, et lui fait une re-

[1] Saint Antoine de Padoue, raconte Bonaventure de Saint
Amable, était intimement lié avec un seigneur de Châteauneuf. Pendant un séjour qu'il fit chez son ami, le saint fut
ravi en extase ; le seigneur de Châteauneuf l'ayant pressé
de dire ce que Dieu venait de lui communiquer, Antoine lui fit cette prophétie : tant que la foi et la piété seront conservées dans votre famille, elle persévèrera dans
son ancien lustre, mais si elle perd la foi catholique, votre
famille, après trois générations, clochera et tombera en
ruine. On a vu de nos jours, continue le P. Bonaventure,
l'accomplissement de cette prophétie ; car le dernier seigneur de cette maison, qui étoit huguenot et boiteux, mourut sans postérité et son château avec les autres seigneuries qui en dépendoient ont passé dans des maisons étrangères et des bourgeois de Limoges en sont les possesseurs.
*Hist. de saint Martial.* III* partie, pag. 551.— Charles de
Pierrebuffière, dit Nadaud, mourut avec onze cent mille
livres de dettes ; son fils (le jeune impertinent dont nous
venons de parler) épousa, dans des circonstances d'un roma-
nesque ridicule, sa cousine, Marguerite de Pierrebuffière
dont il eut un fils, Jean de Châteauneuf, homme chargé
de crimes, traître à son Roi et qui n'eut point d'héritier de
son nom : avec lui disparut la famille et la fortune des
Châteauneuf.

montrance tellement sévère, que le jeune baron,
tout rouge de confusion, lui présenta immédiatement ses excuses, se découvrit et se tint convenablement pendant la cérémonie [1]. Le Lieutenant
Général ne paraît point avoir été froissé de la
leçon si verte donnée à son fils, mais on pouvait
craindre qu'il ne le fût, ce qui cependant n'arrêta
point Dom Christophe ; l'honneur de Dieu était en
jeu, l'honneur de Dieu devait passer avant tout.
Dom Christophe aurait pu prendre pour devise :
Fais ce que dois, advienne que pourra ; il allait
droit devant lui sur le chemin du devoir, et c'est
cette indépendance qui, précisément, lui donnait
tant d'influence sur la noblesse du pays. Cet homme
d'ailleurs, si intrépide avec les puissants du monde,
aimait d'une tendresse de père les pauvres les plus
déguenillés : ému de compassion en voyant leur
misère, il leur donnait jusqu'à ses vêtements et
restait lui-même à peine couvert pendant les plus
grands froids ; souvent aussi il leur envoyait tout
son repas, se contentant alors d'un peu de pain et
d'eau [2].

Très estimé des séculiers à cause de ses vertus,
Dom Christophe ne l'était pas moins des ecclésiastiques ; l'Évêque de Limoges, en particulier, faisait le plus grand cas de son mérite, de ses talents
d'administrateur, de sa prudence. Il lui en donna

[1] *Ephemerid. Cartus.* 5 mart. *Calendar. Glander.*
[2] *Ibid.*

une preuve signalée lors de la réforme de l'abbaye de Saint-Augustin.

Cette illustre maison tombée par le malheur des temps et par suite de la commende, dans un état déplorable, n'était plus, en 1595, qu'un monceau de ruines, et les quelques Religieux, qui restaient encore, se trouvaient dispersés de tous côtés. Dieu enfin, prenant en pitié cette antique église, la première que la France au v<sup>e</sup> siècle ait consacrée à saint Augustin, choisit un homme selon son cœur pour réparer tant de désastres. Jean Regnaud, fils d'un humble boucher de la Souterraine, fut nommé par Henri IV, abbé commendataire de Saint-Augustin-lez-Limoges, le 10 mai 1594. Le nouveau supérieur songea immédiatement à introduire d'abord une réforme sérieuse parmi ses religieux, persuadé et non sans raison, qu'après ce premier résultat obtenu, les affaires temporelles seraient suffisamment bénies de Dieu. Jean Regnaud, trop sage pour entreprendre seul une œuvre de cette importance, qui demandait surtout une expérience consommée que lui, débutant dans la vie monastique, ne pouvait avoir, s'adressa à l'évêque de Limoges, Henry de la Marthonie, et le pria de désigner deux hommes de grand mérite chargés de rédiger les nouvelles constitutions. L'Évêque nomma Gilles Naudier, prieur de Brantôme, Ordre de Saint-Benoit, et Dom Christophe Chave, prieur des chartreux de Glandier. Désirant voir cette réforme durer longtemps, Henry de la Marthonie choisissait un religieux appartenant à un Ordre qui n'avait jamais eu besoin de réforme. La Commission tint ses séances en 1607.

L'abbé de Saint-Augustin aurait pu se contenter de ces premières démarches, dont on constata immédiatement les heureux résultats, mais Dom Regnaud voulait un bien solide, le plus solide possible ; peu lui importait donc d'être considéré comme l'unique chef de la nouvelle entreprise, il cherchait non point sa propre gloire, mais celle de Dieu ; c'est pourquoi ayant entendu parler de la ferveur des Bénédictins réformés de Lorraine, il eut le désir de s'agréger à cette Congrégation connue sous le nom de Saint-Vanne et de Saint-Hydulphe, et s'adressa dans ce but à son vénérable fondateur, Dom Didier de la Cour : le contrat d'union fut signé en 1613. Le succès de la réforme lorraine ayant fait naître chez quelques bénédictins français le désir de fonder des maisons sur le même modèle, il fallut trouver un monastère propice à cette grande entreprise ; Saint-Augustin de Limoges paraissant réunir les conditions désirables, l'abbaye fut concédée, en 1617, à la Réforme française devenue si célèbre dans le monde entier sous le nom de Congrégation de Saint-Maur [1]. Il n'est évidemment personne qui ne connaisse la Congrégation de Saint-Maur, mais peu savent que parmi les ouvriers occupés à jeter les premiers fondements d'une si **grande**

---

[1] Laforest. *Limoges au xvii⁰ siècle*, page 99.

œuvre, se trouvait un chartreux, Christophe de Chave, prieur de notre maison de Glandier.

Si les étrangers recouraient aux lumières de Dom Christophe, on comprend que son Ordre ait voulu l'employer dans des circonstances difficiles. La malheureuse chartreuse de Vauclaire en Périgord se trouvait à cette époque, par suite des guerres de religion, dans l'état le plus lamentable : un contemporain, dans un travail manuscrit dont le titre seul [1], en dit déjà bien long, a raconté toutes les souffrances de cette maison, qui, pour renaître de ses cendres, réclamait des hommes puissants en œuvres : le Chapitre Général, à deux reprises, nomma à ce poste le prieur de Glandier, en 1595 et en 1611. La première fois, la position était singulièrement difficile, car on devait réparer plus que des murs en ruines. En remplacement du V. P. D. Jean Barbe, profès de Glandier, le Définitoire avait nommé prieur de Vauclaire un Dom Robert Cœlius, profès d'Avignon, qui montra en sa personne la vérité de cet adage si connu : les occasions ne font point les hommes, elles montrent seulement ce qu'ils sont. Pour vivre à peu près seul, sans confrères, sans l'entraînement salutaire d'une communauté, sans le frein bienfaisant de la discipline monastique, il aurait fallu une âme solidement établie dans la vertu ; Dom Cœlius fut au-dessous de la mission de confiance qu'on lui faisait l'honneur de

[1] *Relation des tueries, vols et pillages de Vauclaire.*

lui donner. De làchetés en làchetés, de faiblesses en faiblesses, il en vint à perdre sa vocation. « Il se rangea du parti des Huguenots, pour être impuni de ses larcins, et cet apostat reçut très bon accueil des apôtres de la prétendue réforme; mais après avoir consommé les sommes qu'il avait enlevées, il devint si misérable et même si méprisable parmi les Huguenots, qu'il fut réduit, par une juste punition de Dieu, à bêcher la terre pour gagner son pain.......

« La seconde fois, en 1611, D. Christophe trouva à Vauclaire neuf religieux, l'église ayant été abandonnée et le couvent inhabité durant longues années. Les prédécesseurs du susdit Père n'ayant fait faire que la seule couverture de l'église, ce que ce bon religieux voyant avec une extrême douleur, il résolut de rendre ce saint lieu habitable, étant persuadé avec raison que lorsque le service divin se ferait, et que les louanges de Dieu s'y chanteraient ; la bénédiction de Dieu se répandrait sur la maison. On faisait auparavant le service divin dans le Chapitre avec beaucoup d'incommodité. Il donna à prix fait, à un maître maçon l'entreprise de la voûte, après quoi, il fit vitrer le chœur qu'il avait fait faire, et il fit carreler, blanchir et couvrir l'église où l'on commença à faire l'office. Dans plusieurs affaires difficiles à traiter, la présence du bon Père, qu'on regardait comme un saint, aida beaucoup à l'avancement des choses, et il y a d'autant plus sujet de croire que le Seigneur bénissait ses intentions que ce qu'il entreprenait paraissait humainement impossible, eu égard au peu de commodités et de biens que la maison possédait alors, les Huguenots l'ayant mise dans une impuissance générale de rien entreprendre, et la commune opinion de tous ceux qui le connaissaient était qu'il recevrait quelques secours extraordinaires du Ciel, à cause de la sainteté de sa vie. Deux ans après son institution à Vauclaire, il fut élu derechef à la charge de Prieur de Glandier [1]. »

Cette chartreuse effectivement restait la maison par excellence de Dom Christophe de Chave ; il y remplit l'office de prieur, hormis deux courtes absences, pendant vingt-deux années consécutives, et son influence loin de diminuer avec le temps ne faisait au contraire qu'augmenter sans cesse. La première fois qu'il revint à Glandier, en 1596, ce fut une fête pour ses confrères, « car, observe le *Calendarium*, il était fort aimé et de Dieu et des hommes, mais à son retour, en 1613, ce fut une joie universelle pour ses religieux qui le chérissaient tendrement, et pour toutes les populations d'alentour qui battirent des mains à cette heureuse nouvelle [2]. »

Dom Christophe de Chave retourna à Glandier en 1613, à la suite de circonstances assez singu-

---

[1] *Liste des Prieurs de Vauclaire.* Ms.
[2] *Non solum filiis lætantibus, sed et omnibus vicinis simili applausu tripudiantibus.*

lières. Lorsque le Chapitre Général envoya Dom Christophe prieur à Vauclaire, en 1610, il lui donna pour successeur Dom Jean Balmane, « homme simple et craignant Dieu » qui, deux années après permuta avec le prieur de Sainte-Croix-en-Jarez, Dom Clément Mathevon. Ce religieux, homme de mérite puisqu'il était Covisiteur de la Province « resta peu de temps parmi nous, dit le *Calendarium*, et fut toujours malade. Espérant se remettre, ou au moins trouver quelque soulagement en changeant d'air, Dom Mathevon, au commencement de 1613, se mit en route pour la chartreuse de Cahors, porté en litière et accompagné de deux Pères officiers[1]. Comme il approchait du terme de son voyage, son mal empira d'une façon très grave, il tomba dans une faiblesse extrême, et mourut en chemin[2]. » Les conventuels de Glandier avaient, de par le Statut, le droit de nommer eux-mêmes leur supérieur, ils pouvaient même, s'ils prenaient un profès de leur maison, élire un prieur en charge dans une autre chartreuse. Libres de choisir, les Pères de Glandier donnèrent, naturellement, tous leur voix à Dom Christophe de Chave qui revint au milieu d'eux, édifier chacun par sa vie toute sainte et les porter à entrer résolûment dans le chemin de la perfection. En ce temps-là, dit notre *Calenda-*

---

[1] On nomme *officiers*, les religieux qui ont un office à remplir, comme celui de procureur, de sacristain, etc.

[2] *Versus Caturcum, lecticæ decumbens, cœpit pergere, sed languore crescente, in ipso itinere, diem clausit extremum.*

*rium*, vivaient à Glandier des moines de grande vertu et d'abord le V. P. D. Jean Bouchereau, profès et Vicaire de la maison, qui se rendit célèbre par sa haute piété et sa parfaite régularité. Nous nommerons ensuite D. Théodore Brunel, exact observateur des moindres prescriptions du Statut, âme d'une ravissante simplicité ; puis le P. Dom Jean Barbe, qui fut Prieur de Bonnefoy et de Vauclaire. Il rendit des services signalés à cette dernière maison ; « c'est lui qui fit refaire toute la charpente du monastère qui avait été brûlée par les huguenots [1]. »

Les Pères D. Vigier et D. Beurmant se distinguèrent entre tous. Jean Vigier possédait en perfection le latin et l'hébreu, mais en outre, et ce qui vaut beaucoup mieux, était sans cesse uni à Dieu par une oraison et une contemplation continuelles : il jouissait du don de prophétie. Après bien des fatigues, je me trompe, après d'immenses consolations goûtées au service du Seigneur, plein de bonnes œuvres, dans une vieillesse riche, non point tant par le nombre des années que par le long exercice d'une vertu consommée, Dom Jean alla partager ces joies du Ciel, que déjà ici-bas il avait appris à connaître : il mourut à l'âge de quatre-vingt-huit ans.

« Olivier Beurmant, savant distingué, professeur de grand mérite, n'avait qu'une seule mais insa-

[1] *Liste des Prieurs de Vauclaire.*

tiable passion, l'amour de l'étude. Nouvel Apollo-
nius de Thyane, il entreprit d'immenses voyages, et
parcourut presque toute l'Europe dans le but unique
d'apprendre du nouveau. Dieu prenant pitié de cette
âme altérée du vrai, lui révéla enfin la seule et véritable science. Un jour en voyage, Olivier, descendu
dans une hôtellerie du Bas-Limousin, jette les yeux
comme par hazard sur le saint Évangile : à peine
a-t-il lu quelques lignes dans ce Livre écrit sous la
dictée de Dieu même, qu'il se sent inondé de lumières
inconnues ; il voit les desseins de la Providence sur
lui, méprise ces études profanes tant aimées jusqu'alors, et cherche de toutes les forces de son âme
le Dieu qui le prévient par la douceur de ses bénédictions. Il entend parler de la chartreuse de Glandier située dans les environs, s'y rend aussitôt,
commence sans hésiter à l'âge de quarante ans la
vie austère des fils de Saint-Bruno, et se distingue
entre tous, dès le début, par sa profonde humilité
et sa parfaite régularité. Peu après sa profession,
D. Beurmant fut nommé Sacristain, ensuite Vicaire
et Procureur ; conduit par l'obéissance il s'acquitta
à merveille et en parfait religieux de toutes ces fonctions. Cet ami de la solitude et du silence, dont l'u-
nique occupation favorite était de vaquer aux choses
spirituelles, n'éprouvait que de la répulsion et de
l'horreur pour toutes ces charges qui le mettaient en
rapport avec le monde et les choses extérieures,
mais plein de déférence aux moindres volontés, aux
simples désirs de ses supérieurs, il ne refusait au-

cun travail. Dans sa dernière maladie, il fit preuve d'une patience tellement héroïque qu'on la croirait invraisemblable, endurant les douleurs les plus cruelles sous la main du chirurgien qui lui labourait les chairs à coup de lancette. Dom Beurmant rendit le dernier soupir le 14 juin 1619, et après sa mort, apparut à un de ses confrères pour lui révéler qu'il venait d'entrer au Ciel sans passer par les flammes du Purgatoire [1]. »

Nos Annales parlent aussi d'un vertueux convers, frère François de David, « qui, disent-elles, rehaussa la noblesse de sa naissance par sa profonde humilité et son entier mépris de lui-même, car il était le serviteur de tous, rendant à chacun avec une sainte avidité les services les plus bas ; ainsi il considérait comme un honneur de tirer les bottes du P. Procureur, des autres officiers de la maison et même des étrangers, lorsqu'ils descendaient de cheval dans la cour de la chartreuse ; il nettoyait les souliers et faisait son bonheur de tout ce qui semblait le rendre méprisable aux yeux de monde, mais loin d'obtenir ce qu'il désirait, il était au contraire vénéré de ceux qui l'approchaient. La noblesse du pays le tenait en haute estime ; des religieux, des séculiers mêmes, venaient de loin pour faire connaissance de ce gentilhomme devenu le serviteur de tous par amour pour Jésus-Christ ; ce que voyant, frère François demanda à changer de maison ; il fut envoyé à

[1] *Ephemerid. Cartus.*, ad diem 14 jun.

Vauclaire, puis à Cahors où il mourut plein de mérites le 2 novembre 1613 [1]. »

C'est au milieu de ces fervents religieux que Notre-
Seigneur ramena Dom Christophe de Chave pour
le préparer à la mort. Sans être bien avancé en
âge — il avait soixante-trois ans — il sentit tout à
coup ses forces l'abandonner au point de n'être plus
à même de remplir les fonctions de sa charge : au
Chapitre de 1614, il demanda instamment *miséricorde* et l'obtint. « Dieu pour le recevoir tout puri-
fié à la sortie de ce monde, voulut, au moment où
chacun le déclarait très parfait, l'éprouver dans le
creuset de la souffrance, et décida que ce vieillard
dont les forces étaient usées, garderait la cellule
que depuis quarante années il n'avait plus habitée
au cloître : Dom Christophe y vécut modèle de patience et de silence, mais fort peu de temps, et,
chargé de vertus, passa de cette vie au bonheur
du Ciel, comme on peut le croire pieusement [2]. »

Les Annales de l'Ordre lui consacrent quelques
lignes, épitaphe élogieuse que la piété filiale nous
fait citer à la mémoire du vénérable Père Chris-

---

[1] *Ephemerid. Cartusian.* — Nadaud, dans son *Nobiliaire*,
ne parle pas en termes exprès de notre Chartreux ; néanmoins, il nous semble certain, en rapprochant les dates,
que François de David, seigneur de Ventoux et Lastours,
frère de la vénérable Louise de David, dernière abbesse
du Bost-les-Monges, et marié à Gabrielle du Breuil, est
celui-là même qui après la mort de sa femme, aurait
pris l'habit de convers à Glandier.

[2] *Calendarium Glanderiense.*

tophe de Chave, une des gloires les plus pures de Glandier. Voici cet éloge funèbre [1] :

« Dom Christophe porta vraiment le Christ dans ses œuvres, ses paroles et son cœur, car il était tout embrasé de l'amour de notre Divin Maitre : il aimait tendrement la bienheureuse Vierge Marie qui lui obtint un zèle pour la pureté, poussé au point de ne pouvoir, non-seulement en lui, mais encore dans les autres, supporter la moindre tache ; je ne parle pas de la souillure du péché, mais également de toute souillure extérieure ou malpropreté. Comme une fleur odoriférante il embaumait la contrée du parfum de ses vertus, et dans le pays de Limoges, chacun l'aimait et le tenait en grande vénération. Son recueillement était admirable, surtout pendant les offices ; il célébrait le saint Sacrifice avec une

---

[1] Nous citerons encore un fragment des *Ephemerides Cartusianæ*, dans le texte original : les amis du beau latin ne nous le reprocheront pas. « Christophorus (Χριστοφόρος) vere Christum ferens in ore, in corde, in opere. Erat enim Salvatoris nostri amantissimus, in quo habitabat jugiter et quasi in thalamo tota die et tota nocte morabatur. Impense etiam diligebat Beatissimam Virginem Mariam, cui Virgo tantam puritatem et integritatem contulerat ut Christophorus non solum in scipso, sed nec in aliis ullas sive animæ sive corporis maculas posset sustinere. Paterna interim gestabat viscera erga pannosos pauperes, quibus summe compatiens sua propria vestimenta non solum largiebatur, ipse fere nudus remanens, sed etiam suum mendicis prandium erogabat, sese lacrymis reficiens quas provocabat Dei amor aut præsens Crucifixi effigies aut B. Mariæ Virginis imago. Ex Dei zelo, qui Christophorum comedebat, nascebatur singularis reverentia erga augustissimum altaris sacramentum : nunquamque missam celebrabat sine lacrymis, nec sine suspiriis

piété angélique, aussi, en assistant à sa messe, se
sentait-on rempli à sa seule vue, d'une tendre dévotion : jamais il ne montait à l'autel sans verser des
pleurs, sans pousser des soupirs et des sanglots, ce
qui lui arrivait encore en chantant l'office. C'était
un homme de haute contemplation, d'une étonnante
mortification, adonné jour et nuit à la prière d'où
il sortait tout embrasé de l'amour de Dieu ; il avait
reçu à un degré extraordinaire le don des saintes
larmes : son âme était tellement purifiée de toutes
attaches terrestres, qu'un rien suffisait pour l'élever aussitôt à Dieu : la seule vue d'un crucifix,
d'une image de la Sainte Vierge, un verset des
psaumes qu'il entendait chanter, une parole de la
liturgie le faisaient entrer comme en extase. Dans
les temps si troublés où il vécut, il tâchait, par ses
pleurs et ses prières, de fléchir la trop juste colère
du Seigneur. Souvent il échappa dans ses voyages,
à des dangers manifestes, par une protection visible de la divine Providence. Tout le monde l'aimait ; aussi, bien que Glandier fût au milieu du
théâtre de ces horribles guerres civiles, néanmoins,
tant que Dom Chave fut Prieur, notre chartreuse

et singultibus sive in choro sive alibi canonicas horas
recitabat. Cumque virtutum ejus fragrantia circumquaque
diffunderetur, si quid dissidii inter vicinos nobiles orie-
batur, hoc totum ex Prioris Glanderii arbitrio tanquam ex
divino oraculo dirimendum relinquebatur, licet ille totis
viribus recusaret utpote religioni nostræ contrarium. Omnibus enim erat charus, unde cum Cartusia hæc undique
bellicis tumultibus cingeretur, quandiu ipse hic præfuit,
nullum grandis læsionis sensit damnum.

n'eut rien de grave à redouter et ne fit que des pertes insignifiantes.

« En un mot, Dom Christophe fut un religieux si parfait que tous ceux qui le connurent, le regrettèrent vivement après sa précieuse mort arrivée le 1er mars 1615. »

POMPADOUR.

*D'azur, à trois tours d'argent maçonnées de sable.*

# LIVRE QUATRIÈME

.

# GLANDIER

## AUX

## DIX-SEPTIÈME ET DIX-HUITIÈME SIÈCLES.

## *Les vicomtes de Pompadour.*

E Chapitre Général nomma pour remplacer Dom Christophe Chave, le V. P. Dom François Janneau. C'était, au dire du *Calendarium*, un religieux d'une imposante gravité, très ami du silence et de la solitude qui lui permettaient de suivre son invincible attrait pour la lecture et l'étude. C'est lui qui procura à Glandier cette bibliothèque considérable, si utile à ses successeurs et à toute la Communauté. Il mourut plein de jours et de mérites, en 1628 après avoir vaillamment travaillé dans l'héritage du Seigneur.

Avec Dom François Jeanneau commence pour Glandier une période de paix et de sécurité qui continuera jusqu'à la suppression finale en 1791. Notre chartreuse fondée en 1219, semble, quatre cents ans plus tard, renaître à une vie nouvelle ; il y eut alors comme une seconde fondation.

Au XIII° siècle, la noble famille des Comborn se dévoue tout entière à la chartreuse qu'un d'entre eux a fondée, et ce dévouement ne s'éteint qu'avec le dernier de cette illustre race : au XVII° et déjà au XVI° siècle, les vicomtes de Pompadour, héritiers des Comborn, montrent bien qu'ils ont hérité aussi de leur amitié pour notre maison. Les Pompadour, du reste, n'attendirent ni cette époque ni cette circonstance pour montrer leur générosité à notre égard.

Au temps où les chartreux vinrent à Glandier, deux familles portaient le titre de seigneurs de Pompadour ; les Hélye et les Flamenc. Les uns et les autres, aussitôt après la fondation de la chartreuse se joignent aux Comborn pour nous défendre et nous rendre service. Un des premiers actes de notre Cartulaire est une donation d'Élie Flamenc, seigneur de Bré, en date du 23 octobre 1221, par laquelle « il concède à perpétuité, pour le bien de son âme, aux chartreux récemment établis dans les terres des vicomtes de Comborn, tout ce qu'il peut avoir sur le tènement de Glandier ». Gaubert Flamenc, seigneur de Pompadour, son frère, fonde une cellule, donne le domaine de la Cepeyra et, conjointement avec Élie, les manses de la Rue et de la Geneste, ainsi que des droits sur les Farges de Trocho. Au mois d'Août 1260, « Hélie Jaubert, seigneur du Bas-

Château de Pompadour, cède aux frères de Glandier, tout ce qu'ils ont acquis dans ses fiefs. » La famille des Flamenc, éteinte au commencement du XIVe siècle, est continuée par les Hélye Jaubert de Pompadour ; ce sont eux que nous trouvons sur la liste de nos grands bienfaiteurs lorsque Glandier, après les désastres de la guerre de cent ans, renaît de ses cendres, vers la fin du XVe siècle. La vicomtesse Marguerite comble de bienfaits notre chartreuse où elle choisit sa sépulture ; les Pompadour se joignent ainsi, derechef, aux Comborn pour nous venir en aide. A cette époque, du reste, les deux familles étaient unies par les liens du sang : Gouffier, en 1426 avait épousé Isabelle de Comborn, dont le petit-fils, Antoine de Pompadour, recevait, en 1513. les vastes domaines d'Amanion son cousin.

Pendant les guerres de religion nous avons vu nos Pères accueillis au château de Pompadour, une première fois par le vicomte Jean et, peu après, par son frère, le célèbre Louis qui, pendant vingt ans, à une des époques les plus critiques de l'histoire du Limousin, fut pour nos Pères un généreux bienfaiteur et un défenseur intrépide : c'est l'éloge que lui décerna le Chapitre Général en voulant annoncer à l'ordre entier la mort de ce grand ami de Glandier [1]. Sa bru, Marguerite de Rohan-Gué-

---

[1] *Obiit Ludovicus, vicecomes de Pompadorio et de Combornio, magnus benefactor et fautor domus Glanderii.* Le vicomte Louis mourut le 22 novembre 1591 à l'hôpital de Dolus, près *Roquemadou.* Inventaire de Pompadour.

mené, femme de Léonard-Philibert-Hélie de Pompadour, fonde par son testament [1], un anniversaire, à Glandier; en s'alliant aux Pompadour, on devenait tout naturellement ami de notre chartreuse dont les religieux faisaient comme partie de cette illustre famille, car, dans les grandes joies comme dans les grandes douleurs des Pompadour, nous les voyons immanquablement apparaître. Ainsi, Dom Jacques Raynaud de Vayres, Prieur de Glandier est présent, le 31 mai 1640, dans la salle abbatiale de Solignac, lorsque l'on dresse les conventions du mariage de Jean de Pompadour, fils de Léonard-Philibert, avec Marie, fille du Vicomte de Rochechouart et de Jeanne des Cars. Cette jeune femme, douée des plus belles qualités, se distingua par son grand amour pour les pauvres, et mérita à sa mort d'être regrettée de toute la Province, surtout des malheureux dont elle avait été la providence. « Le pays, pour témoigner sa reconnaissance et sa douleur, donna à ses funérailles une pompe extraordinaire : au service de quarantaine qui se fit à Arnac, se trouvèrent les évêques de Tulle et de Limoges accompagnés de cent-vingt prêtres ou religieux venus de Brive, de Vigeois, de Glandier, de Saint-Yrieix, du pays de Tulle ou de Limoges : la ville de Saint-Yrieix avait envoyé sa musique et la cathédrale de Limoges, ses enfants de chœur. On y vit également la noblesse du Haut et du Bas-

---

[1] Fait à Paris, sur la paroisse Saint-Germain-l'Auxerrois, le 7 novembre 1613.

Limousin et toutes les magistratures consulaires de la Province : les pauvres y vinrent en foule et on leur distribua jusqu'à deux cent cinquante setiers de blé [1]. »

Marie de Pompadour fit dans son testament nombre de legs pieux ; elle donna, entre autres, une somme de cinq cents livres, pour un service funèbre à célébrer, à perpétuité, le mercredi de chaque semaine, « en la chartreuse de Glandier, fondée, dit la pieuse testatrice par les seigneurs ses prédécesseurs, vicomtes de Comborn et de Pompadour. »

Tels étaient depuis quatre cents ans, les bons rapports des chartreux avec la maison de Pompadour, rapports que n'auraient su altérer certaines petites difficultés survenues de temps à autre, non point avec les vicomtes, mais, ce qui est différent, avec leurs officiers de justice. Ces difficultés inévitables avec un droit coutumier, mobile et enchevêtré, donnèrent même occasion aux chartreux de témoigner d'une façon publique et solennelle toute leur reconnaissance pour les M.M. de Pompadour. A la suite du conflit mentionné plus haut [2] intervint une transaction entre l'Ordre et Jean de Pompadour, l'époux, précisément, de cette admirable Marie de Rochechouart dont nous venons de parler. Le Vicomte ayant fait quelques concessions au sujet de

---

[1] Laforest. *Limoges au XVII° siècle*, p. 138.
[2] Page 139.

droits de justice, le R. P. Général, pour montrer
toute sa gratitude, voulut lui accorder plusieurs
privilèges et distinctions honorifiques ; il lui concé-
da d'abord, le droit de sépulture dans les tombeaux
des fondateurs; il fut ensuite arrêté que « les armes,
sceau et cachet de l'Ordre [1] de la maison de Glandier » seraient désormais composés des armoiries
des Pompadour écartelées avec celles des Comborn,
pour montrer que notre chartreuse considérait ces
deux familles comme fondatrices, et les plaçait sur
le même rang dans son affectueuse reconnaissance :
finalement, « haut et puissant seigneur, messire
Jean, Viscompte de Pompadour, baron des barron-
nies de Treignac, Saint-Germain-sur-Vienne, Saint-
Cir-la-Roche, La Rivière et autres places ; chevalier
des Ordres du Roy et lieutenant pour sa Majesté ez
provinces du Hault et Bas-Limousin, étant personnellement établi, le 23 août 1666, avant midy, au
couvent de Glandier », les Prieur et religieux de
cette maison lui accordent certains honneurs funèbres dont voici le détail : « Le dit seigneur de
Pompadour et ses successeurs pourront faire tendre
une ceinture de draps ou de velours à l'intérieur de
l'église de Glandier et à l'entrée d'icelle avec leurs
armes vollantes sur le dit drap ; ils pourront po-

---

[1] Le sceau et cachet *de l'Ordre*, c'est-à-dire, le sceau
dont on se servait pour les actes publics faits au nom de
la Communauté, par opposition au cachet particulier dont
le Prieur et le Procureur faisaient usage pour des affaires
personnelles ou de moindre importance qu'on ne traitait
point en Chapitre.

ser devant la grande porte et principale entrée de la
chartreuse, un tapis de drap ou de velours avec leurs
armes et panonceaux aussi vollants pour y demeurer pendant la neuvesne ; ces marques funèbres y
seront remises au jour de la quarantaine et au bout
de l'an. »

Vanité des choses d'ici-bas ! le premier pour qui
on tendit ce drap mortuaire fut précisément le dernier de son nom, Jean-François de Pompadour,
mort sans alliance, le 14 novembre 1684 ; son malheureux père le suivit, peu de temps après, dans la
tombe ne laissant que des filles, et de la sorte s'é-
teignit cette illustre et vraiment grande famille. Le
cachet de Glandier ne fut point modifié; il continua
à porter et porte encore aujourd'hui les armes de ces
vieux Comborn, nos bienfaiteurs, dont le souvenir
ne périra jamais ici : quant aux vicomtes de Pompadour, des circonstances douloureuses empêchè-
rent d'exécuter ce qu'on leur promettait de si bon
cœur, mais bien que leurs armes ne soient point
gravées sur notre cachet, leur nom, pour cela, ne
reste pas moins gravé dans notre esprit.

⚬⚬

Nous le disions en commençant ce quatrième
Livre, l'époque à laquelle nous arrivons est marquée
par une ère de prospérité qui permet aux chartreux
de relever leur maison de ses ruines : tout semble,
d'ailleurs, se réunir pour faciliter cette entreprise ;
le pays jouit d'une paix profonde, de généreux

bienfaiteurs viennent largement en aide aux Prieurs qui se succèdent à Glandier et ces Prieurs eux-mêmes sont des hommes aux qualités éminentes et toutes spéciales, des hommes choisis par la Providence pour mener à bonne fin l'œuvre de reconstruction qu'ils entreprennent.

Voici d'abord Dom François de Lingendes, profès et ancien prieur de la chartreuse de Bonnefoy ; nous le trouvons ensuite à Glandier, d'abord comme Vicaire, puis en qualité de Procureur, « Procureur plein d'activité et de vigilance » dit le *Calendarium*. Nos Pères, fort contents de sa conduite, l'élurent prieur à la mort de D. Jeanneau et ce choix était très raisonnable ; puisque l'on songeait à d'importantes réparations, il fallait un homme entendu pour les diriger avec habileté et sage économie, or Dom François de Lingendes venait de faire ses preuves. Il avait pour l'œuvre que l'on allait entreprendre, des dispositions exceptionnelles qui, bien contrairement à l'attente de ses électeurs de Glandier, le firent nommer, peu de temps après, à la chartreuse de Moulins, toute nouvelle fondation commencée en 1625 par Henri, prince de Condé et les chartreux de Bonnefoy en Vivarais. Pendant les guerres de religion, les huguenots avaient saccagé cette chartreuse et massacré plusieurs de ses religieux avec d'atroces raffinements de cruauté : la maison se relevait péniblement de ses ruines, on songea alors à l'abandonner et l'on choisit un climat moins dur et un site moins sévère, en s'é-

GLANDIER EN 1660.

(Page 241)

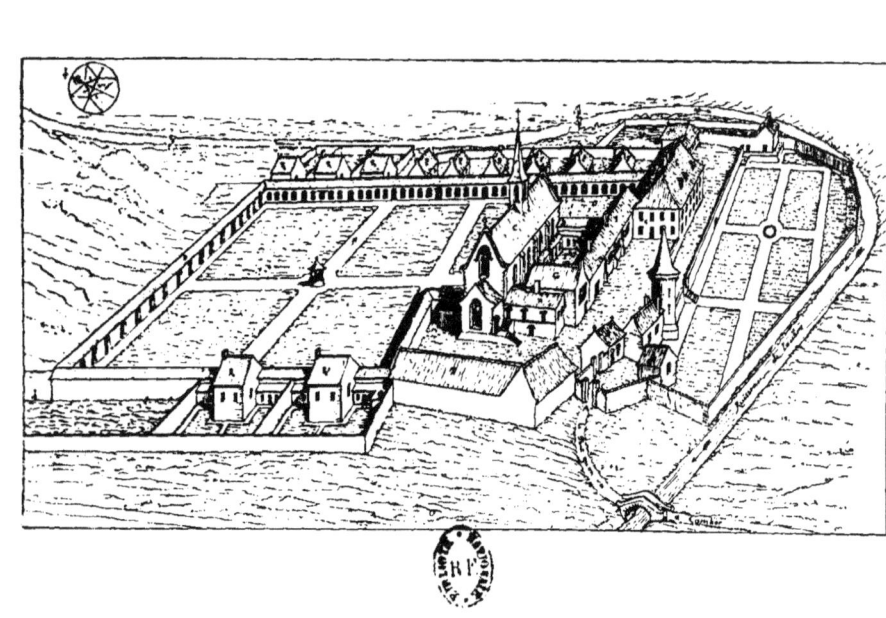

tablissant en Bourbonnais aux portes de Moulins dans un endroit délicieux bien que très solitaire. Les chartreux de Bonnefoy connaissant toutes les aptitudes de leur coprofès, Dom François de Lingendes, le demandèrent pour présider aux travaux, et Glandier dut le céder, mais à regret.

Trois hommes remarquables furent destinés par la Providence pour commencer et mener fort loin les travaux de reconstruction de notre chartreuse, restaurations tellement étendues qu'elles peuvent être assimilées à une nouvelle fondation. Pendant quarante-sept années, deux Prieurs seulement [1] se trouvent à la tête de Glandier et peuvent ainsi continuer, avec suite, les œuvres qu'ils ont commencées : c'est Dom Jacques Reynaud de Vayres et Dom Louis Le Mazuyer.

Le V. P. D. Jacques Reynaud prit comme Procureur un religieux, Dom Jean Joyet, qui lui fut de la plus grande utilité et devint son véritable bras droit. Dom Joyet était admirablement doué ; sa mémoire tenait du prodige puisqu'il apprit tout le psautier par cœur en une semaine ; il dessinait fort bien et s'entendait parfaitement en architecture. Un moment, on put craindre d'être privé de ses lumières et de son précieux concours, car, sans doute sur la demande ou au moins d'après les indications de Dom de Lingendes, il fut envoyé à Saint-Joseph de Moulins : « Dom Joyet se donna beaucoup de

---

[1] Nous ne comptons pas D. Joyet qui fut à peine une année en charge.

peines pour hâter les constructions de cette nouvelle chartreuse, mais, désireux de voir ses fatigues utilisées au profit de sa maison de profession,
il y revint peu après, continuer avec son Prieur,
Dom Jacques Reynaud, les travaux commencés
vers 1635 [1]. »

En 1571, on l'a vu plus haut, les Pères Visiteurs
ayant trouvé la maison dans un état de délabre-
ment lamentable, par suite des guerres de religion, avaient décidé qu'il faudrait reconstruire le
grand cloître et choisir un plan meilleur pour la
distribution des nouvelles cellules. Les malheurs
des temps ne permirent point de se mettre à l'œuvre
de suite, et, après 1630, l'Ordonnance de 1571
attendait encore même un commencement d'exécution. Dom Christophe de Chave, malgré l'influence qu'il exerça dans le pays, ses prédécesseurs
comme ses successeurs immédiats, tous, faute de
ressources indispensables pour une telle entreprise,
durent remettre à plus tard, ce qu'ils ne pouvaient
raisonnablement entreprendre alors. Réaliser l'idée
émise en 1571, tel fut le plan qui s'imposa à Dom
Raynaud, et pour mieux nous en rendre compte,
essayons de faire comprendre la disposition de
l'ancien Glandier au XVIe et au commencement du
XVIIe siècle.

L'église qui, dès la fondation, occupa toujours
l'emplacement où elle s'élève encore aujourd'hui,

---

[1] *Calend. Glanderiense.*

sera notre point de départ : le cimetière, placé au
chevet de l'église, s'étendait jusqu'à la galerie Est
du grand cloître, parallèle au sanctuaire ; ce cloître,
de forme très irrégulière et de dimensions restrein-
tes, n'avait, à proprement parler, que trois côtés :
au nord, à l'est et à l'ouest. La dernière cellule de
ce côté, bâtie mur mitoyen avec le chœur des
Frères [1], servait au Père Sacristain. Le préau, se
trouvait occupé, en grande partie, du côté du sud,
par l'église. Dom Joyet, au lieu de se borner à des
réparations un peu mesquines, dessina un cloître
sur un plan large, tout nouveau et parfaitement
régulier ; c'est le tracé actuel. Trop sages pour
se lancer à l'aventure, Dom Reynaud et son
Procureur démolirent seulement autant de cellules qu'ils en pouvaient construire de nouvelles,
et se contentèrent de réparer les anciennes qui
remontaient au XVe siècle. Ils abattirent, de préférence, celles qui gênaient le plus leur nouveau
plan, et ayant reçu suffisamment pour en élever
cinq, jetèrent bas les cinq qui se trouvaient au
milieu du préau, qu'ils venaient de créer en agran-
dissant le vieux cloître.

La cellule priorale se trouvait à l'angle sud-est
du cloître ; Dom Joyet la fit reconstruire sur un
autre plan qu'il dessina lui-même ; le rez-de-chaus-

---

[1] A peu près, mais dans un autre sens, sur l'emplacement de la cellule Y actuelle. Suivre, pour mieux comprendre ces modifications, le plan qui se trouve en tête
du Livre Troisième.

sée fut destiné aux hôtes, le premier étage compris, outre la cellule de Dom Prieur et sa chapelle, la bibliothèque avec la salle des archives. Ce corps de logis existe encore à peu près dans son entier; il fut habité dans ce siècle, par la famille Lafarge, et sert aujourd'hui d'hôtellerie.

Il entrait également dans les idées de Dom Jean Joyet, de faire un nouveau portail et de grouper autour, les diverses obédiences reléguées encore pour la plupart, d'après l'ancien usage, assez loin du monastère, au village de la Grange-Vieille. Dom Joyet ne réalisa point cette idée qui fut néanmoins reprise et menée à bonne fin dans la suite.

Comme aux jours de la première fondation, de généreux bienfaiteurs vinrent au secours de nos Pères. Jean Joubert de Barraud, archevêque d'Arles, donna mille livres pour fonder une cellule. Jean Joubert, nommé fort jeune abbé commendataire de Solignac au diocèse de Limoges, prit au sérieux le titre qu'il portait et procura à ses religieux le plus grand des avantages en les ramenant à l'exacte pratique de la Règle bénédictine : il traita, en 1618, avec le prieur claustral de Saint-Augustin de Limoges pour introduire la réforme à Solignac, et c'est grâce à lui que cette abbaye échappa à la commende, et fut unie à la Congrégation de Saint-Maur. Successivement évêque de Bazas, conseiller et aumônier ordinaire du Roi, puis archevêque d'Arles, Jean de Barraud, dit un de ses panégy-

ristes, « a été, constamment, un modèle de toute
sorte d'honnêteté et de probité [1]. » Pendant son
séjour à Solignac il connut Dom Christophe Chave
et resta l'ami des chartreux jusqu'à sa mort arrivée en 1643.

Un autre évêque, mais dont nous n'avons pu
retrouver le siège, Dieudonné Mellin, fonda aussi
une cellule ; le vicomte Jean de Pompadour, Étienne
de Fabri-Portanier, maître des Requêtes [2], et plusieurs autres amis de Glandier imitèrent cet exemple [3]. En 1665, au temps de Dom Le Mazuyer, successeur de Dom Reynaud, Marie de Rochechouart,
épouse du vicomte J. de Pompadour, donna 300
livres pour la construction du portail de la chartreuse ; nommons encore l'archiprêtre de Vigeois,
Jean Seyrac, grand bienfaiteur de Glandier, à qui
le Chapitre Général de 1680 accorde une messe de
la Très-Sainte Vierge dans toutes les maisons de
l'Ordre [4].

Au nombre des bienfaiteurs ne convient-il pas de
mettre le V. P. D. Jean Joyet qui a si bien mérité
de notre chartreuse ; il mourut en 1657, et l'Ordre

[1] Cité par Nadaud, *Nobiliaire*.

[2] Le père du vicomte Jean, Léonard Philibert, épousa en
troisièmes noces Marie de Fabri-Portanier, d'une famille
de Provence ; il en eut plusieurs enfants dont un, nommé
François, mourut à l'âge de douze ans et fut enseveli à
Glandier, le 5 mars 1647. C'est le tombeau de cet enfant
qui attacha à la chartreuse les Fabri-Portanier famille
étrangère au Limousin.

[3] *Manuscrit des Filles-Nobles de Blessac.*

[4] Le Coulteux, *Annal.*, ad ann. 1219.

lui accorda la messe *de Beata* en récompense des grands services qu'il avait rendus à sa maison de profession.

Dom Jacques Reynaud survécut quelques années à son infatigable et habile Procureur. Un anonyme qui écrivait du vivant de Dom Jacques, nous fait en ces termes l'éloge de ce saint religieux : « D. Raynaud de Vayres, dit-il, est un homme doué de toutes sortes de vertus. Il ne s'est point contenté, pendant son gouvernement, de faire observer avec la plus grande exactitude la discipline religieuse, c'est encore lui qui a transformé Glandier en ce vaste et splendide monastère que nous voyons aujourd'hui. De magnifiques bâtiments ont été construits pour loger les voyageurs [1] ; des cellules plus spacieuses et plus saines ont remplacé les anciennes qu'on a rasées jusqu'aux fondements ; un nouveau cloître s'est élevé et tout l'édifice a pris une apparence plus majestueuse. Les gens de bien applaudissent à ces améliorations. Pendant ce temps, cet homme admirable, supportant avec une étonnante égalité d'esprit, les atroces douleurs de la goutte qui lui rongent les pieds et les mains, et malgré les souffrances d'une vie qu'il traîne à peine, ne cesse pas un instant de se conformer à la Règle, de

---

[1] Il y a là un peu d'exagération : cette hôtellerie se composait d'un simple rez-de-chaussée avec une salle à manger, deux chambres et deux cabinets ; le tout fort simple comme on peut s'en rendre compte, car cette hôtellerie existe encore et a, du moins en partie, la même destination. Le reste de la description nous paraît exact.

veiller aux affaires de sa maison et de commander
à ses moines par l'autorité de l'exemple, comme il
leur commande par sa dignité [1]. »

Notre *Calendarium*, à son tour, consacre à D.
Jacques, les lignes suivantes, tracées elles aussi
par un témoin qui dut connaître personnellement
celui dont il fait l'éloge. « Le V. P. D. Raynaud,
dit-il, profès de cette maison de Glandier, semblable
à la rose, embauma toute la Province de la bonne
odeur de ses mérites et de ses vertus. La nature lui
donna un jugement sérieux, un esprit fin et pers-
picace, auxquels la grâce vint ajouter la patience
et la charité. Avec des qualités pareilles, il gagna,
sans effort, l'affection de ses frères et l'amitié de
toute la noblesse du pays ; tous ceux qui le connurent, le tinrent en grande vénération. Nommé
prieur de sa maison de profession en 1630, il devint, en 1648, prieur de Cahors et Covisiteur
d'Aquitaine. Dom Jean Joyet qui lui succéda ici,
ayant été envoyé fort peu de temps après à Saint-
Joseph de Moulins, Dom Jacques rentra à Glandier ; ses fils spirituels et la noblesse du pays dont
il était l'oracle et le conseiller obtinrent son retour
par leurs prières et leurs instantes demandes.
Dans les derniers temps de sa vie, Dom Raynaud
passa par de cruelles épreuves intérieures et par
de douloureuses infirmités, mais il supporta tout
avec une patience admirable : il mourut le 19 dé-

[1] *Manuscrit de Blessac.*

cembre 1661, et lui, qui trouva notre chartreuse dans une grande pauvreté, la laissa dans une large aisance. »

Ce qui contribua le plus à tirer notre chartreuse de la misère fut la cession du bénéfice simple de la Chapelle-Geneste, faite au profit de Glandier en 1643.

Dès le X$^e$ siècle, l'abbaye de Tulle possédait quelques biens à la Geneste provenant de plusieurs donations faites par des gens du pays à Dieu et à saint Martin. Vers 1060, Archambaud III de Comborn offrit aux moines de Tulle, dont il était paroissien, cinq mas sur le territoire des Artiges (Saint-Bonnet l'Enfantier [1]) avec tous les droits d'église qui en dépendaient, à condition de bâtir une chapelle dédiée à la Bienheureuse Vierge Marie et à saint Jean-Baptiste dans le village de la Geneste. Ythier, évêque de Limoges, y consentit et vint bénir le cimetière ; Gérald de Latofavo entreprit la construction de l'église qui fut consacrée vers 1073 par Guy de Léron, successeur d'Ythier. Au siècle suivant, Guy Flamenc de Pompadour abandonna tout ce qu'il possédait ou possèderait à la Geneste.

La chapelle fut érigée en cure vers 1070; un moine de Tulle nommé par son Abbé la desservait; elle est prévôté en 1280, simple vicairie en 1497.

---

[1] Ainsi nommée à cause d'une dévotion instituée pour les enfants le jour de la fête. Nadaud, *Pouillé de Limoges.*

Le curé avait les droits paroissiaux sur les mas donnés par le seigneur de Comborn, qui étaient un alleu de Saint-Martin de Tulle. Au XVI⁰ siècle, les Huguenots s'emparèrent de la prévôté et ces étranges curés laissèrent, naturellement, la chapelle tomber en ruine, mais perçurent exactement ses revenus qui pouvaient monter à 500 livres. Au XVII⁰ siècle, les vénérables Évêques de Tulle et de Limoges, Jean de Vaillac et François de la Fayette « considérant le pressant besoin de la Chartreuse de Glandier qui étoit en ruine et pas suffisamment dotée » songèrent à unir à notre maison la prévôté de la Geneste sur laquelle ils avaient des droits, l'un comme évêque du territoire, l'autre en qualité de successeur des anciens abbés de Tulle. Par acte officiel de Mgr de Vaillac, l'union fut prononcée le 17 novembre 1643 : Le Chapitre de la Cathédrale de Limoges consentit à la bonne œuvre « comme étant pour la plus grande gloire de Dieu » et Mgr de la Fayette rendit un décret pour « l'union du bénéfice simple, sans charge d'âmes ni obligation à la résidence, de la Chapelle-Geneste à la chartreuse de Glandiers. » Le tout fut confirmé par lettres-patentes du 1ᵉʳ mai 1644, enregistrées au Parlement de Bordeaux, le 14 juillet de la même année.

Le P. Procureur, Dom Jean Joyet, fut chargé de négocier toute cette affaire et après bien des démarches souvent fort difficiles, en vint heureusement à bout ; mais il ne suffisait pas d'être légalement en possession de la prévôté, il fallait la posséder de fait et les calvinistes qui l'occupaient, on ne sait trop à quel titre, n'entendaient point lâcher leur proie. D. Joyet, cependant, à force de patience et de fermeté, soutenu aussi par les seigneurs du voisinage, resta, à la fin, maître de ce qui lui appartenait. L'église et les bâtiments de la prévôté tombaient en ruine, D. Joyet reconstruisit le tout et sut mettre chaque chose dans un état prospère. La nouvelle *obédience* [1], quoique située à 5 ou 6 lieues de la chartreuse, était habitée, d'après un usage alors en vigueur, par deux ou trois Frères sous la direction d'un Religieux qui acquittait les messes de fondations chaque semaine, et surveillait les travaux. En 1679, Dom Nicolas du Boys, Prieur de Glandier, est envoyé, par le Chapitre Général, à la Chapelle-Geneste avec le titre de Procureur spécial de cette obédience [2].

Nos Pères restèrent jusqu'à la Révolution possesseurs de la Geneste, mais non point toujours tranquilles possesseurs. Étienne Baluze, vers 1680, est pourvu en régale du prieuré de la Chapelle, ce qui détruisait l'union faite en 1643 ; de là, procès gagné par les Chartreux, reconnus légitimes détenteurs par sentence de la Grand'Chambre, en

---

[1] C'est le nom que l'on donnait à ces sortes de résidences éloignées de la maison conventuelle.

[2] Vers 1769, la *Commission des Réguliers* défendit aux religieux de résider habituellement dans les obédiences ; la mesure était bonne. Plût au Ciel que cette triste Commission n'en eût jamais pris que de semblables !

date du 6 février 1682. Voilà que quatre années
plus tard, un sieur Vidalie prêtre, veut changer le
bénéfice simple en une paroisse, les habitants de la
Chapelle et le sieur Meschain, prêtre, qui était tenu de rendre les services religieux aux dits habitants, appuyent cette prétention : procès devant le
sénéchal d'Uzerche qui déboute Vidalie, Meschain
et consorts et le 10 avril 1688, déclare, par arrêt,
que la Chapelle-Geneste n'est qu'un bénéfice simple, sans charge d'âmes. Longues années après,
Vidalie, homme aux idées tenaces, paraît-il, essaye
encore de détruire l'acte d'union ; il recourt pour
cette fois à l'appel comme d'abus, mais se voit condamné, le 17 mars 1712. Battu, sans être abattu,
Vidalie prétend alors que l'union de la prévôté à la
chartreuse est nulle de plein droit, par vice de
forme, les Lettres patentes n'ayant été ni deman-
dées, ni obtenues ni enregistrées. C'était manifestement faux, néanmoins les chartreux perdirent
leur cause en septembre 1717. L'année suivante,
l'Ordinaire du diocèse de Tulle nomma à la prévôté
de la Chapelle qui, supposé qu'elle ne dépendait
point de Glandier, retournait de droit à l'Évêque.
Cet état de choses dura peu, car un nouvel arrêt
du Parlement de Bordeaux (septembre 1718) remit
les chartreux en possession de leur bénéfice. —
Plus tard, en 1766, Pierre Martin, curé de Saint-
Bonnet-et-Sadroc, administrateur au spirituel des
villages dépendants de la Prévôté, suscita encore
quelques embarras aux Chartreux qui transigèrent

en 1772 et, finalement, restèrent maîtres de la position jusqu'en 1791 [1].

Malgré ces tracasseries, le bénéfice de la Chapelle sans être fort important, n'en rendit pas moins de réels services à Glandier, c'est pourquoi notre *Calendarium,* tout ami qu'il soit de la concision, n'oublie pas de relater cette affaire de la Geneste, comme preuve du souvenir reconnaissant que nos Pères gardaient de D. Joyet et de D. Jacques Reynaud à qui ils en étaient redevables.

Après la mort de D. Reynaud, Dom Louis Le Mazuyer, prieur de Rodez, fut envoyé, avec le même titre, par le Révérend Père Général, à Glandier sa maison de profession. Dom Louis continua les travaux commencés par son prédécesseur, et suivit avec grand soin le beau plan tracé par D. Joyet. Ce dernier avait seulement construit le logement du Prieur et cinq cellules. Dom Le Mazuyer bâtit trois côtés des galeries du grand cloître : ainsi peu à peu et, particulièrement au XVIII° siècle, se compléta la transformation de la chartreuse, toujours sur les plans de Dom Joyet. On allait lentement parce que le Statut des Chartreux, au chapitre XII, paragraphes 13 et 14, exige trois conditions pour permettre de faire des constructions nouvelles ou simplement des réparations : avant tout, n'être point endetté ; car une dette de 25 écus, pour les maisons qui vivaient à l'étroit, et de 100 écus, pour

---

[1] Nadaud, *Pouillé de Limoges ;* et diverses pièces de l'étude de Troche.

celles qui étaient le plus à l'aise, suffit pour interdire toute bâtisse ; il faut ensuite que la maison ait convenablement le nécessaire afin qu'on ne prenne pas sur lui pour les constructions ; il faut en troisième lieu avoir, ou être sûr d'avoir, la somme requise pour payer les bâtisses. Quand donc notre chartreuse de Glandier pouvait remplir les conditions imposées par la Règle, le Prieur se mettait à l'œuvre puis cessait dès qu'il n'était plus à même de faire face aux dépenses ; on attendait dix, quinze, vingt ans avant de reprendre les travaux, mais aussi jamais on ne contractait de dettes, jamais on ne mettait la communauté dans l'embarras par ces constructions ruineuses, sources de pénibles inquiétudes quand elles ne sont point une cause de relâchement dans la stricte observance de la Règle.

Au temps du V. P. D. Jean Baptiste Feytaud, qui fut prieur de 1737 à 1752, on construisit le grand portail et l'on groupa autour les diverses obédiences, pharmacie, boulangerie, forge, menuiserie, *vitrerie*, etc. Dom Jean Azam (1760-1768) continua les travaux qui, à la date de 1763, n'étaient point terminés, puisque l'évêque de Limoges, Mgr. d'Argentré, en cours de visite pastorale, venant à Beyssac au mois d'août de cette année, dit de notre chartreuse : « sa situation est bien sauvage, elle sera belle quand les bâtiments commencés seront terminés[1]. »

---

[1] Visite pastorale de Mgr d'Argentré. Archiv. départem. Haute-Vienne *Évêché*, I. 2257.

L'ancien mur d'enceinte, au nord du cloître, porte
la date de 1768, au temps du V. P. D.Michel Bordeneuve ; Dom Xavier Derrua (1770-1777) construisit
le Chapitre et une nouvelle cuisine « pour remplacer
l'ancienne de plus de 400 ans [1] » ; enfin le dernier Prieur
bâtit deux cellules du côté ouest, qui en mai 1790
venaient seulement d'être achevées, et qui, observe
l'Inventaire dressé à cette époque, n'étaient pas
même encore meublées.

Ainsi cette reconstruction, véritable œuvre de
patience, décidée en principe lors de la Visite cano-
nique de 1571, par les Vénérables Pères D. J. de
Libra et D. Pierre de Lestang ; commencée par
D. Reynaud et D. Le Mazuyer au XVII° siècle ;
continuée au XVIII° par D. Feytaud et ses successeurs, fut terminée seulement par Dom Morel, juste
au moment du départ et de la destruction de la
chartreuse !

De quelles ressources disposaient les Pères de
Glandier pour faire face à toutes ces dépenses et
dans quel état, au point de vue matériel, se trouvait la chartreuse au XVII° et XVIII° siècle ? c'est
une question qu'on se pose naturellement après ce
que nous venons de dire plus haut. Notre *Calendarium*, observe au sujet de Dom Jacques Reynaud
de Vayres, qu'ayant trouvé la maison dans la pauvreté, il la laissa dans une large aisance, puis il
ajoute, que Dom Louis Le Mazuyer trouva la mai-

---

[1] *État de la maison de Glandier au 20 décembre 1777.* Ms.

son dans une situation très prospère et la rendit
vraiment riche en lui donnant tout ce qui lui revenait de sa famille et en veillant avec sollicitude à
ses intérêts. Ces deux phrases éveillent peut-être la
curiosité du lecteur comme elles ont piqué la nôtre;
nous avons voulu savoir au juste la fortune des
chartreux de Glandier au siècle dernier et voici le
résultat de nos recherches, et de nos calculs, calculs nullement fantaisistes mais basés sur des
pièces officielles, à savoir : un *Estat des recettes
et dépenses de Glandier* qui nous paraît être de la
fin du XVII<sup>e</sup> siècle ; le *Résumé*, fait lors de l'inventaire de 1790, des livres des recettes et dépenses,
livres de régie des domaines, et registres de rentes-
constituées ; finalement, plus de cent cinquante actes
notariés, tels que : quittances, affermes, cheptels,
baillettes, etc. toutes pièces parfaitement authentiques et d'une irrécusable valeur.

## Charges et Revenus.

Les principaux revenus de la chartreuse de Glandier étaient tirés de ving-cinq petites fermes, à une ou deux paires de bœufs, situées sur les territoires de Saint-Bonnet-et-Sadroc, Chanteix, Vigeois, Beyssac, Troche et Orgnac[1].

Ces fermes ou domaines, comme nous l'avons expliqué au Livre premier, provenaient de donations anciennes et constituaient, pour la plupart, le capital de fondations onéreuses faites à l'église de Glandier par les familles du pays. Le mot *donation*, il est utile de l'observer, ne devrait pas se prendre au pied de la lettre, car souvent tel seigneur donne sans doute, mais moyennant une certaine somme d'argent : en 1220, Hélye de Bré, en donnant la Bailia, reçoit vingt livres du Père

---

[1] Voici la liste de ces domaines, dépendants du Prieuré à l'exception d'un seul que nous n'avons pu retrouver, *Chapelle-Geneste* : Vaujours, La Vergnolle, Le Couderc et la Franchie. *Beyssac* : la Mazelle. *Vigeois* : le Puy-aux-Juges. *Troche* : Lavaud haute et basse; Espalion, le Puy de Troche, Mezurat, Les Farges. *Orgnac-lez-Glandier* : Poujol d'Orgnac, Grange de Poujol; Guerenne haute et basse; le Peyraud, les Chèzes, les Rouleyx, l'Escure du Puy, Puy-Mirol et Maisonneuve du Puy-Mirol, Theillet et La Rue.

Prieur ; en 1230, Hélye Flamenc de Pompadour donne la Cepeyra, mais demande 100 sous ; une dame Jourdaine en 1231, donne aux chartreux la moitié de Joubertye, près Murat, à la condition que le prieur de Glandier lui comptera, à elle, 10 sous, monnaie de la Marche ; à sa fille Agnès, veuve d'Audouin de Peyrusse, 70 sous ; à son autre fille, Alaïs, veuve d'Hugues Del Poy, 5 sous marchois. Il faut donc entendre souvent par donation, une large diminution de prix.

Plusieurs fermes venaient d'un échange, comme le Puy de Troche, et les Rouleyx d'Orgnac : enfin un certain nombre de nos domaines avaient été achetés à prix d'argent ; pour le territoire de Mendigour, Roffignac et Masmalet, les chartreux comptèrent 6,000 sous tournois à Archambaud VII, et douze fois vingt livres tournois à Guy de Comborn pour le tènement des deux Poujol sur lequel se trouvaient sept ou huit de nos métairies. Les domaines de la chartreuse empruntaient donc à la présence simultanée de ces deux titres : le don et le contrat de vente, un double droit de propriété inattaquable.

Une pièce officielle, nous fait connaître la valeur des terres autour de la chartreuse au milieu du siècle dernier. Le 18 juillet 1742, l'Intendant de Limousin ayant donné ordre de le renseigner sur ce sujet, les notables d'Orgnac-lès-Glandier [1], après dé-

---

[1] On trouve déjà cette expression dans un acte de 1604.

libération, répondent, le 9 septembre, de la même année à l'Intendant Général : « la sétérée de terre labourable, disent-ils, doit être estimée 16 sols de revenu, et la sétérée est composée de cinquante perches de vingt pieds de Roy, chacune en carré, faisant un total de vingt-mille pieds de Roy de superficie ;

« La sétérée de prés, 30 sols pour ceux de classe médiocre et 25 sols, ceux de mauvaise qualité ;

« Les pacages, 12 sols la sétérée ;

« Les chataigneraies médiocres, 16 sols ; et les mauvaises, 10 sols seulement à cause des fréquentes gélées ; la paroisse étant traversée de plusieurs ruisseaux, nommément de l'eau de Loyre ;

« Les champfrois (landes) et bruyères, 2 sols la sétérée, jusqu'à concurrence des 40 premières ; le surplus, n'étant d'aucune valeur, ne peut être estimé qu'à rien ou presque rien, tels que 6 deniers la sétérée [1]. »

Tous les domaines de Glandier étaient cultivés à moitié fruits par des métayers. Analysons une de ces nombreuses « baillettes » que nous avons eues entre les mains. — L'acte est passé « au couvent de la vénérable chartreuse Notre-Dame de Glandier, paroisse de Beyssat, Bas-Limosin : présent vénérable Père en Dieu, Dom N***, procureur et syndic de la dite chartreuse, lequel baille à tra-

[1] Toutes les pièces que nous citons dans ce paragraphe se trouvent à l'étude de Me Collin, à Troche.

vailler à titre de métayrie temporelle à moitié fruits et revenus, le domaine de.... appartenant à la dite chartreuse, pour être les fruits naissants et croissants, tant par branche que par racine, partagés de moitié ; le croît et le décroît des animaux de moitié entre le preneur et le bailleur. » Le preneur paye les tailles et les impositions, mais les rentes dues sur le fond sont soldées de moitié, et il en était généralement de même pour les dîmes, car un décimateur pouvait être décimé à son tour, ce qui se présentait fréquemment. Le métayer entretient les bâtiments et nourrit les ouvriers ou manœuvres ; c'est aux maitres de les payer et de fournir les matériaux : le métayer prenait soin des fossés, plantait ou hantait (greffait) un certain nombre d'arbres chaque année et faisait gratis les charrois du bailleur. La récolte des chénevières, les produits de la vacherie et de la basse-cour n'étaient point partagés de moitié, le maitre prélevait seulement une certaine partie formant « le chanvre et le laitage ou la pitance ». Ce qu'on nommait le chanvre consistait généralement, ainsi qu'on le voit dans les baillettes passées par notre chartreuse, en huit aunes de toile fine et deux aunes de toiles grossières, remplacées quelquefois par 10 livres de fil de brin et 3 ou 4 livres d'étoupe fine. La pitance consistait, pour l'ordinaire, en 6, 8, ou 10 livres de beurre et 100, 150 ou 200 et jusqu'à 300 œufs : on pouvait, d'après la clause spéciale mise dans la baillette, payer soit en nature, soit en argent, ou seulement en nature : il

est communément spécifié que les œufs seront de
geline : en certains cas, la pitance est établie sur des
bases différentes ; on donnera, par exemple, deux
caillés ou fromage de brebis pour chaque agneau et
3 ou 4 livres de beurre pour chaque « vache en lait ».

Telles sont les charges du métayer, voici les
avantages dont il jouissait :

Il recevait une maison avec grange, écuries et sé-
choir [1] ; un jardin, une chénevière, des terres arables, des prés et des bois : il trouvait, en entrant,
les terres ensemencées, et, pour les cultiver, une ou
deux paires de bœufs ; de plus, dans les étables, des
animaux en nombre proportionné à l'étendue et au
rapport du domaine, tels que vaches, veaux, brebis,
agneaux, etc... On lui donnait ensuite les principaux instruments aratoires dont il pouvait avoir
besoin, charrues et charrettes, des jougs, des
harnais [2], etc. ; enfin quelques meubles, grossiers
sans doute mais utiles : c'est ainsi que nous trouvons
dans une baillette du 5 décembre 1777, pour le domaine de la Vergnolle : « deux bois de lits dans la
cuisine, une mets à pétrir le pain, une harmoire à
deux battants, un rateau à mettre le pain et une
table avec un bancq. » — Les animaux, instruments
et meubles sont estimés entre 800 et 1800 livres.

[1] Four spécial pour sécher les châtaignes. Les baillettes
disent *chessoir* ou *chechoir*.

[2] A Cot, des Rouleyx, métayer du domaine des Rouleyx,
deux châlits non planchés dessus, une table à manger,
ruche à miel, un ratelier pour le pain et une grande arche.
26 décembre 1759.

C'est dans ces conditions, et avec les charges indiquées plus haut, que le métayer prenait possession d'un domaine. Quelquefois, il joignait à la métairie du propriétaire une partie de ses terres à lui : ainsi, voyons-nous, en 1737, un nommé Léonard Gounet, de la Franchie « lequel unit au domaine des Pères ses biens pour être fait également partage des fruits, sauf la maison, jardin, chénevière, et bois appartenant au dit Gounet et une sestérée de terre labourable ; à la charge pour le P. Procureur de Glandier de payer au dit Gounet, tous les ans la somme de 12 livres. » Ailleurs, c'est Bernard Pradaux, de Lavaud, qui unira ses biens (les bois exceptés) plus, 23 brebis « dont la moitié du croît pour le bailleur et un tiers de la laine ; le dit bailleur paiera, pour ce, moitié des tailles des biens du dit Pradaux. A la fin du bail, chacun reprendra ses bestiaux. » On remarquera la clause par laquelle le métayer ne met pas en commun la totalité de son petit avoir ; par un sentiment dont la délicatesse n'échappera à personne, le bailleur permet à son colon en conservant des biens à part, d'être, lui aussi, *un propriétaire* : il y a là une nuance de déférence qui nous plaît.

Il faut reconnaître que la position de ces métayers, ou colons partiaires, est très avantageuse, du moment qu'ils veulent se donner la peine d'en profiter. Voici, pour citer un nom, un simple ouvrier journalier, Jean Saponne, de Veynas, qui, tout à coup, après l'acte passé le 17 octobre 1771, reçoit

pour neuf années, des terres présentement ensemencées, des bâtiments d'exploitation, des instruments et des bestiaux ; pour lui, c'est une fortune, et
s'il se met au travail avec sa famille, c'est l'aisance
assurée ; car en réalité, dans les conditions qui lui
sont faites, il a toujours plus à gagner qu'à perdre,
et quelque faible que puisse être la récolte, il aura
toujours autant que le maître. On ne peut nier que
l'esprit chrétien a fortement imprimé son empreinte
dans ces sortes de contrats en favorisant, dans de
si larges limites, les intérêts du plus faible, du pauvre, de l'ouvrier. Dans les questions sociales si
graves qui préoccupent tant aujourd'hui ceux qui
veulent réfléchir, n'y aurait-il pas à s'inspirer, dans
une certaine mesure, de ces contrats de métayer à
moitié fruit ? n'avons-nous pas ici une des solutions
du grand problème du capital fourni par le maître
et du travail apporté par l'ouvrier ? ce que l'on a
appliqué à l'agriculture ne pourrait-on point, proportions gardées, l'étendre également à l'industrie ?
Sans doute, le métayage lui-même est loin d'être
une institution parfaite ; il est soumis à plus d'un
inconvénient, et le principal vient de la paresse ou
de la mauvaise foi du colon qui trompera son maître dans les achats et les ventes faits de moitié, ou
travaillera juste assez pour avoir, après le partage,
ce qu'il lui faut et rien de plus, pour sa subsistance ;
n'améliorant point la propriété et n'en augmentant
pas les revenus. Danger sérieux, perte très réelle
pour le propriétaire, mais danger qui n'existe plus

dès que le métayer a de la conscience : il en a s'il est chrétien, s'il obéit aux commandements de Dieu et de l'Église, et c'est par ce côté indispensable que la religion peut jouer un si grand rôle dans la question sociale qui nous attend et nous menace : le maître chrétien et l'ouvrier chrétien s'entendront toujours et n'auront jamais à se plaindre l'un de l'autre.

Le métayage, pour que ses imperfections natives disparaissent ou soient diminuées, demande une sérieuse et active surveillance de la part du propriétaire ; si, pour une raison ou pour une autre il ne la peut exercer, mieux vaut, en ce cas, qu'il loue ses terres à d'autres conditions. La surveillance du propriétaire doit être intelligente, nous dirions savante : il doit se mêler aux affaires, les suivre, fréquenter les marchés, se tenir au courant des progrès sages que peut faire l'agriculture. A ce propos nous citerons comme ne manquant point d'intérêt, une clause insérée par les chartreux de Glandier dans un bail passé pour affermer la métairie de Mezurat, sur la paroisse de Troche : cette clause se rattache à la culture des pommes de terre. Il est admis trop généralement qu'à Parmentier seul revient l'honneur d'avoir introduit la culture de ce précieux tubercule, certaines gens seraient presque tentés de le croire l'inventeur de la pomme de terre ; or, Parmentier fit ses essais si vantés dans la plaine des Sablons près de Paris, en 1778, et déjà le 22 janvier 1772, en affermant une pauvre petite métairie, certes peu con-

nue, perdue dans un village du Bas-Limousin, les
chartreux de notre Glandier, par acte reçu par
Mᵉ Albier, notaire royal à Troche, controlé à Vigeois par Brugeron, disent formellement : « et s'o-
bligent les preneurs à ensemencer tous les ans une
sestérée de terrain en pommes de terre dont le produit sera partagé ; les maitres fourniront la semence
la première année. » Ce détail montre le soin
qu'apportaient nos Pères à se tenir au courant des
perfectionnements de l'agriculture et jusqu'à quel
point ils entendaient surveiller leurs colons.

Cette indispensable surveillance que plusieurs trouvent un inconvénient, nous semble, au contraire, être
un nouvel avantage ; le propriétaire qui vit loin des
villes, dans ses terres, trouve là une noble et utile
occupation ; il prend intérêt à la culture, l'étudie, et
tout en travaillant à augmenter les revenus de ses
domaines, évite cette oisiveté qui suit trop souvent
la vie à la campagne : il remplace aussi, par un
travail sérieux, des délassements qui n'ont rien d'é-
levé ni de chrétien. Enfin, qu'on nous permette encore cette dernière réflexion : une fortune entretenue
par le produit des champs partagé avec le laboureur qui les cultive, est une fortune chrétienne, en ce
sens que métayer et propriétaire dépendent l'un
comme l'autre des dispositions de la divine Providence ; si l'année est bonne, elle est bonne pour
l'un et l'autre ; si mauvaise, mauvaise pour tous les
deux : maitre et colon ressentent, directement et en
commun, les effets de la bénédiction de Dieu ou de

ses punitions [1]. Dans le système qui est actuellement le plus en vigueur, le propriétaire reçoit du fermier une somme d'argent : que l'année ait été bonne ou mauvaise, peu lui importe ; que le fermier, après le canon payé, se trouve dans la misère, le maître ne s'en aperçoit même pas : le métayage qui, sans doute, est loin d'être toujours applicable, n'en reste donc pas moins en lui-même, un contrat plus chrétien : cependant pour tout dire, il est beaucoup moins lucratif. Les chartreux de Glandier possédaient jadis 25 domaines, chiffre considérable ; beaucoup trop considérable, diront même quelques-uns, mais dont le revenu ne montait pas bien haut. Dans un *Estat des Revenus de Glandier* dressé vers la fin du XVII<sup>e</sup> siècle, il est dit : « Le revenu de la maison est en régie par des domestiques et consiste, pour la majeure partie, dans le produit de vingt et cinq domaines, dont il y en a douze à une paire de bœufs, tous cultivés à moitié fruits par des métayers qu'il faut nourrir les mauvaises années en pure perte ; les dits domaines peuvent rapporter, années communes, 2,508 livres. » Au moment de la Révolution, cette somme montait à environ 5,000 livres ; mais, en tenant compte de la diminution de

---

[1] En examinant la chose de près, on découvre vite que le capitaliste n'échappera pas plus que l'agriculteur aux châtiments de la Providence : les effondrements terribles qui, à des échéances trop rapprochées, viennent jeter tant de familles dans une ruine absolue, sont, à le bien prendre, les gelées, les grêles et le phyloxéra de la finance qui, elle aussi, ne peut échapper à la justice de Dieu.

l'argent, les deux sommes que nous indiquons reviennent à peu près au même, et le produit de ces 25 métairies était modeste.

« La chartreuse, dit l'*Estat des Revenus*, jouit encore de quatre moulins en ferme ; les moulins de Glandier [1], de Mezurat (paroisse de Troche) du Reboul (paroisse de Chanteix) et de la Chapelle-Geneste (paroisse de Saint Bonnet-et-Sadroc). Ils rapportent quatre cent neuf livres d'où déduit le tiers pour l'entretien, savoir cent trente-six livres, 6 sols, 8 deniers, reste à deux cent septante deux livres 13 sols et 4 deniers. » — Ces revenus augmentèrent, dans le courant du XVIII⁰ siècle, pour le moulin de Glandier, le plus important des quatre, comme il est facile de le constater par les différents « affermes » : ainsi, il est loué en 1747, 112 setiers de blé seigle et 10 livres argent ; en 1765, 122 setiers et 22 livres ; en 1774, 140 setiers, 200 œufs et 190. Cette augmentation n'at-

[1] Le moulin, dit de Glandier, « à blé, huile et drap, » le plus important des quatre, se trouvait là, précisément, où l'on voit aujourd'hui les derniers débris des forges : il fut bâti, comme nous l'avons dit, avec les aumônes d'un bourgeois de Rocamadour. C'était un moulin banal qui appartenait à la paroisse de Beyssac et non point d'Orgnac : cette question de territoire, bien modeste en elle-même, souleva néanmoins de graves contestations. L'*Inventaire de Pompadour*, donne une sentence de l'officialité de Brive, en 1666, qui « enjoint au meunier de reconnoître pour son curé légitime, celui de Beyssac : luy fait défense d'en reconnoître d'autre, le relève de l'excommunication portée contre luy et le condamne à 10 livres de cire d'amende applicable au luminaire de l'église de Beyssac. »

teint que le moulin de Glandier ; pour les autres, le prix du fermage reste stationnaire.

« La chartreuse jouit encore d'un vignoble dans les coteaux, d'un si petit rapport qu'elle ne peut trouver de vignerons qui veulent le travailler à moitié fruit et elle est obligée de le faire régir par deux domestiques à gages, uniquement occupés à conduire les journaliers qui travaillent ce vignoble à prix d'argent ; cette dépense annuelle défalquée, il peut produire, année commune (compris quelques dixmes et rentes dont le vignoble jouit aux environs), 848 livres. » — Les vignes de Glandier se trouvaient sur les paroisses de Voutezac : à Murat d'abord et c'est Archambaud VI de Comborn qui les avait données à nos Pères en 1219 ; puis à Ceyrac, Lafon, Noyer, Vertougy, Mendigours, etc. [1],... Un acte du 17 octobre 1766 nous apprend qu'à cette époque on avait pu faire cultiver quelques portions de vignes à moitié fruit ; analysons cet acte. « Au lieu de Fonsibier, maison du vignoble de la chartreuse, vénérable Père Dom Michel Bordeneuve, procureur et syndic de ladite chartreuse a été présent, lequel a donné cy devant depuis environ cinq ou six ans, à Léonard Chari-

[1] Les principaux donateurs sont, Adhémar de Salon (vers 1230), Pierre de la Rivière (1259), Élie de Comborn (1259), Archambaud VII (1263), Helge, seigneur de Ségur (1280). Nos Pères en achetèrent quelques-unes à Guy de Comborn en 1280 ; à J. Bertrandy, de Saint-Léonard, en 1411 : d'autres à la fin du XVI° siècle.

ras, vigneron, habitant le village de Noyer, paroisse de Voutezac, une *buge* contenant dix-neuf coupées, mesure de Brive, située dans les appartenances de Sajueix, fondalité de la chartreuse ; laquelle pièce, par entier, confronte à diverses côtes à vignes de ladite chartreuse, chemin de Sajueix à Mendigours ; et à présent cette buge étant convertie en vigne; le Père Procureur se réserve le cinquième des fruits annuellement qui proviendront de ladite vigne : Chariras paiera la dette solidaire et foncière due sur ladite pièce et aussi la dîme au sieur Prieur de Miallet[1] et si le cas arrivait que Chariras laisse la buge en friche pendant

[1] Saint-Barthélemy de Mialet (Malet, Mealet, au village de Mas-Mallet) sur la paroisse d'Orgnac. Prieuré simple séculier fondé au XII<sup>e</sup> ou XIII<sup>e</sup> siècle : collateur : l'Aquilaire de la cathédrale de Limoges (c'est-à-dire, le chanoine de semaine, qui allait chanter les oraisons de l'office, *ad aquilam*, à l'aigle servant de pupitre et déposait la feuille de nomination dans le bec de l'oiseau). — Le 16 janvier 1414, accord, par voie d'arbitrage, entre : frère Jean Alicie, prieur de Glandier et Pierre Cathalini, prieur du prieuré séculier de Malet *(de Maleto)*. Les chartreux donnent à Cathalini, sa vie durant, trois charges de vin pour les dîmes qui pourraient lui appartenir sur les vignes de Ceyrac et de Murat, à la mesure de Votezac. Arbitres : Bertrand Guilhonis et Jean Rogeri de Montgibaud. *Cartular. Glander.*, pag. 81. — Mialet fut uni un instant à Glandier (c. 1478-1480). — Le 13 juin 1756, messire Joseph de Cenzilion de Mensigniac, prieur de Miallet, résigne ce bénéfice en faveur de Messire Jean de Chantal de Puylimeuil, prêtre et vicaire au bourg et paroisse de Saint-Laurent de Pradoux en Périgord, lequel prend possession du bénéfice, le 19 juillet 1757, par messire Étienne Cerou, licentié en l'un et l'autre droit, prêtre, demeurant au bourg d'Orgnac et agissant comme Procureur de messire de Puylimeuil. — Le 9 juillet 1766, mes-

cinq ans consécutifs, elle reviendra à la chartreuse comme avant ces présentes, attendu que la chartreuse a contribué au plant de ladite quotité de vigne. La buge actuellement en vigne, peut être de valeur de la somme de 80 livres : et cette buge a été donnée à Léonard Chariras à titre d'enfitéoze perpétuelle. »

« La chartreuse jouit encore, poursuit l'*Estat des Revenus*, d'une forêt d'haute futaye, essence de fayart (hêtre) dont elle ne se sert que pour son chauffage qui peut être estimé : 250 livres ; — de prés-clôtures, qui peuvent rapporter, années communes, deux cent cinquante quintaux, à 10 sous, soit, 125 livres ; — elle possède encore plusieurs étangs dans différentes paroisses dont le produit sert, pour la consommation de la communauté ; elle ne vend jamais de poisson et elle n'en peut tirer année commune que quarante quintaux estimés à 25 livres le quintal, d'où, déduit le tiers pour l'entretien, reste à 666 livres, 13 sous, 4 deniers [1]. »

sire Joseph Géry, prêtre, Licentié-ès-Lois, curé de Saint-Jean et Saint-Étienne de Limoges, en présence de messire Jacques-Anne Cerou, curé d'Orgnac, prend possession du Prieuré simple de Miallet pour messire Léonard-Joseph Marchandon, prêtre, chanoine de l'église cathédrale de Limoges. *Minutes de Troche.*

[1] Les principaux étangs de la chartreuse étaient : l'étang de la Ressège (Troche), de la Mazelle (aujourd'hui desséché) et du Mas (Beyssac), du Rouchet (Chanteix), de la Chapelle-Geneste (Saint-Bonnet l'Enfantier) ; de la Sai-

A ces revenus tirés de la propriété même, il faut en joindre d'autres, d'une provenance étrangère, à savoir : les droits de lods, les rentes en nature ou en argent et les dîmes. Les ignorants et les personnes mal intentionnées ont parlé de la dîme d'une manière si méchante ou si fausse, qu'il est utile de rétablir la vérité en deux mots.

La dîme est une imposition en nature pour subvenir aux frais du culte et à l'entretien des ministres de la religion : sous une forme ou sous une autre, la dîme a toujours existé. Les dîmes furent confisquées en France, du moins en partie, par Charles-Martel, qui les donna, comme récompense, aux grands seigneurs de ses armées : dès lors les dîmes furent nommées ecclésiastiques si elles con-

gnat, de l'Étang-Brus et de la Faviéra sur le ruisseau des Chèzes (Orgnac). —En 1710, l'étang du Rouchet était affermé cinquante livres par an, à un sieur Jarrige, de Tulle. — « Avant la Révolution, les moines de Glandier faisaient entretenir dans leurs étangs quantité de carpes, de tanches et d'anguilles. La pêche de ces étangs multipliés était alternée et réglée avec un ordre inconnu aux séculiers. » Firmigier, *Statistique de la Corrèze*, p. 20.—Nos Pères jouissaient également de certains droits sur quelques étangs du pays. Au mois de mars 1740 « Dom Durand donne quittance aux fermiers de l'Estang-neuf de Sadrot, pour le poisson provenant d'une redevance due à la chartreuse par Monsieur l'Évêque de Limoges. » Le 23 novembre 1758, « vénérable Père en Dieu, Dom Jean Azam, Procureur et sindic de la chartreuse de Glandier et du Prioré de la Chapelle-Geneste, est présent à l'Étang-neuf de Sadroc au jour de pêche d'iceluy, pour continuer l'ancien usage que la chartreuse a, à chaque pêche, de choisir dix-huit pièces de poisson sorties à rang de filet, dedans le réservoir contenant la totale pêche dudit étang. »

tinuaient à être levées par le clergé, ou laïques si
elles étaient perçues par des séculiers ; ces dernières prirent aussi le nom d'inféodées parce
qu'elles devinrent un droit seigneurial attaché au
fief. Les laïques donnèrent souvent ou vendirent
leurs droits de dimes à des ecclésiastiques ou à des
communautés religieuses ; c'est ainsi que nos
Pères, en recevant d'Archambaud VI le fief de
Glandier, eurent, par le fait même, droit de dimes
inféodées ou seigneuriales sur plusieurs territoires
relevant de la nouvelle chartreuse.

Dime, *decima*, signifierait, au pied de la lettre,
un impôt d'un dixième, mais cette expression est,
dans tous les cas, au-dessous de la vérité. La dime
laïque était souvent le sixième, voire le quatrième ;
pour la dime ecclésiastique, — et c'est la remarque
de l'illustre Vauban [1] — elle reste bien au-dessous
de ce tarif : En Normandie, dit-il, on ne lève que
la onzième gerbe ; en Provence, en Dauphiné, ce
n'est que la quinzième et la vingtième .., quelquefois même seulement la vingt-septième ou la tren-
tième, ajoute Fleury dans son *Introduction au
Droit ecclésiastique*, en constatant ce qui se passait au commencement du XVIII° siècle.

La dime est essentiellement un impôt en nature,
que l'on prenait sur le terrain même, au moment
de la récolte, alors qu'il en coûte moins au laboureur de donner parce qu'il est précisément en train

[1] *Projet d'une dixme royale*, 1708.

de recevoir. La dîme, et cette observation est de la plus grande importance, se levait toujours uniquement sur le revenu et le revenu *actuel*, jamais elle n'attaquait le capital, elle variait donc avec les années : avec une bonne récolte, la dîme devenait plus considérable ; avec une récolte faible ou nulle, la dîme était elle-même presque nulle ou n'existait même pas cette année-là. La dîme était donc pour les gens d'église, une ressource peu lucrative et toujours incertaine, de là ce vieux dicton : *Rante est plus seure que dismes.*

« La dîme ecclésiastique, a dit Vauban et l'on peut croire un homme de ce mérite, ne fait aucun procès, elle n'excite aucune plainte et, depuis qu'elle est établie, nous n'apprenons pas qu'il s'y soit fait aucune corruption, aussi n'a-t-elle pas eu besoin d'être corrigée. C'est, de tous les revenus, celui qui emploie le moins de gens à sa perception, qui cause le moins de frais et qui s'exécute avec le plus de facilité et de douceur ; c'est le tribut le plus naturel et le moins à charge au laboureur et au paysan. Si la terre est bonne et bien cultivée, elle rendra beaucoup ; au contraire, qu'elle soit mauvaise, médiocre et sans culture, elle rendra peu, mais toujours avec proportion naturelle à son degré de valeur. »

Ajoutons, pour n'être pas trop incomplets, que le décimateur avait, outre des droits à exercer, des charges à remplir : par cela qu'il levait la dîme, il devait fournir au curé de la paroisse un traitement

annuel, convenable, fixé par des édits royaux : à
la charge du décimateur se trouvait l'entretien du
chœur, de la sacristie et du presbytère. Nous avons
lu un contrat passé en 1745, par le curé d'Orgnac,
alors[1] gros décimateur de cette paroisse, avec des
maîtres ardoisiers d'Allassac pour couvrir entièrement et *à ses frais*, les toitures du presbytère, du
sanctuaire et de la sacristie. Le décimateur fournissait généralement les ornements et vases sacrés
nécessaires, les livres liturgiques, la garniture es-
sentielle de l'autel; en certains cas il contribuait
pour une large part aux grosses réparations de
tout l'édifice. Citons un exemple. Mgr l'évêque
de Limoges, en cours de visite pastorale or-
donne, le 14 juin 1781, de faire incessamment des
réparations à l'église de Troche[2]. Les principaux
habitants de la paroisse, au nombre de quarante-
neuf, « s'assemblent, délibèrent et déclarent que
pour prévenir l'entier dépérissement de leur église,
il est important de pourvoir aux réparations qu'il
convient de faire, le montant desquelles réparations
ils offrent et s'obligent de payer suivant la réparti-
tion qui en sera faite sur les ordres de Monseigneur
l'Intendant de la Généralité, mais requièrent aussy

---

[1] Nous disons *alors*, parce que le curé pouvait choisir
entre la dîme (charges et émoluments) qu'il levait à ses
risques et périls, ou la *portion congrue*, somme fixe fournie par le décimateur.

[2] Un acte du 28 février 1790 nous apprend que « la chartreuse est tenue au tiers des réparations du sanctuaire et
sacristie de l'église paroissiale de Troche ».

que la dite église soit planchée de planches et non
de pierre, attendu l'éloignement des carrières et
l'impossibilité de faire traduire des formes ou des
quartiers, à cause aussi des chemins imprati-
cables. » Parmi les signataires de cet acte figure
le Procureur-syndic de la chartreuse, comme un des
plus imposés.

L'*Estat des Revenus* évalue les dîmes de Glandier
sur diverses paroisses à 900 livres, ce qui, probablement, doit s'entendre tous frais payés. Pour sim-
plifier la rentrée de ces revenus qui auraient entraîné
mille embarras s'il avait fallu les recueillir soi-
même ou par des domestiques, nos Pères, au siècle
dernier du moins, donnaient à ferme une partie
de leurs dîmes, particulièrement les « menues et
vertes dîmes » et celles situées assez loin de la chartreuse. Les dîmes et rentes dûes sur les tènements
de Murat et de la Joubertie[1], paroisse de Voutezac,
et estimées 180 livres, sont affermées en 1737, 1774,
1752, 1756, à une famille Bordas « moyennant
20 charges de vin bon et marchand, pour chaque
année, payable à toutes les vendanges, que le Père
Procureur enverra chercher dans le cellier des preneurs ». — Les petites dîmes que la chartreuse lève
sur les paroisses d'Orgnac, Troche et Bayssac

---

[1] Murat, nous l'avons dit plusieurs fois, faisait partie de
la donation d'Archambaud VI. Dom Guillaume, prieur
de Glandier, acheta la Joubertie, en 1231, à une Dame
Jourdaine et l'abbé du Palais, près de Limoges, donna,
en 1257, les terres qui lui appartenaient entre nos deux
domaines.

« consistent pour chaque année, au total, en : froment, dix-sept sestiers et deux coupes, mesure de
Lubersac ; et deux cent-soixante-huit livres de filasse
en rame, poids de marc, bien brayée. Le froment
bon et marchand portable à la présente chartreuse,
à chaque jour et fête de Saint Michel Archange, et
le chanvre, le jour de Sainte Catherine de chaque
année ; ces dîmes sont de valeur pour chaque année, de cent onze livres et laissées à ce prix pour
neuf ans à Jean Glouton, de la Grange Vieille[1]. »
De même, les dîmes de chanvre et de lin sur les paroisses de Saint-Bonnet et de Perpezac-le-Noir sont
affermées 29 livres 10 sols ; et celles de la Chapelle-
Geneste, « 31 livres et une livre de fil retord de
brin, prêt à coudre, ycelle somme et fils payable à
la S. Jean-Baptiste. »

Bien autrement compliquée encore était la question des rentes en nature, que l'*Estat* estime monter
à 2,317 livres, et qui se composaient de 137 setiers
de froment, 671 de seigle et 282 d'avoine. Il faut y
joindre une multitude de rentes imperceptibles, en
nature ou en espèces, disséminées de tous côtés.
Aux portes de Glandier, sur le tènement de Chau-

---

[1] Un contrat du même genre est passé, le 13 juin 1775,
en faveur de Jean Faure, dit Giraud et de Léonard Mama-
let, tous deux laboureurs du village de la Grange *dou Pou-
jaud* d'Orgniac. — Est présent à cet acte, sieur Jean-Pierre
Latapie, ancien chirurgien major des vaisseaux du Roy, actuellement résidant à Glandier ; nous ne saurions dire à
quel titre.

vetie, il y a une rente foncière et directe de 2 sestiers froment, 4 sestiers blé-seigle, le tout bon et marchand à la mesure de Glandier ; argent, 20 sols tournois et une geline[1]. Mais le sublime du genre nous est donné par un acte du 22 juillet 1752. Le P. Procureur afferme les cens et rentes dûes à la chartreuse sur les villages de la Bonnye et de la Rochette, paroisse de Donzenac, à savoir : 1 setier, 8 couppes de froment ; 5 setiers, 8 couppes de seigle, mesure de Tulle ; 12 livres, 15 sous argent et deux gelines. Voilà qui est déjà suffisamment embrouillé, voici qui l'est davantage : « la dite rente est ainsi distribuée : sur le tènement de la Côte-Bernard, 4 livres ; sur Daignac, 22 sous et 6 deniers et deux poules ; Puy-Faucon, 4 setier seigle et 7 livres ; la Combe d'Aurat, 1 sestier, 8 couppes de froment ; las Escuras, 1 sestier, 8 couppes de seigle ; las Nadaublas, 7 sols, 6 deniers ; las Rendissas, 5 sols. » Dans un pareil imbroglio, le seul moyen de s'en tirer était d'affermer ces multiples et infimes redevances à quelques gens du pays : le P. Procureur d'alors, Dom Hugues Durand,

---

[1] Acte du 18 décembre 1758 ; témoin, Étienne de Mayvière, écuyer, seigneur d'Artois, demeurant au château du Repaire, commune de Vigeois. — Nadaud, dans son Nobilaire du Limousin, dit que Jacques de Mayvière (grand-père d'Étienne que nous venons de citer) mourut à la chartreuse de Glandier, le 16 décembre 1726. En quelle qualité ou en quelles circonstances, nous n'avons pu l'apprendre parce que le mois de décembre du *Calendarium* de Glandier, dans la partie réservée aux séculiers, manque complètement.

pense de même et passe le tout pour 30 livres par an; encore faut-il que le contrat soit rempli de clauses fatiguantes, tant elles sont menues. «…. pour les droits de lods et de vente, qui arriveront pendant le temps de l'afferme, la moitié appartiendra au preneur, pour ceux qui n'excèdent pas 400 livres ; pour ceux qui excèdent, il n'en aura que le quart, et si lui-même fait, pendant ce temps, des acquisitions sur lesdits tènements, ne paiera que la moitié des droits des lods. »

Ces droits de lods, que l'*Estat* estime communément à 150 livres par années étaient eux-mêmes fort ennuyeux à percevoir, aussi les voyons-nous affermer d'ordinaire, soit pour une fois en passant[1], soit pour un certain nombre d'années. Glandier cède les rentes et moitié des droits de lods, prélations, retantions et autres devoirs seigneuriaux qu'il possède sur les tènements de Peuch-Bourret, La Coste et Peyrac, situés en la paroisse de Daignac-en-Vicomté (Dampniat ?) moyennant 80 livres par année, à Joseph Pouch, notaire, habitant au lieu du Peyrou, paroisse de Saint-Hilaire de Peyrou[2].

---

[1] Par acte du 22 juillet 1751, Dom H. Durand, Procureur, cède et transporte, pour cette fois, certains droits de lods, prélation et retantion à Pierre Mialet, domestique à Glandier, pour la somme de 40 livres.

[2] Acte du 24 septembre 1756. — Le 9 avril 1765, le sieur Antoine Bigeardel, bourgeois, habitant du lieu du Joffre, paroisse de Saint-Martin de Brive, prend, dans des conditions semblables, ces mêmes droits et devoirs seigneuriaux.

Une dernière source, plus d'impatience que de revenus, ce sont les rentes constituées ; d'après l'*Estat*, elles montaient à 994 livres, 1 sol, 4 deniers ; d'après l'Inventaire de 1790, à 1880 livres, 11 deniers, mais ajoute consciencieusement l'Inventaire, « desquelles susdites rentes, il en est qui sont contestées, d'autres qui nous ont paru être tombées en péremption. »

Des revenus passons aux dépenses que l'*Estat* groupe sous deux chefs principaux, impositions diverses y compris l'entretien des bâtiments, et la solde des domestiques. « Sur son revenu, dit la pièce qui nous sert perpétuellement de guide, la chartreuse paie pour l'entretien de douze domestiques, sçavoir : le domestique du V. P. D. Prieur et celuy de Dom Procureur[1] ; le cuisinier, l'aide de cuisine, le boulanger, le jardinier, le garde-bois, le palefrenier et quatre domestiques pour la régie des domaines ; à dix livres les uns portant les autres, font la somme de 1,200 livres. » Des gages aussi modestes nous font sourire et cependant,

[1] Ces domestiques étaient chargés de fonctions spéciales : celui du P. Procureur, par exemple, fournissait le bois aux religieux du cloître, aiguisait leurs outils, etc.; il avait aussi une certaine prééminence sur les autres serviteurs de la Maison. Le domestique de Dom Prieur le suivait dans ses voyages, surtout dans celui de la Grande Chartreuse, au temps du Chapitre général. On allait alors à cheval, s'arrêtant le soir dans les hôtelleries ; un religieux devait donc, de toute nécessité, avoir un compagnon pour veiller à bien des choses dont un prêtre ne pouvait convenablement s'occuper.

après avoir parcouru une trentaine d'actes de notaires du siècle passé, nous constatons que plusieurs de ces domestiques avaient su se ramasser une petite fortune, en mettant soigneusement de côté leurs économies. Nous voyons plusieurs d'entre eux donner à cheptel des bestiaux estimés, 50, 60 et jusqu'à 90 livres [1] ; acheter des terres arables ou des prés pour des sommes d'une certaine importance pour eux, 70 et 90 livres [2] ; faire des avances d'argent, de 20, de 60, et même de 100 livres [3].

Nous avons lu le testament d'un Antoine Bourzac, domestique à Glandier, et comme il ne manque pas d'intérêt, nous le résumons : Le 13e jour du mois de mars 1743, au couvent de la vénérable chartreuse de Glandier, moi, Antoine Bourzat, après m'être muni du signe de la Sainte Croix et ai recommandé mon âme à Dieu et à la glorieuse Vierge Marie, les suppliant de recevoir mon âme dans leur saint Paradis lorsqu'elle partira de mon

---

[1] Cheptel consenti par Leonard Essartier en faveur de Jeantou Couturon, boulanger, demeurant à Glandier, 1751, etc.

[2] Vente faite à Jean Bessaud, dit Valade, cuisinier, demeurant à Glandier, 17 avril 1753, etc.

[3] Oblige consentie par Cot pour François Charciras, domestique à Glandier, 18 mars 1764, etc. — Antoine Charieras, domestique à Glandier, se constitue dans son contrat de mariage (4 juin 1758), une dot de 405 livres provenant, dit-il, de ses loyers et industries, et y joignant la dot de sa future épouse, entre en ménage avec 820 livres, espèces sonnantes. La livre valait alors un peu plus de 3 francs (sinon d'avantage) ce qui constitue une petite avance d'argent bien convenable pour un simple domestique.

corps [1] ; voulant que mon héritier bas-nommé fasse faire mes honneurs funèbres à sa discrétion..., je donne et lègue.., etc. » Le testataire institue légataire universel, son frère, Bernard Bourzac, de Malaval [2] ; lui abandonne en toute propriété une maison et un jardin ; donne aux deux fils de Bernard « tout l'entier légat de son feu père », et fait différents legs montant à environ 390 livres, qu'il délivre présentement en louis d'or et d'argent. Entre autres dispositions, il affecte 70 livres pour des messes à acquitter par les Chartreux et le curé de Beyssac. « Et Bourzac a dit avoir fait son testament clos et solennel, cy-clos et cacheté en quatre endroits, cousu tout autour de fil fin blanchy, la cire des cachets rouge, et cacheté du cachet ordinaire de la chartreuse [3], signé du testateur, en présence de sieur Pierre Gaudrias, docteur en médecine de la ville d'Uzerche, de François Delon [4] et plusieurs autres, tous domestiques de Glandier qui ont signé. »

Nos Pères, comme on le voit par le *Calendarium*, enterraient quelquefois leurs domestiques dans notre cimetière et, par une sorte d'état civil des décès et professions déposé chaque année, au moins à partir de 1770, au greffe de la sénéchaussée d'U-

[1] Nous avons trouvé cette même formule, si belle et si chrétienne, dans beaucoup de testaments de cette époque.

[2] Paroisse de Saint-Solve.

[3] Celui-là même dont nous nous servons encore.

[4] Quelques mois après, il reçut le manteau de postulant et fit sa donation le 4 août 1745. François Delon était né à Villefranche de Rouergue.

zerche, nous voyons que cet usage devint général, pour tous les domestiques morts à Glandier : enfin, lorsqu'un serviteur s'en était rendu digne par sa bonne conduite, nos Pères ne faisaient point difficulté de l'inscrire au *Calendarium*. Là, au milieu des noms de rois et de reines, de puissants seigneurs et de grands magistrats, nous avons lu avec plaisir, l'*obiit* de quelques-uns des domestiques de la maison rédigé dans les termes suivants : le 18 avril 1752, Jean Carcarou, du village de la Grange, est mort en cette maison et y a été enterré, mais nous ne lui devons point un anniversaire. — Le 29 juillet 1751, François Mialon, surnommé Pradier, domestique de céans, y est mort et enterré ; il était natif d'Espalion, paroisse de Troche. Le 30 août 1754, Martial Chauffour, né au village de la Grange-de-Poujol, paroisse d'Orgnac, est mort en cette maison et a été enterré dans notre cimetière.

Outre l'entretien des domestiques, dit toujours notre *Estat,* la chartreuse paye les charges suivantes, sçavoir :

Pour redevance à plusieurs curés, 127 liv. 18 s.
pour décimes et don gratuit............ 982    »
pour l'abonnement...................... 150    »    10 »
pour l'entretien des bâtiments de la
   maison et des domaines............. 120    »

Quant au *revenu net*, l'Inventaire dressé par les Commissaires de la Nation, en 1790, nous le fait connaitre pour cette époque. « Les revenus de Glandier, disent-ils, montent à 19,977 livres, 9 sous, 11 deniers, sur lesquels il faut défalquer pour décimes, abonnement, nouvelles impositions, frais d'exploitation, entretien, loyers, aumônes, hauspitalité (sic) contributions pour réparations des églises des différentes paroisses, réparation des bâtiments des domaines, moulins, et étangs du monastère, environ 10,320 livres, 7 s. 11 d. » reste donc, 9,650 livres, 2 sous, non point uniquement en argent, mais provenant « des rentes foncières, d'affermes, de dîmes, de rentes constituées, du produit en nature des domaines et des vignes », représentant, disons-nous, une somme de 9,650 liv. 2 sous, sur laquelle il faut prélever l'entretien et la nourriture de la communauté composée généralement d'une trentaine de personnes [1]. Le reste, tous frais payés, que nous estimons en moyenne, toujours d'après l'Inventaire, à 2,500 livres, était mis en réserve pour couvrir, quelques années après, des dépenses extrordinaires ou imprévues [2].

Un de nos Généraux, parfaitement renseigné conséquemment sur toutes les affaires de l'Ordre, dit quelque part : « Dans la presque totalité de nos char-

---

[1] Y compris les domestiques.

[2] L'*Estat* accuse un revenu net de 5,600 livres, 6 sous, 1 denier « sur quoy, il faut entretenir une sacristie et nourrir une communauté qui a des places pour quinze religieux de chœur et six frères ». En tenant compte de la dépréciation de l'argent d'un siècle à l'autre, on voit qu'à cent ans de distance, les deux appréciations sont les mêmes à peu de choses près.

treuses, on ne pourrait pas, dans l'espace de dix ans, mettre assez de côté pour vivre pendant toute une année qui ne rapporterait absolument rien[1]. » C'est bien le cas pour Glandier où nos Pères n'avaient ni la richesse toujours à craindre, ni la pauvreté mauvaise conseillère parce qu'elle incline à sacrifier l'observance pour des motifs humains, mais une honnête aisance leur permettant de faire face sans inquiétude aux dépenses ordinaires : pour les extra-ordinaires, on attendait avec patience que l'on fût à même de les entreprendre. Les chartreuses de la Province venaient parfois au secours d'une maison un peu dans la gêne, en prenant, par exemple, quelques-uns de ses religieux pour un certain temps, et l'argent qui aurait été dépensé pour leur entretien servait aux nouvelles constructions. L'*Estat des revenus et dépenses* de Glandier, dit en toutes lettres : « au lieu de quinze pères et six frères qui composent ordinairement cette maison, il n'y a que onze religieux de chœur et cinq frères ; on a été obligé de faire ce retranchement afin d'avoir un peu d'aisance pour réparer les cloîtres qui tombent en ruine par vétusté. »

Vers 1700, plusieurs monastères du Limousin, pressés par la misère firent une demande de secours au Roi : de là, enquête ouverte dans toutes les communautés du pays. Interrogés, les chartreux de Glandier répondirent « qu'ils n'avaient besoin de

---

[1] R. P. D. Le Masson, *Annales*, pag. 94.

rien, ayant suffisamment pour vivre ». En 1777, le
P. Prieur, D. Gabriel Morel dresse l'état de Glandier, tel qu'il l'a trouvé en y arrivant, et le mot qui
revient le plus sous sa plume est : *suffisamment.* « Le
soussigné, dit-il, a trouvé des provisions suffisantes en beurre, fromages, huyles, salures, épiceries,
etc ; et toutes ces provisions ont fini d'être payées
trois semaines après son arrivée : la cave s'est trouvée suffisamment garnie de vin pour un an : il a
trouvé dans les greniers du froment et du seigle,
juste jusqu'à la récolte, tant pour fournir à la consommation que pour les aumônes et les semences
dans les domaines ; les dits domaines se sont trouvés suffisamment garnis de bestiaux aratoires,
d'engrais et de nourrissage. Cette maison n'a d'autres charges qui puissent la grever que les décimes,
abonnement, don gratuit, quelques modiques redevances à des curés voisins et les gages des domestiques, le tout exactement payé au prorata d'échéance
respective. On a subvenu aux réparations faites par
son prédécesseur, par le moyen des épargnes et
réserves économiques antérieures et postérieures à
l'arrivée du défunt Prieur...., mais les facultés actuelles de la maison et la mauvaise saison n'en permettent plus la continuation au nouveau Prieur
sans des secours particuliers ». Voilà bien l'*Aurea
Mediocritas* des anciens, pourra-t-on dire : mais,
au lieu de recourir aux païens, citons plutôt cette
belle parole des premiers Statuts de notre Ordre.
Grâce au ciel, y lisons-nous, « notre modeste insti-

tut, n'est pas souvent éprouvé par la misère ou l'abondance [1]. » Admirable sentence qui n'est d'ailleurs que la traduction d'un oracle de nos Saintes Écritures. Mon Dieu, dit le Sage, il est une faveur que je vous demande et Vous ne me la refuserez-pas ; ne me donnez ni la richesse ni la pauvreté ; mais simplement ce qui m'est nécessaire [2].

Et si l'on nous demande par quels moyens nos Pères de Glandier arrivaient à pouvoir se contenter du modeste nécessaire, nous répondrons avec l'auteur des Annales de l'Ordre : « grâce à une austère simplicité et une intelligente économie [3] ». — Un fait, assez particulier pour qu'on en fasse mention, explique comment, au point de vue matériel, notre chartreuse était parfaitement administrée : bon nombre de ses Prieurs y avaient d'abord rempli l'office de Procureur ; initiés, conséquemment, par la pratique, à l'administration du temporel de la maison, ils pouvaient, lorsqu'ils se trouvaient à la tête de la communauté, en gérer les intérêts en parfaite connaissance de cause et, « avec une intelligente économie. » Comme Procureurs devenus Prieurs, nous citerons, dans les deux siècles qui précèdent la destruction de Glandier : Dom Morgue, D. Lingendes, D. Joyet, D. Petiot, D. Fargeix,

---

[1] *Nostrum qualecumque vile institutum, penuriam, Deo gratias, raro sentit aut abundantiam.* Cons. cap. xli. 5.

[2] *Mendicitatem et divitias ne dederis mihi, tribue tantum victui meo necessaria.* Prov. xxx. 8.

[3] *Sub honestæ parcimoniæ et œconomiæ legibus.* Le Masson, *Annal.*, p. 55.

D. Azam, D. Bordeneuve et D. Morel. — Quant à
« l'austère simplicité », nous la verrons dans tout
son jour en analysant bientôt les inventaires dres-
sés en 1790 et 1791. — Économie, c'est-à-dire,
amour de la pauvreté évangélique ; simplicité, c'est-
à-dire, humilité, n'est-ce point là le précieux conseil que nous donnent nos anciens Statuts, par les
paroles suivantes [1] : Nous estimons, disent-ils, que
de modestes ressources, en y joignant l'assistance de
Dieu, nous peuvent suffire, à condition toutefois,
d'aimer, nous aussi, comme nos premiers Pères,
l'humilité, la pauvreté, la simplicité dans le vête-
ment, la nourriture et tout ce qui peut être à notre
usage ; à condition encore, d'avancer chaque jour
dans le mépris du monde et l'amour de Dieu pour
qui nous devons tout faire et tout supporter. *Sed et
credimus quod mediocres facultates ex Dei adju-
torio nobis sufficient, si tamen humilitatis, pauper-
tatis, sobrietatis in victu et vestitu et cæteris ad
usum pertinentibus, Antiqui Propositi studium
perseveret : et si, postremo, mundi contemptus et
Dei amor, propter quem ferri et fieri omnia de-
bent, profectum in dies accipiant.*

[1] *Antiq. Statuta.* II. P. cap. xxv. 7.

## Richesses spirituelles.

Dans une maison religieuse, tout n'est point encore parfait lorsque les affaires matérielles sont bien administrées ; le but final que veut atteindre une communauté, est la sanctification de ses membres; les questions de temporel non-seulement doivent être surbordonnées aux intérêts spirituels, elles doivent même les favoriser : la bonne administration des revenus a, en toute vérité, pour motif, la pratique plus facile des vertus, en écartant les soucis et les inquiétudes qui distraient : entendre autrement les choses serait prendre l'accessoire pour le nécessaire et se tromper lourdement.

Nous avons vu l'état prospère, dans sa simplicité, de notre chartreuse au point de vue matériel ; il faut examiner maintenant, si l'on peut ainsi parler, ses richesses spirituelles. Recherche malaisée puisqu'il faudrait pénétrer au fond des âmes pour en voir les mérites, et arracher aux ombres et au silence de la cellule, ses secrets les plus intimes. Il est si difficile de connaître un solitaire ! cependant nous pourrons recueillir, çà et là, quelques détails, bien authentiques du reste, qui nous mettront à même de retracer, à grands traits, la vie de plusieurs de nos Pères, au XVII° et XVIII° siècle.

Puisque l'exemple vient d'en haut et que la vie est donnée par la tête, parlons, en premier lieu, de quelques-uns de nos Prieurs pendant la période de temps que nous étudions dans ce chapitre. Déjà nous avons fait connaître Dom Jean Janneau (1614-1629) et Dom Jacques Raynaud de Vayres (1630-1661). Son successeur est le vénérable Père D. Louis Le Mazuyer, « religieux, dit notre *Calendarium*, très recommandable à bien des titres : oublieux de sa noble origine, il chérissait l'humilité et faisait ses délices de la sainte pauvreté. Parcimonieux dès qu'il s'agissait de lui seul, il savait être large avec le prochain. Il donna l'exemple d'une admirable patience soit dans les maladies dont il eut à souffrir, soit dans les épreuves bien imméritées par lesquelles il eut à passer. Pendant son gouvernement, fort long grâce à Dieu, il conduisit son troupeau en lui offrant pour modèle les vertus qu'il pratiquait lui-même. »

Au XVIII° siècle, voici d'abord Dom Hugues Grosjean, profès et Prieur de Glandier. Il fut nommé Vicaire des religieuses Chartreuses de Prémol, au diocèse de Grenoble, en des circonstances assez extraordinaires. Le 14 mai 1707, un incendie qui éclata après Matines, réduisit en cendres le mobilier tout entier et la plupart des bâtiments de cette maison : c'était pour ces pauvres Sœurs la

misère la plus absolue. L'Ordre vint immédiatement
à leur secours et leur donna un refuge provisoire
à Saint-Hugon, sur les terres de Savoie pendant
que l'on travaillerait à restaurer Prémol. Au commencement de l'automne de 1715, les réparations
indispensables étant terminées, les religieuses purent
enfin rentrer dans leur maison et reprendre parfaitement toutes leurs observances. Le R. P. Général,
Dom Antoine de Mongeffond, voulut nommer comme
Vicaire (Aumônier) de la communauté un homme
de grande vertu, à même d'y faire fleurir une parfaite régularité : il chercha dans l'Ordre et vint
prendre le Prieur de Glandier, Dom Hugues Grosjean qui reçut, le 9 septembre 1715[1], son obédience
pour Prémol où il resta jusqu'à sa mort, arrivée le 3
décembre 1725 : son *obiit* nous apprend qu'il vécut
cinquante-quatre ans dans l'Ordre des Chartreux et
y vécut *laudabiliter* [2]. Cette expression demande à
être expliquée. Il est d'usage parmi nous, lorsqu'un
religieux a vécu d'une façon exemplaire, irréprochable à tous égards, de lui accorder, par décision
du Chapitre Général, un titre honorifique pour montrer que sa vie était vraiment digne de louanges ;
ce que l'on fait en marquant dans son *obiit*, inscrit
sur la Carte du Chapitre, qu'il a mené une conduite
louable, *laudabiliter vixit*. Le Chapitre ne prodigue

---

[1] *Catalogue des Vicaires et des Mères Prieures de Prémol.* Ms.

[2] *Obituaire de Glandier,* apud D. G. Schwengel. *Propago S. Ordin. Cartus.* Manuscrit du *British Museum.*

point, tant s'en faut, cet adverbe si élogieux dès qu'on en comprend le sens ; sa réserve, pleine de sagesse, ne rend que plus flatteuse une marque de distinction accordée avec une parcimonie significative, car il est facile de compter ceux que l'Ordre estime assez parfaits pour trouver leur vie digne d'être louée publiquement. Dom Hugues Grosjean mérita cet honneur et, après l'explication que nous venons de donner, on comprendra tout ce que veut dire ce *laudabiliter* accordé à un religieux qui fut cinquante-quatre ans chartreux.

Dom Hugues n'est point le seul de nos Prieurs qui, au XVIII° siècle, ait obtenu cette mention si honorable : le Chapitre Général crut pouvoir l'accorder à encore trois autres ; D. Hilarion Reymond, D. Étienne Jacquinet et D. Joachim de la Chasserie. Le premier vécut cinquante-deux ans dans l'Ordre ; le second, cinquante-quatre ; le troisième cinquante-huit ans : nobles vétérans qui, pendant plus d'un demi-siècle, combattirent les combats du Seigneur et se montrèrent toujours dignes de louanges. Joignons à ces vaillants athlètes de la perfection monastique, le Vénérable Père Dom Jean-Baptiste Feytaud « ancien Prieur de cette maison de Glandier à laquelle il rendit de grands services par son habileté dans les affaires, sa vigilance et ses travaux : il fut, par sa vie très religieuse, l'exemple et l'édification de tous et s'endormit pieusement dans le Seigneur [1]. »

---

[1] *Calendarium Glanderiense.* Dom Feytaud mourut le 9 octobre 1771. Il était alors second Procureur.

Mentionnons encore un vieillard qui, après avoir exercé les principales charges de son Ordre, vint se reposer de ses fatigues dans une cellule de Glandier et s'y préparer à la mort, tout en édifiant la communauté par sa sainte vie ; c'est Dom Joseph Torrilhon, profès de Toulouse, Prieur de Bordeaux, de Cahors, de Castres, du Puy, Visiteur de la Province d'Aquitaine et que nous trouvons en 1706, Courrier de notre chartreuse. Il est aisé de comprendre la sainte influence qu'exerçaient de pareils religieux et combien leurs exemples et leurs enseignements faisaient impression sur la communauté.

Des supérieurs passant aux inférieurs nous en trouverons, parmi eux, plus d'un qui mérita de voir louer sa conduite en plein Chapitre Général. Citons avec respect les noms de ces hommes vénérables.

Dom Jean Lisenant [1], profès de Glandier, ancien Prieur de Vauclaire, meurt après quarante-cinq années de profession : *laudabiliter vixit* († 1628) [2].

Dom Julien Bélenger, « grand amateur de la sainte pauvreté et d'une admirable innocence ; son âme s'élevait sans cesse à la contemplation des choses célestes par des oraisons jaculatoires et des aspirations tout brûlantes du feu de l'amour divin [3]. »

---

[1] Essenam, d'après l'*Obituar. Glander.*, apud Schwengel.

[2] *Calendar. Glanderiense.*

[3] D. L. Le Vasseur, *Ephemerides Cartusianæ*, ad diem IV dec. — Dom Julien mourut en 1633.

Frère Guillaume Mothe, « homme pieux et dévot,
tout entier, mais sans trouble ni zèle imprudent,
au service de ses frères, des étrangers et même des
domestiques de la chartreuse : il venait à peine de
faire sa donation, lorsqu'il mourut à la fleur de
l'âge. On peut lui appliquer l'oracle de nos Saintes
Écritures : Il est arrivé bien vite au terme, mais,
quoique en peu de temps, il a fourni une longue
carrière [1].

Dom Bruno Malvezin, dans son Histoire manuscrite de la chartreuse de Cahors, raconte, en termes
charmants de naïveté, la vie de Dom Amable de
Lestang qui fut coadjuteur à Glandier. « Dom
Amable, dit-il, était issu d'une famille considérable
de Toulouse, son grand-père et plusieurs autres de
ses proches parents étaient conseillers au Parlement. Quand il vint à Cahors, il avait fait toutes
ses études et ne manquait pas d'esprit. D'abord
qu'il fut dans la religion, il s'adonna tout de bon à
Dieu, renonçant entièrement à toutes les connaissances qu'il avait dans le siècle. Et s'étant bien
persuadé que la solitude du corps ne sert de rien si
elle n'est accompagnée de celle de l'esprit, il était
toujours recolligé et ses entretiens n'étaient que de
Dieu. Au chœur, il paraissait un ange, chantant
toujours jusqu'à la dernière syllabe de l'office. Et
ses plus fréquentes lectures n'étaient que des livres
qui traitaient de la spiritualité la plus relevée.

[1] *Ephem. Cart.*, 26 Januarii. Il mourut en 1637.

« Comme l'office de Sacristain demande une personne qui ait de la prudence et de la dévotion, les supérieurs lui donnèrent cet emploi, lequel il exerça, durant plusieurs années, avec toute la diligence possible. Et quoiqu'il eut souvent des occasions de rompre le silence, il le gardait pourtant fort exactement, travaillant à l'église avec son aide sans dire un seul mot.

« On l'envoya ensuite à la chartreuse de Glandier en qualité de Coadjuteur où il ne resta que deux ans, son Prieur s'en étant défait disant qu'un officier extérieur ne devait pas faire de si longues méditations qu'il faisait. Ce bon religieux rentra dans le cloître avec joie, comme dans son centre où il mourut fort saintement le 25 mars, jour de la Résurrection de Jésus-Christ, l'an 1674, après avoir souffert environ un an de grandes incommodités avec une résignation et une patience admirables[1]. »

Vers la même époque environ, vivait à Glandier, Dom Antoine Lobécie « qui se distinguait par un souverain mépris de lui-même et ne manqua jamais une occasion de se faire mépriser de tout le monde : il aimait à ce point la solitude que, avec la permission de ses Supérieurs, il ne prit jamais part à un seul spaciement, à un seul colloque, afin de vaquer plus librement à la contemplation des choses cé-

---

[1] Dom Malvezin ajoute : J'ai vu des sermons et d'autres ouvrages spirituels de la façon de D. Amable qui faisaient voir qu'il avait cultivé dans la solitude les belles connaissances qu'il avait acquises dans le siècle.

lestes. Jusqu'à son dernier soupir, il s'attacha à Dieu seul, en esprit et en vérité, et passa de cette vie à l'éternité, le 13ᵉ jour de mars, 1654 [1]. » Nommons encore Dom Pierre Sordeau, profès de Glandier, mort en 1665 après cinquante-six années de profession ; *laudabiliter vixit* [2].

Au dix-huitième siècle, nous trouvons Dom Pierre Guichard, profès et Coadjuteur de Glandier qui vécut cinquante-trois ans dans l'Ordre et *laudabiliter vixit* [3] ; puis Dom Pierre Sapientis, à qui le Chapitre Général accorde « une messe de *Beata* à cause de sa vie irréprochable [4]. »

Voici pour terminer, deux éloges funèbres traduits du *Calendarium* :

« En l'année 1762, le second jour de septembre, mourut le V. P. D. Henry Martin, de Limoges, profès de cette maison, religieux de très haute piété, qui, jusqu'à son dernier soupir, observa le Statut avec un zèle infatigable ; vraiment humble de cœur, ses discours respiraient la douceur et la modestie ; plein d'énergie pour faire le bien, il brûlait de la plus ardente charité. Il sut dompter sa langue à ce point que jamais on ne l'entendit prononcer une seule parole répréhensible, dictée par la vaine gloire, l'envie, la médisance, la légèreté,

---

[1] *Ephemer. Cartus.*, die citato.

[2] *Calend. Glanderiense.*

[3] Il mourut le 6 janvier 1717.

[4] Apud Schwengel, *Propago Sac. Ordin. Cart.* — D. Sapientis mourut en 1717.

ou l'esprit de critique ; si quelqu'un se permettait un mot tant soit peu blâmable, il craignait toujours d'être entendu par Dom Martin qui, pour ce motif, était vénéré de tous et considéré comme un ami de Dieu et des hommes, comme un vrai saint. Cet admirable religieux mourut de la mort des justes, brisé par les douleurs les plus aiguës, mais riche en bonnes œuvres.

« Le 8 février 1766, mourut Dom Joseph Périchon, de Lyon, profès, *Ancien* [1] et Coadjuteur de Glandier ; vrai moine dont les pensées ne s'échappaient jamais de la solitude qu'il avait bâtie au fond de son cœur : absorbé dans une contemplation continuelle, il vivait tout entier à Dieu ; âme d'une admirable simplicité, jamais le mensonge ne se trouva sur ses lèvres : non moins chéri des hommes que de Dieu, orné de toutes les vertus, il laissa à ses frères un modèle de chacune d'elles en sa conduite. » — Le chartreux qui, au jour de la mort de Dom Joseph, inséra cet éloge funèbre dans notre *Calendarium*, s'écrie, au souvenir de cette vie si belle : Plaise à Dieu que nous marchions tous sur ses traces ! Ce souhait nous paraît avoir eu son accomplissement, car c'est alors que se formait à Glandier la nouvelle génération monastique qui devait voir les jours mauvais de la Révolution et pas-

---

[1] L'Ancien ou *Antiquior* (d'ordinaire, mais point nécessairement, le doyen d'âge de la communauté) remplacerait Dom Vicaire absent, et serait même supérieur par intérim, si Dom Prieur et Dom Vicaire n'étaient pas à la Maison.

ser par des épreuves inouies : ceux que nous allons
trouver bientôt Prieur, Vicaire, Procureur, n'étaient
encore à cette époque que des novices ou de jeunes
religieux : leur conduite à l'abri de tout reproche,
au moment de la persécution, et pendant les douloureuses années de la dispersion, fit honneur aux
maîtres qui les avaient initiés aux vertus de la vie
religieuse.

Dans les citations que nous venons de donner se
trouve un détail qui passerait facilement inaperçu,
mais qu'il est bon de relever, car il a son importance : les deux tiers de ces vertueux religieux sont
des *profès* de Glandier, c'est-à-dire qu'ils y ont fait
leur noviciat et prononcé leurs vœux. L'Ordre, au
siècle dernier, comptait en France soixante-huit
maisons, sur lesquelles trente-deux seulement, possédaient un noviciat ; Glandier est du nombre et
c'est une preuve de plus du bon esprit qui animait
cette communauté. Jusqu'au dernier moment, notre
chartreuse eut des novices : le 6 mars 1789, Raymond Breix, natif de Périgueux, paroisse de Saint-
Front, prend l'habit de frère Donné ; le 10 juin de
la même année, Dom Jean-Baptiste Allègre, prononce ses vœux solennels et se consacre définitivement à Dieu au moment même où les Ordres religieux étaient déjà si sérieusement menacés de disparaître. La bonne renommée dont jouissait notre
maison, même au loin (Dom J.-B. Allègre était
originaire du diocèse d'Uzès), lui amenait ainsi des

recrues, et dans le pays, comme nous en avons des preuves, nos Pères jouissaient de l'estime universelle. Dans un procès-verbal dressé le 21 août 1662 par Jacques Duguérard, « avocat en parlement et juge ordinaire du marquizat de Pompadour, au sujet de certains vols faits avecque violence dans la forest des religieux de Glandiers, » il est dit : « et ce qui est encore plus estrange, c'est que aucuns (quelques-uns) des domestiques desdits religieux, sans considérer le respect qu'ils doivent à la sainteté du lieu, et sans profiter des bons exemples qu'ils reçoivent dans ledit monastère, soit pour la piété, soit pour les mœurs, sont néanmoins ceux qui sont prévenus et accusés desdits crimes de vol [1]. »

Au siècle suivant, un évêque de Limoges, Mgr D'Argentré, dans des notes rédigées pour lui seul et qui donnent ainsi tout le fond de sa pensée, après avoir dit qu'il vint à Beyssac au mois d'août 1764, ajoute : « La chartreuse de Glandier est située dans cette paroisse ; elle est composée de douze Pères et six Frères profès : cette communauté est extrêmement régulière, respectée et aimée de tout le canton [2]. »

Tel nous apparaît Glandier à la veille de la suppression brutale de 1791 ; notre chartreuse allait disparaître, mais nous avons le droit et la consolation de le dire, elle tomba, non comme un arbre

---

[1] Brunet, *Glandier*, p. 71. L'instruction n'établit nullement la culpabilité des domestiques de la chartreuse.

[2] *Arch. Dép.* Haute-Vienne. *Évêché*. 1. 2257.

mort, rongé jusqu'au cœur, dont il ne reste que l'écorce et que le moindre vent jette à bas, Glandier tomba comme l'arbre plein de sève et de vie frappé par la hache qu'il ne peut écarter ; Glandier tomba noblement !

*Sceau (ancien) de Glandier. Charte de 1462.*

*Grandeur de l'original.*

# LIVRE CINQUIÈME

# LES

# DERNIERS JOURS DE GLANDIER.

## Glandier frappé à mort.

E V. Père Dom Gabriel Morel termine la liste des prieurs de l'ancien Glandier. Vital Morel, né au Puy en 1732, prononça ses vœux à Glandier, le 6 janvier 1755 : Vicaire à Villefranche (1762) puis à Glandier, nous l'y trouvons, comme Procureur, de 1766 à 1774, où il est alors envoyé comme Vicaire à Rodez, puis à Castres. Les religieux de Glandier, après la mort de Dom Xavier Derrua, élurent, le 19 mai 1777, Dom Gabriel Morel. C'était, dit M. Brunet [1], un homme d'un commerce aimable, qui exerçait l'hospitalité d'une manière grande et généreuse ; il eut

[1] *Notice*, p. 86.

la douleur d'assister à la ruine de la chartreuse, détruite, comme tant d'autres, par la Révolution.

Le 4 mai 1789, s'ouvrent les États généraux et commencent les jours mauvais. Le 14 juillet, prise de la Bastille : cet événement qu'on apprécie aujourd'hui à sa juste valeur, n'a, en soi, rien d'héroïque, mais personne ne pourrait nier ses terribles conséquences. La première en date et la moins connue peut-être, est cette formidable impression de peur qui pesa sur la France, après la prise de la Bastille. « La panique, comme un tourbillon de poussière aveugle et suffocante, roulait sur des centaines de lieues[1]. » Tout à coup, dit le comte V. de Seilhac, dans la France entière, le même jour dans les villes, dans les villages, au fond du plus pauvre hameau, la peur, comme une tempête, envahit les cœurs et ouvre ses abîmes. Manœuvre de la Révolution ou pressentiment fatal, ce mouvement restera dans l'Histoire comme une date sinistre et comme le signe précurseur d'un immense bouleversement moral. En Limousin — seule province dont nous ayons à nous occuper ici — on fuyait dans les bois, on emportait les vieillards, les enfants, les reliques du foyer, les trésors de la famille[2].

Bientôt la terreur, vague d'abord, prit les mille

---

[1] Taine, *Les Origines de la France contemporaine*. La Révolution I. 77.

[2] *Scènes et Portraits de la Révolution en Bas Limousin*, page 95.

formes de l'esprit en délire. A Brive on attend les
Anglais qui viennent par Bordeaux, tandis qu'à
Tulle, ce sont les Autrichiens qui descendent par la
route de Lyon. A Uzerche, c'était une arméé ; laquelle ? on n'aurait su le dire ; commandée par un
chef impossible [1]. Le 30 juillet 1789, à 4 heures du
matin, le bruit se répandit dans Uzerche, comme un
coup de foudre, que cette armée mystérieuse arrivait ; déjà elle avait pris et brûlé Périgueux, Exci-
deuil, Paysac ; elle n'était plus qu'à quelques lieues,
à Ségur ; elle approchait. Ce bruit répandit une telle
frayeur que chacun faillit en perdre la tête ; on
fuyait, au hasard, dans toutes les directions ; les
pleurs, les cris, les gémissements retentissaient de
toutes parts ; les femmes sortaient de la ville avec
leurs enfants ; ceux qui avaient de l'argent l'en-
fouissaient sous la terre. Dans les campagnes en-
vironnantes, la terreur fut aussi grande qu'à Uzerche ; le tocsin sonnait partout l'alarme et, il faut le
reconnaître, ne faisait ainsi que la répandre et
l'augmenter. Tous les hommes valides de la ville et
des campagnes s'armèrent comme ils purent, et,
bien qu'il s'agit d'un ennemi imaginaire, firent
preuve d'un véritable courage, puisque tous croyaient au danger. Les documents de l'époque donnent la liste complète des paroisses qui vinrent au
secours d'Uzerche et nous y voyons toutes les loca-

---

[1] Le Comte d'Artois qui, juste à cette date, entrait en
Piémont où il cherchait un refuge à la cour du roi de
Sardaigne.

lités qui environnent la chartreuse : Troche, Orgnac, Pompadour, Beyssac et Saint-Sernin [1]. Nos
Pères ne voulurent point rester étrangers à ce mouvement ; on trouve, en effet, dans une lettre de
Dom Procureur « qu'il avait envoyé au loin, six
domestiques de la chartreuse, armés, pour faire des
découvertes [3] ».

A ces craintes chimériques vinrent s'en joindre
d'autres qui n'étaient, cette fois, que trop réelles.
L'Assemblée Constituante réunie, croyait-on, pour
opérer des réformes utiles et dans un but exclusivement politique, décrétait, coup sur coup, les mesures les plus iniques et les plus radicales contre la religion. Le 2 novembre 1789 : confiscation des biens
du clergé ; le 18 du même mois, ordre de dresser l'inventaire de tous les biens meubles et immeubles des
églises et des monastères : défense, en outre, de faire
profession à l'avenir, l'Assemblée se réservant
de statuer plus tard sur la question des vœux. Ces
lois jetèrent l'effroi dans tous les cœurs chrétiens,
car si l'on commençait de la sorte, à quoi ne de-
vait-on point s'attendre pour la suite? on s'effrayait
d'autant plus, que les députés n'avaient reçu aucun
mandat pour commettre de pareilles iniquités, puis-

[1] Ces détails sont tirés, presque mot à mot, du récit
d'un témoin oculaire. (Abrégé historique des faits qui se
sont passés à Uzerche, pendant la Révolution, par M.
Bayle aîné), cité dans les *Scènes et Portraits*, p. 95.

[3] A. Vayssière, *La Journée des Brigands à Uzerche*.

GLANDIER EN 1791.

*(Page 305)*

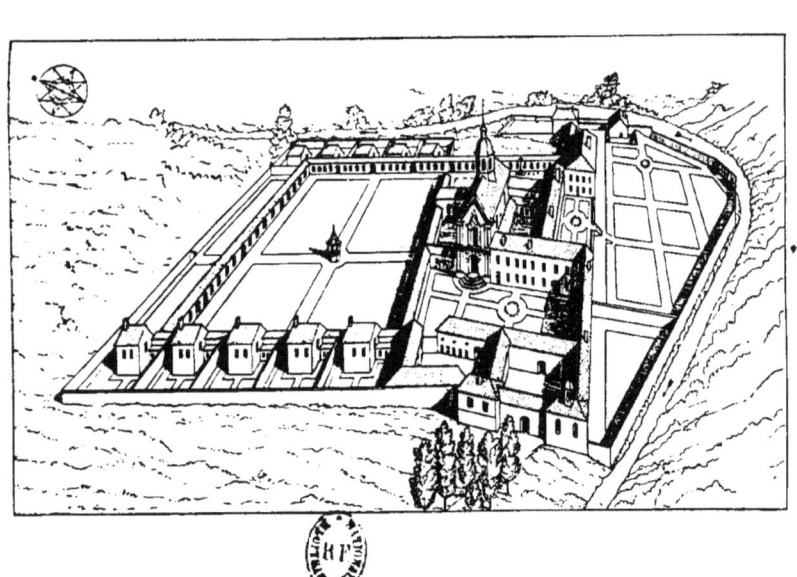

que dans aucuns *Cahiers*, ni du clergé (on le comprend), ni de la noblesse ni même du tiers-état, ne se trouvait un seul mot qui autorisât ou demandât simplement, de semblables énormités : c'était, pour parler net, le vol et le vol sacrilège devenu une loi votée par les représentants de la France contre les instructions formelles de la France.

Pour expliquer cette conduite faut-il recourir au grand mot émis en avant à cette époque : la réforme des abus ! Aujourd'hui, cette phrase fait sourire : les abus ont toujours existé, ils existeront toujours, car à aucun moment de l'histoire de l'humanité on ne trouvera l'entière perfection, c'est-à-dire, l'absence complète de tout abus. Ceux qui parlent des abus de l'ancien régime comme étant le fait de l'ancien régime, admettent l'absurde : en 89, il y avait des abus ! oui, sans doute, et il y en a eu déjà cinq, dix, vingt siècles auparavant et on en verra encore dans deux cents ans, dans mille ans et jusqu'à la fin du monde. A qui se figurerait que les abus disparurent après 89, nous demanderions si, sous le nouveau régime, en 93 par exemple, il n'y en avait plus aucun ? ceux qui vécurent et moururent alors, ne le pensaient point. En attaquant l'Église, on mit bien en avant la fameuse destruction des abus, mais ce ne fut là qu'un grand mot, et un vain prétexte. Si l'on veut savoir pourquoi l'Assemblée, à peine réunie, commença aussitôt par attaquer la Religion, il faut comprendre qu'il existait alors, comme à tant d'autres époques, deux courants d'opinions : l'un, extérieur, honnête, sérieux, demandait les réformes utiles, possibles ou nécessaires, et désirait simplement une *évolution* ; l'autre, occulte, haineux, impie, qui sous prétexte de politique, s'attaquait exclusivement à l'Église et visait à la détruire : ce parti voulait une révolution et une révolution religieuse préparée d'avance, en détail, dans les réunions de la Franc-maçonnerie. Ne pas admettre cette explication, après tous les documents irréfragables publiés de nos jours, c'est ne point voir le soleil en plein midi : avec cette lumière, au contraire, tout s'explique et l'on comprend pourquoi les députés de la gauche affiliés, pour la plupart, aux Loges, se moquant des instructions formelles écrites dans les Cahiers, commencèrent par la seule chose qu'ils se proposaient, et la seule qu'on ne leur demandait point, à savoir l'entière destruction du Catholicisme : aussi les premières motions vinrent-elles de renégats, de schismatiques et de protestants ; Talleyrand, Camus, Barnave. Et si vous cherchez pourquoi l'on s'en prit d'abord aux biens du clergé et des religieux, il suffira de vous rappeler cette parole si juste : Les ennemis de l'Église voulurent la dépouiller pour l'asservir, l'asservir pour l'avilir, l'avilir pour la détruire.

Les esprits éclairés ne s'y méprirent nullement et dès la fin de 1789, les prêtres vertueux, les religieux fidèles à leur vocation se demandèrent, avec effroi, ce que leur réservait l'avenir et un avenir prochain.

En Limousin, l'heure présente était déjà pleine de menaces ; à la peur chimérique dont nous avons parlé, succéda, vers la fin de 1789, et surtout au commencement de 1790, une véritable terreur causée par les soulèvements armés des paysans de la contrée. Il faut toujours, à ces heures sinistres, une phrase qui serve comme de mot de ralliement ; phrase absurde, souvent sans signification quelconque, répétée par tous et jetée dans les masses on ne sait par qui, ou mieux, on le sait très bien, colportée par les émissaires des sociétés secrètes, agents innombrables et de bas étage, répandus partout, qui répètent leur mot sans même en saisir la portée, et le sèment ainsi dans les masses perpétuellement disposées, comme d'instinct, à se laisser conduire aveuglément par des phrases creuses mais sonores. « Brûlons les bancs des églises » fut un de ces mots répétés alors dans le Limousin et le Quercy : le mot ne signifiait rien et lorsqu'on le traduisait par des faits, la chose, en elle-même, avait encore peu de conséquences ; mais, en commençant par allumer un bûcher ridicule, on finissait trop souvent par le pillage et par le meurtre. Au mois de janvier 1790, le vicomte de Mirabeau, dénonça, en pleine tribune, à l'Assemblée nationale, les scènes violentes et sanglantes qui avaient lieu chaque jour en Quercy [1] particulièrement aux environs de Saint-Céré. En Limousin, le marquis de Lasteyrie, fut at-

[1] *Moniteur* du 28 janvier 1790.

.taqué dans le château de son beau-père, le 10 janvier 1790, par 300 paysans armés de fusils. Le marquis, colonel d'un régiment de carabiniers, vieux militaire d'un courage indomptable, lut tranquillement la loi martiale aux insurgés, déploya le drapeau rouge et leur ordonna de se retirer : sur leur refus, il monta à cheval, lui onzième, à la tête de quelques cavaliers de la maréchaussée, d'amis courageux et de serviteurs fidèles, et sans tirer un seul coup de fusil dissipa cet attroupement. Vers la même époque, et tout proche de Glandier, le château royal de Pompadour est attaqué ; à Chanteix, à Voutezac, on brûle les bancs d'église sur la place publique. Quelques jours après, le dimanche 24, ce fut bien autrement grave à Allassac : les habitants arrachent de l'église le bancs des officiers de justice et les brûlent sur la place ; de pareilles scènes menaçant toujours de dégénérer en désordre, la municipalité et les notables invitèrent la foule à se retirer : repoussés et maltraités, ils s'armèrent et marchèrent sur l'attroupement ; comme les paysans menaçaient de jeter les officiers municipaux dans les flammes, on fit usage des armes ; les bourgeois, assaillis à coups de pierre, répondent par quelques coups de fusils en l'air, et se renferment, sous le commandement de M. de Lamaze, dans le château de Roffignac. Le soir, les maisons des principaux de la ville sont saccagées, puis les émeutiers, animés par le vin et le butin, se portent au château dont ils commencent le siège ; ils se pressaient avec furie aux portes, brisaient les toits à coups de pierre et tiraient des coups de fusils dans les fenêtres ; M. de Lamaze et ses défenseurs ne pouvant espérer tenir longtemps contre les forces formidables qui les entouraient, demandèrent du secours à Brive, la municipalité n'en donna pas. Vers 8 h. du soir, M. de Lamaze fit une sortie avec ses gens, puis une seconde, et une troisième, et c'est seulement alors qu'il dissipa l'attroupement après avoir été assailli à chaque fois par une grêle de pierres et des coups de feu. Le lendemain la garde nationale de Brive arriva, parla de conciliation, décida M. de Lamaze et ses amis à s'éloigner et partit elle-même, laissant la populace libre de tout saccager.

Le même jour, à Favart, une véritable bataille s'engageait entre les paysans insurgés et la population de Tulle accourue généreusement au secours d'une femme, Madame de Saint-Hilaire, menacée dans sa maison par une bande de huit à neuf cents hommes [1].

Le 28, ce fut le tour de Glandier. L'expédition présentait moins de dangers, car on savait bien d'avance que les moines ne recevraient point les manifestants à coups de fusil, aussi prit-elle un caractère *pratique* et qui n'en était que plus grotesque. Les fameux bancs seigneuriaux qu'il fallait détruire furent le prétexte bruyamment mis en

---

[1] Voir pour plus de détails, le récit si instructif du comte de Seilhac. *Scènes et Portraits.* Chapitre v.

avant pour envahir la chartreuse ; seulement, ins-
pection faite, il se trouva qu'il n'y avait aucun banc
de ce genre dans l'église de Glandier [1] : fallait-il alors
se retirer ? les envahisseurs pensèrent qu'ils ne devaient pas partir les mains vides et le pillage commença, mais pillage raisonné ; on ne brisait rien, on
emportait soigneusement ; les grains, le linge de
table surtout et la vaisselle d'étain eurent les préférence de la foule. Cet état de choses durait déjà
depuis plusieurs jours, les pillards enhardis devenaient de plus en plus insolents, lorsque le P. Prieur,
effrayé, à juste titre, et ne prévoyant pas quand et
comment tout cela finirait, fit connaître, par un exprès, à M. de Chiniac, Lieutenant Général de la Sénéchaussée d'Uzerche, le danger que courait la chartreuse. Le Lieutenant envoya de suite la garde
nationale d'Uzerche et y joignit cinquante-trois
hommes du Régiment de Royal-Navarre (Cavalerie)
sous le commandement de l'intrépide capitaine de
Masseix qui, plus tard, fut massacré avec tant de
barbarie dans les rues de Tulle : la garde nationale et la maréchaussée de Lubersac reçurent, en
même temps, l'ordre d'accourir aussitôt à Glandier.
Ce déploiement de forces montre assez que l'affaire
était sérieuse, mais les pillards, gens pratiques, on
vient de le voir, estimèrent beaucoup plus utile de

---

[1] Les chartreux étaient, collectivement, seigneurs de
l'endroit ; il aurait alors fallu, pour détruire les bancs seigneuriaux de leur église, briser toutes leurs stalles ! Nous
savons qu'elles restèrent intactes.

s'enfuir que de vouloir résister et s'éloignèrent au plus vite à l'arrivée des troupes.

Les pertes matérielles furent considérables comme on peut l'entrevoir par ce passage de l'Inventaire dressé peu de temps après. « Nous nous sommes transportés, disent les commissaires du gouvernement, dans le grenier à blé où nous n'y avons pas trouvé un grain et les Vénérables Religieux nous ont observé que s'ils n'avoient point de grains dans ledit grenier, que ça provenoit des insurrections arrivées le 28 janvier dernier dans ladite maison, où une populace nombreuse qui s'y étoit transportée y avoit fait des dégats considérables ; que les dépenses de la chartreuse s'étoient considérablement multipliées par les troupes des gardes nationales des environs qu'ils avoient été obligés de réclamer et même une compagnie de cavaliers du régiment Royal-Navarre qui s'y transporta ; ainsi que d'autres dépenses indispensables dans ces moments d'insurrection et de révolte : et que ça n'étoit point là encore la seule dépense qu'on leur occasionna, parce que les autres étoient bien plus fortes que celles qu'on leur avoit occasionné sur les grains et qu'il leur en coûtoit de grandes sommes d'argent[1]. »

Dans toute la contrée, l'opinion publique jugea très sévèrement les misérables pillards qui étaient venus voler les chartreux : la municipalité de Troche, paroisse située aux portes de Glandier,

[1] Inventaire du 27 mai 1790. Article 23ᵉ.

crut devoir faire plus encore et n'hésita point à élever la voix en faveur de gens parfaitement inoffensifs attaqués de la façon la plus brutale. Le maire et les conseillers adressèrent à l'Assemblée Nationale elle-même, une protestation énergique dans laquelle ces nobles cœurs, sous le poids de leur honnête indignation, expriment en fort bon style de fort beaux sentiments. « La commune de Troche, disent-ils, a frémi d'indignation à la vue des troubles qui ont agité un canton jusqu'alors ennemi de toute insurrection ; elle n'a pu voir, sans la plus douloureuse amertume, qu'une maison qui avait constamment donné l'exemple des vertus sociales et religieuses, qui dans tous les temps et surtout dans les années calamiteuses avait été la ressource des indigents, la chartreuse de Glandier, riche de ses bonnes œuvres et pauvre par ses immenses aumônes, ait encore été la proie de la dévastation. La commune de Troche n'ose plus croire qu'il y ait désormais rien de sacré, puisque des religieux qui prenaient même sur leur nécessaire [1] pour alimenter chaque jour plus de cent familles misérables, n'ont point été à l'abri des incursions qui ont désolé le pays du Bas-Limousin [2]. »

---

[1] Les Municipaux de Beyssac (Inventaire de 1790. art. 15) constatent « qu'il n'y a pas assez de grains dans le grenier pour la provision de la chartreuse pour conduire à la prochaine récolte, attendu qu'ils ( les chartreux ) sont dans l'usage de faire grandes aumônes journalières. »

[2] L'adresse fut présentée par M. Melon de Pradou, député.

Le 30 janvier 1790, la maréchaussée de Lubersac
et les gardes nationales du pays chassaient devant
elles de vulgaires larrons qui s'en étaient pris aux
sacs de blé et aux bouteilles de vin [1] ; trois jours
après, le 2 février, l'Assemblée Nationale, sur la
proposition du protestant Barnave, décidait d'envoyer partout dans les maisons religieuses, à Glandier comme ailleurs, des commissaires officiels chargés de faire légalement main-basse sur tout ce
qu'ils pourraient trouver ; non point seulement sur
des provisions de bouche mais sur les rentes, le mobilier, les édifices, le sol lui-même et jusqu'aux ornements et aux vases sacrés.

Après avoir raconté les méfaits des bandes venues
à la chartreuse au mois de janvier, racontons les
exploits des commissaires qui s'y rendirent au mois
de mai.

Le dimanche 23 mai, jour de la Pentecôte, on
afficha à la porte de l'église de Beyssac, les Décrets
des 20 février, 19 et 20 mars, concernant les religieux et, à l'issue de la messe de paroisse, on en
donna publiquement lecture. L'article 5, celui dont
nous avons le plus à nous occuper, était conçu en
ces termes : « Les officiers municipaux se transpor-
teront dans les maisons des Religieux de leur territoire et s'y feront présenter tous les registres et
les comptes de régie ; les arrêteront et formeront

_____

[1] *Inventaire de 1790.* Art. 14.

un résultat des revenus et des époques de leur échéance. Ils devront aussi dresser sur papier libre, l'état sommaire de l'argenterie, de l'argent monnayé, des effets de la sacristie, livres et mobilier, en présence de tous les Religieux à la charge desquels ils laisseront lesdits objets. »

Le jeudi suivant, après dîner, Jean Baptiste Lamaud (prêtre assermenté) curé de la paroisse de Beyssac et maire de la commune, Léonard Mazelle de Lathomélie, officier municipal, Pierre Bourzac, procureur-syndic par intérim et Pierre Raynaud, secrétaire greffier, se mirent en chemin pour la chartreuse. Ils devaient éprouver quelque embarras à faire connaître la commission dont ils s'étaient chargés, car ils allaient tenir aux chartreux, à peu près ce langage : Il y a, mes très Révérends Pères, cinq cent soixante-dix ans et plus, que votre Maison existe et que vous possédez cette propriété que vous faites valoir avec intelligence, au prix de bien des peines et des soucis, mais au grand avantage des pauvres de la contrée : évidemment, vous en êtes, à tous égards, les légitimes propriétaires, et nous savons pertinemment que vous n'avez rien dérobé, mais tout reçu des seigneurs de Comborn et de beaucoup d'autres après eux ; cependant, nous, Lamaud et nos collègues, au nom de la Nation, mot bien vague sans doute mais n'importe, au nom de la Nation, nous vous déclarons qu'à partir de maintenant, vous n'avez plus rien, le petit mobilier de vos

cellules, les habits que vous portez, le livre que vous
avez à la main... appartiennent à la Nation ; nous
allons, en conséquence, tout inventorier, car, encore
une fois, rien n'est à vous.

Telle est, non point l'analyse du discours tenu
par le sieur Lamaud, mais la traduction fidèle de
l'acte coupable qu'il allait faire, puisque les chartreux de Glandier étaient aussi légitimes propriétaires qu'il est possible de l'être, vû que leurs droits
reposaient principalement sur les titres les plus forts,
à savoir, sur des donations. « Le don a dit M. Thiers,
est la plus noble manière d'user de la propriété.
Est-ce que, par hasard, vous voudriez régler à ce
point l'emploi de mon bien que je ne puisse en user
de la manière qui m'est la plus douce ? est-ce qu'a-
près m'avoir accordé les jouissances physiques de
la propriété, vous m'en refuseriez les jouissances
morales, les plus nobles, les plus vives, les plus
utiles de toutes ? Quoi donc ? vous me permettriez,
odieux législateurs, de manger, de dissiper mon bien,
vous ne me permettriez point de le donner[1] ?... »

Ces remarques sont justes ; le don est effectivement
la plus noble manière d'user de la propriété parce
qu'il est essentiellement libre de sa nature : la nécessité peut imposer une vente ou un échange, elle
n'impose point un don, car dès qu'il ne serait plus
spontané il perdrait le caractère distinctif de toute
donation ; celui qui juge à propos de donner, trans-

---

[1] Thiers, *De la Propriété*, liv. I, p. 8.

porte, plus que dans tout autre cas, ses droits de
maître à la personne objet de ses faveurs. Or, qui
donc aurait contraint des seigneurs puissants
comme les Comborn, les Ventadour, les Turenne,
les d'Aubusson, les Pompadour et d'autres encore,
à céder, malgré eux, des terres, des privilèges ou
des rentes aux moines de Glandier ? s'ils l'ont fait,
certes, ils l'ont fait librement. Taxerez-vous leurs
libéralités de prodigalités ? mais leurs enfants, leurs
héritiers seuls pourraient se plaindre et nous les
voyons, au contraire, d'après l'expression reçue
alors, louer, approuver, confirmer la donation faite
par leur père ou leurs ancêtres ; nous voyons les
descendants de nos fondateurs et bienfaiteurs dire,
vingt-cinq, cinquante, cent ans après, qu'ils renon-
cent à tous droits sur les domaines détachés jadis
de leur héritage et donnés aux moines de Glandier.
Du reste, nos Pères pouvaient aussi, pièces en main,
établir qu'une partie de leurs possessions avaient
été achetées par eux et payées en espèces sonnantes ; ils pouvaient exhiber, puisque nous les
avons encore, les contrats de ventes passés entre
eux et des Vicomtes de Comborn par exemple. Le
14 octobre 1276, Archambaud VII de Comborn, vend
aux chartreux les rentes établies sur Masmalet,
Rouffignac et Mendigours pour la somme considérable de 6,000 sous : le 10 juin 1280, Guion de Comborn, vend à Glandier, pour 240 livres petit tournois,
les mas de Poujol et de la grange de Poujol ainsi
que la borderie ou métairie du jardin de la Faurie :

le samedi après l'octave du Bienheureux saint Michel (9 octobre) 1339 les chartreux achètent à Guichard de Comborn, pour 225 livres petits tournois, la justice moyenne et basse sur les mas qu'ils ont achetés au territoire d'Orgnac, et le Vicomte, à l'occasion de cette vente confirme aux Religieux leurs droits sur Vigeois, Voutezac, Troche, Beyssac et Glandier.

Nos Pères jouissaient donc, à quelque point de vue que l'on se mette, des droits de tout légitime possesseur, et voilà pourquoi les officiers municipaux de Beyssac venaient faire une vilaine besogne à la chartreuse. Ils s'y présentèrent, disions-nous plus haut, le jeudi dans l'Octave de la Pentecôte, à 2 heures de l'après-dîner ; ayant fait appeler Dom Prieur, ils lui déclarent « qu'ils vont procéder à un État de tous les registres et comptes de régie, les arrêter, former un résultat des revenus et des époques de leurs échéances. En conséquence, ils prient et requièrent le Vénérable Père Prieur d'assembler en corps de communauté tous les religieux profès qui la composent et ceux qui y sont *affiliés* et, de suite, se sont présentés tous les religieux de la Maison jusqu'au dernier Frère Donné, auxquels ils communiquent le motif de leur transport (*sic*) et les requièrent de demeurer présents à l'opération toute entière et d'exhiber tous les registres et comptes et tous les effets sus-mentionnés dans la communication faite à Dom Prieur.

« Ils examinent d'abord les livres et comptes de

régie attachés à l'office de *Corrier*, contenant 31 feuillets ; vérifient et dépouillent les articles de recette et de dépense faites à l'occasion des différents domaines dont la dite *Corrarie* est chargée et ayant paraphé chaque article, en font un relevé à la suite d'iceux qu'ils arrêtent et signent.

« Le P. Procureur leur remet ensuite les registres de son emploi, le livre de régie des domaines de la Chapelle-Geneste et de Leycure du Puy ; le journal des recettes et dépenses communes de la maison, contenant vingt feuillets écrits et deux en blanc ; enfin, trois livres, dont le second est couvert en papier de sucre, le troisième, relié en parchemin, qui servent de registres pour les rentes-constituées et un quatrième servant de registre général sur lequel les commissaires inscrivent le relevé général des autres livres particuliers et signent avec tous les religieux. Sur ce, dit le sieur Lamaud, vu qu'il est près de sept heures du soir, nous avons clos la présente séance en présence desdits vénérables Religieux, leur déclarant qu'elle sera continuée le lendemain matin à l'heure de neuf. »

Fidèles au rendez-vous, les officiers municipaux annoncèrent cette fois à la communauté « qu'ils allaient dresser une description sommaire de l'argenterie, argent monnayé, effets de la sacristie, bibliothèque, livres, médailles et du mobilier le plus précieux de la maison, en présence de tous les religieux, à la charge et garde desquels ils laisseront lesdits objets et les requièrent d'exhiber tous es effets dont il doit être fait mention aux termes du décret de l'Assemblée nationale. »

Alors commença « *pour faire la montrée* » cette ridicule et agaçante promenade qui devait durer plusieurs jours, du matin jusqu'au soir : Dom Prieur et les Officiers malgré leurs occupations, les Pères, malgré leurs exercices obligatoires, les Frères, malgré leurs emplois, devaient, tous ensemble, passer d'une chambre dans une autre, aller de la cave au grenier, de l'église à l'écurie, entrer dans chaque chapelle, voir ouvrir tous les tiroirs, entendre perpétuellement un des municipaux dictant au greffier, d'une voix monotone, une foule d'objets plus insignifiants les uns que les autres, dont il écorche et estropie les noms, comme en fait foi l'orthographe fantaisiste de cet inventaire que nous avons sous les yeux.

Un point a frappé les commissaires et nous aimons à le relever : chargés de voir surtout s'il n'y aurait point quelques meubles de prix, ils répètent sans cesse « qu'ils ne trouvent aucun meuble précieux ». Les chasubles sont fort simples, disent-ils, et les chapelles garnies et meublées très simplement ; dans la chapelle de Dom Prieur, ils ont trouvé un bien petit calice, et dans sa cellule, pas de meubles précieux que ceux nécessaires à un religieux ; même remarque pour toutes les autres cellules, « meublées suivant l'Ordre des Chartreux ; rien de précieux que le juste nécessaire à un religieux solitaire ; les livres de la bibliothèque sont pieux, analogues à l'état monastique, il n'y en a point de reliés avec une sorte de recherche et de magnificence, encore moins aucun qui soit relié en maroquin et doré sur tranches, ni feuillets à filets ou réglés ; il n'y a pas de livres grecs ni en aucune autre langue que la française et la latine. A l'hôtellerie, dans la chambre *des Visiteurs* (où l'on mettait l'Évêque et les personnes de distinction), le meuble le plus précieux est un lit garni de coëte, matelat, couverture et rideau de chiamoise bleue et le dedans garny. »

La « montrée » du vendredi, 28 mai, dura jusqu'à 7 heures du soir ; les procès-verbaux signés, il fut décidé qu'elle continuerait seulement le 4 du mois de juin, à 7 heures du matin. Un motif de haute convenance engageait les commissaires à en agir de la sorte : la Fête-Dieu tombait cette année le 3 juin, il fallait donc laisser, soit aux chartreux, soit au sieur Lamaud, maire, et en même temps, curé de Beyssac, le loisir de se préparer à la célébration de cette fête, qui fut la dernière pour Glandier.

Le vendredi, 4 juin, dès 7 heures du matin, les commissaires sont déjà à la porte ; le temps fut employé à terminer les inventaires ; après quoi, le greffier dressa « en présence des religieux, un état de ceux qui composent la communauté et de ceux qui y sont affiliés, les requérant de déclarer leurs noms, surnoms, âge et plaches (*sic*) qu'ils occupent, » mais comme il était près de 7 heures du soir, la dernière séance fut remise au lendemain matin ; c'est alors que le curé de Beyssac, lui, prêtre assermenté, demanda avec un certain embarras, à chacun des religieux, de s'expliquer sur leur intention de sortir des maisons de leur Ordre ou d'y rester. La réponse avait été mûrement examinée et préparée à l'avance ; aussi chacun répondit-il dans les mêmes termes : « quand on aura fixé aux religieux un sort sans équivoque, alors nous ferons connaître notre choix, mais comme jusqu'à présent on ne voit rien de décidé, nous n'avons rien à répondre. »

Sur ce, les officiers municipaux sortirent ; leur besogne était terminée, et nous croyons, charitablement, qu'ils n'en étaient pas fiers.

Le reste de l'année 1790 se passa tristement ; plusieurs Pères et Frères furent malades, et il est facile d'en comprendre la raison ; l'incertitude cruelle dans laquelle on vivait torturait sans cesse l'âme des vrais religieux, et la crainte, de jour en jour plus fondée, d'être contraint de quitter la solitude pour rentrer dans le monde, déchirait le cœur de tout bon chartreux : un profès de Glandier, hôte au Port-Sainte-Marie, Dom Louis Cathala, dès qu'il comprit qu'il serait obligé de sortir de sa cellule, fut frappé au cœur d'un coup dont il ne se releva point : un soir, le 24 septembre de cette année 1790, agenouillé à son prie-Dieu, il lisait le volume de ses Règles pour les méditer, une fois encore, avant d'être dans l'impossibilité de les observer ; tout à coup, il s'affaissa sur lui-même et tomba raide mort ; la douleur l'avait tué [1].

Un témoin oculaire [2] nous trace, comme il suit, le portrait de ce vénérable religieux : « Dom Louis était extrêmement austère et mortifié et toujours gai, au réfectoire, ne vivait que de pain des domestiques, s'abstenait d'œufs et de poisson ; en carême, il ne prenait que le plat de légumes avec la soupe ; en cellule, il devait être encore plus austère, du moins à en juger par son extérieur tout à fait maigre et exténué : c'était un squelette ambulant ; il avait cependant la voix claire, nette et agréable. En hiver, comme en été, il ne portait que la tunicelle, la tunique et la cuculle. Dans sa cellule, tout respirait la plus extrême misère : tous ses meubles étaient vieux et usés ; il avait une ceinture qu'il n'avait peut-être jamais changé, toute rapiécée ; ses vases et ustensilles étaient tout ébréchés. Dieu lui a fait la grâce de mourir à son oratoire, au commencement de la Révolution : l'infirmier, voyant qu'il manquait à matines, alla le chercher et le trouva mort. »

Dom Louis Cathala est le dernier religieux inscrit sur le *Calendarium de Glandier*.

---

[1] *Histoire* (encore inédite) *du Port-Sainte-Marie*, par l'abbé Mioche, de Clermont.

[2] Dom Éphrem Coutarel, *Souvenirs*, ms. Il avait été novice au Port-Sainte-Marie.

# L'Agonie de Glandier.

E 11 janvier 1791, des officiers municipaux vinrent une seconde fois dresser un dernier inventaire, fort différent du premier à bien des égards. Ce ne sont plus, il est vrai, de simples habitants d'un modeste village, mais deux citoyens de la ville d'Uzerche ; l'un, administrateur du directoire du district et l'autre, Procureur-syndic, Commissaire du département de la Corrèze ; toutefois ce que l'on gagne du côté honorifique, on le perd largement du côté de la politesse ; ces messieurs sont à peine convenables : les Commissaires de Beyssac y mettaient des formes ; ils appellent les religieux « les Vénérables Pères » ; ceux d'Uzerche les traitent de « messieurs » et disent au Prieur « d'assembler tous les individus religieux de la maison ». Le temps a marché, on s'en aperçoit vite à des détails imperceptibles mais significatifs ; le sieur Mazelle qui, en mai 90, se nomme Mazelle de Lathomélie, trouve en janvier 91, que ce *de* est trop peu démocratique ou trop compromettant et paraît sous le nom protecteur de Mazelle-Lathomélie. Si la politesse des Commissaires d'Uzerche laisse quelque peu à désirer, en revanche leur minu-

tieuse exactitude est exemplaire, et il faut avoir lu
ces inventaires pour voir jusqu'à quel point on peut
pousser cette exactitude aussi cruelle que niaise.
Les intéressantes promenades « pour la montrée »,
recommencent donc, mais avec un luxe de détails
beaucoup plus intéressant pour nous que pour les
pauvres religieux condammés à être spectateurs
et victimes de ce zèle, patriotique peut-être, mais à
coup sûr, peu intelligent et, de tout point, intolérable. Les Commissaires vont partout, font tout
ouvrir, inscrivent absolument tout ; puis, nouveau
raffinement de prudence, apposent les scellés sur
toutes les chambres ou les armoires et, sans ver-
gogne, osent rendre chaque religieux gardien responsable des scellés que l'on vient de mettre sur
les objets à son usage. C'est après décès que l'on
pose les scellés ; ici, c'est en présence des moribonds.

Pour montrer que nous n'exagérons rien, il suf-
firait de transcrire ce long et fastidieux Inventaire
de 1791 ; nous donnerons seulement une analyse
très rapide des passages les plus saillants.

Dès qu'ils entrent dans une chambre, ils en font
une description, *photographiée d'après nature* ;
rien absolument ne leur échappe et, aujourd'hui, par
la pensée, vous voyez tout et mettez chaque chose à
sa place. Dans la première chambre de Dom Courrier, par exemple, ils nous disent qu'il y a deux petites tables, des chaises de paille, un fauteuil pour un
malade, couvert en *calamande* rayée avec son surtout en toile grise ; une estampe à chaque côté de

la fenêtre, saint Bruno et sainte Madeleine ; un saint Pierre au-dessus de la porte du cabinet ; à côté de la cheminée, le Christ portant sa croix ; dans la cheminée, deux chenets, des pincettes, une pelle à feu, un soufflet, une plaque en fonte ; dans l'alcôve, un lit garni de paille, puis ils soulèvent et comptent les couvertures, notent une chaise placée au pied du lit, une vieille montre pendue à un clou (pas un petit crochet, un simple clou). Près de la porte d'entrée, à droite, dans une garde-robe, séparée du mur, deux douzaines de mouchoirs de couleur, une cuvette, une petite bouteille de verre....; dans l'armoire à gauche, un pot à l'eau, une petite lanterne pour matines, etc, etc...; à côté de la cheminée, une caisse mouvante, pour mettre du bois, etc, etc... Dans le cabinet de travail, une table au milieu ; sur la table, quelques rayons ; sur ces rayons, des livres, au-dessus des rayons, un tamis à tabac ; dans un coin, un petit hacheron, dans un autre, des souliers ; devant la fenêtre comme aussi devant le lit, un rideau en toile avec une tringle en fer...; dans les tiroirs, du papier blanc, de la cire à cacheter, du fil à chapelet...; et près de la table un arrosoir et une scie...... Et cette énumération, à propos de tout ce qui est dans la maison, continue pendant 25 pages in-folio : il faut qu'ils marquent tout, *une* tasse, *une* assiette, *une* écuelle de terre, trouvées au fond d'un tiroir ou d'un placard ; à propos d'une estampe ils diront qu'elle est très *fumée,* montée sur châssis, recouverte d'un verre, ils en mesureront la hauteur ; ils feront la description d'un chandelier en bois, trouvé chez Dom Coadjuteur, d'une lampe de cuivre posée sur un chandelier d'étain, dans la chambre du frère dépensier ; ils n'oublieront point une pierre à rasoir ou des moules à chandelle, marquent qu'ils sont en plomb, et, les comptant, ils en trouvent vingt-sept. L'église et la sacristie sont fouillées dans tous les coins et recoins ; ils ouvrent toutes les armoires et regardent sous tous les autels, mettant leurs scellés sur tout ; ils osent même ouvrir le Saint Tabernacle. Après avoir dressé l'inventaire de tout ce qui est dans la chapelle priorale, ils font apposer au bas de l'inventaire la signature du Prieur qui s'oblige à représenter tous ces objets dès qu'il en sera requis. Dans les cellules, et chaque cellule, rien ne leur échappe, puisqu'ils vont jusqu'à répéter dix fois de suite, avec autant de conscience que de constance, « clochette à la porte ». Dans une armoire, chez Dom Procureur, ils trouvent de vieux haillons et les inscrivent ; chez Dom Prieur, dans un prie-Dieu à deux battants, deux vieilles tabatières cassées, et l'un des Commissaires s'adressant à l'autre lui dicte sans rire : deux vieilles tabatières cassées !

Ils vont partout, montent dans les greniers, descendent dans les caves, furettent dans les écuries, la cuisine, la chambre des marrons, la salle où l'on rase que l'on appelait la « barberie » et qu'ils nomment, eux, la *barbarie* (faute d'orthographe ou mauvaise plaisanterie ?). Enfin, il est un lieu où ils s'en donnent à cœur joie, c'est « l'appothicaire-rie ». Bouteilles, pots, fioles, vases, bocards (*sic*), en terre, verre ou faïence ; cassés, fêlés ou ébréchés ; tout est examiné : ils indiquent, et en détails, ce qui se trouve sur les encognures et les tablettes, ou dans les tiroirs ; et comme les tiroirs sont numéro-tés, ils procèdent, numéro par numéro : n° 9, du si-marouba ; n° 19, du sang de dragon ; n° 20 du spi-canard... etc, etc... ; et après ces remèdes exotiques, ils nous décrivent des instruments aussi intimes que ridicules, nous apprenant qu'une des extrémités est en étain ou simplement en buis, et qu'elle affecte soit une forme droite soit une forme recourbée.

Aucune fatigue n'est capable d'arrêter ces hardis explorateurs : apprenant que les chartreux possè-dent des étangs à la Guerenne-Haute, paroisse d'Or-gnac, ils y volent (sans jeu de mot) et font trans-porter à Glandier les rateliers employés pour la pêche : au retour, ils entrent dans le domaine de réserve, exploité par des domestiques, appelé L'Es-cure du Puy et parmi les *objets mobiliers* indiquent quatre vaches, sept petits cochons, etc.. ; une plaque pour faire les crêpes, une fourche, un *dividoir*... : reconnaissant qu'il n'y aurait aucune prudence à confier ces objets aux domestiquent (*sic*), ils invitent Dom Procureur à s'en charger, mais Dom Procu-reur répond « que malgré son désir d'être utile à la Nation, ne peut le faire étant hors des murs ».

La besogne de ces messieurs est beaucoup trop importante pour être interrompue par le repos du dimanche ; ce jour là (16 janvier) ils inspectent les greniers. Enfin, après treize jours, ils ont terminé leur travail ; leur dernière station est à la cave, ils mettent tout sous les scellés et, ensuite, proposent naïvement aux religieux de leur vendre le vin qu'ils viennent de leur confisquer ! c'est eux-mêmes qui, sans l'ombre d'embarras, portent ce fait sur le procès-verbal comme la chose la plus naturelle du monde ! Puis, comme dernière formalité, les Commissaires d'Uzerche « interpellèrent tous les religieux de prêter le serment à Dieu qu'ils n'ont point caché ni vu cacher aucun effet quelconque appartenant à la chartreuse. » La patience de nos Pères, pour grande qu'elle eût été, devait avoir néanmoins des limites ; ils trouvèrent par trop exorbitante la sommation de gens qui venaient de passer deux semaines sous leur toit, occupés à leur enlever jusqu'à un couteau ou une écuelle, et répondirent froidement « qu'ils ne croyaient pas pouvoir employer le nom de Dieu en vain » pour de pareilles bagatelles. Sur ce, on leva la séance.

Avant de laisser de côté cette interminable et sèche nomenclature d'objets insignifiants, citons un petit fait qui est à l'honneur de ces Commissaires, d'ailleurs peu sympathiques à bon droit. « Au moment, disent-ils, où nous nous mettions à même d'apposer les scellés sur les portes de la pharmacie, le frère pharmacien nous a dit que l'usage journalier de la pharmacie et des drogues qu'elle contient ne pouvait lui être interdit à cause des malades de la maison et des environs : qu'il n'y avait point dans le voisinage aucune ressource pour le laboureur et le pauvre où il put trouver du secours dans ses maladies fréquentes, qu'il trouvait ses nécessaires à la pharmacie de Glandier. Ces motifs d'humanité nous ont déterminé à laisser à l'administration du frère apothicaire ses drogues pour les besoins de la maison et du voisinage, en en rendant un bon et fidèle compte, sous l'autorisation du Procureur qui, appelé, y a adhéré. » Semblablement dans l'Inventaire de 1790, il était fait mention « des grandes aumônes journalières que les chartreux de Glandier sont dans l'usage de faire ».

Le jour même où les Commissaires d'Uzerche commençaient leurs investigations (11 janvier 1791), nos Pères eurent à s'expliquer d'une manière définitive sur une question qui intéressait vivement leur conscience ; les officiers municipaux de Beyssac venaient, en effet, de leur demander, catégoriquement, s'ils voulaient continuer la vie commune ou sortir des maisons de leur Ordre. Avant de donner la réponse de la Communauté, il faut la faire connaître en détail.

Il n'y avait à cette époque que neuf Pères et trois Frères ; nous avons expliqué plus haut, pourquoi la Communauté était peu considérable ; c'était afin de permettre certaines constructions, et les Inventaires remarquent très bien que le Chapitre est tout nouvellement construit ainsi que deux cellules qui ne sont pas encore meublées.

Voici les douze derniers Chartreux de Glandier :

Dom Gabriel Morel, du Puy-en-Velay, âgé de cinquante-neuf ans, Prieur depuis 1777, profès de Glandier.

Dom Hugues Mouret, né à Fontans, au diocèse de Mende, âgé de cinquante-et-un ans, profès de Glandier, Vicaire.

Dom Christophe Favier, *Antiquior*, âgé de soixante-et-onze ans, profès de la chartreuse de Sainte-Croix-en-Jarez, au diocèse de Lyon.

Dom François Gosse, né à Jenzat-en-Bourbonnais, âgé de cinquante-cinq ans ; ancien Vicaire, Coadjuteur, Courrier, Procureur et Prieur du Port-Sainte-Marie, sa maison de profession ; Coadjuteur à Glandier depuis 1788.

Dom Jean Carles, Courrier ; âgé de cinquante-et-un ans, profès de Vauclaire en Périgord ; né en Rouergue.

Dom Antelme Guy, né au diocèse de Mende, à Malezieu ; âgé de quarante-cinq ans, profès et Procureur de Glandier.

Dom Caprais Guerrier, né à Craponne, âgé de trente-huit ans et profès de Glandier.

Dom Pierre Boivin, trente-huit ans, né à Aigueperse, en Auvergne ; profès du Port-Sainte-Marie.

Dom Jean-Baptiste Allègre, né à Bonnevaux, diocèse d'Uzès, trente-deux ans ; profès de Glandier et Sacristain, sous-diacre.

Frère Jean Dufaure, né à La Roche-en-Limousin ; cinquante-cinq ans, convers profès depuis 1773.

Frère Pierre Canut, quarante-huit ans, Donné de la chartreuse du Port.

Frère Jean-Baptiste Traversat, né au village del Pou, paroisse de Sainte-Palavye, diocèse de Cahors, quarante-six ans, frère Donné de Glandier depuis 1775.

C'est à ces religieux que la municipalité de Beyssac posa cette question : voulez-vous rester dans votre Ordre ou voulez-vous rentrer dans le monde? La réponse de nos Pères fut à peu près la même pour tous : nous déclarons vouloir vivre de la vie commune à Glandier, conformément à nos vœux, dirent les uns : nous déclarons vouloir vivre dans l'Ordre des Chartreux, de la vie commune, conformément aux vœux que nous avons faits, dirent les autres : les Donnés déclarèrent vouloir vivre avec les Religieux, de la vie commune, comme ils ont fait depuis qu'ils sont dans l'Ordre, et pas un ne demanda à rentrer dans le monde. Depuis un an, à la suite de ces Inventaires et de ces Décrets, la vie leur avait été rendue bien amère, l'avenir se montrait de plus en plus menaçant, rien n'y fit et ces dignes enfants de Saint-Bruno restèrent fidèles à leur vocation. Quant à la petite nuance qui se trouve dans leurs réponses, elle provenait de l'incertitude jetée dans leurs esprits par la loi du 14 octobre 1790, portant en substance qu'il serait « indiqué aux religieux qui auront préféré la vie commune, des maisons dans lesquelles ils seront tenus de se retirer avant le 1er avril

1791. » Glandier comptait-il au nombre de ces maisons réservées ? Plusieurs de nos Pères le croyaient et les Commissaires du Gouvernement le croyaient avec eux puisque nous les voyons après l'Inventaire de janvier 1791, appliquer à notre chartreuse l'article IV de la loi du 20 mars 1790, conçu en ces termes : « Les religieux qui, ne voulant point rentrer dans le monde, préfèreront se retirer dans les maisons qui leur seront indiquées, *jouiront* des bâtiments à leur usage et jardins potagers en dépendant ; et encore, dans les campagnes, jouiront des enclos y attenant, jusqu'à concurrence de six arpents de terre, mesure de Paris ; le tout à la charge des réparations locatives et frais du culte. » C'est pourquoi les Commissaires d'Uzerche, avant de se retirer, dirent aux chartreux « de délibérer sur le choix des six arpents de terrain qui leur étaient laissés par l'Assemblée Nationale ». La communauté déclara fixer son choix « sur le pré de la Grande et Petite Giraudolle avec les deux portions de pré qui sont à gauche et à droite de l'Avenue ; et, comme cette contenance ne pouvait former les 6 arpents, elle demanda que le surplus fût pris sur le pré de Freychoulet. » Les Commissaires promirent d'envoyer un expert pour mesurer ces 6 arpents.

Dom Procureur et Dom Coadjuteur, plus au courant que les autres de ce qui se passait, ne furent point de l'avis de leurs confrères et de la Commission : ils voyaient juste. Glandier, en effet, ne présentait point les conditions exigées par la loi du

14 Octobre ; ainsi l'article XVII⁰ voulait de la place pour au moins vingt religieux et Glandier à ce moment n'avait que 10 cellules. Du reste, la position des religieux dans ces Maisons-communes devait être forcément très précaire et, pour ceux qui voyaient un peu loin, tout à fait provisoire : ce n'était point une faveur accordée aux religieux fidèles, mais une étape avant la destruction finale, une transition habile et rien de plus. En outre, à quelles conditions l'Assemblée Nationale donnait-elle ce dernier refuge ? « On ne tiendra aucun compte, disait la loi, des différents Ordres auxquels les maisons choisies auraient appartenu ; aussitôt leur arrivée, les religieux nommeront entre-eux, au scrutin et à la pluralité des voix, un supérieur et un économe ; ils feront à la pluralité des voix, un règlement pour fixer les heures des offices, des repas et de la clôture des portes : les costumes particuliers des Ordres demeurent abolis et, en conséquence, chaque religieux sera libre de se vêtir comme bon lui semblera[1]. »

Quoi qu'il en soit, maison-réservée ou non, Glandier allait disparaître : déjà même pendant l'Inventaire de janvier, on mettait en vente les domaines de la chartreuse et l'on trouvait des acquéreurs. Le 18 janvier 1791 Noël Chassaignac, du village de la Bertonie, commune de Juillac, arpenteur géomètre, expert nommé le 5 décembre 1790, par le directoire

---

[1] Loi du 14 oct. 1790. Articles XVI, XXI, XXII, XXIII.

du district d'Uzerche, pour estimer les biens devenus
nationaux, vient au village de la Mazelle, paroisse
de Beyssac, faire l'expertise du domaine du même
nom appartenant ci-devant aux chartreux et qu'un
habitant du village voulait acheter et acheta au prix
de 10,795 livres[1]. A la même époque, 26, 29, 30 mars,
l'arpenteur-expert est appelé pour la terre du Moulin, le bois de l'Aile de la Forêt, le Grand-Pré de la
Chartreuse et celui de la Rivière. Le 28 mai, les
trois étangs de la Mazelle, du Mas et de la Ressège
sont achetés par un habitant d'Eypersac : l'expert
les estime à 2,178 livres, en se basant sur le revenu
net qui, d'après lui, montait à 99 livres, lesquelles,
multipliées par 22, d'après la loi, donnent le chiffre
total indiqué plus haut. La vente d'ailleurs, nous
sommes heureux de le dire à l'honneur des ha-

---

[1] Nous possédons la liste détaillée des biens de la chartreuse vendus en 1791, avec le nom des acheteurs et les
prix de vente : nous croyons inutile de publier cette liste
qui n'est pourtant pas sans intérêt. Les possesseurs de ces
biens d'église peuvent être tranquilles, même en conscience; cependant, qu'on ne l'oublie point, c'est uniquement en vertu du Concordat que l'on a pu se rassurer sur
ces achats injustes en eux-mêmes : les acquéreurs de l'é-
poque ne se faisaient aucune illusion sur ce point si clair
pour tout honnête homme, c'est pourquoi ils demandèrent avec instance au Chef de l'Église de vouloir légiti-
mer ces ventes en renonçant à ses droits incontestables
et Pie VII y consentit. Le traitement infime, par comparaison, que l'on dispute aujourd'hui au Clergé de France,
est la rente, dérisoire par sa modicité et sa disproportion avec ce qui serait dû, du capital si considérable abandonné généreusement par le Souverain Pontife quand
il signa le Concordat : il est bon de s'en souvenir de temps
à autre.

bitants du pays, allait mollement et le directoire d'U erche crut bon de stimuler le zèle des acheteurs par une circulaire dans laquelle il se plaint « du retard de la soumission sur tous les biens de Glandier et ecclésiastiques entre Beyssac et Uzerche ».

Pendant que l'on dépeçait, morceau par morceau, l'antique fondation des Comborn et des Pompadour, les chartreux de Glandier crurent devoir faire une démarche importante, une sorte de protestation, non point en vue de leur utilité personnelle, mais pour la défense d'intérêts sacrés. Le 1er mars, ils adressèrent aux Administrateurs du département de la Corrèze la lettre suivante :

« Les religieux de Glandiers exposent qu'ils sont chargés d'un grand nombre de fondations très anciennes, puisqu'elles remontent au quatorzième siècle pour la plupart, suivant les titres très authentiques que l'on trouvera aux archives quand on lèvera les scellés ; en voicy l'énumération :

1° Tous les jeudy de l'année, une grand'messe de *Spiritu* sancto, précédée d'un office des morts en entier, pour Jean de Comborn, et suivie d'un *de Profundis* avec quelques oraisons et une aspersion d'eau bénite sur sa tombe ;

2° Tous les mercredy de l'année, une messe basse de *Requiem* à l'autel de la Magdeleine pour Jean Comte, prêtre, qui fonda aussi une lampe devant ledit autel, qui doit brûler pendant les offices, tant de jour que de nuit ;

3° Deux messes basses de *Requiem,* chaque semaine, dont une au moins doit être acquittée à la Chapelle-Geneste ;

4° Vingt-cinq messes basses qui doivent être acquittées dans le cours de l'année à différents jours et pour divers bienfaiteurs de ladite maison ;

5° Les vêpres de morts que chaque religieux est tenu de dire en son particulier deux fois la semaine :

Ce qui fait en tout 52 grand-messes et 181 messes basses pour chaque année, non comprises encore certaines oraisons qui doivent se dire tous les lundy et les mercredy de chaque semaine, qui ont été exactement acquittées jusqu'à ce jour conformément aux intentions de ceux qui nous avaient donné les biens dont nous jouissions ci-devant. Les exposants ne jouissant plus desdits biens demandent s'ils doivent continuer d'acquitter les susdites fondations, ou si messieurs les Administrateurs les prennent sur leur compte et se chargent de les faire acquitter par d'autres prêtres. »

Cette démarche des chartreux de Glandier était parfaitement naturelle : puisque la Nation prenait tout, elle devait tout prendre : les revenus comme les dettes, les droits et les obligations. Les biens d'église, en notable partie, étaient plus des fondations que de pures donations et créaient des charges : l'honneur, la justice et la conscience obligeaient à surveiller l'exécution des clauses du contrat, car les fondations sont de véritables contrats, et les propriétés des monastères formaient le capital qui servait les rentes destinées à remplir les volontés des donateurs. Il est indispensable de comprendre cette remarque si l'on tient à avoir une idée exacte d'une des causes de la richesse foncière des maisons religieuses au moyen-âge et jusqu'à la fin du siècle dernier. Les moines, dit-on, possédaient des propriétés immenses ; sans doute, et il devait même en être ainsi, parce que toute rente en nature étant, en elle-même, peu considérable, réclame donc, pour prendre une certaine importance, d'être constituée sur une vaste étendue de terrain. Pour fonder un simple service, on donnait tout un étang ; pour bâtir une cellule, doter un religieux, on offrait une grande forêt : au point de vue topographique, c'était beaucoup ; assez peu, au point de vue financier. Même de nos jours, où nous supposons bien que les progrès du XIXᵉ siècle appliqués à l'agriculture, font rendre énormément plus aux terres que dans les siècles passés, toute rente en nature subirait cette disproportion entre l'étendue relative du terrain et l'exiguité du revenu : pour avoir peu, il faudrait encore beaucoup. Appliquons aux fondations modernes ce qui se faisait jadis : si, par exemple, les prix dont l'Institut dispose, au lieu d'être établis sur des titres de rente ou des coupons de chemin de fer, l'étaient sur des prairies, des étangs, des bois et des fermes, quelle énorme étendue de terrain serait affectée au service de ces fondations littéraires ? et les ignorants de s'étonner, et les malveillants de se plaindre ! L'Institut renferme tous ses titres dans un portefeuille, au lieu de posséder des terres vastes comme plusieurs cantons, mais, en réalité, du moment que le total est le même, rentes sur une petite feuille de papier, rentes sur d'immenses terrains sont égales entre elles ; seul, l'effet extérieur est différent et frappe, en défaveur des religieux, les gens incapables de réfléchir.

Les biens des monastères constituant le capital des fondations acceptées, on comprend alors comment la conscience et la justice interdisaient aux religieux de les aliéner. On s'étonne parfois en voyant avec quelle ténacité les moines défendaient leurs propriétés, recourant à tous les tribunaux, épuisant toutes les juridictions pour conserver un droit ou un petit coin de terre ; on les accuse vite d'avarice, et l'on a tort ; le gardien qui laisse prendre sans s'y opposer, le bien confié à sa vigilance, est un voleur, mais s'il n'a cédé qu'à la dernière extrémité et devant la nécessité, son honneur est sauf et sa conscience est tranquille : nous venons d'expliquer en deux mots la cause de tous les procès intentés ou soutenus autrefois par les moines ; les biens d'église étant des fondations confiées à leur garde, ils devaient les défendre et ne jamais céder sous peine de porter dommage à autrui : on a parlé de leur rapacité, il faut dire leur esprit d'équité, ils ne voulaient point participer à une injustice ou un vol : voilà tout le secret de leurs résistances si honorables.

On a dit encore que les moines, recevant toujours, n'aliénant jamais, finissaient par avoir d'immenses possessions. La question n'est point de savoir si elles étaient immenses, mais si elles étaient
légitimes, et certes elles l'étaient ! que manque-t-il
donc à un contrat réciproque de fondation ? Les
moines n'aliénaient point leurs terres ; naturellement, puisqu'elles n'étaient point à eux, absolument
comme l'Institut ne fait pas ce qui lui plait de ses
titres de fondations. Les moines recevaient toujours. Pourquoi auraient-ils refusé ? Les œuvres
pies ne sont-elles pas aussi louables dans un siècle
que dans un autre ? on fondait un anniversaire
sous Charles VI, pourquoi n'aurait-on pas pu le faire
sous Louis XIV ? — Mais les propriétés monastiques devenaient immenses ! mais dans deux cents
ans, l'Institut pourra disposer de sommes non moins
immenses ; le nombre des *Prix* sera immense, et
alors quel si grand mal que l'on puisse encourager
et récompenser un plus grand nombre de savants ?
étendre à un plus grand nombre de personnes, les
prix de vertu, noble salaire du dévouement ?

Un dernier mot. Les moines achetaient peu et ne
le faisaient que pour de sérieuses raisons. En
1747, les chartreux du Port-Sainte-Marie en Auvergne, demandent aux Pères Visiteurs d'Aquitaine
la permission d'acheter une terre située dans leur
voisinage afin surtout d'éviter certains conflits, et
expliquent que c'est plutôt un changement de capitaux qu'une augmentation de revenus : les Visi-

teurs, prieurs de Toulouse et du Puy, répondent
« qu'en règle générale et en suivant l'esprit de
l'Ordre et des ordonnances des Chapitres Généraux, les maisons suffisamment fondées pour entretenir le nombre des religieux qu'elles peuvent
recevoir, ne doivent faire aucune acquisition considérable pour augmenter leurs revenus ; qu'il y a cependant lieu de permettre aux suppliants l'acquisition qu'ils proposent, soit pour éviter les procès et les
discussions qu'ils craignent, soit parce que cette
nouvelle acquisition n'augmentera point les revenus
de la maison [1]. » — Nos Pères de Glandier se montrèrent stricts observateurs de cette règle, car sur
deux cents pièces notariées, conservées dans la
seule étude de Troche et concernant notre chartreuse au XVIIIᵉ siècle, nous n'avons trouvé qu'UNE
acquisition : une éminée de terre pour la somme de
25 livres [2].

Nous n'avons pas craint de mettre ici ces quelques réflexions qui nous sont venues spontanément
à l'esprit par la lecture de la pièce transcrite plus
haut; mais il est temps de rentrer dans notre sujet
dont nous nous sommes un peu écartés.

La lettre des chartreux aux Administrateurs du
département de la Corrèze fut écrite le 1ᵉʳ mars

---

[1] Lettre du 1ᵉʳ avril 1747.

[2] Acte du 26 août 1704, par devant Mᵉ Bessas. L'éminée
de bois en question « se confrontant aux terres de la chartreuse » était donc une simple rectification de limites.

1791 et envoyée par exprès à Tulle le même jour :
les signataires « priaient les Administrateurs de
manifester au plus tôt leur intention ». Ces Administrateurs ne comprirent que trop la justesse des
observations qui leur étaient présentées et se trouvèrent dans un grand embarras. Au commencement de la Révolution, les menés ne se trouvaient
point encore à la hauteur — ou mieux, au niveau —
des meneurs : ceux-là s'arrêtaient devant certaines
considérations de justice, de conscience et de religion ; ceux-ci, n'ayant d'autre but que de détruire
la religion et tout ce qui s'y rapportait, de près
comme de loin, s'inquiétaient assez peu de conscience et de justice ; la fin justifiait les moyens ;
mais les Administrateurs du département éprou-
vaient encore quelques scrupules. Ils prirent donc
le moyen usité en pareil cas, et renvoyèrent gravement « au district d'Uzerche pour prendre les renseignements nécessaires, et donner son avis ». La
pièce porte la date du 2 mars ; les Administrateurs
n'avaient donc point perdu de temps et il est à croire
que le messager des chartreux fut chargé de
remettre un pli aux Directeurs du district, à Uzerche.

Les Directeurs, moins avancés que les Administrateurs de Tulle durent se trouver dans un embarras plus grand encore, mais on leur avait tendu une
main secourable en leur montrant le moyen de
tourner la difficulté ; en conséquence, mais seulement le 9 mars, eux aussi : « ouï sur ce, le Procureur syndic, renvoyent la présente pétition à la

municipalité de Beyssac pour, sur les renseignements qu'elle donnera et son avis, être statué ce
qu'il appartiendra. » Le Directoire d'Uzerche ne se
compromettait point. Les municipaux de Beyssac, gens arriérés puisqu'ils comprirent que les
chartreux présentaient d'excellentes raisons, auraient peut-être bien voulu, eux aussi, imitant des
exemples venus d'en haut, charger je ne sais qui
de la commission, mais, ne le pouvant faire, ils
répondirent en ces termes : « Nous, maire et officiers municipaux de la commune de Beyssat, sur ce
ouï le procureur de ladite commune, estimons que
quant à l'authenticité des titres de fondation, nous
n'avons rien à dire puisque nous ne les connaissons
pas, mais que présumant favorablement de leur
validité, nous opinons que les susdites fondations
soient acquittées comme par le passé dans l'église
de Glandiers. Le tout à salaire compétent, pendant
que les chartreux habiteront le dit couvent. »

Les chartreux ne devaient plus guère habiter longtemps le monastère : leur position, en effet, devenait insoutenable. Locataires dans la maison qui
leur appartenait ; réduits, pour vivre, à une pen-
sion insuffisante que n'augmentait pas le produit
infime de 6 arpents de prairies ; chargés des réparations d'immeubles considérables, privés de leurs
archives, de leur bibliothèque, de la presque totalité
des ornements sacrés, voire même d'une partie de
l'humble mobilier de leurs cellules, les chartreux
n'avaient plus qu'à partir et, dans le fond, c'est ce

que voulait l'Assemblée nationale par cette suite de lois hypocrites sur les communautés religieuses.

Nous aurions voulu raconter, en détail, cette dernière et triste journée qui vit le départ de nos Pères, mais nous n'avons rien trouvé de précis et de certain. Autant que nous pouvons le conjecturer par quelques indications incomplètes, beaucoup trop vagues, le Gouvernement aurait déclaré, vers le mois d'avril [1], que notre chartreuse ne comptait point au nombre des maisons conservées : ce serait alors que nos Pères, chassés de chez eux, seraient rentrés dans le monde. D'autre part, des documents sérieux [2] nous montrent les chartreux encore à Glandier aux mois de juin, de juillet et même de septembre : devant ces divergences, il nous est impossible d'assigner la date exacte de l'abandon définitif du monastère.

Nous aurions désiré aussi suivre chacun des anciens religieux de Glandier et dire ce qu'il devint dans le siècle : ici encore, nous avons trouvé peu de renseignements.

Le P. Prieur, Dom Morel, retourna au Puy, sa

---

[1] Le frère Pierre Cannut retourna le 1ᵉʳ avril 1791, au Port-Sainte-Marie où il avait fait sa donation ; le Père Coadjuteur, aussi profès du Port, suivit son exemple peu de temps après. Le Port-Sainte-Marie avait été conservé comme Maison-commune : presque toutes les places furent occupées immédiatement par les religieux présents à la chartreuse à cette époque ; le chiffre réglementaire de vingt, une fois atteint, ne pouvait être dépassé.

[2] *Noms des chartreux des provinces de France, au XVIIIᵉ siècle*. Ms.

ville natale, et mourut au commencement de 1793, comme on le voit dans la Carte du Chapitre Général tenu à Bologne. Dom Courrier (Jean Carles) mourut quelques mois après son départ ; nous ignorons ce que devint Dom Sacristain, né au diocèse d'Uzès. Dom Pierre se retira dans sa famille. Dom Caprais Guerrier, bien qu'originaire du Velay, semble être resté dans le pays : en 1803, il est nommé curé de Saint-Gilles-les-Forêts au diocèse de Limoges ; transféré plus tard à Sussac, il y termina ses jours au mois de mai 1818 [1]. Dom Vicaire, Hugues Mouret et Dom Procureur, Antelme Guy, tous deux du diocèse de Mende, retournèrent dans leur village natal. Nous avons vu quelque part Dom Antelme qualifié de « confesseur de la Foi », sans autre détail ni preuve à l'appui [2].

Dom Mouret prêta le serment : dire jusqu'à quel point il fut coupable en ceci, serait difficile. Ce serment de *liberté et égalité*, du moment que l'on ignorait la décision de l'autorité ecclésiastique légitime (et il n'est pas surprenant qu'à pareille époque plusieurs n'en aient pas eu connaissance), ce serment, disons-nous, par son ambiguité, se prêtait à bien des interprétations différentes et l'on peut admettre que la bonne foi d'un certain nombre fut plus ou moins surprise.

Quoi qu'il puisse en être, si l'ancien Vicaire de

---

[1] Legros, *Registre des Prêtres du diocèse de Limoges.* ms. pag. 405. et *Ordo* de 1819.

[2] Lecler, *Semaine Religieuse de Limoges.* 1868.

Glandier commit une faute, il la répara sans tarder de la façon la plus éclatante. Le 7 septembre 1793, en pleine Terreur, Dom Hugues non-seulement se rétracta publiquement, mais afficha lui-même sa rétractation sur la porte de l'église du village où il habitait. Nous transcrivons cette pièce qui montre par quelles angoisses de conscience passaient de bons prêtres timides ou trop peu éclairés pour comprendre le sens vrai des propositions insidieuses qui leur étaient faites :

Me trouvant dans la circonstance la plus critique, dans le trouble et l'agitation, j'ai signé la formule du serment de liberté et d'égalité et non sans peine et sans crainte, quoique conseillé et dirigé par certaines personnes dont la croyance n'est pas suspecte. On n'a pas manqué même de me proposer pour exemples quelques ecclésiastiques pieux, savants et irréprochables dans la foi. Tous ces motifs joints à la crainte d'entraîner dans ma ruine une famille désolée, m'ont engagé à faire cette démarche dont j'ai commencé bientôt à me repentir. Au reste, je suis bien aise d'avertir que la crainte de la mort n'y a aucune part [1] ; je n'ai point changé de croyance ; j'ai toujours resté fermement attaché à la religion catholique, apostolique et romaine et uni au Souverain Pontife dont je confesse la juridiction sur l'Église universelle.

---

[1] D. Mouret, dans le courant de 93, avait été incarcéré et condamné à la déportation ; un ami obtint son élargissement.

Je confesse aussi toutes les autres vérités qui peuvent avoir été altérées en ce temps malheureux. Crainte donc d'avoir participé en quelque manière au schisme et aux erreurs qui désolent la France, je déclare très sincèrement, devant Dieu et devant les hommes, que j'ai rétracté et que je rétracte par ce présent écrit et signé de ma main le serment que j'ai souscrit par ma signature. Je le révoque autant qu'il est en mon pouvoir quelles que puissent en être les suites fâcheuses pour moi. Je souhaite que ma rétractation soit connue de tous ceux que j'ai scandalisés, me souciant peu de mon honneur, mais désirant et cherchant seulement la gloire de Dieu et mon salut éternel.

Fait à Fontans, ce 7 septembre 1793

F. Hugues Mouret, ci-devant chartreux.

Restait Dom Christophe Favier, doyen d'âge des religieux de la chartreuse. Une sorte de légende s'est formée autour de son nom : « lorsque les moines furent dispersés, nous dit-elle, l'un d'eux, le P. Favier, chercha vainement dans sa mémoire quels lieux l'avaient vu naître. Recueilli dans la chartreuse après avoir été sans doute abandonné de ses parents, ses plus lointains souvenirs ne le reportaient jamais qu'aux ogives de l'église où sa bouche d'enfant avait balbutié les psaumes à l'exemple de ses pères d'adoption, et il lui semblait que son oreille n'avait jamais été autrement bercée que par le murmure du ruisseau qui baigne les murs du monastère. Sa vie tout entière s'était passée à Glandier : il résolut de ne pas la finir ailleurs [1]. »

On doit tenir grand compte des récits qui ont cours dans le peuple, maintes fois nous en avons fait l'expérience; cependant il ne faut jamais les admettre de confiance, surtout dans leur ensemble, avant de les avoir soumis à une critique sévère. La légende de Dom Christophe ne manque point de grâce : à côté de la poésie, plaçons maintenant les chiffres, ils seront plus prosaïques, mais, par compensation, plus véridiques. Dom Christophe est né sur les bords du Rhône, à Vienne-en-Dauphiné, le 15 août 1720; il prit l'habit chez les chartreux de Sainte-Croix-en-Jarez [2], le 19 juillet 1741 : le Chapitre Général de 1781 l'envoya, au mois de mai, à Glandier, avec la charge de Sacristain. Quand donc il arriva ici, pour la première fois de sa vie, il avait soixante-et-un ans d'âge et trente-neuf de profession religieuse : les chiffres, on le voit, s'accordent mal avec la légende. Au moment de la dispersion, D. Christophe se trouvait loin de son pays natal; il devait, en outre, être à peu près inconnu dans sa famille qu'il avait quittée depuis cinquante ans : on demandait un gardien pour la chartreuse devenue propriété de l'État, il s'offrit et fut accepté. Le vieillard vit donc tristement s'éloigner tous ses frères et resta seul dans cette maison déserte, dernier mais digne représentant de

[1] *Notice*, page 93.
[2] Près de Rive-de-Gier.

cette longue et vénérable suite de moines qui, de 1219 à 1791, vécurent au Lieu-Notre-Dame de Glandier, toujours fidèles observateurs de la Règle austère que nous donna saint Bruno.

La maison, domaine national, va bientôt disparaître ruinée de fond en comble ; entrons-y et visitons-la en détail ; nous le pouvons faire, en prenant pour guides, non certes notre imagination mais ces mêmes Inventaires fatigants, dans lesquels le luxe des détails et des riens a été répandu à profusion : au moins, pour cette fois, ils rendront un véritable service.

## Après les Chartreux.

EN arrivant à la chartreuse, après avoir suivi une longue avenue et passé sous la porte principale, surmontée d'une niche avec une statue de la Très-Sainte Vierge, on entrait dans une petite cour. A droite, se trouvait la chapelle des domestiques et des gens du dehors dédiée à saint Antoine de Padoue, dans laquelle on voyait un autel antique, sans ornements et fort simple, deux chandeliers en cuivre, un Christ en os, un ornement noir et un autre à toutes couleurs; trois tableaux de peu de valeur, cinq statues, un plateau d'étain avec des burettes et une petite cloche.

A côté : la forge, obédience bruyante, isolée le plus possible du reste de la maison. En face de la chapelle, au-dessus des écuries, une grande salle servant de cuisine et de réfectoire pour la plupart des domestiques et pour les journaliers : ce bâtiment, connu sous le nom martial de *corps-de-garde*, se trouvant hors de la clôture, les domestiques pouvaient y manger gras, aussi y voyons-nous deux cuviers pour mettre saler la viande; une chambre, à côté, servant de dortoir puisqu'on y voit une grande armoire en boisure[1] contenant quatre lits pour les domestiques.

De la première cour, passant encore sous un portail, on entrait dans la Grande Cour sur laquelle ouvraient la pharmacie et la boulangerie ; les cellules des Pères Officiers y prenaient jour, et par un perron de sept à huit marches, on montait de la cour dans l'église. Construite au XIII° siècle et conservant encore dans ses fenêtres et sa voûte, la belle et noble architecture de cette époque, l'église, en 1791, était ornée dans le style de la Renaissance, du moins en partie. Comme il est d'usage dans l'Ordre, le vaisseau total se trouvait divisé en deux parties dans le sens de la largeur : au fond, le sanctuaire précédé du chœur des Pères ; puis, au delà d'une porte de séparation, le chœur des Frères où se tenaient les domestiques de la maison et les étrangers, car, à cette époque, les tribunes n'étaient point adoptées chez nous.

« Le maître-autel, dit l'Inventaire, est à tombeau ; le rétable est ancien et doré, garni de plusieurs saints en sculpture : sur l'autel, un crucifix, quatre grands chandeliers et deux girandoles, le tout en cuivre jaune. Le rétable est couvert (en semaine) d'une étoffe mi-soie et coton ; le devant-d'autel a un rideau de siamoise. Derrière le rétable,

[1] Nous donnons souvent les expressions mêmes des pièces que nous consultons : il suffit d'en avertir le lecteur, une fois pour toutes.

et pratiquées dans l'épaisseur de ce meuble, il y a deux petites armoires ; l'une, contenant trois reliquaires en cuivre doré, la boite aux Saintes-Huiles et deux *Paix* en cuivre émaillé ; l'autre petite armoire placée au-dessus, est le tabernacle proprement dit, renfermant un beau ciboire, une petit eboite en argent pour porter le viatique et un corporal. » Les boiseries du sanctuaire quoique simples étaient fort bien travaillées. Quatre grands tableaux [1] ornaient cette partie de l'église : du côté de l'Évangile, une descente de croix, huit personnages, médiocre ; et, au-dessus du siège du célébrant, la résurrection du mort dont il est parlé dans la légende de saint Bruno : copie passable. Du côté de l'Épître, un saint Bruno en contemplation, copie ; attitude bonne, mais dessin faible ; plus loin, à l'angle de l'autel, une Adoration des Bergers, mauvaise copie, sept personages.

Devant l'autel descendait une lampe d'argent.

Au milieu du sanctuaire, on voyait une table de pierre blanche couvrant le tombeau de Jean I de Comborn.

« La menuiserie des stalles du chœur des Pères et celle de la corniche était très antique, et la sculpture qui l'ornait, fort belle : il y avait 94 gros livres d'église répartis sous les formes vis-à-vis des stalles.

---

[1] Les détails qui vont suivre se rapportent à l'ornementation de l'église et aux objets d'art de la chartreuse, nous sont donnés par un manuscrit de l'époque, intitulé : *État concernant les arts, comme monuments, tableaux, etc., des maisons religieuses du district d'Uzerche.*

Une lampe de cuivre pendait au milieu du chœur ; plus haut vers le sanctuaire, la corde de la cloche, très sonore, et dans le bas une très belle aigle dorée, à pied triangulaire, le tout fort bien sculpté. Au-dessus des stalles, quatre grands tableaux : du côté de l'Évangile ; saint Bruno et ses compagnons viennent consulter un anachorète. Copie médiocre, huit têtes. — Saint Bruno, mandé par le Pape Urbain II, refuse un évêché ; copie ; la draperie est bonne. Du côté de l'Épitre : saint Bruno, professeur, instruit ses écoliers. Copie médiocre, les têtes se détachent bien. — Malades, estropiés, aveugles venant chercher leur guérison au tombeau de saint Bruno. Onze têtes, bonne copie. »

Sur la porte de séparation du chœur des Pères, un petit tableau représentant la Très-Sainte Vierge.

« A chaque côté de cette porte de séparation, se trouvait, dans le chœur des Convers, un petit autel à colonnes torses bien sculpté ; autour du chœur, 4 tableaux : à droite en entrant, la mort de saint Joseph (3 têtes, copie médiocre) et prise d'habit d'un novice chartreux ; la cérémonie est faite par un évêque. A gauche : Départ de saint Bruno sous l'inspiration de la sainte Vierge, et, Mort de saint Bruno ; ses disciples désolés entourent sa couche funèbre ; on voit son *âme* monter au ciel portée par des Anges. Dix têtes, copie, bon. »

En sortant de l'église, on entrait à gauche, dans la salle du Chapitre tout nouvellement achevée, éclairée par quatre fenêtres : sur l'autel, un tableau représentant saint François-Xavier [1] prêchant dans les Indes ; « cette toile, d'un beau coloris, était généralement bien dessinée : le parquet du sanctuaire en marqueterie, les sièges, les dossiers, l'autel à tombeau, le tout entièrement neuf et très poli. »

A droite de l'église, et donnant sur le petit cloître, le réfectoire « qui était un vaisseau voûté en bois, soutenu par des maîtresses poutres ; on y trouvait : six tables garnies pour 20 places et, à chaque place, un pinton et une aiguière posés sur des soucoupes, une salière, une tasse, une cuillère, le tout en étain et une fourchette en fer : six grands tableaux représentant des religieux ou religieuses de l'Ordre et fort mauvais ; au-dessus de la table du Prieur, un crucifix fixé au bas d'un grand tableau de sept pieds de haut sur huit et demi de large, représentant la Cène et fort bon. En face de la porte d'entrée, une jolie petite chaire avec un lutrin à laquelle on arrivait par un escalier en boisure. »

L'hôtellerie, qui occupait le rez-de-chaussée de la cellule priorale, comprenait une salle à manger, nommée simplement « la salle » ; deux chambres à coucher et trois cabinets. Au milieu de la salle à manger, une grande table presque ronde, seize chaises, une fontaine en fayence « et un grand buffet qui est embrasé dans le mur à deux grands battans, qui contient un service de table en fa-

---

[1] Cette salle avait été construite et ornée au temps du P. Prieur, Dom François-Xavier Derrua qui plaça sur l'autel un tableau de son patron.

yence ». Des deux chambres à coucher, l'une, la plus convenable, s'appellait *chambre des Docteurs;* l'autre, *des quêteurs:* il n'y avait, en tout, au quartier des hôtes que six lits (quatre très simples et deux très médiocres) parce qu'à cette époque, si l'on recevait avec plaisir ceux qui se présentaient, on n'aimait point, d'après un usage extrèmement ancien, à leur donner à coucher : on passait, mais on ne restait point, et la solitude ni le silence ne perdaient rien à cette coutume [1]. Notons cependant que l'on pouvait offrir aux personnages de distinction, comme à un Évêque, la chambre dites *des Visiteurs,* située au premier étage près des appartements de Dom Prieur, simplement mais fort proprement meublée.

Quant aux cellules du cloître, légèrement différentes de celles qui existent aujourd'hui, elles méritent, pour cela, d'être décrites avec quelque détail. La porte ouvrait, comme d'habitude, sur la galerie; au rez-de-chaussée : le bûcher et l'atelier avec un tour ou un banc de menuisier. L'escalier, « avec un repos au milieu » conduisait à la chambre proprement dite qui prenait jour sur le jardin : deux portes donnaient sur cette grande pièce, celle du cabinet de travail et celle de la chambre à coucher ; la pièce principale où l'on se tenait communément, dans laquelle se trouvait l'oratoire, était seule

---

[1] L'œuvre évidemment fort utile des retraites, était donc, pour le moins, inconnue de nos anciens Pères. *Nova Collect.* cap. VII. n. 20.

chauffée par une grande cheminée et si le religieux désirait donner un peu de chaleur aux deux petits cabinets, il tenait leurs portes ouvertes.

Ajoutez à tout ce que nous venons de faire connaître, des archives bien tenues, une bibliothèque fort convenable, et vous aurez notre ancienne chartreuse telle qu'elle se présentait, en 1791, aux yeux des visiteurs, telle aussi que la reçut la Nation à cette époque.

Nous allons voir maintenant ce que la Nation sut faire de ce couvent si bien tenu.

Au mois de juillet, on vendit tout le mobilier qui pouvait convenir aux gens du pays, ainsi que les bêtes de selle ou de trait, pour la somme de 6,500 livres, 15 sous, 9 deniers ; le 25 août de cette même année 1791, la municipalité d'Uzerche envoyait à la Monnaie de Limoges l'argenterie de Glandier : 4 pieds de calice (les coupes et patènes étant d'argent doré furent, d'après la loi, expédiées à Paris), un encensoir, navette et cochléar, une lampe, le haut et le bas de l'ostensoir, deux petites pixides... etc.; plus trois grandes cuillères et douze couverts d'argent; le tout montait au poids total de 52 marcs, 5 onces, 7 gros, 88 grains.

Quant à la chartreuse, on ne savait trop quel parti en tirer, lorsque le club des Amis de la Constitution, siégeant à Tulle, proposa, le 31 août, « de transformer Glandier en prison pour les moines ». Cette idée, éminemment philanthropique, fut votée après une *courte* délibération, tant la chose parut excellente[1] ; la Nation cependant ne se rangea point à un avis si sage, et Glandier resta désert sous la garde « du citoyen Christophe Favier, cy-devant chartreux ».

Cette maison à l'écart, sans défense, mais non point sans mobilier, devait naturellement attirer l'attention des amis de l'utile : si en 1790, à la vue des propriétaires, la maison avait été pillée, c'eût été trop demander qu'on la respectât maintenant que, n'appartenant plus à quelqu'un, elle semblait appartenir à tout le monde ; aussi voyons-nous Glandier devenir, peu à peu, un bazar gratuit où chacun vient s'approvisionner de tout ce qui peut être à sa convenance ; Glandier est un centre d'opérations commerciales d'un genre absolument inédit et, il faut bien le confesser, tout à fait inconnu et nullement toléré sous l'ancien régime, d'ailleurs si plein d'abus. Du reste, nous tenons à le bien constater, les visiteurs du nouveau Glandier se placent au seul point de vue pratique ; pas de déprédations inutiles, on ne détruit pas, on prend : un manuscrit ne servirait de rien, c'est pourquoi les manuscrits restent tranquilles ; à quoi servirait un autel, un lutrin, une stalle, un livre de chant ? aussi l'église est-elle intacte.

Au commencement de 1793, l'autorité s'émut néanmoins de ces larcins réitérés, et les officiers

---

[1] V. de Seilhac. *Révolution en Bas-Limousin*, page 351.

municipaux de Beyssac « avertis qu'il se commettait de *nouveaux* pillages dans la maison de Glandier où des gens mal intentionnés avaient expolié de nouveaux objets » se transportèrent, le 25 janvier, dans ladite maison pour y dresser procès-verbal de déprédations nouvellement commises. On en voulait surtout aux ferrures et plus encore, aux grilles et grillages : ainsi « on a enlevé les barreaux qui formaient une grille devant la niche de la statue de la Vierge, au côté droit du grand portail ». Le *renard* qui tenait la grande porte a été dérobé ; on a fait main basse sur les chaînes de fer dans les écuries, sur les ferrements et, de préférence, sur les serrures. A ce sujet, les municipaux de Beyssac font une remarque qui manque de profondeur : « comme les portes sont sans serrures, disent-ils, elles demeurent nécessairement ouvertes ; » ce qui est un peu l'habitude. Un vol commis dans la chambre des *Visiteurs* avait plus de gravité : on s'y était introduit nuitamment en brisant une vitre pour enlever « une *couëtte* de plumes, un matelas, deux grands coussins et deux couvertures de catalogne ». Au Chapitre, plus de serrure à la porte ; à l'armoire derrière l'autel, plus de ferrements : on tirait, paraît-il, un parti avantageux, mais nous ne savons lequel, des couvertures des gros livres de chœur ; les municipaux de Beyssac nous disent, en effet, qu'ils ont trouvé une quantité prodigieuse de gros et grands livres de champ (*sic*) dont on a enlevé la couverture. A l'église, « la poignée et le ressort de la première porte ont disparu ; mais dans l'église même, rien n'est dégradé et les scellés de la sacristie sont intacts. »

Ce n'était plus pour longtemps. A une époque que nous ne saurions fixer [1], et en des circonstances qui nous échappent presque entièrement, la malheureuse maison de Glandier fut saccagée, mais à ce point qu'il n'en resta à peu près rien. Une bande de forcenés que l'on peut évaluer à mille environ, dit le seul document qui nous guide en ceci [2], se rua sur la chartreuse : on avait fait croire à ces gens que le vicomte Archambauld de Comborn, fondateur du monastère, reposait sous le maître-autel, dans un cercueil d'or massif : ils renversèrent l'autel, creusèrent et ne trouvèrent rien. Irrités de se voir déçus dans leur attente, furieux d'avoir été joués, enhardis par ce délire qui naît d'un premier mauvais coup, ces forcenés, après avoir brisé l'autel et violé une tombe, fouillèrent avec rage les autres sépultures, démolirent, cassèrent, mirent en pièces tout ce qu'ils rencontrèrent : livres, ornements sacrés, manuscrits, tableaux ou sculptures. Nous le répétons, les détails nous manquent, mais voici ce-

---

[1] Serait-ce au commencement de février 1793, comme on pourrait, peut-être, le conclure de la pièce suivante : « Avis, le 3 février 93, au conseil municipal de Troche, que des brigands et malfaiteurs se répandoient dans les campagnes et y volloient les vases sacrés et autres meubles des églises et que l'eglise paroissialle d'Arnac-Pompadour avoit été vollée depuis peu..... »

[2] *Lettre* du docteur Pontier, d'Uzerche.

pendant un fait qui dit beaucoup : partout, dans les villes ou les villages qui entourent les monastères d'autrefois, nos chartreuses comme les autres, on trouve des objets d'art provenant de ces anciennes maisons religieuses : ici, l'autel ; ailleurs, les boiseries du sanctuaire ; dans telle chapelle, une statue ; dans telle autre, les stalles ; chez tel particulier, un tableau, chez un autre des livres ; mais, pour Glandier, on ne trouve rien, absolument rien ; ou, ce qui est non moins significatif, on ne trouve que des riens ; un lit de valet dans une écurie des environs, une vieille serrure à la porte d'une grange dans un hameau du voisinage ! Et si, parce que notre cœur se serre à ces tristes souvenirs, on craint de nous voir exprimer un jugement trop sévère sur des faits que nous serions portés à exagérer, nous citerons le jugement d'un témoin peu suspect. L'expert chargé par la Nation, le 17 messidor, an IV, d'estimer les restes de Glandier que l'on mettait en vente, écrivit, dans son rapport officiel : « cette maison dénote partout, le pillage le plus absolu. »

C'est après ces scènes de sauvagerie que le vieux Père Dom Christophe, ne pouvant plus habiter les ruines de Glandier, dut se chercher un autre asile : il le trouva, à la Grange-Vieille, dans la famille Roque qui l'accueillit généreusement à une heure où l'on pouvait payer de sa tête l'hospitalité offerte à un prêtre ou à un religieux. « Le bon chartreux, dit M. Brunet, fut respecté de tous et même dans les plus mauvais jours de la tourmente révolutionnaire, put, sans trop de mystère, célébrer le saint sacrifice [1]. Il ne cessa jamais de parcourir les campagnes voisines revêtu de sa robe blanche, visitant les malades, leur distribuant les remèdes du corps et de l'âme, assistant les mourants, priant à leur chevet et les soutenant ainsi dans le rude passage de la vie à l'éternité [2]. » Dom Christophe sauva du pillage de Glandier le calice dont il se servait et le sceau officiel de la communauté ; en mourant, il les légua aux amis qui l'avaient reçu ; le calice est actuellement à l'église paroissiale, le cachet a été donné aux chartreux par M. Brunet qui le tenait de la famille Roque.

Dom Favier s'éteignit doucement à la fin de 1793 [3] : son corps fut porté au cimetière de Beyssac, et s'il n'a pas eu le bonheur d'être enterré dans la chartreuse même, du moins, plus heureux que ses autres confrères, repose-t-il non loin de là, près de l'église de la paroisse.

Le 11 juillet 1796, la Nation vendit ce qui restait de Glandier à M. Léonard Chauffour, d'une très

[1] D'après des pièces officielles que nous avons eues sous les yeux, il est certain que pendant toute l'année 93, on chanta régulièrement la messe de paroisse à Troche. Nous avons vu des annonces faites, au commencement de 1794, « à l'issue de la messe paroissiale ».

[2] *Notice*, p. 93.

[3] D'après ce que nous avons appris, Dom Christophe ne vécut que sept ou huit mois à la Grange-Vieille : malgré toutes nos recherches, il nous a été impossible de trouver la date exacte de sa mort.

honorable famille du pays; il était Administrateur du département de la Corrèze et résidait à Tulle. Le domaine dont il faisait l'acquisition comprenait : « une masse de bâtiments presque contigüs les uns aux autres et servant cy-devant aux chartreux, soit comme église, soit comme réfectoire, appartement du Prieur, cloîtres dans lesquels sont dix cellules; lesquels bâtiments sont, pour la presque totalité, sans portes, ferrements, vitres; les couvertures en ardoises très dégradées et cette maison partout dénotant le pillage le plus absolu. Près le grand bâtiment est un corps-de-logis appelé « le corps-de-garde »; les écuries, la boulangerie et autres appartements séparés des premiers par une cour, à côté de laquelle est le jardin : tous lesquels bâtiments sont renfermés dans un mur qui les entoure et sont dans un dépérissement inséparable de l'état d'une maison située dans un local agreste, éloigné de toute autre habitation et d'un accès difficile, puisqu'il est entouré, de toutes parts, de montagnes[1].

Avec cette propriété, d'une contenance de quatre arpents, venaient une forêt de hêtres, la ferme dite l'Escure du Puy, quelques fonds de terre sur Beyssac et le moulin de Glandier : le tout estimé 44,522 livres.

Dès le mois d'octobre et en novembre de cette même année 1796, M. Chauffour commence à vendre

---

[1] Malgré toutes ces difficultés, nous avons vu dans quel état prospère se trouvait la maison, cinq ans auparavant, sous l'administration des moines.

quelques parties détachées de son domaine : Glouton et Dabriat, habitants du pays, achètent chacun une des cellules bâties sur le côté ouest du grand cloître [1]. Le 29 novembre, le nouveau propriétaire afferme le moulin de Glandier et, le 2 janvier 1797, l'ancienne réserve ou métairie de l'Escure du Puy à laquelle il ajoute « le grand jardin de la chartreuse, le pré appelé du Cloître, la Grande et Petite Giraudolle, les deux prés de l'Allée et le pré de Freychoulet. » M. Chauffour se réservait le jardin et la terrasse dits : *du Prieur* « et les petits jardins attenant aux cellules (du côté de l'Est), mais il mettait à la disposition du fermier la grange et le logement du Procureur.

Glandier, malgré ces ventes partielles et ces locations plus ou moins lucratives, aurait été une lourde charge pour tout propriétaire s'il eût fallu entretenir d'énormes bâtiments qui, il faut le reconnaître, ne servaient plus à rien : aussi M. Chauffour prit-il le parti de faire démolir tout le quartier situé près de l'entrée et le long de la rivière. Le 8 février 1798, il passe un contrat avec un certain Gabriel Giraudolle, de la Grange *du Pouzot* « lequel s'oblige à déblayer le terrain occupé par une tour, boulangerie, forge, chapelle et portail attenant, jusqu'à la porte de l'écurie et du pavillon du corps-de-garde. » L'entrepreneur devait conduire les matériaux dans un ravin existant au bout de l'allée,

[1] Actes du 9 octobre et du 11 novembre.

il pouvait aussi garnir de déblais les chambres des bâtiments à détruire, de manière qu'ils soient au niveau de la cour adjacente, en suivant la ligne du mûr de clôture du jardin attenant à ces bâtiments. » La grange devait disparaître également.

Enfin, au mois de septembre 1798, Pierre Merniac, cultivateur au Puy-Mirol acheta « une cellule en son entier (toujours du côté de l'ouest) et deux petits jardins tenant ensemble et, de plus, l'emplacement de la cellule appelée de Dom Vicaire, le tout d'une contenance d'environ 8 coupées, confrontant d'une part à la chambre (ou cellule) de Denis Glouton ; du levant, au cloître qui demeure réservé dans son entier au vendeur ; du midi, au mur qui divise l'emplacement de la grange de M. Chauffour de l'emplacement de la cellule de Dom Vicaire ; et, du couchant, au chemin qu'on va de Troche à Boutezac [1]. »

Voilà donc ce qu'était devenue la chartreuse, moins de huit ans après le départ des moines : un côté du cloître est vendu pour des sommes minimes à trois paysans des environs ; la cellule du Prieur et l'hôtellerie servent de maison de campagne ; le reste du couvent, église, cellules, chapitre, réfectoire, grand et petit cloître, livrés à l'abandon le plus complet, vont tomber pierre par pierre ; des archives, de la bibliothèque, de la sacristie, du mobilier, il ne reste rien ; enfin les dépendances ont

[1] Le tout montait à 450 fr. et 12 fr. de pot de vin. Acte du 6 septembre 1798.

disparu sous la pioche du démolisseur et là, cependant, se trouvait cette boulangerie où l'on avait cuit tant de pain pour les pauvres, cette pharmacie qui donna tant de remèdes aux indigents !

Le 6 mars 1817, M. Léonard Chauffour vendit au sieur Jean-Baptiste Pouch-Lafarge, juge de paix à Vigeois, le domaine de Glandier ; le fils de l'acheteur chercha à tirer part de cette propriété en créant une forge, sur les bords de la rivière de Loyre : le vieux moulin disparut, un haut fourneau s'éleva à sa place, coûta beaucoup et ne rapporta presque rien : c'est en 1834 que le fils Lafarge s'occupa surtout de ces constructions, démolissant le côté sud de l'église de Glandier pour élever ces bâtiments vulgaires qui, en réalité, furent la cause de sa mort : son usine, toute modeste qu'elle fût, exigeait et dévorait de grands capitaux ; Lafarge, pour s'en procurer coûte que coûte, vint à Paris, fit à la hâte le mariage que l'on sait, au mois d'août 1839, n'ayant en vue que la dot et, le 14 janvier suivant, « mourait empoisonné par sa femme, Marie Capelle [1] ».

---

[1] Brunet, *Notice sur Glandier*, pag. 91. Le procès Lafarge passionna et divisa profondément les esprits ; même encore aujourd'hui plusieurs ne partagent point le sentiment universel. Nous n'avons aucune autorité pour trancher cette question, moins encore en avons-nous le désir ; nous citons simplement ce qu'en a écrit le premier historien de Glandier, magistrat distingué, parfaitement à même, à tous égards, de se prononcer en connaissance de cause. Marie Capelle, personne ne le révoque en doute, avait énormément d'esprit, écrivait, parlait, avec une prodigieuse

Glandier fut vendu judiciairement et adjugé à M.
P. Bonnel-Laborie, ancien maître de forges et notaire à Vigeois, qui ajouta, en 1844, de nouvelles,
mais toujours peu lucratives, constructions à la
forge : en 1849, madame Buffière, sœur du pauvre
Charles Lafarge racheta une partie de la propriété
qu'elle revendit, un an après, à un M. Penet, de
Lyon ; en 1855, une Société des forges de Glandier,
Miallet et Orgnac se constitua, nomma un gérant qui,
en 1860, devenait le liquidateur de cette société.

Des circonstances fortuites, conséquemment pro-
videntielles, amenèrent les chartreux à acheter les
restes de Glandier : le contrat fut signé le premier
jour de mai 1860 : c'est en ce mois, dédié à la Très-
Sainte Vierge, que l'Ordre rentra en possession
de Notre-Dame de Glandier, *Locus Beatæ Mariæ
de Glanderio :* et c'est encore dans ce mois béni,
le 14 mai 1869, que les chartreux, après une absence de soixante-dix-huit ans, relevèrent de ses
ruines la maison commencée par Archambaud VI,
et donnèrent une nouvelle vie à cette solitaire
vallée si bien faite pour les paisibles disciples de
saint Bruno : aux bruits stridents de la forge suc-

facilité ; c'est pourquoi, quand on voit la conduite tenue
au procès par une femme douée de si grands talents, il est
difficile de ne pas admettre, sa culpabilité : mais après
avoir lu les *Mémoires* qu'elle composa à tête reposée, dans
le but unique de se justifier, il est impossible de croire à
son innocence. L'innocence a des mots, une logique, un
cri qui s'imposent : Madame Lafarge, malgré toute son
habileté, n'a jamais eu ce langage de l'innocence ; il est
inimitable d'ailleurs.

céda le doux son de la cloche appelant les moines au pied des autels. Glandier a repris cette physionomie de calme profond pour laquelle il semble avoir toujours été créé par Dieu.

C'est la remarque de notre vieux *Calendarium* à qui les événements ont donné raison. *Divina Providentia, à principio, propter servos suos qui hanc gratam incolunt solitudinem, ad usum cui nunc servit, videtur sic mirabiliter præparasse.*

*Sceau actuel de Glandier.*

*Gravé vers 1680.*

# LIVRE SIXIÈME

# GLANDIER ACTUEL.

GLANDIER, lorsque les chartreux y revinrent, n'offrait aux regards du voyageur qu'un amas de décombres informes. « Ses divers possesseurs, écrit M. Brunet, ne respectèrent pas tous les ruines amoncelées par l'ignorance ou le vandalisme en 1793. Soit pour bâtir la forge (qui n'enrichit personne) soit pour d'autres constructions à Glandier et ailleurs, la spéculation et le marteau du démolisseur continuèrent trop souvent l'œuvre de destruction. Aussi ne restait-il vers 1869, que des pans de murs sans caractère, dépourvus de toute ornementation et à peine décorés de quelque pierre de taille oubliée çà et là. La maison des hôtes était seule debout avec deux cellules qui servirent d'habitation aux acquéreurs de deux autres lots d'immeubles. On reconnaissait encore l'église à un immense lambeau de sa paroi du nord, dont les fenêtres et la naissance des nervures accusaient le XIII⁰ siècle ; mais le grand cloître n'était plus entouré que de ruines où s'élevaient, par intervalle, quelques pans de murs des cellules : derrière celles-ci on distinguait la place qu'avait occupée chaque petit jardin [1]. » Quoique tout fut donc à créer, néanmoins, dix années après le retour des religieux, le Chapitre Général put constituer une communauté régulière qui commença aussitôt à pratiquer toutes les observances de la Règle cartusienne [2].

L'église — dont la première pierre avait été posée le jour de l'Assomption, cinq ans auparavant, — fut consacrée par Mgr Denéchau, évêque de Tulle, le 5 août, fête de Notre-Dame des Neiges ; ainsi dans la restauration de Glandier, tout, depuis une vingtaine d'années, se faisait sous la protection visible de la Très-Sainte Vierge : rachat de la propriété, arrivée des premiers religieux, commencement d'une communauté régulière, pose de la première pierre de l'église ou couronnement définitif de l'édifice, tout avait eu lieu, soit pendant le mois de Marie, soit à une de ses fêtes ! La chartreuse actuelle restait donc, comme dans les siècles passés, le domaine que la Vierge possédait à Glandier, *Locus Beatæ Mariæ de Glanderio.*

---

[1] *Notice,* pag. 92.

[2] La vie solitaire, dans toute son intégrité, n'est pas possible au milieu du bruit et dans un monastère en construction.

Visitons maintenant cette nouvelle chartreuse
élevée, en partie, sur les fondations de l'ancienne ;
expliquons au visiteur tout ce qui frappe ses yeux,
sans négliger, à l'occasion, de lui donner des détails sur la vie intime des habitants de ce cloître :
le lecteur y trouvera, sans doute, plaisir et profit [1].

## Hôtellerie.

APRÈS avoir passé sous un portail imposant
que domine une statue de saint Bruno, et
traversé une cour longue, étroite, disgra-
cieuse, on frappe à la porte d'entrée au-dessus de
laquelle on voit l'écusson des vieux Comborn et,
comme au siècle dernier, une statue de la Très-
Sainte Vierge.

On pénètre alors dans un préau entouré de trois
côtés par un cloître bas, d'un aspect sérieux et monastique : à gauche, la chapelle dite de famille, pour
l'usage particulier des Frères, et le logement du P.
Procureur ; à droite, les chambres des hôtes, simples visiteurs ou retraitants ; au fond, un large
perron mène à l'hôtellerie dont le premier étage
est occupé par la cellule du P. Coadjuteur et les
appartements destinés aux personnes de marque ;

[1] Pour tous les renseignements généraux nous emprun-
terons beaucoup, dans les pages suivantes, à notre ouvrage : *La Grande Chartreuse par un Chartreux*.

l'étage supérieur est réservé aux Frères. Plus loin, entre le cloître et le quartier des étrangers, on a placé la cellule du V. P. Prieur.

Le supérieur d'une chartreuse n'est pas Abbé, mais simplement Prieur, *Prior ;* il n'est donc pas en dehors de sa communauté ni précisément au-dessus des autres ; il marche le premier sur la même ligne. « Le Prieur, dit un de nos Généraux, le R. P. Dom Le Masson, est *primus inter pares :* il dirige des égaux dont il est le serviteur et non point le maître ; c'est ce que l'on répète solennellement chaque année, à tous, à la fin du Chapitre [1]. » Bien que le P. Prieur soit le supérieur premier de la Maison, et que, en réalité, tout relève de lui, il se fait néanmoins aider dans son administration, à l'exemple de Dieu qui, dans le gouvernement de l'univers, donne une si grande part aux causes secondes. Devant veiller à la fois aux intérêts spirituels et s'occuper du matériel de sa communauté, le Prieur ne saurait suffire, par lui-même, à tant de travail ; il se fait aider pour le spirituel par Dom Vicaire qui habite toujours au cloître, et pour le temporel, par Dom Procureur.

Nous avons aussi parlé plusieurs fois, précédemment, de Dom Courrier ; l'Inventaire de 1790 nous apprendra quelles étaient ses fonctions particulières

[1] *Annales,* page 47.

à Glandier : nous disons, à Glandier, car ses attributions variaient beaucoup d'une chartreuse à l'autre. Le P. Procureur restait le représentant officiel de la Maison pour les affaires temporelles et signait, en cette qualité, tous les actes, tels que : baux, cheptels, obligations, quittances, etc. Dom Courrier, voire même Dom Coadjuteur, le faisaient parfois à sa place, en son absence. A Glandier « l'office de la Corrarie » comprenait l'administration de la plupart des domaines de la chartreuse, y compris la vente et l'achat des bestiaux avec « les fournitures faites aux métayers conformes aux usages de la Maison ». La charge de Courrier paraît communément réservée à des religieux d'un certain âge, autrefois supérieurs, vieillis au service de l'Ordre : c'est ainsi que sur la liste des Courriers de notre chartreuse, nous trouvons d'anciens Prieurs, comme D. Feytaud ; d'anciens Visiteurs de la Province, comme Dom Joseph Torrilhon.

Le Procureur de Glandier — toujours d'après les renseignements que fournit l'Inventaire de 1790 — surveillait particulièrement les quatre domaines de la Chapelle-Geneste, faisait exploiter par des domestiques la ferme de l'Escure du Puy [1], veillait au recouvrement des rentes-constituées, s'occupait de l'entretien de la Maison : ajoutons que, d'après le Statut, il recevait les étrangers. Si pour l'exté-

[1] Située à côté de la chartreuse, près du chemin d'Orgnac, sur une hauteur.

rieur, il se déchargeait d'une partie du travail sur Dom Courrier, à l'intérieur, il se faisait aider par le P. Coadjuteur qui, en son absence ou à son défaut, répondait aux demandes des religieux, accueillait les hôtes, dirigeait les obédiences. Courrier et Coadjuteur étaient, même dans les chartreuses les moins importantes, les aides du Procureur : la besogne pour être ainsi divisée ne se faisait que mieux, les Officiers, plus libres, vaquaient plus facilement à leurs obligations de chartreux : aujourd'hui, les conditions ont changé, cette régie des domaines si compliquée n'existe plus, un seul Procureur peut, sans trop de peine, faire face à ses multiples et nombreuses occupations ; son ancien auxiliaire d'autrefois est devenu un simple confesseur des retraitants qui peuvent se présenter.

Dom Procureur dirige les Frères. Quand saint Bruno se rendit au désert de Chartreuse en 1084, il était accompagné de quatre clercs et de deux laïcs, André et Guérin ; ce sont les deux premiers frères convers de l'Ordre. Les convers sont religieux dans toute l'acception du terme, car ils prononcent des vœux, même solennels ; toutefois après une longue épreuve de onze années pour le moins : ils s'occupent soit aux travaux de la campagne, soit, à l'intérieur de la Maison, dans les obédiences ou ateliers. Parmi eux, on a vu des hommes de mérite et de grande famille, c'est ainsi qu'un acte de 1280 nous parle d'un convers de Glandier, Pierre de Montinhac, parent du R. Père Général du même nom, parent aussi, et très rapproché, des vicomtes de Comborn.

Au XII<sup>e</sup> siècle, l'Ordre admit les Rendus qui suivaient une règle moins austère et prononçaient cependant des vœux : ils furent chargés des travaux de la campagne ; de la sorte, les convers restaient dans l'enceinte de la chartreuse ou dans les domaines les plus rapprochés de la Maison, pour prendre soin des troupeaux, tranquille besogne qui leur permettait d'être plus recueillis et les séparait plus entièrement du monde. Nos Statuts parlent encore des Clercs-Rendus, occupant une position intermédiaire entre les moines et les convers ; ils pouvaient recevoir les Ordres sacrés jusqu'au diaconat ; s'ils désiraient devenir prêtres, ils quittaient la chartreuse ou bien, après une année de probation, prononçaient leurs vœux comme religieux du cloître et pouvaient alors être ordonnés. En 1467, un Clerc-Rendu de Glandier, frère Pierre *de Mensuris* [1], après avoir obtenu du Chapitre Général la permission de recevoir les Ordres sacrés, désire entrer au cloître et devenir prêtre : le Chapitre lui accorde d'en faire un essai en cellule. Ses supérieurs ne trouvant pas en lui des marques suffisantes de vocation pour ce nouveau genre de vie, le Chapitre décide qu'il quittera la chape noire et reprendra son ancienne position

---

[1] Ou *de Mesuris*, Mezurat près de Troche ?

de Rendu : F. Pierre trouva pénible cette décision et fit de nouvelles instances ; une fois encore, en 1470, le Chapitre s'occupa de lui et lui déclara qu'il ne devait point songer à monter plus haut. Les Clercs-Rendus étaient souvent chargés de traiter les affaires qui auraient obligé le P. Procureur à sortir des limites de la chartreuse, et nous en voyons remplir des missions très importantes, même près de la Cour romaine.

Peu à peu, et dès le XIIIᵉ siècle, les Rendus furent remplacés par les Donnés qui ne se lient point par des vœux, mais se *donnent* à la chartreuse par un simple contrat. Jadis ce contrat était passé devant notaire, signé du Prieur, du récipiendaire et de deux témoins. Le frère Donné s'engage à suivre les règles particulières qui lui sont tracées dans le statut des Chartreux ; après qu'il a fait cette promesse, le Supérieur lui dit : « Et moi, mon cher Frère, j'accepte votre Donation, au nom de l'Ordre, et m'engage de mon côté, pour moi et mes successeurs, à pourvoir suffisamment à tous vos besoins, jusqu'à la fin de votre vie, pourvu que vous demeuriez fidèle aux engagements que vous venez de prendre. Et que la bénédiction du Père, du Fils et du Saint-Esprit descende sur vous et y demeure à jamais [1]. » Le contrat de donation peut être annulé pour des motifs suffisants, mais, encore dans ce cas, on rédigeait autrefois, un acte notarié ;

---

[1] *Cérémonial des Frères Chartreux*, supplément, pag. 14.

c'était du moins l'usage de notre Maison, comme le prouve la pièce suivante que nous citons à titre de curiosité. « Par devant nous notaire royal à Troche, le frère Antoine Faure, a exposé qu'il s'est donné, par contrat du 5 février 1782, à la chartreuse de Glandier ; ne pouvant supporter, depuis long-temps, les austérités de l'Ordre, il a prié le T. V. P. Dom Gabriel Morel, prieur, de consentir, vouloir et permettre que le contrat ci-dessus narré, soit cassé et résilié et lui permettre en conséquence, conformément aux Statuts des Frères Donnés, de quitter l'habit et se retirer où bon lui semble ; à laquelle prière ledit Prieur a incliné sous l'autorisation du T. R. P. Général ; en conséquence lui permet de quitter l'habit, et ledit frère renonce, par ces présentes, à toute espèce de droits et réclamations envers la susdite Chartreuse, dont acte que j'ai concédé [1]. »

Le plus célèbre Donné de notre chartreuse est bien certainement le frère Gérard, parent du Pape Innocent VI, et, après lui, un des seigneurs de la Rivière.

---

[1] « Le 2 novembre 1741, dit notre *Calendarium*, décès du frère Étienne Jamon, *oblat* de cette chartreuse de Glandier. » Les oblats n'étaient point des religieux, mais de simples domestiques à qui l'on accordait « leur vie durant, tant en santé qu'en maladie, les aliments et vêtements nécessaires, sous promesse de vivre en la chartreuse en bon chrétien, y travailler et procurer l'honneur et avantage de la Maison, sans répétition de salaire dans le cas où leur inconduite obligerait à les mettre dehors. » Dom Ambroise Bulliat, *Chartreuse et Seigneurie de Sélignac*, page 535. — Le contrat d'oblation se passait devant notaire.

Les aspirants qui demandent à devenir frères, commencent par une année de postulat ; en assistant aux exercices conventuels, ils mettent un grand manteau sur leurs vêtements séculiers : ils prennent ensuite l'habit brun de novice-donné et, après une année révolue, font leur donation ; dès lors, pendant la semaine, ils conservent leur robe brune, mais le dimanche et aux exercices conventuels portent l'habit blanc. Cinq années plus tard, les Donnés, s'ils le désirent ou en obtiennent l'autorisation, commencent le noviciat des convers et, dès lors, même aux jours ouvriers, sont vêtus de blanc, laissent croître leur barbe et ont la tête rasée.

La règle des Frères, moins dure et moins solitaire que celle des religieux du cloître, est néanmoins basée aussi sur la pénitence et la séparation du monde qui, avec l'esprit de prière, constituent la vie des fils de saint Bruno.

## *Église.*

Un grand et bel escalier, d'une exécution parfaite dans sa noble simplicité, conduit de la cour intérieure à l'église.

Bâtie, à peu près, sur les fondations de l'ancienne, l'église actuelle est dans le style roman : c'est une vaste nef [1], très sobrement ornée mais avec beaucoup

---

[1] L'église a 38 mètres de longueur, 7 de largeur, 17 de haut.

de goût [1] ; rien d'éclatant, qui attire l'œil et distraie la pensée ; l'âme se recueille vite dans ce sanctuaire et prie facilement ; l'impression calme et pieuse que l'on y éprouve est bien en rapport avec la vie d'un chartreux.

L'église est divisée en deux parties : la première comprend le sanctuaire proprement dit (que nos Statuts désignent sous le nom d'*autel*), avec le chœur des moines, c'est-à-dire, des prêtres ; la seconde partie de la nef est destinée aux Frères qui, bien que religieux, sont néanmoins des laïcs. La séparation des clercs d'avec les laïques, dans les lieux de prière, est aussi ancienne que le monde et se retrouve chez tous les peuples, civilisés ou barbares, dans les églises comme dans les synagogues et les temples païens : s'en étonner ferait croire que l'on connaît peu l'histoire religieuse du genre humain. Les anciens canons disciplinaires nous apprenent que l'entrée du chœur des prêtres ou *presbyterium*, nommé aussi le cancel à cause des grilles ou barrières à claire-voie qui l'entouraient était interdite à tous laïcs, de quelque condition qu'ils fussent, sous des peines sévères ; un statut diocésain de Tulle de 1328, cité par Baluze [2], les exclut du cancel sous peine d'excommunication.

---

[1] M. L. Douillard aîné, de Paris, architecte diocésain de Tulle, a construit avec une véritable entente des exigences d'une chartreuse, le nouveau Glandier : c'est sérieux et bien compris.

[2] *Hist. Tutel.* col. 677.

On voit au fond du sanctuaire, un grand tableau d'Antoine Sublet : la Très-Sainte Vierge, debout, entourée d'anges, tient dans ses bras l'Enfant-Jésus qui s'incline vers quatre personnages : saint Bruno, notre fondateur ; saint Jean-Baptiste, notre patron principal ; saint Joseph, patron particulier des novices et saint Martin [1] soutenant l'écusson de la chartreuse : au bas du tableau, le monastère. Saint Bruno supplie, à genoux, Notre-Seigneur de bénir cette maison ; les Saints qui l'entourent joignent leurs prières aux siennes ; la Très-Sainte Vierge, calme et douce, approuve par son sourire, la requête présentée à son Fils, et l'Enfant-Jésus, accueillant la demande qui lui est faite, élève la main pour bénir. Cette composition, éminemment religieuse, est remarquable. Au-dessus de la boiserie du sanctuaire, on a peint à fresque : au milieu de l'abside, les armes de l'Ordre des Chartreux ; à gauche, celles de notre voisin et bienfaiteur Innocent VI et de Mgr Berthaud, évêque de Tulle au temps où Glandier sortit de ses ruines ; à droite, les armes du Pontife régnant, Léon XIII, avec celles du prélat qui consacra la nouvelle église, Mgr Denéchau placé aujourd'hui à la tête du diocèse de Tulle qu'il gouverne en apôtre. Le maître-autel de marbre ordinaire, est décoré, avec intelligence, par des plaques de porcelaines enchâssées dans le rétable, représentant les douze Apôtres,

---

[1] La chartreuse a été fondée la veille de saint Martin.

d'après Owerbeck. A droite de l'autel, il y a le « siège du célébrant » où le prêtre vient s'asseoir pendant l'Épître ; à gauche, le lectoire où le diacre chante l'Évangile revêtu de la *cuculle ecclésias-tique* (sorte de coule ou grand surplis en laine) et portant une très grande étole dont une des extré-mités repose sur le bras gauche en forme de mani-pule. Sur les degrés du sanctuaire, que le Statut appelle invariablement les *degrés de l'autel*, sont placés quatre grands chandeliers que l'on allume à certaines fêtes plus solennelles. La primitive Église n'admettait point de lumières sur l'autel même, elle les plaçait à côté ou par devant ; de là, l'usage des chandeliers sur les marches du sanctuaire, usage que l'on trouve encore au Moyen-Age[1] et que nous avons conservé en partie.

Les chartreux ont un rite à part. Aux XVIIe et XVIIIe siècles, lorsqu'un souffle malheureux d'inno-vation passa sur l'Église de France, les Ordres mo-nastiques eux-mêmes ne surent point assez s'en ga-rantir, mais, par la grâce de Dieu, la vieille liturgie cartusienne resta telle qu'elle était au XIe siècle : l'esprit de tradition qui nous a rendu déjà tant de services, nous préserva encore du malheur d'inno-ver en matière si grave.

Généralement parlant, surtout pour le bréviaire, le Cartusien est, en grande partie, le rite monasti-

[1] Un Compte-royal de 1340 parle de « chandeliers grans *devant* l'autel ».

que primitif ; c'est la remarque d'un de nos Généraux, Guigues I, au Prologue de ses *Coutumes* rédigées vers 1127 [1] : « pour le reste, ajoute un autre
de nos Généraux, nous avons pris beaucoup du
Lyonnais ; quant à la messe, c'est presque totale-
ment l'ancien Grenoblois [2]. » Le très consciencieux
annaliste de notre Ordre, le savant Dom Charles Le
Coulteux, a étudié les différences qui existent entre
la messe basse au Romain et celle du Cartusien ; il
en compte plus de vingt-cinq et recherche, avec
une grande érudition, la source de nos usages particuliers qu'il rattache aux antiques liturgies de
Reims, de Laon, de Grenoble et de Lyon [3]. Voici
quelques-unes de ces divergences, les principales ou
les plus frappantes. Le prêtre, aidé du servant, découvre l'autel avant de commencer la messe basse,
verse le vin dans le calice, place l'hostie sur la patène et la patène sur le calice en la couvrant de la
pale qui ne sert qu'en cette occasion : les chartreux
ne font point usage du voile de calice. Le missel repose, à plat sur l'autel, *ad cornu Epistolæ* ; le calice,
entre le missel et le corporal : au coin de l'évangile,

[1] *Cum cæteris monachis multùm, maximè in psalmodia
regulari, concordes.*

[2] Le Masson, *Annales*, pag. 33.

[3] Saint Bruno passa une grande partie de sa vie à Reims
et l'on croit que, pendant son exil sous Manassés, il habita les environs de Laon ; la Grande Chartreuse, située
non loin de l'insigne métropole de Lyon, a toujours été du
diocèse de Grenoble. Après ces remarques on comprend
plus aisément pourquoi nos premiers Pères choisirent
dans les liturgies nommées par D. Le Coulteux.

un coussin qui servira de pupitre.—Le prêtre commence la messe par le verset : *Pone, Domine, custodiam ori meo*, suivi d'un *Confiteor* tout particulier ; il récite, à voix basse, un *Pater* et un *Ave Maria* et monte à l'autel en silence. Le *Kyrie*, le *Gloria*, le *Dominus vobiscum*, se disent en restant au coin de l'épître. — A l'offertoire, le prêtre verse l'eau dans le vin du sacrifice [1] et fait l'oblation en élevant le calice sur lequel repose encore la patène et l'hostie ; il couvre le calice, suivant l'usage apostolique, avec l'extrémité du corporal qui, à cet effet, est de très grande dimension. — Le célébrant récite un seul *Agnus Dei* suivi d'une seule prière avant la communion ; à partir de ce moment, tout se fait en silence jusqu'à la postcommunion précédée des deux derniers *Agnus Dei*. La messe se termine à l'*Ite Missa est ;* l'assistance se retire, le prêtre récite le *Placeat*, se signe et, sans bénir le peuple ni réciter l'évangile de saint Jean, dépose les vêtements sacerdotaux.

Les cérémonies de la messe chantée diffèrent très peu de celles de la messe basse : le prêtre vient s'asseoir, pour lire l'épître, au siège du célébrant ; c'est de là qu'il écoute chanter l'évangile. Si l'on excepte l'encensement à l'Offertoire, les cérémonies extérieures (nous ne parlons point des prières liturgiques) sont absolument les mêmes pour une messe

---

[1] Le prêtre récite alors cette belle prière : *De latere Domini Jesu-Christi exivit sanguis et aqua in remissionem peccatorum.*

de *Requiem* que pour la grand'messe de Pâques.
Solitaire en cellule, solitaire au chœur où il vient
rarement, où il se tient la tête couverte et comme
voilée, séparé de son voisin par une sorte de cloison
placée entre les stalles, le chartreux est encore solitaire à l'autel : le diacre ne se tient jamais à côté
du célébrant, il se contente de lui présenter ce dont
il a besoin et se retire aussitôt dans sa stalle où il
reste une grande partie de la messe. Quant à l'office du sous-diacre, à peine peut-on dire qu'il existe ;
vers la fin des premières oraisons, un religieux quitte
sa place, chante l'épître au lectoire placé au milieu
du chœur et remonte aussitôt dans sa stalle : l'office
du sous-diacre est terminé.

Notre Ordre a aussi conservé ses vieux livres de
chœur, sans y retrancher une seule note : dans
nos églises, les instruments de musique, l'orgue
et même le modeste et moderne harmonium sont
inconnus et défendus ; le plain-chant sans aucun accompagnement, jamais un motet, le silence
complet entre les diverses pièces du graduel, ce qui
ne manque point de beauté et recueille davantage.
Les Chartreux n'ont qu'un seul *Credo*, deux *Gloria*,
trois *Kyrie* et deux *Agnus Dei*, l'un, fort simple,
pour les grandes solemnités, l'autre, plus simple encore, sert aussi bien aux fêtes qu'aux messes des
morts. La manière dont nous chantons n'est point
du goût de tout le monde, résultat, du reste, difficile
à obtenir et auquel nous renonçons. Notre chant,
et c'est là son grand mérite à nos yeux, cadre par-

# GRAND CLOITRE

**Côté sud. (État actuel). Longueur, 88 mètres.**

*(Page 388)*

faitement avec tout l'ensemble de nos observances et de notre liturgie : il est paisible, austère, facile à saisir, ne gênant point la dévotion par l'attention qu'il requerrait ou par les émotions profanes qu'il produirait ; un peu monotone si l'on veut, ce qui ne déplaît pas dans un chœur de solitaires et ne surprend personne, après tout ce que nous venons d'expliquer précédemment. Nos anciens Statuts disent à propos du chant : « Puisque l'occupation d'un véritable moine est beaucoup plus de pleurer que de chanter, servons-nous de notre voix de telle sorte qu'elle procure au cœur une joie intime et non pas ces émotions résultant des accords d'une musique harmonieuse. Coupons impitoyablement tout ce qui produirait des sensations, pour le moins futiles quand elles ne sont point coupables ; enlevons ce qui nourrirait une vaine curiosité, ôtons ce qui ne serait pas d'accord avec un chant simple et plein de dévotion [1] ». Au commencement du XII° siècle, Guigues, cinquième Prieur de la Grande Chartreuse disait à ses frères : « Le sérieux de la vie érémitique ne nous permet pas de consacrer beaucoup de temps à l'*étude du chant*. Tout moine, tout solitaire à plus forte raison, n'a pas pour office d'enseigner, moins encore de chanter ; il s'occupe à pleurer ses fautes et les péchés du monde [2] ». Les chartreux chantent à notes à peu près égales, ou raisonna-

---

[1] *Antiq. Statuta,* I p. c. xxxix. 1.

[2] *Annal. Ordin. Cartus.,* ad annum 1127.

blement égales, sans exagération, évitant soigneusement de marteler : plus d'un texte ancien semblerait prouver qu'ils n'étaient point les seuls autrefois et qu'ils n'ont pas eu tort de conserver cette vieille habitude [1]. En tout cas, une chose est certaine, c'est que, depuis bien des siècles, nous avons un chant à part. Lorsque sainte Brigitte jetait, en 1344, les fondations du monastère de Wadstena, Notre-Seigneur lui dit, dans une de ses révélations : « Le chant de vos religieuses ne doit être ni traînant, ni saccadé, ni manquer d'ensemble ; qu'il soit digne, grave, uniforme et plein d'humilité : imitez le chant des Chartreux qui respire beaucoup plus la suavité de l'âme, l'humilité et la dévotion, qu'une certaine ostentation [2]. »

Aux jours ordinaires, les religieux ne se réunissent que trois fois au chœur : le matin pour la messe conventuelle qui est toujours chantée ; vers trois heures de l'après-midi pour les vêpres suivies fréquemment des vigiles des morts et, vers onze heures du soir, pour matines. Les étrangers aiment à ve-

---

[1] Au rapport de saint Augustin, le chant traditionnel de l'antique Église d'Alexandrie paraissait plus un récitatif qu'un chant proprement dit, *ut pronuntianti vicinior esset quam canenti.* — Nous lisons dans le *Monitum* d'un Antiphonaire cistercien du XVIIe siècle :..... *omnes omnino notas secundum peritos in arte canendi Gregoriana, eadem esse mensura et valore.....; notæ, non longiore, non breviore, sed æquali temporis intervallo, prorsus passim et ubique sunt producendæ.*

[2] *Lib. Revelat.*, p. 804.

nir quelque temps à l'office de nuit et beaucoup sortent de l'église profondément émus. Plus d'un visiteur, en assistant aux matines, a senti soudain dans
son âme le désir d'embrasser la vie des chartreux ;
pour d'autres, l'impression reçue restera endormie
dans je ne sais quel secret repli de leur âme et ne
se réveillera que longtemps après, mais vive et pres-
sante. Dieu, qui aime à varier la conduite de son
admirable Providence, s'est, plus d'une fois, servi
de cette cloche des matines pour parler à l'âme du
pécheur : nos Annales en fournissent des exemples,
celui que nous allons citer n'est point l'un des moins
touchants.

Un jeune créole de Saint-Domingue, Bernard de
Joye, avait été envoyé à Toulouse par sa famille,
vers 1785, pour y faire ses études. Doué d'une force
musculaire prodigieuse, d'une adresse peu commune,
le jeune homme se fit bientôt, parmi ses camarades,
la réputation d'un véritable hercule : poussé par la
plus sotte des vanités, il arriva jusqu'à se joindre,
en amateur il est vrai, à une troupe de saltimban-
ques. Une nuit, après avoir fait, sur des tréteaux
vulgaires, les délices d'un public de bas étage, Bernard de Joye retournait chez lui dans son costume
d'acrobate, lorsqu'il entendit tout à coup sonner
matines aux Chartreux. Le Seigneur le permettant
ainsi dans sa miséricorde, le son grave de cette
cloche dans le profond silence et les ténèbres de la
nuit, au milieu des rues désertes, frappa vivement
le pauvre malheureux égaré : la grâce agit vite

quand Dieu le veut ; en un clin d'œil l'étudiant dé-
classé comprend combien vile est l'existence qu'il
mène, et le chrétien, surtout, combien mauvaise et
dangereuse est cette vie de péché ; il compare à sa
conduite aussi méprisable que répréhensible, la vie
sainte de ces moines qui, le jour et la nuit, ne son-
gent qu'à louer Dieu: soudain sa résolution est prise;
la cloche est la voix du Seigneur qui l'appelle, il l'é-
coutera, la suivra, la suivra sur-le-champ. Sans
même songer à l'accoutrement plus que bizarre dans
lequel il se présente, Bernard sonne à la chartreuse.
Le frère portier fait des difficultés pour introduire à
pareille heure un si étrange visiteur, mais le jeune
homme insiste tant pour parler au Père Prieur que,
finalement, on lui permet d'entrer. Les chartreux
aiment peu les vocations romanesques, quoi qu'en
disent et écrivent les romanciers, aussi Dom Prieur
de Toulouse fit-il à l'aspirant une réception froide,
cependant il sut, sous le tricot du bateleur, remarquer ce reste de distinction dont un homme bien
élevé se dépouille si difficilement ; surtout il trouva
un accent vrai de conviction et de repentir dans la
demande qui lui était adressée; bref, quoique même
un essai ne doive être accordé qu'à bon escient, il
finit par permettre au saltimbanque converti de
commencer la vie cartusienne. Après un noviciat
parfait, Dom Charles (c'est le nom que Bernard de
Joye porta depuis sa prise d'habit) promit, selon la
formule de l'Ordre, obéissance, conversion de mœurs
et stabilité. En 1791, les chartreux de Toulouse fu-

rent expulsés : la Révolution, toujours amie du mensonge puisqu'elle est fille de Satan le père du mensonge, offrait bien une soi-disant retraite dans ce qu'on appelait les maisons-communes ; en réalité c'était un leurre et une pente habilement ménagée, pour rendre la chute de l'état monastique moins brusque, tout aussi complète et moins remarquée. Dom Charles résolut de persévérer aussi longtemps que possible dans la sainte vocation qu'il avait reçue d'une manière si providentielle ; il partit donc aussitôt pour la Grande Chartreuse et y resta jusqu'à la dispersion finale en octobre 1792. A mille lieues de son pays, sans parents ni connaissances, il considéra la Chartreuse comme sa maison paternelle et voulut s'en éloigner le moins qu'il pourrait ; il vivait caché dans les environs lorsqu'il fut pris, incarcéré à Grenoble, puis transféré successivement à Bordeaux, à Rochefort et sur les pontons. Rendu à la liberté, il exerça le saint ministère jusqu'au jour où venant à apprendre que la Grande Chartreuse était de nouveau habitée, il alla immédiatement reprendre cette vie de pénitence et de solitude à laquelle il s'était voué si généreusement. Dom Charles mourut en 1848 ; il remplissait alors, et depuis longtemps, la charge de Coadjuteur. Que de fois dans ces cinquante années passées dans le cloître, ne dut-il point, en entendant sonner les matines, se rappeler avec bonheur, qu'une nuit la cloche des chartreux de Toulouse avait fait pénétrer dans son cœur la voix miséricordieuse de son Dieu.

# Chapitre et Réfectoire.

E N sortant de l'église, passons au Chapitre : C'est une belle salle [1], large, un peu basse ce qui est loin d'être ici un défaut, éclairée par trois fenêtres versant un jour très doux : au fond, un autel orné de médaillons en porcelaine représentant les saints de l'Ordre ; aux murailles pendent quatre tableaux : Saint Bruno ; le B. Boniface, de la famille princière de Savoie, reconnaissable à la couronne jetée à ses pieds ; Denis-le-Chartreux ; le B. Nicolas Albergati évêque de Bologne et Cardinal.

Les religieux entrent au Chapitre les jours de fêtes : après l'office de Prime pour le *Pretiosa*, le Martyrologe, les suffrages des défunts et l'oraison pour les personnes recommandées à nos prières ; aux mêmes fêtes on y vient encore après None entendre la lecture du saint Évangile ou des Statuts. A certaines solennités, le Prieur fait le matin au Chapitre une allocution en latin. C'est dans cette salle que les Pères délibèrent sur l'admission à la prise d'habit et à la profession ; le vote suit la délibération, car, chez les chartreux, les grandes questions se tranchent par le vote.

---

[1] 14 m. de longueur sur 7 de largeur et 6 m. de hauteur.

Près du Chapitre se trouve le réfectoire des Pères. Un grand Christ en terre cuite, polychromé, d'un aspect fort dévot, attire immédiatement les regards : on voit, aux côtés de la croix, à gauche, le portrait du R. P. Dom Jean-Baptiste Mortaize, Général de l'Ordre de 1831 à 1863 ; à droite, celui de son successeur, le R. P. Dom Charles-Marie Saisson mort en 1877. La table du fond est réservée au Père Prieur ; les religieux occupent les autres tables par rang d'ancienneté. Le couvert est des plus modestes : fourchette, cuiller, coquetier, sont en bois ; deux petits pots de grès pour le vin et l'eau ; une tasse à deux anses remplace le verre. « L'ancienne coutume de l'Ordre, dit le *Cérémonial des Frères Chartreux*, est qu'on met les deux mains au gobelet en buvant, ce qu'on observe toujours pour révérer la première simplicité de nos anciens Pères, quoique l'usage du monde d'à présent y soit un peu opposé ; mais nous serons trop heureux si nous mettons bien en pratique ces paroles de la Sainte Écriture : *Mourons dans notre simplicité.* » Cette coutume et les autres cérémonies fort curieuses que nous observons au réfectoire remontent bien haut, puisqu'on les trouve déjà consignées dans les Statuts de 1259 ; elles donnent à nos repas une physionomie toute spéciale et qui ne manque pas d'intérêt.

Les chartreux ne parlent *jamais* au réfectoire ; ils entendent pendant les repas une lecture en latin, qui se chante sur le ton des leçons de Matines. Cette lecture n'est pas laissée à l'arbitraire, mais intimement liée avec celles que l'on fait à l'église ; on achève toujours au réfectoire les homélies et les sermons commencés la nuit précédente à l'office : on y lit également les livres de la Sainte Écriture, de telle sorte que l'on entend chaque année la Bible presque tout entière, soit au chœur, soit au réfectoire.

On ne prend le repas en commun que les dimanches et à certaines fêtes ; le dimanche, après le souper, les religieux en sortant du chœur, se présentent à la porte du réfectoire « comme des mendiants du Christ » et le lecteur remet à chacun un pain en disant : *Requiescant in pace*, à quoi l'on répond : *Amen*. Le souvenir de nos bienfaiteurs ne nous quitte jamais ; ce pain était jadis fourni par des donations de personnes affectionnées à l'Ordre, et maintenant encore, nous ne les oublions point dans nos prières. Quant à l'usage de distribuer du pain le dimanche, avant de rentrer au cloître, il date du commencement même de l'Ordre.

## Le Cloître.

E N pénétrant dans le grand cloître, on sent aussitôt que l'on se trouve dans la partie de la maison qui constitue la chartreuse proprement dite, la demeure du silence et du recueillement.

Le cloître de Glandier forme un carré presque parfait de 88 mètres sur 78 : il est éclairé par de grandes baies et bâti dans le style roman avec quelques ornements très sobres ; c'est ce qui convient. La beauté de ce cloître consiste beaucoup dans le paysage qui l'entoure : on voit, par de là les cellules, à l'ouest et au nord, des prairies qui montent doucement et portent à leur sommet de vigoureuses plantations de châtaigniers, vrai mur qui ferme la chartreuse et arrête le bruit.

Au milieu du préau, caché derrière un rideau de sapins, se trouve le cimetière. Une simple croix de bois, sans aucune inscription, protège la tombe de nos morts. Plusieurs s'étonneront peut-être de voir le cimetière occuper un espace si peu considérable : ils ignorent, apparemment jusqu'à quelles limites peut arriver la vie d'un chartreux. Les victimes des joies du monde sont plus nombreuses mille fois que celles de la pénitence : une Règle austère ne détruit pas la santé. Un des Papes d'Avignon, eut la pensée de nous obliger à faire gras en cas de maladie. Les chartreux, alarmés à cette nouvelle, envoyèrent une députation pour supplier le Souverain Pontife de ne point mitiger la rigueur de l'ancienne discipline. La députation était composée de vingt-sept religieux dont le plus jeune avait quatre-vingt-huit ans et le plus âgé quatre-vingt-quinze ans. Le Pape n'insista plus après cette preuve vivante [1].

---

[1] Le Masson. *Annales*, p. 125.

Disons en quelques mots comment les chartreux conduisent un de leurs frères à sa dernière demeure. Après l'absoute, les moines se mettent en procession, marchant à pas lent, un à un, la tête couverte du capuchon et psalmodient d'une voix grave. Le chantre entonne l'*In exitu Israël de Ægypto*, ce chant de victoire qui rappelle la sortie de la terre d'Égypte alors que Dieu délivra son peuple choisi de la servitude de Pharaon : c'est donc une marche triomphale que cette procession qui conduit un chartreux à la tombe ! de fait, ce mort vaincu par la mort, triomphe de la mort puisqu'il commence à vivre de la seule et véritable vie. Mais après avoir récité ce psaume dont chaque verset semble un cri d'allégresse, les religieux craignent d'avoir trop donné à la confiance et disent le *Miserere* dans un sentiment d'humble contrition : la sainte crainte de Dieu, loin de les abattre, fait, au contraire, croître la confiance dans leurs cœurs et, derechef, ils s'écrient : confiance, car notre Maître est bon, car sa miséricorde règne dans tous les siècles; *Confitemini Domino, quoniam bonus*. L'espérance, le désir du Ciel naissant de la confiance, le chœur, pour interpréter les sentiments du défunt, entonne le *Quemadmodum desiderat cervus ad fontes aquarum*: comme le cerf altéré désire les eaux vives, ainsi mon âme vous désire, ô mon Dieu ! mon âme a désiré son Dieu, source de la force et de la vie : puis, à la pensée de l'âme de leur frère que la main des Anges élèvera jusqu'aux tabernacles éternels, les moines récitent le *Memento, Domine, David*, où le prophète parle de l'Arche sainte, figure de l'âme vertueuse dans laquelle repose le Seigneur et montre la récompense que Dieu promet à l'arche mystique, à l'âme sainte, récompense qui n'est autre que le repos même dont jouit le Seigneur : *Surge, Domine, in requiem tuam* ; *Tu, et arca sanctificationis tuæ.* Mais, de nouveau, apparaît un sentiment d'humble défiance ; pour entrer au Ciel il faut passer devant le redoutable tribunal de la justice divine : le chrétien alors ne trouve d'espérance et de force que dans une humble prière : *Inclina, Domine, aurem tuam et exaudi me,* approchez votre oreille, mon Dieu, pour entendre ma prière, exaucez-moi parce que je suis pauvre et misérable. Réconfortée par cette prière, l'âme pousse un cri d'allégresse : *Laudate Dominum de cælis,* et chante ce psaume tout consacré à la louange de Dieu ; après quoi, le chœur ajoute le *Benedictus* et termine par une prière à la Mère du Sauveur, *Magnificat.* Pendant sa vie, tous les jours, le chartreux a récité l'Office de la Très-Sainte Vierge : chaque journée a commencé par les Matines *de Beata* et s'est terminée, non point par Complies de l'Office canonial, mais par celles de l'Office de Marie ; le jour a donc commencé et fini par Elle, et la vie, qui n'est qu'un jour, finit de la même manière pour le chartreux ; la dernière prière que l'on murmure pour lui sur sa tombe béante, c'est le *Magnificat !*

Tout en psalmodiant, les moines sont arrivés au cimetière : le défunt est étendu près de la fosse, non point caché dans un cercueil, mais, comme le soldat mort sur le champ de bataille, étendu sur une planche, vêtu de ses habits monastiques, le visage couvert du capuchon, les mains jointes, un chapelet entre les doigts. On enlève le drap mortuaire ou le cilice de crin [1] qui le couvre et le mort apparaît une dernière fois au milieu de ses frères qui chantent les psaumes que nous venons d'analyser. Le prêtre de son côté, a béni la fosse : le moment de la séparation est arrivé. Le mort descend lentement dans la fosse, on le couche au fond de cette cellule creusée dans les entrailles de la terre et c'est là que ce solitaire attendra, dans le silence et l'espérance, la résurrection bienheureuse. Les moines s'éloignent et, après avoir entendu au Chapitre l'éloge funèbre de leur frère défunt, rentrent en cellule où ils comprennent mieux cette sentence de saint Bernard : de la cellule au ciel, le passage est facile.

Près du cimetière se trouve la chapelle des Morts où les religieux se réunissent avant de sortir en promenade, appelés à cette récréation par la cloche qui sonne aux enterrements.

Partant du cloître, un escalier mène à la bibliothèque nouvellement formée et déjà suffisamment pourvue.

[1] *I. P. Statut.* cap. XXXIV, 7.

Nos Pères ont toujours aimé les livres parce qu'ils les ont toujours tenus en très haute estime. Nos premiers Statuts les nomment « l'éternel aliment des âmes » et le Père sacristain à qui on confiait la garde des vases sacrés était également chargé du soin de la bibliothèque : il distribuait les livres et les inscrivait en les prêtant: c'est lui qui, chaque dimanche au Colloque, donnait les manuscrits à transcrire, et fournissait aux religieux, pour la semaine ,le parchemin, la craie, les plumes et l'encre.

Dès l'origine de l'Ordre, les frères convers s'occupaient d'agriculture ; mais les Pères du cloître ne se sont jamais livrés, comme d'autres religieux, aux travaux de la campagne ; ils copiaient des livres : noble, intelligente et savante occupation. Les *Coutumes* de Guigues, au chapitre vingt-huitième, entrent, à propos du copiste, dans des détails fort intéressants et décrivent tous les instruments que l'on fournira au religieux *écrivain*. On lui remettra, disent-elles, un encrier, des plumes, de la craie, deux pierres ponces, deux petites cornes, un canif, deux rasoirs pour racler les parchemins, un poinçon ordinaire et un autre plus fin, un crayon de plomb, une règle, une planche à dessin, des parchemins et une pointe à écrire. Parmi les moines, les uns copiaient, les autres mettaient la ponctuation en traçant une ligne rouge au commencement des phrases (*rubricare*) ; les plus habiles enluminaient les manuscrits, les couvrant de ces inimitables lettres ornées, de ces ravissantes majuscules au dessin si

ferme, si varié, si spirituel, aux couleurs si vives et
si tenaces dont nous avons perdu le secret ; enfin
les plus instruits, par de patientes et savantes recherches, établissaient un texte parfaitement cor-
rect. Que de merveilles sont sorties des mains des
Chartreux, et presque tout est devenu la proie des
flammes.

Un feuillet arraché à un manuscrit sur parchemin, qui a survécu à toutes les vicissitudes, est venu nous apprendre le nom d'un chartreux de Glandier, copiste au XIIIᵉ siècle : ce feuillet est la dernière page d'une Passion de saint Mammès, moine
et martyr, copiée, au temps de Dom Jean de Noblac,
prieur de Glandier, par un Dom Pierre Lalo [1] ; l'é-
criture est ferme et belle, l'encre de trois couleurs,
bleue, noire et rouge. Nous avons précédemment
cité Dom de Bussières et Dom Geneste, copistes
au XVᵉ siècle et Dom Fr. Janneau, prieur de 1614 à
1628, qui forma une belle bibliothèque. Une pièce
officielle de 1792, constate au sujet des livres de
Glandier, « qu'il n'en est aucun relié avec une sorte
de recherche et de magnificence, encore moins qui
soit relié en maroquin et doré sur tranches, ni feuillets à filets réglés ; ils sont couverts en velin pour
la majeure partie. »

Vingt-trois cellules entourent le cloître ; entrons,
sans choisir, dans la première qui n'est point habi-

[1] *Istum librum fecit Domnus Petrus Lalo, tempore Domni
Johannis de Nobiliaco, prioris Glanderii.*

tée, puisque toutes se ressemblent à bien peu de choses près. Suivant la coutume des anciens monastères de la Thébaïde, chaque cellule est marquée d'une lettre de l'alphabet, et sur la porte on lit une sentence de la Sainte Écriture, des Pères, de l'*Imitation*, de la liturgie cartusienne, et même des auteurs profanes.

Les noms ou les armoiries des bienfaiteurs étaient gravés sur une pierre à l'entrée de la cellule, ou peints sur verre et placés dans une des fenêtres ; le soir après complies, le religieux priait spécialement pour ceux qui avaient élevé la cellule où il venait de passer une journée si calme et si heureuse. Après deux ou trois siècles, les arrière-petits-fils des bienfaiteurs, en entrant dans une cellule, et voyant le nom ou les armes de leurs ancêtres se trouvaient de suite comme chez eux, et savaient que depuis des centaines d'années, chaque jour, sans manquer, une prière partie de cette cellule s'était élevée vers le ciel, demandant au Seigneur de verser ses plus abondantes bénédictions sur leur famille. Au Moyen-Age, les moines jouissaient d'une immense popularité parce qu'ils occupaient, à bien des titres, une large part dans chaque maison. Qui ne comptait point un religieux parmi ses parents ? Les moines venaient à vous comme l'un des vôtres, vous entriez chez eux un peu comme chez vous ; des échanges d'un genre tout particulier, créaient des liens entre le cloître et le monde ; vous donniez votre aumône, ils donnaient leurs prières et leurs mortifications, et les chrétiens d'autrefois savaient parfaitement qu'ils avaient tout à gagner à ce pieux commerce si lucratif à tant d'égards.

Le petit guichet que vous voyez près de la porte, sert à distribuer aux religieux leur nourriture et tout ce dont ils auraient besoin ; ils placent au guichet un mot d'écrit avec la lettre de leur cellule et, bientôt, trouvent au même endroit ce qu'ils avaient demandé. « Il semble, dit avec esprit un auteur chartreux, que le corbeau qui jadis apportait un petit pain à saint Paul ermite, vienne encore chaque jour à notre guichet, pour remplir une semblable mission de la part du bon Dieu [1]. »

Avant d'entrer, jetez un coup d'œil sur cette vieille serrure du Moyen-Age ; c'est la vertevelle qui s'ouvre et se ferme par un procédé aussi simple qu'ingénieux à l'aide d'un passe-partout absolument semblable à celui que vous trouvez dessiné dans les danses macabres du XV° siècle, où l'on représente un chartreux suivant la mort avec la plus parfaite tranquillité. Entrons. Voici d'abord une galerie ou promenoir, déjà en usage dans les cellules des premiers chartreux, et nécessaire pendant les mois d'hiver et de neige ; c'est là que le solitaire prend sa récréation en silence lorsqu'il ne peut aller dans ce petit jardin que vous voyez devant vous, et que vous trouverez parfois cultivé avec beaucoup de goût : les fenêtres de la cellule don-

[1] Le Masson. *Spirit. Cart.* Sect. III.

nent sur le jardin. — Au rez-de-chaussée, il y a une grande pièce divisée en deux parties : c'est le bûcher et le *laboratoire* avec un tour et un banc de menuisier. — En montant l'escalier, vous verrez une croix placée en cet endroit d'après un très ancien usage qui remonte, pour le moins, au XIVe siècle.

Deux pièces composent l'habitation proprement dite du chartreux. La première chambre, où le religieux se tenait ordinairement, avait une cheminée et servait autrefois de cuisine ; car, aux XIe et XIIe siècles, les Pères préparaient eux-mêmes chaque jour une partie de leur nourriture, ce qui leur demandait un temps assez considérable pris sur l'étude et la prière. Pour ce motif, le Chapitre de 1250 décida que l'on ferait sa cuisine seulement une fois par mois, et à peu près, en 1276, abrogea définitivement cette coutume. La seconde pièce, que l'on habite maintenant de préférence, sert de chambre à coucher : le lit des chartreux est en forme d'armoire et, jusqu'à la fin du siècle dernier, des volets en bois remplaçaient les rideaux ; moyen primitif mais peu hygiénique de se garantir du froid. La literie se compose d'une paillasse de grosse toile, d'un traversin, de draps *en drap* et de quelques couvertures de laine qui remplace la peau de mouton en usage autrefois. A côté du lit se trouve l'oratoire (composé d'une stalle et d'un prie-Dieu) où le religieux récite la plus grande partie des offices aux jours fériaux, en suivant toutes les cérémonies usitées au chœur : tantôt debout, agenouillé ou incliné, tantôt nu-tête ou couvert du capuce. Au son de la cloche le monastère se change souvent en une immense église, les moines sont à leur stalle et, bien que séparés les uns des autres, font monter en même temps vers le ciel, leurs louanges et leurs prières. Sur l'oratoire, disait en 1278, le R. P. Dom Boson, les chartreux placent un crucifix, une image de la Vierge et de leurs Saints de prédilection. Dans l'embrasure de la fenêtre, se trouve un meuble de forme particulière qui sert de *réfectoire;* les Pères, en effet, prennent le plus souvent leurs repas, seuls en cellule.

Près de la fenêtre, sur une table, des livres de piété qui restent à demeure et des ouvrages de théologie, d'histoire ecclésiastique, d'Écriture Sainte..., empruntés à la bibliothèque commune : c'est là que le chartreux, pendant ses heures d'étude, passe d'agréables et utiles moments en société des grandes intelligences du monde qui lui parlent dans leurs écrits. « Le commerce des livres, dit Montaigne, costoye tout mon cours et m'assiste partout : il me décharge du poids d'une oisiveté ennuyeuse, il me deffait à toute heure des compagnies qui me fachent, il émousse les pointures de la douleur si elle n'est point du tout extrême et maîtresse. Pour me distraire d'une imagination importune, il n'est que de recourir aux livres ; ils me détournent facilement à eux et me la dérobent. C'est la meilleure munition que j'aie trouvée à cet humain voyage. » Thomas à Kempis avait déjà dit auparavant : J'ai voulu, par tout moyen, obtenir le repos du cœur et ne l'ai trouvé qu'à vivre dans un coin avec un livre à la main, *in angulo cum libro.* Guigues-le-Chartreux, décrivant le mobilier d'une cellule, au commencement du XII⁰ siècle, observe que l'on donne au religieux des livres qu'il doit conserver avec le plus grand soin dans une petite armoire ; oui, ajoute-t-il, avec tout le soin dont on est capable, puisque les livres sont l'impérissable nourriture de nos âmes.

Le lecteur connaît maintenant la cellule, le domaine d'un chartreux : domaine où règnent la sécurité et la paix, le silence et la joie. Plus on garde la cellule, dit l'auteur de l'*Imitation,* plus elle devient douce. Le chartreux n'est jamais plus heureux que lorsqu'il est dans la plus profonde solitude. On connaît cette belle pensée de saint Bernard : *O beata solitudo, o sola beatitudo !* on connaît peut-être moins ces paroles d'un payen qui, longtemps auparavant, avait déjà compris l'essence de la vie solitaire : Je ne suis jamais moins seul, disait Scipion, que lorsque je suis plus seul ; ni plus occupé que lorsque je semble ne rien faire. *Nunquam minus solus sum quàm cùm solus esse videor, nec minus otiosus quàm cùm otiosus* [1].

---

[1] Cité par saint Ambroise. *Epist.* XLIX. I, apud *Migne,* t. XVI, col. 1153.

# Journée du Chartreux.

ous venons de décrire l'habitation d'un religieux avec son petit mobilier : disons
maintenant *de quelle manière* on vit dans
une cellule, en expliquant la journée d'un chartreux.

Un détail qu'il importe de savoir, c'est que la
liturgie joue un très grand rôle dans notre existence : les simples féries ou les fêtes, les principales
périodes de l'année ecclésiastique, tout jusqu'aux
ides et aux calendes des mois vient modifier une
vie qui semblerait, au premier abord, essentiellement uniforme.

Le P. Sacristain sonne complies à cinq heures
et demie du soir, ou à six heures, suivant le
degré des fêtes. Le premier coup de Matines est
toujours cinq heures après Complies, et le temps
qui s'écoule depuis le lever jusqu'au second coup de
l'office de nuit, est de trois quarts d'heure ou d'une
heure, c'est ce que l'on nomme « les veilles » ; elles
sont employées à réciter les Matines et les Laudes
de l'Office de la Sainte-Vierge, suivies des prières
spéciales pour la délivrance de la Terre-Sainte. En
1215, le concile de Latran « avait ordonné de dire, à
cette intention, le psaume *Deus venerunt gentes*,
pendant la messe, à l'*Agnus Dei*, au moment où le
prêtre allait recevoir l'Hostie salutaire qu'il offre

pour les péchés du monde. » Les chartreux obéirent à ces prescriptions et, lorsque plus tard, elles ne furent plus obligatoires dans l'Église, ils n'en continuèrent pas moins à réciter, après les Laudes de la Sainte-Vierge, les prières ordonnées par le Concile. Après les prières pour la délivrance des Lieux saints, le temps qui reste est consacré à l'oraison mentale.

Au second coup de Matines, les religieux se rendent à l'office ; il dure longtemps, deux heures au moins, et souvent plus ; mais tous les chartreux sont unanimes à le dire bien haut, c'est leur meilleur moment : chanter les louanges de Dieu au pied de l'autel, devant Notre-Seigneur, dans le silence et les ombres de la nuit, alors que le monde oublie Dieu et que beaucoup l'offensent, procure à l'âme une joie intime, une douce consolation qu'on ne saurait acheter trop cher, et les heures s'écoulent rapidement. L'étranger, du haut de la tribune, ne peut se faire une idée exacte de l'Office ; n'ayant point de livre à la main, le sens des paroles lui échappe et le temps doit lui sembler long ; il n'en est pas de même du chartreux dans sa stalle ; il chante et comprend la signification mystérieuse des psaumes, cette histoire prophétique de l'humanité chrétienne, ces hymnes divines que depuis plusieurs milliers d'années la Synagogue et l'Église catholique après elle, récitent chaque jour. Il suit les très nombreuses cérémonies qu'il faut faire presqu'à chaque instant ; il cherche, trouve

et s'applique les divins enseignements qui naissent
du texte sacré ; enfin et surtout, il dirige vers Dieu
ses hommages, ses louanges et ses chants. L'office
de nuit ne paraît jamais long au religieux fervent ;
c'est un axiome incontestable pour qui en fait l'heureuse expérience.

Les Pères rentrent en cellule généralement vers
deux heures du matin ; ils doivent réciter Prime
de l'Office de la Sainte-Vierge avec quelques prières
et se recoucher sans trop différer, car on sonne
Prime du jour au plus tard à six heures du matin ;
le dimanche, le premier coup de cloche est à cinq
heures et demie, et pour certaines fêtes, à cinq
heures et un quart et même à cinq heures.

Les Romains partageaient la nuit en plusieurs
veilles : la nuit cartusienne, un peu sur ce modèle,
se compose de trois veilles, la première et la dernière données au repos, la deuxième consacrée à
la prière et au chant des psaumes. La journée du
chartreux commence à Prime pour finir à Complies
(douze heures et demie environ) et se divise également en trois grandes parties. Nous parlons des
jours ordinaires qui sont naturellement les plus nombreux. — De Prime à Sexte (six heures du matin
à dix heures), exercices spirituels, c'est-à-dire offices, confession, visite au Saint-Sacrement, messe
chantée, messe basse, méditation, lecture spirituelle... etc.

De Sexte à Vêpres (dix heures — deux heures et
demie de l'après-midi), excepté le temps consacré à

l'office de None, et à prendre le repas, on peut s'occuper de travaux manuels « nécessaires pour la
santé ou simplement utiles, mais toujours en rapport avec la vie religieuse ». Par travail manuel on
n'entend pas le travail des champs qui jamais n'a
été prescrit dans notre Ordre, et serait d'ailleurs
incompatible avec notre genre de vie solitaire : le
chartreux s'occupe seul dans sa cellule. « Il faut,
observe le Directoire, éviter la curiosité dans les
ouvrages manuels, car cela dissiperait l'esprit. Il
faut se contenter de quelqu'exercice fort, comme
est le travail du jardin ou de la fente du bois, ou du
rabot, etc., et d'un autre plus modéré, comme de
jeter en moule quelqu'image de dévotion.... » Plus
loin, au chapitre des jours de fêtes : « depuis deux
heures jusqu'à Vêpres vous divertirez votre esprit
.... en faisant quelqu'ouvrage de main qui ne soit
pas servile, comme de crayonner ou nettoyer une
petite image, ou semblable chose qu'un solitaire
peut prudemment et vertueusement faire ces jours-
là par la raison d'un juste relâche qu'il doit donner à l'application de son esprit, qu'il ne prend que
pour se rendre plus propice au culte divin, et qui
tend par conséquent à mieux célébrer la fête [1]. »

Par travail, on entend aussi l'étude (ou le travail
intellectuel) qui a toujours été estimé dans l'Ordre,
sans être jamais notre occupation principale. Les
études du chartreux doivent avoir pour objet, la

---

[1] *Directoire des Novices Chartreux*, p. 137.

Sainte Écriture, la théologie et surtout l'ascétisme et même la mystique; alors en étudiant il continue, sous une autre forme, la méditation commencée à l'oratoire, et se dispose à la contemplation par la connaissance des vrais principes de la spiritualité : si bien qu'une telle étude, loin de le distraire, maintient au contraire son âme dans un recueillement continuel. Des études purement profanes, sans utilité pour notre perfection, ne sont point notre fait.

Quant aux études *vraiment cartusiennes,* elles ont toujours été en honneur parmi nous, et ont rendu de grands services à bien des âmes. « O mon Dieu, écrivait Denis-le-Chartreux, dans les dernières années de sa vie, je vous remercie de m'avoir fait entrer si jeune dans l'Ordre où par votre grâce, Seigneur, je vis depuis quarante-six ans, et pendant tout ce temps, soyez-en béni, j'ai toujours été assidu à l'étude. » Après avoir énuméré les immenses lectures qu'il a faites, Denis ajoute : « Ce travail auquel je me suis livré, bien que purement intellectuel, a été pour moi la source de rudes fatigues ; mais précisément à cause de cela, mes études n'en étaient que plus salutaires pour mon âme : elles mortifiaient la sensualité et domptaient les désirs déréglés ; l'étude aussi m'a fait demeurer avec plus de goût dans ma cellule [1]. »

Enfin, les études d'un chartreux peuvent contribuer au salut des âmes : les livres que nous com-

---

[1] *Opusc. aliq.* f. 386.

posons, disait un de nos premiers Généraux, le R.
P. D. Guigues, sont autant de prédicateurs qui
parlent pour nous ; chez nous, ce n'est point la
bouche qui prêche, c'est la main lorsqu'elle écrit.
Au sujet de l'apostolat des solitaires, un chartreux
qui devint évêque d'Urgel, Dom André Capilla,
fait les réflexions suivantes :

« Ceux qui, par vocation, doivent traiter directement avec leur prochain pour travailler au salut
des âmes, remplissent ce sublime ministère en an-
nonçant avec zèle la sainte parole de Dieu, exhor-
tant les fidèles à mener une vie digne du nom de
chrétien : quant à ceux qui se retirent dans la solitude et vivent dans le silence, comme le font surtout les Chartreux, ils doivent arriver au même
but que les hommes apostoliques mais à l'aide de
moyens différents, à savoir, par des prières accom-
pagnées d'abstinences continuelles et de macéra-
tions : ils se servent aussi de la plume pour parler
aux âmes et nombre de chartreux l'ont fait pour la
plus grande gloire de Dieu et le bien des âmes ra-
chetées par le sang de Jésus-Christ. Il ne faut pas
en être surpris : la charité est une loi si universelle, si impérative qu'elle pénètre jusqu'au fond
des déserts les plus inaccessibles et ceux qu'elle y
découvre cachés loin du monde ne peuvent et ne
doivent pas refuser de recevoir son joug si doux et
si léger. Le glorieux apôtre saint Paul entend que
les chrétiens se considèrent comme débiteurs les
uns des autres et s'efforcent, en conséquence, de

satisfaire aux devoirs si aimables que la charité leur impose. Ah ! si la charité a bien eu la force de faire descendre dans le monde le Fils de Dieu qui se tenait dans le sein de son Père éternel, si elle l'a fait vivre et converser parmi les hommes, souffrir et mourir pour leur salut, qui oserait prétendre que la solitude serait inviolable au point d'empêcher la charité d'y pénétrer afin de contraindre le solitaire à songer aux besoins de ses frères et les aider par tous les moyens en son pouvoir [1] ? »

A trois heures moins un quart, les religieux vont chanter Vêpres, et comme très fréquemment ils psalmodient, après l'office, les Vêpres et les Matines des morts, ils ne sortent du chœur que vers quatre heures un quart. — Rentrés en cellule, ils prennent leur souper, à moins que ce ne soit jour de jeûne, et le reste du temps est employé aux exercices spirituels ; on peut aussi, suivant les circonstances, en consacrer une partie à l'étude.

Le chartreux mène une vie essentiellement solitaire, puisqu'il ne sort que trois fois de sa cellule : pendant la nuit pour l'office, le matin pour la grand' messe, le soir pour Vêpres ; tout le reste du temps il est seul, et ses occupations, comme on vient de le voir, sont de trois sortes : exercices de piété, travail manuel et intellectuel. « La vie solitaire, dit Le Masson, a besoin de trois choses pour

---

[1] *Considérations sur les Évangiles.* Préface, page 27.

se bien soutenir ; d'oraison intérieure, d'étude et de lecture, de travail manuel. Cette troisième chose aide à soutenir les deux autres ; car l'esprit ne devant et ne pouvant pas être toujours bandé, il a besoin de ce subside pour éviter l'inaction qui est la ruine du solitaire, ou la dissipation au dehors qui est opposée à l'esprit de solitude. Ces trois choses doivent être considérées comme un composé qui soutient la vie solitaire [1]. » — Les exercices de piété comprennent l'oraison, la lecture spirituelle, les prières vocales et mentales laissées à la libre dévotion de chacun, et surtout la récitation du saint office qui est, par excellence, l'occupation du moine ; c'est l'œuvre de Dieu, dit saint Benoît, à laquelle rien n'est comparable, à laquelle rien ne saurait être préféré ; outre les heures canoniales, le chartreux récite tous les jours, sans aucune exception, l'office de la Très-Sainte Vierge, et fréquemment celui des morts, au chœur ou en cellule.

Cette vie solitaire n'est cependant point une vie d'isolement, dont le résultat fatal serait de conduire vite au désœuvrement qui rendrait la vie cartusienne intolérable, et à l'indépendance qui détruirait jusqu'à la notion même de la vie monastique ; le chartreux est soumis à l'obéissance, et c'est des trois vœux de religion le seul qu'il fasse d'une manière explicite ; il doit donc ac-

---

[1] *Lettre à un chartreux.*

cepter une direction, sous peine de faire fausse
route ou, tout au moins, de ne point avancer
dans les voies de la perfection.

Un chartreux n'est pas un ermite ; la vie érémitique, pleine de difficultés et de dangers, ne peut
être le partage que d'un très petit nombre d'âmes.
Saint Bruno a su créer un Ordre qui jouit des avantages de la vie érémitique, sans en craindre les
dangers, et cela, par un heureux et judicieux mélange de la vie des ermites et des cénobites. C'est
cette règle si habilement composée de solitude et
de vie commune qui attira l'illustre saint Hugues
de Lincoln dans l'Ordre des Chartreux : « ayant
fait un séjour à la Grande Chartreuse, dit son historien, Hugues considérait combien en un tel lieu,
il était facile de prier le Seigneur, surtout ayant à
son service une très grande abondance de livres,
*prædives librorum abundantia,* avec le temps pour
les lire et en outre une paix que rien ne pouvait
troubler. Les habitants lui plaisaient plus encore
que l'habitation : il voyait en eux la mortification
de la chair, la sérénité du cœur, la liberté de l'esprit, un front toujours gai et une conversation
sans reproche. Leurs Statuts leur recommandent,
non point la singularité, mais la solitude ; leurs
cellules sont séparées, mais leurs cœurs sont unis ;
chacun habite à part et personne n'a rien à part,
ne fait rien de lui-même ; tous vivent isolément, et
chacun néanmoins agit avec la communauté ; on
est seul et l'on évite ainsi les inconvénients, les

dangers de la société ; mais on vit assez en commun
pour n'être point privé des avantages et du soulagement que procure la société des confrères. Tout
cela, — et principalement le frein et la barrière si
sûrs de l'obéissance, qui manquent à tant d'ermites (ce qui les expose à de terribles tentations),
— tout cela, dis-je, ravissait saint Hugues, le
mettait hors de lui, et dans son ravissement, il
voulut à tout prix embrasser cette vie cartusienne,
source de tant et de si précieux avantages [1]. » Pour
établir des rapports entre les religieux, et leur permettre de jouir des grands avantages et des petites
épreuves de la vie commune, le Statut a établi que
les chartreux ne seraient point toujours seuls
dans leur cellule : le dimanche, ils prennent leur
repas au réfectoire ; entre None et Vêpres, ils ont
un colloque que l'on concède encore à certains
jours de fêtes ; enfin, chaque semaine ils sortent
en promenade. Du temps de saint Bruno, les religieux avaient déjà ce colloque après None les jours
de dimanche et de fête : ce qui montre bien, dit le
R. P. Dom Le Masson, que notre saint fondateur
n'avait point l'intention d'établir ce silence perpétuel que nous voyons en pratique dans d'autres
Ordres. Les signes en usage dans quelques communautés ont toujours été inconnus à la Chartreuse ;
si nous avons quelque chose à dire, écrit le R. P.
Guigues, nous le disons simplement en deux ou

---

[1] *Vie de S. Hugues par son confesseur.* Liv. I chap. VII.

trois mots : nous nous servons de la langue, puisque Dieu nous l'a donnée pour cela ; d'ailleurs c'est dans le fond, le moyen le plus sûr de favoriser le silence [1]. »

Une Carte du Chapitre de 1292 mentionne en toutes lettres les spaciments (ou promenades), et un passage des Anciens Statuts nous apprend que ces promenades existaient déjà avant cette époque il n'y a point de jour fixe pour le spaciment ; dès que le temps le permet, Dom Vicaire peut le marquer ; il dure près de trois heures et demie.

Malgré ces sages adoucissements demandés par la vie de solitude, nous n'étonnerons personne en disant que la règle des Chartreux est austère. Outre cette brusque interruption du sommeil, au moment où l'on est le plus profondément endormi, il y a encore les jeûnes et l'abstinence perpétuelle de tout aliment gras. Le grand jeûne monastique commence le 14 septembre et, sans interruption, continue jusqu'à Pâques, excepté les Dimanches et quelques fêtes en dehors de l'Avent et du Carême ; les religieux ne font alors qu'un seul repas ; le soir cependant, il est permis à qui le désire, « de prendre avec le vin un morceau de pain de trois à quatre onces [2]. »

L'abstinence complète de tout aliment gras, en toutes circonstances, est en usage depuis saint

[1] *Annales*, pag. 68.
[2] *Directoire*, chap. XIII.

Bruno. « Dans l'ancienne loi, dit Le Masson, les Nazaréens et les Réchabites ( qui étaient tout particulièrement consacrés au Seigneur ) avaient pour signe extérieur distinctif, de ne jamais boire le vin ; de même, dans la Nouvelle Loi, un Ordre a voulu aussi s'imposer une privation qui le caractérise et le distingue de tous les autres : c'est l'Ordre des chartreux, qui a renoncé solennellement à la viande. Les Nazaréens savaient que Dieu attachait des grâces spéciales à leur résolution de ne jamais boire de vin ; de même nous croyons que Dieu bénit d'une manière spéciale cette mortification que nous lui offrons : seuls entre tous les autres moines, nous pratiquons ce genre de pénitence et nous n'avons point d'imitateurs dans l'Église [1]. »

Guigues, il est vrai, ne mentionne pas ce point de nos règles, il dit seulement : Lorsqu'un religieux est malade, on lui donnera du poisson, fallût-il en acheter ; si donc il avait été permis de lui servir de la viande, Guigues n'aurait pas manqué d'en faire la remarque. Cette pratique des premiers chartreux était connue de tous ; Pierre le Vénérable, Abbé de Cluny, fort lié avec Guigues, et qui était venu plusieurs fois à la Grande Chartreuse, dit en toutes lettres : « Les chartreux ne mangent jamais de chair, même en cas de maladie. » Un poëte chartreux disait à la même époque :

*Carnis in æternum cuncti prohibentur ab esu.*

[1] *Annales,* pag. 124.

Le Chapitre de 1244 érigea cette coutume en loi stricte sous peine d'exclusion. On s'étonnera peut-être de voir le Chapitre Général prononcer une sentence si sévère contre les transgresseurs de la loi ; mais du moment que l'on considérait l'abstinence totale de viande comme une *marque distinctive* de l'Ordre, était-il surprenant que l'on rejetât celui qui manquerait à un précepte si grave ? Il y avait alors dans l'Église d'autres religieux solitaires ; mais seuls, les chartreux s'engagaient à ne jamais user d'aliments gras ; ils attachaient à cette mortification spéciale un sens très relevé ; c'était pour eux comme un symbole et la source de grâces toutes particulières : « voilà pourquoi le Chapitre voulut *honorer* cette coutume en lui donnant une sanction si forte [1] ; » du reste, plus tard, tout en maintenant la loi, on modifia la peine.

D'après ce court aperçu on peut se faire une idée de notre Règle. C'est la vie de solitude, mais sagement tempérée par la vie cénobitique, ayant les secours de celle-ci, sans rien perdre des avantages de celle-là ; c'est une vie de prière, mais interrompue par le travail qui repose, et entretenue par des études aussi édifiantes qu'elles sont attrayantes ; c'est enfin, une vie austère sans doute, mais qui n'a rien d'impossible, d'exagéré, de malsain. Prudence, modération, sagesse, bon sens exquis, né d'une expérience huit fois séculaire, voilà ce qui

---

[1] *Annales*, pag. 186.

caractérise la Règle des chartreux ; il est donc vrai
de dire que « Dieu verse une bénédiction du Ciel
dans l'Ordre dont les règles gardent en paix intérieure et en santé ceux qui les gardent pour Dieu
avec un esprit de parfaite soumission [1]. »

Après avoir pris connaissance de cet exposé fort
succinct de la Règle des Chartreux, le lecteur nous
demandera, peut-être, *pourquoi* on embrasse ce
genre de vie. On le fait, dirons-nous, parce que l'on
en éprouve l'attrait : cette réponse est, de toutes,
la plus complète dans sa simplicité. Dieu se plaît,
dans le monde naturel, à mettre en celui-ci un
goût spécial pour la peinture, en celui-là une apti-
tude particulière pour les arts mécaniques ; dans
le monde surnaturel de la grâce, Dieu suit encore
la même ligne de conduite : il prédispose, par un
attrait, les uns à la vie active, les autres à la vie
contemplative. Celui qui est né peintre, éprouve le
besoin de suivre cette inclination et jouit lorsqu'il
peut la satisfaire : de même, l'âme en qui Dieu dépose le goût de la solitude, aspire à cet état, souffre
tant qu'il lui manque, est heureuse dès qu'elle y est
entrée. Dieu ne crée pas au hasard ces aspirations
diverses, elles sont un des fruits les plus délicats
de sa Sagesse, de sa Providence et de sa Bonté.
Ce goût qui nous attire vers un choix de vie par-

[1] *Directoire,* chap. III.

ticulière, cette vocation, pour prendre un terme
plus connu, est comme l'âme de notre existence :
perdre sa vocation en ne répondant point à l'appel de
Dieu, c'est s'exposer à ne pas faire son salut. Quand
donc un chrétien découvre que son cœur penche
vers la solitude, qu'il suive aussitôt cette précieuse
aspiration ; précieuse, car nulle part ailleurs, le salut n'est plus en sûreté : beaucoup sont tombés
dans le monde qui se seraient sauvés dans un désert : la perte des âmes vient surtout des occasions
dangereuses, la solitude les écarte ; des compagnies
mauvaises, la solitude les éloigne. Un païen l'avait
compris : je ne vais jamais parmi les hommes, di-
sait-il, sans rentrer chez moi, moins moi-même et
moins homme ! Si, en outre, nous élevons plus
haut nos pensées, nous verrons que l'état de solitude est noble et grand, parce qu'il nous donne
pour principale, sinon pour unique occupation,
Dieu et Dieu seul, non point plus ou moins directement par les œuvres de charité ou les œuvres apostoliques, mais directement, puisque, en résumé
comme en réalité, un chartreux ne peut donner
d'autre aliment à cette dévorante activité inhérente
à toute âme humaine, que la méditation des choses
divines, l'étude des matières de spiritualité et la
louange de Dieu. C'est en cela que consiste, pour
pénétrer dans l'intime de la question, l'essence et
la supériorité de la vie solitaire : plus, mieux, que
toute autre, elle met l'âme chrétienne face à face
avec son Dieu et ne lui donne d'autre but que Dieu

considéré en lui-même : n'est-ce pas là la plus sublime de toutes les existences, le commencement ici-bas de la vie éternelle qui n'a d'autre labeur que la vue perpétuelle et la louange éternelle de la Très-Sainte Trinité.

Resterait, peut-être, une dernière question que le lecteur voudrait nous adresser et à laquelle nous ne voulons pas répondre, non point faute de savoir que dire, mais par crainte de n'être point assez impartial. A quoi servent les Chartreux ? Citons néanmoins, sur ce sujet, les paroles d'un homme qu'on n'accusera pas de complaisance aveugle pour les moines. Après avoir visité la Grande Chartreuse, Victor Hugo écrivait : « Ils prient. Qui ? Dieu. Les esprits irréfléchis, rapides, disent : A quoi bon ces figures immobiles du côté du mystère ? A quoi servent-elles ? Qu'est-ce qu'elles font ? Il n'y a pas d'œuvre plus sublime peut-être que celle que font ces âmes. Il n'y a peut-être pas de travail plus utile. Ils font bien, ceux qui prient toujours pour ceux qui ne prient jamais. » Ces réflexions fort justes étaient comprises de tous aux âges de foi, et c'est à l'estime de la prière chrétienne que les abbayes, les monastères, les chartreuses durent leur fondation : en dotant ou protégeant Glandier, les Comborn, les Ventadour, les Turenne, les Pompadour entendaient créer un lieu de prière, et, ajoutons, une école de vertu ; on loue, on admire en ces temps-ci ceux qui, de leur argent, bâtissent une école pour donner facilité à plusieurs d'apprendre les arts ou les lettres ; le Moyen-Age fondait des écoles où l'on apprenait la pratique parfaite du bien, la haine du mal, l'amour de Dieu, et cet enseignement en vaut un autre : enfin, en construisant un couvent on voulait élever un lieu de prière, où Dieu serait loué le jour et la nuit. Tels furent les motifs qui animèrent les nombreux bienfaiteurs de Glandier, ils voulurent faciliter à plusieurs la vie solitaire et contemplative, ils travaillèrent à produire des saints.

Pour donner une histoire complète de notre chartreuse, il aurait donc fallu écrire non point tant l'histoire extérieure de la maison, que l'histoire intime de ses habitants : entreprise impossible puisqu'elle consisterait à écrire la vie d'hommes qui se cachèrent aux yeux du monde et même de leurs frères du cloître : comment, en de pareilles conditions, pouvoir raconter l'existence d'un solitaire ? Si donc, en cette modeste histoire de Glandier que nous arrêtons ici, nous n'avons pas pénétré plus avant au fond des âmes, le lecteur nous excusera sachant à quels obstacles nous venions nous heurter. « Nos Pères, dit le *Calendarium*, choisirent exprès cette solitude de Glandier pour fuir les regards des hommes et, dans le but de rester constamment fidèles à cette résolution, fermèrent la porte qui aurait permis au monde d'approcher d'eux : ils voulurent prier le Père céleste en secret et ne recevoir que de Lui seul leur récompense : ils songeaient à produire des actes de vertu,

nullement à les faire paraître ; aussi, bien que toutes
leurs actions fussent très élevées en perfection,
néanmoins, ils ont tenu à ce qu'aucune ne vînt à
notre connaissance : ils ne nous ont permis de voir
dans leur âme que l'amour de la solitude et la haine
de toute vaine ostentation : leurs exemples nous
apprennent donc à mettre en pratique, ce mot de
l'Imitation : Aimez à être inconnu et tenu pour
rien ; *Ama nesciri et pro nihilo reputari.* »

Tel est le véritable esprit de notre vocation, et le
premier historien de notre maison, en écrivant les
paroles suivantes, a montré qu'il le comprenait à
merveille. « Complètement isolés des agitations de ce
monde, dit-il, [1] les fils de saint Bruno sont peu sou-
cieux des évènements du dehors. Ils pratiquent,
sans doute, l'hospitalité d'une manière grande et généreuse ; ils ne refusent pas davantage les conseils
que ne cessent de leur demander les grands et les
petits, les riches et les pauvres, et souvent tel grand
évènement du siècle fut inspiré par un chartreux
obscur ; mais les passions publiques se heurtent au
seuil de leur monastère, et n'y trouvent aucun accès, pas même un écho. Simples spectateurs, ils
purent les contempler, les juger en eux-mêmes, et
quelquefois les contenir par un bon conseil : jamais
autrement ils ne s'en sont mêlés. L'histoire d'une
chartreuse est courte ; lorsque l'on en a dit la fondation, quand on a donné la liste de ses Prieurs,

---

[1] Brunet. *Notice,* page 22.

raconté comment et à quelle époque elle a cessé d'exister, il ne reste rien ou presque rien à dire. Ces longs siècles qui séparent la première et la dernière des deux dates se sont écoulés dans l'uniformité d'une vie de prière et de travail qui fut toute pour Dieu et ne voulut rien laisser aux hommes. »

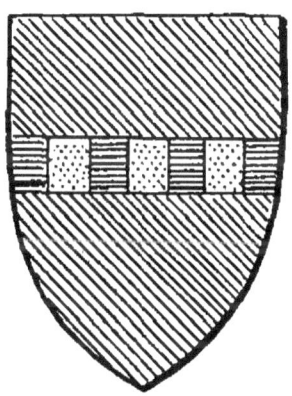

GLANDIER : *de sinople à la fasce componée d'or et d'azur.* Armoiries données d'office en 1696.

NOTES

# A

## PRIEURS DE GLANDIER.

### 1219-1885.

CETTE première partie manque dans notre *Calenda-rium,* mais nous pouvons la remplacer avec la liste que nous donnent un catalogue de nos Prieurs provenant de l'ancien monastère des Filles-Nobles de Blessac (Creuse), et un autre catalogue manuscrit du XIII⁰ siècle, continué au XIV⁰ et au XV⁰. Ces deux documents s'accordent pleinement sur le nom et la succession de nos premiers Prieurs, nous les suivons donc de point en point; le second ajoute une brève notice de deux ou trois lignes que nous traduisons[1]; malheureusement ni l'un ni l'autre ne nous donnent point de dates, nous avons néanmoins pu combler, en partie, cette regrettable lacune.

### § 1.
### 1219-1335.

1.   GEOFFROY *(Gaufridus).* 1219 — 1222. Premier Prieur, est encore présent à Glandier le 23 octobre 1221.

2.   GUILLAUME DE SAYSHAC. 1222 — 1230. Signe une charte à Vigeois le 30 octobre 1229.

---

[1] A moins que nous n'ayons déjà parlé de ce religieux dans le courant de notre histoire.

3. GUILLAUME DE L'ISLE. 1230 — 1234 (?) Nous croyons
le retrouver à la chartreuse de Valbonne, au diocèse
d'Uzès, le 17 août 1234.

4. PIERRE ALLEMAND *(de Elemenc)*. Originaire de Ro-
mans-en-Dauphiné. — Commissaire Apostolique au Chapitre Général des Grandmontains en 1239.

5. GUILLAÙME PÀRAHTI (ou Parach).

6. GARNIER, qui attend ici la résurrection bienheureuse. — Cette remarque porterait à croire qu'aucun des
Prieurs ci-dessus nommés ne serait mort à Glandier.

7. JEAN NICOLAI.

8. PIERRE DE MONTINHAC (ou Montignac, *de Montinia-
cho*) qui plus tard devint Général de l'Ordre.

9. RENAUD *( Reginaldus )*. Originaire de Provence,
vécut longtemps à Glandier, et s'y donna beaucoup
de peine pour la plus grande utilité de sa Maison. —
Cette remarque du chroniqueur nous ferait croire
que Dom Renaud, certainement présent à Glandier
avant 1255, aurait bâti notre église avec les libéralités de Durand d'Orlhac qui fut Évêque de Limoges
de 1236 à 1254.

10. PIERRE .... 1255 ...... De la noble famille de Châteauneuf, nommé aussi Pierre de Rosiers où il fut chapelain avant de se faire chartreux ; homme doux et
pieux. — Était Prieur en décembre 1255 ; à cette époque
Guischard de Comborn le choisit pour exécuteur testa-
mentaire.

11. GUILLAUME DES PORTES *(de Portis)*. Homme saint
qui attend ici l'arrivée du Seigneur. — Nos Éphémérides,
qui le nomment *de Partis*, ajoutent : « Sa mémoire est
en bénédiction à Glandier qu'il rendit célèbre par sa vie
tout-à-fait religieuse et exemplaire ; il y est enseveli
et a laissé une grande réputation de sainteté : il vivait

vers 1235. » Nous croyons beaucoup plus vrai de dire, vers 1255.

12. GUILLAUME HUPANIA, Limousin.

13. MATTHIEU DE CRABANAC (hameau de Féniers, arrondissement d'Aubusson), ..... 1276 — † mai 1277. -- Le 14 octobre 1276, il signe l'acte d'achat de Masmalet, et meurt à la fin de mai ou dans les premiers jours de juin de l'année suivante.

14. JEAN DE NOBLAC (de Nobiliaco) 11 juin 1277 — † 1306. — Sous son administration le Seigneur augmenta beaucoup les bâtiments et les revenus de la Maison : Dom Jean repose en notre cimetière.

15. GÉRARD QUINTINI. 1306 — 1308. Homme simple et bon. — Était encore Prieur au mois de juillet 1308.

16. JEAN DE MONTMARTRE. 13.. — 1318. (nommé aussi Jean du Pont) Homme de grande science, et d'une bonté non moins grande. — En 1318, il alla fonder, au diocèse de Carcassonne, la chartreuse de la Louvetière où il mourut le 1er octobre 1324.

17. PIERRE MOLIANI. 1318.... En 1331, au mois d'octobre, le Prieur de Glandier est Dom Pierre La Porta ; en décembre 1332, encore un Dom Pierre : ces deux personnages ne feraient-ils qu'un avec Dom Moliani ? — En 1335, le Prieur de Glandier reçoit miséricorde : quel était ce Prieur ?

18. GUIGUES. ..... Avait été moine au monastère de Cruas avant de se faire chartreux : homme simple, très pieux, d'une prestance magnifique ; il mourut à quatre-vingts ans.

19. JEAN DE MAYRONE. ..... D'une famille illustre, plus illustre encore par ses œuvres et ses vertus.

## § II.
### Vers 1335-1413.

Les deux Catalogues qui nous servent de guides s'arrêtent brusquement après D. J. de Mayrone, pour reprendre l'un et l'autre à Dom J. de Montalneuf, vers la fin du XIVᵉ siècle, ou dans les premières années du XVᵉ. Avec les Cartes des Chapitres et l'Obituaire Général de l'Ordre nous pourrons continuer, presque dans son intégrité, la suite de nos Prieurs.

20. PIERRE. — Était Prieur le 9 octobre 1339.

21. JEAN BIRELLE .... — 1344.

22. EYMERIC .... — † 1357.

23. PIERRE JOHANNIS. — en 1365.

24. PIERRE FRADIN.

25. ÉTIENNE, profès de Chartreuse. — † 1375.

26. MICHEL YZORÉ. .... — 1383.

27. ÉLIE VILDEMOSA. 1383 — † 1385.

28. BERNARD .... — 1393.

29. PIERRE AIRALDI. 1393 — 1396.

30. JACQUES DE SILIS. 1396.... profès de Rouen.

31. JEAN DE MONTALNEUF. 1400 (?) .... C'est de son temps, dit le manuscrit de Blessac, que la Très-Sainte Vierge apparut à un Novice qui voulait rentrer dans le monde.

32. MICHEL DURANTHON. ...... profès de Glandier.

33. PIERRE FERRÉOLI. ...... profès de Glandier.

34. ANTOINE DE LA SOUCHIÈRE (de Sucheria). 1407 (?) — 1413.

## Deuxième Partie.
### de 1413 à 1683.

Cette seconde partie de notre liste est facile à dresser car nous n'avons qu'à suivre le *Calendarium :* toutefois, malgré la juste confiance qu'il nous inspire, nous ne le suivrons pas à l'aveugle. Nous lui reprochons effectivement certaines inexactitudes que les Cartes de nos Chapitres Généraux nous permettront de redresser.

35.   Étienne, de Vauclaire. 1413.

36.   Jean Alicie, Recteur. 1413 — 1414. — Le *Calendarium* n'a point connu le nom de ce Recteur ; nous l'avons trouvé dans un Acte du 16 janvier 1414.

37.   Jean d'Auberive. 1414 — 1416.

38.   Jean Alvetir (Alvitre, d'Aulnet, d'après le manuscrit de Blessac), profès de Glandier. Recteur, 1416 — 1418.

39.   Jean de Montalneuf, profès du Port-Sainte-Marie. Recteur de 1418 à 1421. — Prieur de 1421 à 1425. Différent de celui du même nom cité plus haut. *Alius,* dit le Calendarium.

40.   Martial Passage, profès de Castres. 1425 — 1427.

41.   Antoine de la Soutière *(de Suteria),* profès du Port. 1427 — 1429.

42.   Guillaume Léobonet, profès de Glandier. 1429 — 1430. Nommé avec une dispense parce qu'il n'avait pas encore trois années de profession.

43.   Pierre Yce (ou Ferreoli), profès du Port. 1430 — 1433.

44.   Guillaume Léobonet. 1443 — 1435.

45.   Michel Duranton, profès de Cahors, 1435, absous l'année suivante, sur ses instances réitérées. Prieur de

Port, 1416 — 1419 ; Vicaire des Moniales Chartreuses de Prémol, 1419 — 1422. Prieur de Cahors, 1422 — 1423 ; de Sainte-Croix-en-Jarez, 1336 .... † 14 septembre 1471, après avoir vécu plus de soixante années dans l'Ordre.

46. GUILLAUME LÉOBONET, 1436 — 1455, année de sa mort. — En 1439 il est nommé Covisiteur de la Province d'Aquitaine.

47. PIERRE DE LA CROIX, Toulousain, 1455 — 1461.

48. PIERRE MALONIS, profès de Vauclaire, 1461 — 1467.

49. JEAN YVERNAULD (Ysuardi, Ysnardi), profès de Vauclaire. 1467 — 1472.

50. MATTHIEU BLANCHARD, profès de Glandier. Recteur, 1472 — 1473 ; Prieur 1473 — 1473.

51. JEAN MOLINI, profès de Cahors, 1473 — † 26 août 1478. Ancien Prieur de Durbon et de Cahors ; Vicaire des Religieuses de Prémol.

52. MATTHIEU BLANCHARD, Covisiteur. Septembre 1478 — † 17 septembre 1498.

53. GUILLAUME BOATHERI, profès de Villefranche, 1498 — 1500.

54. DOMINIQUE DE LA FOREST (Foresta). 1500 — 1528. — Covisiteur ; reste Vicaire à Glandier, 1528. Prieur de Vauclaire, 1529 — 1530. Hôte à Vauclaire, 1530 † 1531.

55. JEAN CHABESSIER (de Treignac), profès de Glandier. 1528 — 1529.

56. JEAN CHAUDON, profès du Port. 1529 — 1530.

57. PIERRE SARDE, profès de Cahors. 1530 — Le 8 juillet 1531, Dom Berno, Prieur de Cahors, étant venu à mourir, Dom Pierre est élu à sa place. Nous avons dit qu'il devint Général de l'Ordre en 1554.(Quand une chartreuse se trouve dans le cas de nommer à la charge de Prieur, elle peut élire un de ses Profès qui exercerait cette charge dans une autre Maison, comme nous le

voyons ici pour le V. P. Dom Pierre Sarde, enlevé à Glandier si peu de temps après la nomination par le Chapitre Général. Cette remarque aide à comprendre pourquoi nous voyons plus d'une fois, dans cette liste, des hommes de mérite ne faire pour ainsi dire que passer à Glandier.)

58. GUILLAUME GENÈVRE, profès de Vauclaire. — Resté inconnu au rédacteur du *Calendarium*; M. Brunet, guidé par un acte du 7 mai 1533, nous l'a fait connaître. Dans un terrier de Vauclaire nous voyons, du 10 mars 1534 au 6 mai 1541, figurer comme Procureur Dom Guilhen Genèvre (et Genefvre, pas La Genevre ou la Genieuvre). Nommé au mois d'août 1531 à Glandier, Dom Guillaume n'y est certainement plus en mars 1534 : à quelle époque précise quitte-t-il Glandier ? Nous l'ignorons.

59. Un Recteur (inconnu au *Calendarium*) qui, en 1535, reçoit miséricorde du Chapitre Général.

60. JEAN ROLIN DE LA VALENIE (ou de la Valouse), profès de Glandier. 1535 — 1542.

61. JEAN DE LIBRA 1542 — 1545.

62. PIERRE COALHACI, profès de Cahors. 1545 — 1547. Nommé à tort Pierre Achati, dans le Nécrologe Général de l'Ordre. Prieur de Vauclaire, 1533 — 1538 ; — de Villefranche, 1538 — 1539 ; de Glandier, 1545 — 1547. Notre *Calendarium* affirme, mais à tort, que Dom Pierre mourut peu après le 11 février 1547 : Nous le retrouvons en 1550 « institué pour la deuxième fois Prieur de Vauclaire », dit un manuscrit de cette Maison. Dom Coalhaci mourut le 1er décembre 1565 ; il était Covisiteur d'Aquitaine.

63. JEAN SARDE, frère du Révérend Père Général, profès de Glandier. 1547 — 1548. Précédemment Prieur

de Vauclaire ; au Port, 1548. Covisiteur. † 15 janvier 1563, Prieur de Rodez.

64. RAYMOND RUDELLE, profès de Cahors, Covisiteur d'Aquitaine. Un *lapsus calami* de notre Calendrier (*quo* au lieu de *qui*) ferait croire que Dom Rudelle resta seulement une année à Glandier ; de là une lacune dans le catalogue de nos Prieurs de 1549 à 1554 : il n'en est rien. La petite erreur signalée plus haut, une fois corrigée, on trouve Dom Rudelle, Recteur de 1548 à 1549, et Prieur de 1549 à 1554. † 1573.

65. BERNARD GAYRARD, 1554 — 1556. Ancien Prieur de Villefranche, 1541 — 1544, et, après Glandier, de Montmerle-en-Bresse. † 22 novembre 1557, Visiteur de Bourgogne.

66. PIERRE DE LESTANG (*de Stagno*), profès de Glandier. 1555 — 1557. Dom Malvezin le croyait originaire d'Aurillac, de la famille Destanno, et non point, dit-il, parent des très nobles comtes d'Estain (*de Stanno*). Notre calendrier écrit *de Stagno*, il faut donc traduire par de Lestang.

67. JEAN DE LIBRA. 1557 — 1563.

68. JEAN ARCYMOL, profès de Vauclaire, 1563 — 1566. — En 1565 il fit le sermon d'ouverture au Chapitre Général.

69. BERTRAND DE BEAURIEU, profès de Castres, 1566 — 1578. † 1579 Prieur de Castres.

70. JEAN MORGUE, profès de Glandier, où il était procureur depuis longtemps ; 1578 — 1580. † 1581, de nouveau procureur.

71. JEAN SOUDAIS (*Soudeycus*, Soudaye), profès de Paris. 1580 — 1585. † 1599.

72. CRÉPIN NOLIN, profès de Beaune. 1585 — 1588 ; est ensuite envoyé à Valbonne.

73  Gérard Pierrecourt (ou Piedcourt), profès du Mont-Dieu en Ardennes, a simplement porté le titre de Prieur de Glandier, sans y être jamais venu. Nommé au Chapitre de 1588, il permuta, aussitôt après, avec le prieur de Portes D. Christophe Chave : *fit prior Glanderii, et statim, Portarum;* ce qui explique pourquoi notre *Calendarium* n'en fait pas même mention.

74.  Christophe de Chave. 1588 — 1595.

75.  François Janneau, Recteur, 1595 — 1596.

76.  Christophe de Chave, 1596 — 1610.

77.  Jean Balmane, profès de Toulouse. 1610 — 1612.

78.  Clément Mathevon, profès de Sainte-Croix-en-Jarez. 1612 † 1613. Covisiteur. Ancien Prieur de Sainte-Croix et de Montmerle.

79.  Christophe de Chave, 1613 — 1614. † 2 mars 1625.

80.  François Janneau, 1614 — 1628.

81.  François de Lingendes, 1628 — 1630.

82.  Jacques Reynaud de Vayres, profès de Glandier. 1630 — 1648.

83.  Jean Joyet, profès de Glandier. 1648 — 1649.

84.  Jacques Reynaud de Vayres. 1649 — 1661.

85.  Louis le Mazuyer, profès de Glandier. 1661 — 1677.

86.  Nicolas du Boys, profès de Bordeaux. 1677 — 1679.

87.  Jean-Claude de la Roche, profès du Port. 1679 — 1686.

### Troisième Partie.
### 1686 — 1791.

Notre *Calendarium* s'arrête de nouveau en 1686 : nous continuons néanmoins notre liste que nous croyons complète, sauf pour quelques dates, et exacte, hormis pour deux Prieurs que nous plaçons un peu au hasard.

88. Jean Petiot, profès de Glandier. 1686 — 1691.

89. Bernard Fargeix, profès de Glandier. 1691 † 2 octobre 1706.

90. ? Hilarion Reymond, profès de Chartreuse. ........

91. Hugues Grosjean, profès de Glandier .... 9 septembre 1715.

92. ? Pierre Orlemans. ........

93. Jean-Étienne Villiers, profès de Toulouse. 1718 — 1721.

94. Jean-Augustin Dussol, profès de Toulouse. 1721 — 1724.

95. Étienne Jacquinet, profès de Chartreuse. 1724 — 1725.

96. Charles Desmolez. 1725 — 1728.

97. Denis Godard, profès de Toulouse. 1728 — 1730. Vécut soixante-neuf ans dans l'Ordre, *laudabiliter*.

98. Joachim de la Chasserie, profès de Chartreuse. 1730 — 23 février 1733.

99. Innocent Desmoulins, profès de Castres. 1733 ; signe encore un acte le 25 février 1737.

100. Jean-Baptiste Feytaud, profès du Port. 9 mars 1737 — 1752.

101. Victor Icard, profès de Sainte-Croix. 1752 — 1759.

102. Joachim Verneuil, profès de Vauclaire (où il avait été vingt-six ans Procureur). 1759 — 1760.

103. Jean Azam, profès de Rodez. 1760 — 1768.

104. Michel Bordeneuve, profès de Bordeaux. 13 août 1768 — 1770.

105. François-Xavier Derrua. 1770 † 25 mars 1777.

106. Gabriel Morel. 19 mai 1777 — 1791 † 1793.

QUATRIÈME PARTIE.

RESTAURATION.

107. TIMOTHÉE ARNOULD, profès de Chartreuse. 1869 —
10 septembre 1874. — Prieur de Montrieux. 1883.

108. STANISLAS SÉGURET, profès de Chartreuse. 1874 —
1875 ; Vicaire des Moniales Chartreuses de la Bastide-
Saint-Pierre (Tarn-et-Garonne). 1885, Hôte à Sélignac.

109. ADELPHE CHATELAIN, profès de Chartreuse. 1875 —
1885. Prieur de Sélignac.

110. CHRYSOSTOME DUBY, profès de Chartreuse. 1885....

# B

## Religieux de Glandier[1].

### I.

TREIZIÈME SIÈCLE. Guillaume, frère convers, avril 1229.
Guillaume de Juilhac et Guillaume de Limoges, 13 juillet
1233. Gérald del Mon, Donné, 1260. Gérard de la Rivière,
1271. Guy de Charriéras, novice, 1278. Pierre de Montinhac, convers, 1280. Pierre Lalo. Jean Bertrandi, *Procureur*, 1295. Pierre de Beaumont, novice, ancien Com-

---

[1] *Sources* : Obituaire général de l'Ordre ; *Calendarium*
ancien de Glandier, *apud* Estiennot ; *Calendarium* moderne ;
*Propago Ordinis* ; Cartes des Chapitres ; Liste des Chartreux français au XVIII° siècle. *Mss.*

mandeur des Antonins de Lestars. Quatorzième siècle.
Acte du 9 octobre 1339 : Jean de Chamboulive, *Vicaire ;*
Gérald Montant, *Procureur ;* Bernard de Chalau; Pierre
de Solario ; Raynald du Puy; Pierre du Bois ; Jean La-
val ; Bernard d'Eymoutier ; Pierre Robberti ; Bernard de
Breuilh; Hélie d'Assier ; Pierre du Lac ; Pierre Mahalli ;
Jean Teilhet. — Pierre Pélissier, convers, 1363.

## II.

Quinzième siècle. J. Pastel, 1411. Guillaume de Pierre-
morte, 1414. Jacques de Sutières. Barthélemy. J. Lava-
reti, 1427. Guillaume Huberti, 1435. Guillaume Gaudelle,
Clerc-Rendu, 1436. J. Dyemeri, 1450. J. de Villeneuve,
1451. J. de Dedolis, 1452. Antoine de la Font, *Vicaire,*
1455. J. Maurini. J. Terroni, 1457. Pierre Andrici, Pierre
Rognonis, Martial, 1460. Pierre Salienti, 1462. — Étienne
de Bussières, *Vicaire;* J. Dupuy, *Sacristain;* Durand Pica-
meilh, Michel Meyre, J. Geneste, Jacques Juvenis, Jacques de la Marche, Pierre de Mezurat : Acte du 15 décembre 1463. — Philippe de Monteilhet, 1474. Guillaume
Prati. J. de Boutodio, Pierre Scotti, Pierre de Montantio,
J. Vieri, Guillaume Botii, Michel de Ségur, 1481. Pierre,
1487. J. de Cruzeilles, *Procureur ;* Pierre, Donné, 1488.
Bernard de Lescure, *Procureur,* 1499.

## III.

Seizième siècle. Barthélemy, convers, 1500. Michel
Taberii, *sacristain,* 1504. Pierre Seroti, *Procureur.* Ray-
mond de Commers, 1507. Pierre Bajuli, 1514. Matthieu
Veynrin, 1515. J. Roberti, 1516. Denis d'Arnac; J. Toron-
belli, *Procureur,* 1518. Pierre Cartinac-Melhaci ; Robert
Bollhaci, 1519. Janetou, Donné, 1525. Guillaume Bret ;

Pierre Bech, 1527. J. Chabessier, *Procureur, Vicaire;* Dominique de la Forest, *Vicaire;* Guillaume Catholli; Matthieu Garrenot, 1528. Guillaume Faure, *Procureur,* 1529. Jacques, Clerc-Rendu, 1530. Artaud, 1533. Laurent Robin; Michel de Pradolio, 1535. Mathieu Auri, ancien Prieur de Vauclaire, 1536. Bertrand Guy, 1540. Étienne des Farges; J. Rolin, *Procureur,* 1547. Aurelius, 1549. G. Coderen, *Vicaire,* 1550. Léonard Aureolis, 1553. Antoine Péricaud, 1555. J. Darlet, Donné, 1561. Laurent Brun, 1563. Pierre du Boys, 1565. François Ardant, 1570. Denis du Puech, 1571. Jean-Marie, ancien Prieur de Wurtz-bourg, 1572. Pierre Guisrius, *Vicaire,* 1580. J. Morgue, *Procureur;* J. Bénédicty, 1581. J. Chièze, 1586. Bernard Longespoir; Léonard du Boys, 1592. J. Barbe, ancien Prieur de Bonnefoy et de Vauclaire, 1593. Guillaume, 1594. J. de Bielz, 1598. Michel du Pras, 1599.

## IV.

Dix-septième siècle. J. Bouchereau, *Vicaire,* 1605. J. Vigier, J. Barbarin, 1607. Théodore Brunel, 1609. François de David, convers, 1613. J. Rougen, 1617. Étienne Pergadie, 1618. J. Musnier, 1619. Olivier Beur-mant, *Sacristain, Vicaire, Procureur,* 1620. Barthélemy, 1621. J. Rosbech, 1622. J. Caulet, 1624. J. Peson, *Coadju-teur,* 1626. J. Richard, *Sacristain,* 1627. Jacques Janet, 1628. J. Essenam, ancien Prieur de Vauclaire, 1629. Gilles Bouchard, *Procureur,* 1630. J. Jourdain, 1631. Jacques Geneste, *Coadjuteur,* 1632. J. Bélenger, 1634. J. Lobelhia, 1635. Guillaume Mothe, Donné, 1637. Simon Noaille, 1649. Pierre Teilhet, Joseph Benoist, François Fartarie, 1652. J. Viard, Donné, 1653, Antoine Lobécie; Pierre Paignon, *Courrier,* 1654. Jacques Loppin, *Procu-*

*reur*, 1655. Bruno Marmet, 1656. Antoine Joyet, *Procureur*, J. Maublanc, 1657. Guillaume Courtrait, convers ; Paul Trulend, convers; J. Vaillant, *Sacristain*, 1658. Guillaume des Haches (ou, de Gaches), 1660. Pierre Sadeau ; Léonard Ponsard ; Michel Cassagne, 1665. J. Taperel, *Procureur;* Bertrand Delnat, 1666. — Au 23 août de cette même année : Louis Le Mazuyeur, Prieur ; Alexis Poncet, *Vicaire ;* J. Petiot, *Procureur;* Bruno Lebloy, *Coadjuteur ;* Antoine Chapelle ; J. Dolit ; Bruno Brudo ; Joseph Bethfort ; David Roy, *Sacristain ;* J. Salabert. Martial Jassin ; Joseph Faure, Joseph de Vialard, convers, 1670. Robert de la Mare, 1672. Jacques David ; Amable de Lestang, *Coadjuteur,* 1674. Bertrand Mathevon, 1678. Jean, Donné, 1679. Marc Dumas, 1680. Édouard Scoupat, 1685. Antoine Desmazes, 1686. Antoine Pénicaud ; Pierre Liabœuf, convers, 1688. Léonard Bouin ; François Antoine Petitjean, 1690. Nicolas du Boys, 1694. Benoît Montjarbieu, 1695. François de Vaux, *second Coadjuteur ;* Jacques, Donné; François Vignet, 1696. Pacifique Tixier, *Procureur,* 1697.

## V.

Dix-huitième siècle. Antoine Lamarque ; Grégoire ; Antoine ; 1705. Joseph Torrilhon, *Courrier ;* Pierre Mézeray, convers, 1706. Louis Camar, convers, 1707. Jacques Besse, 1710. Étienne, Donné, 1712. Joseph Payet, convers ; Antoine Boulogne, convers, 1713. Jean-Baptiste Tandeau de Saint-Nicolas ; Joseph Pontier, 1716 ; Jean Lavialle, Donné, 1714. Pierre Guichard, *Coadjuteur ;* J. Ponty ; Pierre Sapientis, 1717. François Pouget, Donné ; Henri Trenqualie, *Procureur,* 1719. Bruno Padolhac, convers; Bernard Nary, *Courrier,* 1720. François Pouch, Donné,

1721. Gabriel Duperhey, Sylvain Lafont, 1722. Jean-Bruno David, *Procureur*, 1724. 1725. Bruno Blanc, Louis Alagnier, *Procureur*, 1726. Pierre Giraud, 1730. Raymond Chillac, 1732. François Boiry, Donné, 1733. Anthelme Monnet, 1735. Antoine Malbay, Donné, 1736. Bruno Dasquet, convers ; Étienne Jamon, oblat, 1741. Augustin Maynard, Noël Selva, Donné, 1743. Antoine Chomel, 1744. J. Bounaud, 1745. Barthélemy Boudeau, Bruno Menuton, 1749. Jean-François de Montfaucon ; Hugues Durand, *Procureur ;* Léonard Géraud, 1752. François Delormet ; Charles de Laubies, *Coadjuteur*, 1754. Jean-Claude Massiat, 1760. Henry Martin, François Dufour, 1762. Léonard Roy, Michel de Galy, *Vicaire*, 1763. Bernard Nard, convers, 1764. Gilbert Bergounioux, *Vicaire*, 1765. Joseph Perrichon, *Coadjuteur*, 1766. Pierre Extinguoy ; Clément Garrigues, Bruno Laporte, 1770. Jean-Baptiste Feytaud, *second Procureur ;* Étienne Guilhe, sacristain, 1771. Pierre Laborie, *Vicaire*, 1772. Antoine Fricoud, *Procureur*, 1774. Antelme Rodier, 1777. Philippe Reilhes, *Coadjuteur ;* J. B. Cossanges, Bruno Léonard de Fressanges, *Courrier ;* Charlesde Seyssel, *Coadjuteur ;* François Sestier, convers, 1778. Dominique Camin, *Vicaire ;* J. Marion, *Sacristain*, 1779. Benoît Clet, *Courrier ;* Thomas Pujol, *Courrier ;* Georges Bertrand, *Sacristain*, 1782. Pierre Peyrot, Donné, 1783. Sylvain Dutheil, *Courrier*, 1784. Victor Rispal, *Sacristain ;* Hilarion Debraud, 1788. Louis Cathala, 1790.

Au mois de février 1791 : D. Gabriel Morel, *Prieur ;* né au Puy-en-Velay ; D. Hugues Mouret *Vicaire*, né à Fontans, diocèse de Mende ; D. Christophe Favier, *Ancien*, né à Vienne-en-Dauphiné ; D. Antelme Guy, né à Malezieu, diocèse de Mende ; D. François Gosse, *Coadjuteur*, né à Jenzat-en-Bourbonnais ; D. Pierre Boivin, né à Ai-

gueperse en Auvergne ; D. Caprais Guerrier, né à Craponne, diocèse du Puy ; D. Jean-Baptiste Allègre
*Sacristain*, né à Bonnevaux-et-Hiverne, diocèse d'Alais ;
dernier profès de Glandier.

# C

## *Charte de fondation* (inédite)

*Fundatio conventus Glanderii in qua continetur donatio
nemorum, terrarum et pascuorum da Glanderio et vil-
lagii de Murat cum aliis privilegiis et libertatibus,*

Archambaldus vicecomes de Comborn omnibus has
literas inspecturis salutem : ad presentium et futurorum
volumus pervenire notitiam quod quando vocavimus et
venire fecimus fratres Ordinis Cartusiensis in terram nostram pro salute anime nostre et predecessorum nostro-
rum donavimus et concessimus eisdem fratribus in perpetuum, ita quod nullum servicium nobis vel nostris re-
tinuimus, terras et nemus et pascua de Glanderio, et si
aliqua persona aliquid ab eisdem requireret in predictis
tenemur eisdem fratribus liberare et conquerenti vel
conquerentibus satisfacere sine fratrum expensis. Pascua
et ad opus animalium suorum eisdem fratribus libere
concessimus per totam terram nostram et si possint
aliquid acquirere in terra nostra vel feudis nostris de
quibus non debetur nobis servile servicium vel quœsta

veluti sunt terre militum vel redditus aut servientium liberorum eis perpetuo habenda et in pace retinenda concessimus per nos et successores nostros. Donavimus eis etiam mansum de Murat situm in parrochia de Votejac absque omni servicio et expleto. Promisimus et eisdem fratribus nos daturos tantum de terra et nemore que sunt inter domum de Glandier et mansum del Pojol quod sufficiat ad clausuram secundum ordinem suum ad arbitrium proborum virorum et religiosorum de Ordine Cartusiensi vel de alio. Has autem donationes fecimus presentibus concedentibus filiis nostris Bernardo et Guischardo. Et ne imposterum super his possit aliqua dubitatio subhoriri presentes literas sepedictis fratribus concedimus sigillo nostro signatas.

# D

## *Sauvegarde du Vicomte de Limoges*
### (*inédit*)

*Salvagardia concessa Conventui per Dominum Vicecomitem Lemovicarum,*

Guido Vicecomes Lemovicarum omnibus has litteras inspecturis. In perpetuum noverint universi has litteras inspecturi nos domum de Glanderio ordinis Cartusiensis et res alias universas ad eam spectantes sub nostra recepisse custodia defentione pariter et conductu, unde volumus et rogamus ut dictam domum divino intuitu et precum nostrarum obtentu pro posse suo custodiant et defendant. Prepositis vero nostris et bajulis per terram nostram constitutis firmiter et specialiter jubemus ut fratres predicte domus cum per eos transierint, tanquam res nostras proprias, custodiant illesas et indempnes, bonum et honorem eis impensius exhibentes. Actum apud Rosers, anno domini milleo *(sic)* ducentesimo vigesimo primo, mense Julii.

*Armoiries de l'Ordre.*

# TABLE DES MATIÈRES

## LIVRE TROISIÈME.

### GLANDIER AU XVIᵉ SIÈCLE.

## LIVRE QUATRIÈME.

### GLANDIER AUX XVII⁰ et XVIII⁰ SIÈCLES.

## LIVRE CINQUIÈME.

### LES DERNIERS JOURS DE GLANDIER.

## LIVRE SIXIÈME.

### GLANDIER ACTUEL.

### NOTES.

Imprimerie de N.-D. des Prés. — Ern. Duquat directeur.
Neuville-sous-Montreuil. (P.-de-C.)